ヘルドッグス

地獄の犬たち

深町秋生

角川文庫
22247

目次

兼高昭吾《かねたかしょうご》は夜間双眼鏡から目を離した。埃《ほこり》交じりの風が吹きつけてくる。砂が目に入った。

隣の室岡秀喜《むろおかひでき》が手を差し出す。

「大丈夫すか」

室岡に夜間双眼鏡を手渡した。

ミネラルウォーターのペットボトルを掴《つか》み、水を直接かぶって目を洗った。着ているワイシャツが濡《ぬ》れたが、気にはしなかった。すでに衣服は汗で濡れている。

「今夜でカタをつける。暑さは苦手だ」

兼高らの眼前には、東シナ海の暗闇が広がっていた。

昼間は、沖縄らしい透明度の高いマリンブルーの海原を見せてくれる。夕方になると、赤々と燃える太陽がゆっくりと沈んでいく。自然が織りなす芸術的な光景だった。

ガイドブックの写真のような、天然の白い砂浜があり、本格的な夏シーズンを迎え、昼間はかなりの賑《にぎ》わいを見せる。マリンスポーツに興じる観光客の姿を目撃していた。

室岡は夜間双眼鏡を覗《のぞ》きながら言った。

「東京よりは涼しいですよ。海風がずっと吹いてますし」

「その風が忌々しいんだ」

兼高はタオルで顔を拭《ふ》いた。

つねに風が吹きつけてくれるおかげで、陽光は強烈であっても、たしかに熱気が滞留する東京の夏よりは涼しく感じられる。

すでに真夏日を何度か迎えており、街を行き交う米兵や不良じみたガキたちは、タンクトップやハーフパンツを着用し、これみよがしにタトゥーをさらしていた。

兼高らにも彫り物があった。しかし、むやみに披露できる類《たぐい》のものではなく、長袖《ながそで》のワイシャツで隠している。その筋の人間と思われないよう、兼高は来沖する前日にシルバーの頭髪を黒く染め直していた。口ヒゲもきれいに剃《そ》り落とした。人畜無害なカタギになりすましている。

弟分の室岡も姿を変えた。無数につけていたピアスを外し、肩まであった長髪をばっさりと切って、ベリーショートに刈りこんでいた。今年で三十歳になるが、就活中の大学生のように見える。

ふたりがいるのは沖縄本島北部の本部町《もとぶちょう》だ。海岸を走る国道４４９号線沿いにある元リゾートホテルだった。円形に膨らんだロビーが特徴的な凝った建築物だが、すでに営業を停止しており、廃墟《はいきょ》となって数年が経つ。解体されずに、放置されていた。

管理しているのは、沖縄の任侠《にんきょう》組織である琉神《りゅうしん》会とつきあいのある建設会社だ。琉神会は、兼高が所属する東鞘《とうしょう》会系の友誼《ゆうぎ》団体でもある。元リゾートホテルにお邪魔したいと、琉神会を通じて建設会社に話を通すと、理由も訊《き》かずに快く廃墟の鍵《かぎ》を貸してくれた。

　その廃墟は、沖縄北部の名護《なご》市と美《ちゅ》ら海水族館を結ぶ、片側二車線の広い道路の傍にあった。道路こそ立派ではあったが、付近に街灯はひとつもなく、あたりは濃厚な闇に包まれていた。

　本格的なリゾートの恩納《おんな》村《そん》や北谷町《ちゃたんちょう》と異なり、近くにあるのは、せいぜい沖縄そば屋とコンビニ、それにアメリカンダイナー風の古ぼけた食堂ぐらいだ――八〇年代風のネオンを光らせ、ステーキやＡランチのうまさを訴えている。

　廃墟の周囲に高層建築物はなく、ターゲットを監視するにはうってつけの場所ではあった。唯一、難点をあげるとすれば空気がよくないことぐらいだろう。海側はいかにも南国の楽園のように映るが、反対側の山側は惨憺《さんたん》たる有様だ。石灰岩を採掘するための巨大な採石場やセメント工場があり、山が大きく削り取られている。砂利を運搬するダンプカーが激しく国道を行き来するため、採石場周辺は風で運ばれた粉塵《ふんじん》が飛び交っている。周辺の建物や道路は土色に染まっていた。目に砂が入ったのも、そのせいだ。

　兼高は呟《つぶや》いた。

「そろそろ、東京のまずいメシが懐かしい」

「こっちのメシはダメですか」

「うますぎる。おかげで三キロも太った」

「お気に入りじゃないですか」

室岡が小さく笑った。

「仕事で来るのは二度とごめんだ」

兼高らが来沖してから二週間が経った。ターゲットが、故郷の沖縄に逃げたからだ。ターゲットの故郷は那覇《なは》市だったが、今の東鞘会の気質をよく知っている。那覇市内に留《とど》まることなく、恩納村や北谷町などひんぱんに住処《ヤサ》を変えていた。行方を捜し当てるのに時間がかかった。

室岡が息を呑《の》んだ。

「ドア、開きます」

彼から夜間双眼鏡を奪った。痛む目で覗く。

約三百メートル先に四階建ての建物があった。一見するとマンションに見えるが、長期滞在者用のコンドミニアムだ。沖縄ガラスの工房の傍にある。

夜間双眼鏡で最上階を覗いた。たしかにドアから、まず男がひとり出てきた。アロハシャツに長髪の中年男だった。頬ヒゲを生やしたむさくるしいツラだ。アロハウェアの袖のあたりにタトゥーらしきものがチラチラ見える。太い腕と体格のよさから、まるで中南米出身の大リーガーのように映る。

長く伸びたヒゲのおかげで、気づくのに多少の時間がかかった。しかし、藤原《ふじわら》だとわかった。ターゲットの腹心だ。藤原は警戒するような目で周囲を見渡した。その態度だけで充分だった。

「行こう」

兼高は走り出した。

廃墟ホテルの屋上は、雑草やコンクリートのひび割れで足を取られやすい。注意深く進みながら非常階段を下りる。スラックスのヒップポケットから、革手袋を取り出して嵌《は》める。

下にはトヨタのハイエースを停めてあった。運転席に室岡が乗り、助手席に兼高が陣取った。エンジンがうなると同時にハイエースが国道へと出る。ハイエースはヘッドライトをつけずにコンドミニアムへと向かう。

室岡がため息交じりに言った。

「やっぱ、おれたちだけですか」

「びびってんのか？」

室岡は鼻で笑った。

「よしてください」

「よく知らねえチンピラ寄《よ》こされてもな。それに琉神会には、あいつの友達や親戚《しんせき》がいるらしい」

フロントガラス越しに夜間双眼鏡を覗く。

四階にいるのは藤原だけではなかった。Tシャツ姿の太った坊主頭もいる。まるで相撲取りのような巨漢だった――見ない顔だが、こいつもボディガードらしい。それに、かりゆしウェアを着た五十男がいた。

思わず笑みがこぼれる。

「見つけた」

ターゲットの喜納《きな》修三《しゅうぞう》だった。

アウトローの臭いを漂わせている護衛どもと違って、灰色の頭髪を七三分けにし、細いフレームのメガネをかけている。セカンドバッグを小脇に抱える姿は、地元の商店主のようだ。

車載時計に目をやる。時刻は二十一時を過ぎていた。コンドミニアムには食事のサービスはない。市街地の焼肉店にでも行くのだろう。喜納は無類の肉好きだ。

ひさびさに見る喜納は、逃亡生活に疲れて少しは痩《や》せたかと思いきや、まるで逆だった。黒々と日に焼けて、むしろウェイトが増したようだった。面長だった顔が満月のように丸くなっている。なにしろ、しこたまカネを貯めこんでいる。

沖縄出身の喜納は、護衛らと異なり、地元に里帰りしたような、のんびりとした顔をしていた。現役の頃は、口よりも手が先に出る気短な男として知られていたが。この地元でも少年時代に、傷害致死事件を起こし、沖縄市の少年院に放りこまれている。

喜納にはかつて湯呑みを投げつけられたことがある。寿司《すし》屋で使うようなでかい湯呑みだ。至近距離から投げつけられ、額を七針縫う羽目になった。

護衛の藤原にしても、ベテランのプロボクサーのように瞼《まぶた》が腫《は》れぼったく、鼻がひしゃげている。しょっちゅうボスに木刀やらゴルフクラブでかわいがられているうちに顔が変形していったのだ。

室岡がハンドルを握りながら尋ねる。

「連中、持ってますか」

「わからん」

夜間双眼鏡は、エレベーターを待つ喜納たちをクリアに見せてくれたが、通路の外壁のせいで胸のあたりまでしか確認できなかった。

室岡が訊いたのは、拳銃《けんじゅう》を所持しているかどうかだ。三人ともアロハやTシャツなど、ゆったりとした恰好《かっこう》をしている。腰や腹に拳銃を隠し持っている可能性はなくはない。

「持ってねえだろう……たぶん」

「たぶんって」

「やることは同じだ」

「せめて黒星《クロ》や銀ダラじゃないといいんすけど」

室岡は呟いた。

これから命のやり取りをしようというのに、天気の心配でもするような、のどかな口調だった。歌舞伎《かぶき》町あたりにいるホストのような細い腰つきと薄い胸板、男性アイドルのようなガキっぽい甘いマスク。室岡は見た目こそ頼りないが、東鞘会系神津《こうづ》組切ってのキラーだ。今回もとくに緊張した様子は感じられない。ガキのころから血を見るのに慣れている。

兼高はといえば、平静を装いつつも、胃に差しこむような痛みを感じていたが。若頭補佐という立場で、喜納追跡の責任者でもある以上、態度に出すわけにはいかない。心臓の鼓動が速まっているのは、急に走ったからだけではなさそうだった。

黒星も銀ダラも、共産圏の国々で造られたトカレフを指す。一九八〇年あたりから日本に大量に密輸され、ヤクザ御用達《ごようたし》の拳銃として有名になった。たいていは中国製のコピー品で、銀ダラとはクロームメッキを施した銀色のトカレフだ。外見こそ太刀魚のように光り輝くが、海路で運ぶ拳銃の錆《さ》びをふせぐためであるとか、拳銃の古さをごまかすためとか言われている。いずれにしろ、弾を発射するだけが精いっぱいの粗悪品だ。

今どきの極道は、拳銃など簡単には持ち歩かない。警察にどうぞ捕まえてくださいと訴えるようなものだ。たとえ、自分自身が拳銃を所持していなかったとしても、護衛が持っていれば、銃の共同所持として、ボスまで銃刀法違反で逮捕される。かりに襲撃者を撃って追い払えたとしても、不法所持と発射罪がプラスされる。三千万円以下の罰金と長期刑が待ち受けている。

いくら表向きには現役を退いたとはいえ、喜納は引退を表明してから一年しか経っていない。つまり暴力団関係者と見なされ、県警のおまわりから職務質問されるだけで、懲役生活と罰金が待っているのだ。東鞘会にも気を配らなければならないが、沖縄県警の目のほうにも注意を払わなければならない立場にある。

コンドミニアムの建物に近づくにつれて、室岡はスピードを落とした。エンジンを吹かさずに、静かにハイエースを走らせる。兼高は荷台に積んだ工具箱を摑んだ。プラスチックの巨大なハードケースだ。

拳銃を持参できないのは、狙う側の兼高らも同じだった。琉神会に頼めば、いくらでも用意はしてくれるだろう。しかし、県警に目をつけられれば、長い懲役刑を喰《く》らうのは同じだ。催涙スプレーやスタンガンといった護身用具も軽犯罪法に引っかかり、警察に発見されれば身動きが取れなくなり、仕事の継続は難しくなる。現在の東鞘会は、そんな愚かな人間を重用しない。

工具箱のフタを開けた。エレベーターを降りる喜納らの姿を肉眼で確認しながら。

「どれにする」

「いつもので」

室岡がハンドルを切った。

コンドミニアムの建物の前にある駐車場を、街灯が冷たく照らしていた。〝わ〟ナンバーのレンタカーがずらっと並ぶなかで、どこで手配したのか、ブラックのレクサスが停車していた。首都圏でも喜納が乗り回していたお気に入りの高級車だった。

兼高は工具箱からマイナスドライバーを取り出した。全長約四十センチにもなる長大なサイズだ。先端の刃先をヤスリで研いで鋭く加工してある。それを隣の相棒に手渡した。

兼高はトルクレンチを握った。ボルトやナットを締める道具であり、約五十五センチの金属棒だった。重量は一・七キロにもなる。ずしりと重く、特殊警棒と重さや長さが似ていた。工具を持ち歩くために、自動車整備工場の名刺も作ってある。

ハイエースは敷地内の砂利道を走った。コンドミニアムの正面玄関から出てきた三人が、近づいてくるハイエースに気づく。室岡がアクセルペダルを踏み、ヘッドライトをすかさずハイビームで照らした。

喜納と護衛ふたりが、まぶしそうに顔を背けた。アロハを着た藤原がシャツをたくしあげる。

「あいつ、持ってますね」

室岡が急ブレーキをかけた。

「クソ！」

ハイエースに慣性の力が加わり、兼高の身体が前のめりになる。同時にドアハンドルを引いて扉を開けた。

兼高は外へと飛び出した。砂利道のうえを前転する。額や頭頂部に砂利がぶつかる。

「お前は！」

喜納が吠《ほ》える。

地面を一回転した。護衛の藤原が、腕をまっすぐに伸ばそうとしているのが見えた。手に握られているのは銀ダラだ。息を吸う。身体が反射的に反応する。

兼高のトルクレンチが振り下ろされていた。武器と化した金属棒を、藤原の前腕に叩《たた》きつける。ドンと肉を打つ音とともに、太い木の枝が折れるような音がした。藤原の前腕がくの字に曲がった。やつの手から銀ダラがこぼれ落ち、砂利道の地面に落ちる。頬が痙攣《けいれん》する。

粗悪なトカレフが問題なのは暴発しやすい点にある。安全装置が簡略化され、手動セーフティがなく、改造が施されてトリガーが軽くなっている場合がある。五メートル先の的にも当たるかどうかあやしい代物だが、あまりに簡単に弾が飛び出てしまう。兼高らが危惧《きぐ》していたのは発砲そのものだ。

兼高の目的は、事件化させることなく、喜納の身柄をすみやかにひっさらうことだった。

藤原の右拳《こぶし》が飛んでくる。やつは腕を破壊されても、口から泡を吹きながら、右フックを繰り出してきた。トライバルタトゥーが入った二の腕は、丸太のように太く、ミドル級の元ボクサーを路上でノックアウトしたこともある。

肩をあげた。ショルダーブロックで右拳をふせぐ。鈍い衝撃とともに、自転車のチェーンが外れるような違和感が広がり、続いて激痛が脳にまで突き刺さった。左肩が脱《だっ》臼《きゅう》したらしい。

くぐもった悲鳴が聞こえた。室岡が坊主頭の腹をマイナスドライバーでメッタ刺しにしている。左手の親指で喉仏《のどぼとけ》を潰《つぶ》しつつ、錐《きり》状の刃物と化したマイナスドライバーを次々に繰り出している。坊主頭の太っちょが、クリーム色のTシャツをまっ赤に染めている。喜納はたじろいでいる。

動きを停めている暇はなかった。ヤクザはただでさえ地声がでかい。発砲音にも勝るとも劣らないボリュームで吠える。発砲をふせいだのに、せっかくの苦労が無駄になる。左肩の激痛をこらえ、藤原のわき腹に狙いを定めると、トルクレンチを横に振ろうとした。藤原のガードが下がり、攻撃をかわそうと後ずさりする。

手首に力をこめてトルクレンチの動きを止める。胴打ちはフェイントだ。大きく前に踏み出してトルクレンチを振りかぶった。面打ちに切り替え、トルクレンチを頭に振り下ろした。藤原は左腕を上げて、頭を守ろうとする。

兼高は剣道の有段者だった。竹刀や木刀を振った回数は数十万回にも達する。素手では藤原に敵《かな》わないが、棒切れを持たせれば無敵だった。

トルクレンチの金属棒が、重力を味方につけて、藤原の左腕ごと脳天を叩いた。再び肉を打つ音がし、ミシリと骨がきしむ手応《てごた》えが手に伝わる。藤原の目が泳ぎ、左腕がだらりと下がる。大きな身体がよろめく。

三度目のトルクレンチの攻撃を放った。レフェリーがいれば、割って入るタイミングだ。しかし、これはスポーツではない。ノーガードとなった藤原の顎《あご》を、袈裟《けさ》斬りの要領で殴りつけた。石膏《せっこう》像を砕くような感触がした。藤原の口から数本もの歯と血液が噴きだした。藤原は首をひねりながら地面に倒れる。

室岡に刺された丸坊主もまた、穴の空いた腹から血液が漏れ出るのを押さえながら、膝《ひざ》をがくりとついた。信じがたいとでもいうように、目を見開きながら。玄関を出たときは、ふてぶてしいツラをしていたが、小便をお漏らししてしまったガキみたいな、情けない表情に変わった。

「ま、待て！　待ってくれ！」

「でかい声出すな」

「見逃してくれ、頼む」

喜納がしゃがみこんだ。

懇願するような口調で語りかけるが、両手はまったく別の行動を取っていた。銀縁メガネを外すと、左手でレンズを握り潰し、右手で砂利をすくい取る。

兼高が極道になってからは、目を疑うような体験の連続だった。とくに暴力の場面では。連中のバイオレンスにおける創造性の豊かさには、何度も舌を巻かされている。

喜納は降伏するような弱気な表情を見せつつ、握り潰したメガネのレンズの破片を、まず室岡へと投げつけた。喜納の左手は割れたレンズで傷がつき、破片はまっ赤に染まった。破片は室岡の顔面を襲った。室岡は顔をそむける。

間髪を容《い》れずに喜納は、右手で砂利を兼高へ投げつけた。目つぶしのためだ。頭髪を七三分けにして、ヤクザの臭いを消しているが、かつては蛇頭や不良中国人相手に暴れた喧嘩《けんか》師だ。

兼高は砂利から顔をそむけなかった。トルクレンチを振りかぶって間合いをつめる。小石や砂が目《め》尻《じり》や鼻にあたる。

目を開けたままトルクレンチを、喜納の頭へと振り下ろした。ボウリング球をぶつけ合わせたような硬い音がする。頭頂部を狙ったが、喜納が後ろに退いたため、レンチの先端が額に当たった。砂利道に血の飛沫《しぶき》が散る。喜納の顔は、額を割られて血まみれになった。自分の血液で目が開けなくなった喜納を、革靴のつま先で蹴《け》り上げる。

喜納は首をのけ反らせて、仰向《あおむ》けに倒れた。身体を痙攣させたが、白目を剝《む》いたまま動かなくなった。ハイエースで近づいて約一分。拉《ら》致《ち》が目的だったが、時間がかかりすぎた。あたりを見渡す。

コンドミニアムからは、なんの反応もない。管理人がいるのは夕方までだ。男たちのうめき声や悲鳴よりも、カエルや虫の声のほうが騒々しいくらいだった。コンドミニアムの周りは、ジャングルのように枝の曲がりくねった木々が密生している。

兼高が喜納を失神させると、室岡は次の作業に移った。銀ダラを拾い上げ、弾倉を抜き、薬室に入った弾薬を出す。金属の塊と化した銀ダラを腹にしまった。兼高は左肩の激痛に耐えつつ、ハイエースの荷台から、人数分の寝袋と結束バンドを用意する。

喜納ら三人の両手を結束バンドで封じると、ふたりで寝袋に身体を入れた。人間の身体はただでさえ重いが、太った坊主頭を寝袋に押しこむのにはひときわ苦労した。兼高は腕一本しか使えない。連中を叩きのめすよりも手間がかかった。

室岡にうなずいてみせた。ハイエースに乗りこむと、ハンドルを握ってアクセルを踏んだ。コンドミニアムを離れる。室岡は喜納のレクサスに乗りこみ、ハイエースの後をついてきた。

ハイエースのなかは静かだった。エンジン音だけが響いている。三人のなかには、すでに息絶えた者もいるかもしれなかった。絶命させるのが最終目的でもある。死んでいてくれれば、抵抗されるおそれもない。

ハンドルを握る手が震えた。人を殺したかもしれないのに、もはやなんの感情も湧いてこない。

藤原がか細いうめき声をあげていた。意識があるのかどうかはわからない。顎を砕かれて言葉にならないようだった。バックミラーを後方で横たわる三人に合わせる。助手席にトルクレンチを置き、いつでも叩きのめせるように注意を払う。

ヘッドセットを頭につけ、携帯端末をポケットから取り出した。電話をかける。

〈ど、どうした〉

相手の識名《しきな》がワンコールで出た。

琉神会系の団体に所属していた元極道で、大手ゼネコンの下請けや人材派遣を手がける実業家だ。姉は三期にわたって市会議員を務め、広大な軍用地を所有している地元の名士でもあったが、ヤクザとの関係を断っているわけではない。沖縄裏社会の顔役のひとりだ。

「荷を持っていきますので、準備を頼みます」

ハンズフリーで会話をした。法定速度もきちんと守る。つまらない交通違反をしでかし、警察の目に留まるわけにはいかない。

〈はーやー！　本当《マジ》か。そいつは本当《しんけん》か？〉

識名は訝《いぶか》るように言った。ふだんはきれいな標準語を使うが、よほど動向が気になっていたのか、言葉に方言が交じった。

「本当です」

〈たったふたりでか〉

「ええ」

沖縄ではだいぶ世話になったが、自分の若い衆を貸そうと言って聞かなかった。たったふたりでは、喜納を静かに始末するのは無理だと訴え、兼高らと揉《も》めたものだ。

「警察の動きをチェックしてもらえますか。例のコンドミニアムの敷地に、血液と歯がじゃっかん飛んだので、今夜中に清掃のほうも頼みます」

〈まさか……う、嘘じゃなかねえ〉

「声を聞かせたいところですが、今は失神中です」

識名はしつこく尋ねてきたが、やがて少女みたいに無邪気に笑いだした。いかにもウチナーンチュらしい顔の濃い男で、脂ぎった禿頭《とくとう》と濃い体毛が特徴的な五十男だ。同じ極道で同郷の者同士ということもあり、喜納の逃亡を助けるのではないかと、危惧を抱いた時期もあったが、その心配はいらなかった。同郷の者といえど、必ずしも仲がいいわけではない。その反対もありうる。裏社会においては、後者の例のほうが多いかもしれない。

喜納は沖縄の中高年たちの間では、かなり有名な存在だったらしい。大規模な暴走族を作り上げ、恐怖の総長として君臨した。後輩だった識名は、かつて喜納に根性焼きだの鉄拳制裁を毎日のように喰らい、実家が金持ちだったために、カネをむしり取られ、さんざんな青春を送る羽目になった。

怖い物知らずだった喜納少年は、地元の暴力団員を半殺しにし、沖縄にいられなくなった。三十年以上のときを経て、彼は地元に里帰りしたわけだが、それを知った識名は、青春時代の恐怖を思い出したのか、兼高らをなにかとサポートしてくれた。

米軍からアサルトライフルや手榴弾《しゅりゅうだん》まで手に入れ、拉致に関しても、若い衆を総動員して手伝わせると言って聞かなかった。識名を落ち着かせるのにもだいぶ骨を折ったものだった。手伝いに消極的な怠け者にも手を焼くが、積極的すぎるのも考えものだと、室岡と苦笑し合っていた。

識名は笑い過ぎたのか、肺をぜいぜいと鳴らし、苦しげに咳《せ》きこんでいた。その彼に再び尋ねる。

「社長、聞こえていますか?」

〈わかってるさ。これでようやく枕を高くして寝られる。ありがとう《にふぇーどー》〉

「まだ終わっちゃいません。処理の準備もお願いします」

〈任せとけ。おれ《わん》も行って、あの野郎《あにひゃー》がくたばるところをこの目で見てえが……〉

「ともかく、よろしくお願いします」

識名の喜びの声を断ちきり、用件を伝えて電話を切った。

バックミラーを見た。積まれた連中の耳にも電話の内容は届いているはずだが、とくにこれといった反応はない。藤原のうめき声が、多少大きくなったぐらいだった。

国道449号線で本部町の市街地へと入り、〝そば街道〟と呼ばれる山道へと入った。曲がりくねった狭い道で、やはり街灯もない寂しい道だった。一日の営業を終えた沖縄そば店やフルーツの直売所の前を通り過ぎる。

山道の途中で左折し、今帰仁村《なきじんそん》へと通じる公道へと進んだ。コンドミニアムから走って三十分ほどの距離。左肩がじんじんと痛んだ。痛みのあまり、ときおり目がちかちかする。

公道の傍にマグライトを持ったタンクトップの若者がいた。識名建設の社員だ。ハイエースに向かって、灯《あか》りのついたマグライトを振ってみせる。公道から外れて金網製のゲートをくぐった。未舗装で雑草だらけの私道を入る。土埃を巻き上げながら、雑草を踏み倒して、目的地の古民家へとたどりついた。

瓦《かわら》屋根の木造建築物で、屋根には、風雨にさらされて石の塊と化したシーサーがあった。人が長らく住んでいないのは明らかで、いたるところが傷んでおり、屋根の瓦ははがれ落ちていた。敷地は膝まで雑草が伸びている。周りには似たような古民家があったが、同じく廃墟になっているらしく、壁では蔦《つた》や木の枝が複雑にからみあっている。識名建設が保有している土地だ。

古民家の敷地には乗用車とトラック、それに黄色のミニショベルがあった。ハイエースが近づくと、乗用車やトラックから男たちが降りてきた。敷地内には、すでにミニショベルで掘ったと思《おぼ》しき正方形の穴があった。その横には、死体の分解を早めるための石灰の袋がいくつも積まれている。

ハイエースを敷地内で停めた。その後ろに室岡がレクサスを停める。ふたりが運転席から降りると、男たちは頭を深々と下げて兼高らを出迎える。

「お疲れさまです！」

うなずいてみせた。

識名建設の社員で、タンクトップやＴシャツ姿の若者だった。細眉《まゆ》に口ヒゲ、銀のアクセサリーや、洋風のタトゥーを入れている。東京からやって来た、泣く子も黙る本物の殺し屋たち——社長の識名に吹きこまれたらしく、それぞれワルぶった恰好をしてはいるが、鬼軍曹に睨《にら》まれた新兵のように緊張している。

男たちと一緒に羽虫も大量に集まってくる。虫よけスプレーをたっぷり浴びていたが、沖縄の蚊はうんざりするほどしぶとい。肌のいたるところを刺されていた。じいじいという虫の鳴き声に、鳥やカエルの鳴き声が加わる。濃密な生き物の気配に満ちていた。

「手伝え」

ハイエースの後部ドアを開けた。荷台に乗りこむ。

三つの寝袋を見下ろす。坊主頭の男の首筋に指をあてた。身体はまだ温かかったが、脈は停まっていた。指が血で染まる。タオルで血を拭《ぬぐ》った。

男たちに寝袋を外へと引っ張りださせた。兼高はトルクレンチを握った。喜納と藤原はまだ息があった。

藤原はうめき声をあげていた。思わず耳を傾ける。死にたくない、死にたくない、死にたくない。顎を壊されて言葉は不明瞭《ふめいりょう》だったが、意味は伝わってきた。聞いたのを後悔した。

「穴が小さいな」

室岡が顎に手を当てて、正方形の穴を見下ろしていた。二メートル四方に掘られた墓穴だったが、深さは一・五メートルほどしかない。

「小さいっすか？」

細眉の若者が答えた。

このぐらいで充分だろうと言いたげな口調だった。兼高に敬意と畏怖《いふ》の念を抱いてはいるが、どちらかといえば室岡に対する接し方は軽かった。百八十センチを超える身長と、分厚い筋肉の鎧《よろい》で覆われた兼高とは違い、室岡はフェザー級程度の体重しかなく、顔も端整で柔和ではあった。素人目には食の細そうな優男にしか見えないらしい。

持っていたトルクレンチを、地面に置かれた藤原の顔面へ振り下ろした。先端が鼻筋を直撃し、やつの右目がこぼれ出た。口から噴水のように血が噴き、兼高の顔面を濡らした。頭蓋骨《ずがいこつ》が砕けたのがわかった。

血に濡れたトルクレンチを細眉の若者に向けた。彼は凍りついた表情で、赤く染まったトルクレンチを凝視する。

兼高は訊いた。

「大雨だの台風だの、このあたりの天気は荒れるんだってな」

細眉の若者の喉仏がごくりと動いた。

「だろ？」

「すいません」

細眉の若者は頭を下げた。兼高は若者の後頭部をトルクレンチのグリップで小突く。

「どうして謝る」

「とても《でーじ》降ります。すいません」

「わかっていて、浅く掘ったのか。お前ら」

識名建設の社員たちを睨みつけた。彼らは一斉に頭を下げた。ひとりがあわてて言う。

「もっと深く掘ります。すいませんでした」

「話を勝手に終わらせるなよ」

トルクレンチを男たちに向かって振った。

男たちの衣服や顔に、藤原の血が飛び散った。男たちは顔をそむけ、苦しげな表情を見せた。

「殺しに時効はない。根性入った猪や野犬が掘り返すかもしれないし、記録的な大雨が地面を洗い流すかもしれない。万が一でもホトケさんが顔を出したら、てめえらにケジメつけさせるぞ。お前らにも埋まってもらう」

室岡が微笑んだ。手には、血に染まったマイナスドライバーが握られている。

「兄貴、こいつらも殺《や》りますか。どうも信頼に欠ける。いいかげんな仕事《ゴト》をされるくらいだったら、おれたちふたりで済ませたほうがいい。おれ、ショベル扱えるし」

「そうするか」

識名建設の社員たちは顔を強張《こわば》らせた。

膝がガクガクと揺れている。チンケな脅しだったが、人里離れた山中で夜中、人を殺したばかりの極道に殺意を向けられれば、震え上がるのが当然かもしれなかった。最初からなにかしら難癖をつけては、恐怖心を植えつけるつもりではあった。

とっとと宿に戻りたかった。脱臼は何度か経験しているが、決して慣れるものではない。左肩はマグマのように熱く、痛みが激しく訴えてくる。しかし、ラストまで気を抜いてはならない。

死体が地表に出てしまう可能性は低い。このあたりが〝墓場〟に利用されて、もう五年以上の月日が経つ。すでに三体もの死体が埋められているという。問題は埋める人間だ。一丁前にワルぶっているくせに良心が疼《うず》きだすやつもいれば、ワル自慢のためにうっかり喋《しゃべ》るアホもいる。

細眉の若者が膝をついた。額を地面にこすりつける。

「勘弁してください！」

タトゥーを入れたガキや、タンクトップの男が後に続いた。三人全員が土下座する。

「どうします？」

室岡が尋ねる。

「どうもこうもない。こいつら次第だ」

土下座の三人を眺めてから、寝袋に入った喜納を見下ろす。

彼の額は出血が止まっていた。しかし、兼高に顎を蹴られたせいで舌を噛んだのか、口から血をあふれださせている。眉間《みけん》にシワを寄せ、ギラギラとした視線を向けてきた。もう孫もいる五十男だが、瞳《ひとみ》だけは暴走族の頭《ヘッド》のような荒々しい光を湛《たた》えていた。必死に兼高にメンチを切る。

兼高は笑顔で受け止めた。

「そんなに睨まんでください。小便ちびっちまいそうですよ。叔父貴《おじき》」

識名建設の三人に近寄った。彼らは殴打されると思ったのか、土下座の姿勢で頭をかばう。

「顔あげろ」

細眉の若者にトルクレンチの柄を向ける。若者はわけがわからないという顔を見せた。トルクレンチを握らせる。

「勘弁してほしけりゃ、あの寝袋のおっさん、ぶん殴ってこい」

「はい？」

室岡が腕を振った。武器であるマイナスドライバーが、三人の手前の地面に突き刺さった。三人が短い悲鳴をあげる。

「なんだったら、そっちを使ってもいい」

三人はなかなか動かなかった。タトゥーを入れたガキがおそるおそる言う。

「でも、おれら……埋めるだけとしか聞いてなくて」

抗弁するガキに後ろから抱きついた。ハーフパンツのうえから尻をなで回す。尻の穴のあたりに指を突っこみ、トライバルタトゥーの入った前腕に口づけをした。ガキの肌が粟立《あわだ》つ。

「あんちゃん、こんな刺青《いれずみ》入れておいて、なに芋引いてんだよ。別の穴も掘っちゃうぞ」

「やります、やります！」

細眉の若者がトルクレンチを持ったまま立ち上がった。

「手加減するなよ」

ガキの股間《こかん》をさすりながら命じた。

細眉の若者は喜納に駆け寄ると、トルクレンチを掲げた。振り下ろすのに時間がかかったものの、予想以上に打撃は力強かった。肉と骨が潰れる音がし、喜納の顔から噴水のように血が飛ぶ。

「次はお前だ」

タンクトップの男に命じた。

彼は真っ青な顔でうなずくと、地面に刺さったマイナスドライバーを掴み、鼓舞するように声をあげて駆けていった。大声をあげて、マイナスドライバーを寝袋越しに突き刺す。先端を尖《とが》らせたドライバーは、寝袋の生地を簡単に貫き、豆腐のように喜納の身体に突き刺さった。喜納がびくびくと身体を痙攣させる。

泣き声がした。タトゥーを入れたガキがベソを掻《か》いていた。耳たぶを齧《かじ》った。

「お前もやってこい。それとも、ここで青姦《あおかん》するか？」

ガキは兼高を振り払った。

勢いよく駆けだすと、仲間からトルクレンチをひったくり、瀕死《ひんし》の喜納に何度も振り下ろした。喜納の頭が潰れたトマトと化し、寝袋の周囲に血の池ができる。

室岡がウィンクをしてきた。兼高は拍手をする。

「これでお前たちも立派な人殺しだ。今起きたことは死んでも話すなよ。何十年もクサいメシを食いたくなかったらな」

三人の顔や衣服は血に濡れていた。悲しみと苦しみが混ざり合ったような複雑な表情を見せる。タトゥーのガキは涙や血を手で必死に拭っている。

兼高は思った。自分が初めて殺人をやったときも、似たような顔をしていた。

喜納の目玉が眼窩《がんか》からこぼれ、瞳が兼高のほうを向いた。胃液が喉元までこみ上げてくる。それを無理やり飲み下し、あくまで平静を装った。兼高の本名は出月梧郎《いでづきごろう》という。ただし、今は冷酷なキラーの兼高昭吾にならなければならなかった。

「お疲れさん、お疲れさん」

ガラス製のドアを開けると、識名が玄関で待ち受けていた。

いかにも南国の顔役らしく、彼は白の麻ジャケットを着ていた。黒光りした顔と衣服が対照的に映る。パナマ帽を斜めにかぶり、赤いアロハシャツを着用している。

対象者の始末を終えて、兼高らが向かったのは、名護市役所の近くの識名建設北部営業所だった。本社は那覇市の県庁近くにある高層ビルで、県内ではそれなりに知られた建設会社だ。北部営業所も三階建ての鉄筋コンクリートのビルだった。

識名は泣き笑いのような表情で、兼高と室岡を丁重に出迎えた。琉球《りゅうきゅう》空手を嗜《たしな》むボディガードを従えて。識名は、暴君だった喜納が里帰りしたとの知らせを耳にすると、琉神会きっての腕利きを護衛に当たらせていた。ボスの悩みの種であった喜納が消え、ずっと険しい顔をしていた護衛たちも、今はほっと表情を緩めている。

「本当にありがとう《にふぇーどー》」

識名の身体から泡盛の匂いがぷんと漂った。

兼高たちが、喜納と手下たちをあの世に送ったとき、彼は名護市内のスナックで友人たちと酒を飲んでいた。アリバイ作りのためだ。

喜納の帰郷は、沖縄県警も把握している。彼と護衛たちが忽然《こつぜん》と姿を消したとなれば、琉神会を疑うに決まっていた。

なかでも強い恨みを持つ識名がまっ先に疑われる。死体の処理に関わった識名建設の社員たちは、うるま市の工事現場の宿舎で、カタギの作業員たちと、酒を酌み交わしながらチンチロリンで遊んでいたことになっている。

兼高は右手で握手をした。識名の表情が驚きに変わった。骨が外れた左肩を痛々しそうに見やる。

「あい！　そうやった。医者なら事務所に待機させている。でーじ痛むやろう」

「それほどでも」

「あんたらは本当にタフだな。泣き言ひとつ言わねえ」

「まあ……慣れてますから」

室岡は両手がふさがっていた。片手で工具箱を、もう片方で大きなビニールバッグを抱えていた。彼はボディガードに工具箱とビニールバッグを手渡した。

室岡は識名に告げた。

「消すのに使った武器《どうぐ》と衣服です。どっちも血がべっとりついてるんで、始末のほうをお願いします」

識名は胸を叩《たた》いた。

「任せてくれ。プロパンバーナーで、残らず溶かすか灰にする」

「それとお借りしたハイエースですが――」

「そいつも明日中にスクラップにする。もう二十万キロ以上も走ったボロ車だしな。本《もと》部《ぶ》署の兄弟《ちょーでぇー》に連絡取ってみたが、拉致《らち》に気づいた人間はいないらしい。通報もねえ。見事な仕事ぶりだ」

「ありがとうございます」

「それでだな……」

識名は身体をもじもじさせた。なにかを訴えるようにふたりを見上げる。

「例のアレですね」

室岡は笑った。ポケットから携帯端末を取り出した。液晶画面をタッチし、保存していた画像を表示させた。無邪気な笑顔で液晶画面を識名らに見せる。

　ボディガードのひとりがうめいた。液晶画面から反射的に目をそらす。もうひとりは顔を強張《こわば》らせる。当の識名だけは深々と息を吐いて見入っていた。

　室岡が見せたのは喜納の死体だ。映っているのは、トルクレンチで破壊された喜納の顔面を接写したものだ。

　喜納の顔は骨ごと歪《ゆが》み、鼻は潰《つぶ》され、歯はすべてなくなった。眼窩《がんか》から神経のついた目玉がこぼれ出ている。割れた頭蓋骨から、灰色の脳みそもあふれており、彼をよく知る人間でも、喜納だと断定するには時間がかかるだろう。

「まだ、ありますよ」

　室岡は画面上の写真を指でスライドさせた。寝袋に押しこめられた喜納の死体写真だ。

　識名は携帯端末を室岡からひったくった。死体写真を凝視したまま、頬をひくひくと痙攣《けいれん》させながら笑う。

「こいつが見たかった」

「社長のご要望どおり、楽には死なせませんでした」

　室岡が識名から携帯端末を受け取った。

　液晶画面にタッチして、写真を消去しようとする。識名は名残惜しそうな顔を見せた。

「も、もう消すのか」

「むろんです」

「もったいねえ……でっかくプリントして、床の間に飾りてえぐらいだ。だが、これで心がすっきりした。こんな晴れやかな気分は何年ぶりだろうな」

識名は顔をあげて涙をこらえた。玄関で立ち止まったまま感慨にふけっている。ボディガードの案内で、事務所のなかへと通される。

「喜んでもらえたようですね。いいことしたなあ」

室岡は携帯端末を操作し、次々に喜納の死体写真を消去していった。なにかと世話を焼いてくれた識名へのプレゼントのつもりだったが、こんなものは一刻も早く消さなければならない。

笑ったり泣いたりと忙しい識名も異様だったが、人間三人を惨殺した直後にもかかわらず、「いいことした」と、さわやかに言ってのける室岡もどうかしていた。もっとも、彼のような人生を送っていれば、たいてい頭や心は壊れてしまうだろうが。

警察と社会の監視が厳しくなった二十一世紀の現代では、ヤクザになる人間といえば相場が決まっている。生まれた環境が最悪なのは当然として、社会から外れるのを宿命づけられたとしか思えないはぐれ者ばかりだ。兼高が所属する東鞘会系神津組には、底辺の地面を這《は》いずって生きてきた男たちがとりわけ多いが、なかでも室岡は特異といえた。

事務所に入った。隅の応接セットに、白衣を着用した医者らしき男が座っていた。年齢は三十代後半ぐらいで、大きなバックパックを抱えて待機している。

兼高はボタンを外してワイシャツを脱いだ。

「あんたがドクターか」

「そ、そうです」

医者はひるんだ様子で答えた。

兼高の関東彫りを見て驚いたようだ。アウトローに慣れた闇医者ではなさそうだ。

「診てくれ。脱臼《だっきゅう》している」

「わかりました」

医者は震えた声で答えた。

兼高の背中には、後光が差した釈迦如来《しゃかにょらい》が彫られてある。この地獄から抜け出せるように、ひそかな願いをこめて。地獄に堕《お》ちた悪党のカンダタは、釈迦如来の慈悲によって垂らされた極楽へと続く蜘蛛《くも》の糸を登ろうとした。愚かなカンダタは登りきれずに転落したが、自分は地獄から生還してみせると。腕から胸にかけては不動明王《ふどうみょうおう》が睨《にら》みを利かせている。

医者はバックパックからマットレスを取り出した。営業所の床に敷いた。

「ここに座ってください」

医者の指示に従った。マットレスのうえに腰を下ろす。

「まさか獣医じゃねえよな」

兼高は冷やかした。医者は苦笑する。

「整形外科をやってます」

「どこで？」

医者は兼高の左肩に触れた。骨の外れ具合を確かめるように、慎重に筋肉を揉《も》む。

「いや、あの……私は社長に呼ばれただけで」

「ドクター、こんな夜中に診てくれるのはありがたいと感謝している。だが、あんたはおれのツラと刺青《いれずみ》を見てるが、こっちはあんたをまるで知らない。自己紹介もない。いささか無礼だと思わないか。脱臼の治療にはリラックスが欠かせないが、これじゃ筋肉は緊張しっぱなしだよ。とくに今夜は危険な仕事を終えたばかりで、感情が高ぶってる。社長を見ればわかるだろう」

医者は事務所の入口を見やった。救いを求めるように。しかし、識名はやはり涙をこらえているだけだった。

兼高は医者に顔を近づけた。

「おれは兼高昭吾。相棒は室岡秀喜だ」

室岡の手がチキチキと鳴った。

いつの間にか、事務所にあったカッターナイフを拾っている。白い歯を覗《のぞ》かせながら、ブレードを出したり引っこめたりと弄《もてあそ》んでいる。

「わ、私《わん》は具志《ぐし》川《かわ》ケンジと言います。この会社の産業医でもあります」

「ケンジとはどう書く」

「研究の〝研〟に、数字の〝二〟です」

「研二先生。これでようやく心の底から信じられる。具志川研二先生」

せっかく呼んでくれた識名の顔を潰すような行為だが、カタギにはなにかと用心をしなければならない。

医者はなにかと守秘義務を抱え、口の堅い部類に入るが、自分が殺人犯の治療にあたったとわかれば、なにをしでかすかわかったものではない。それゆえに兼高流の挨拶《あいさつ》を済ませる必要があった。治療を受けている間、さらに彼の家族構成を根掘り葉掘り訊《き》いた。答えを渋るたびに、室岡がカッターナイフの音を鳴らした。

具志川の治療は確かだった。ゼロポジション整復法と呼ばれる、徒手で外れた骨を嵌《は》め直す方法だった。仰向《あおむ》けになった兼高の左腕をゆっくりと掲げ、わずかに腕をひねりつつ、上方へとひっぱり上げるのだ。五分もしないうちに、肩関節が元通りになっていた。

学生のころから脱臼は何度も経験しているが、ここまで痛みを伴わずに治してくれたのは、具志川が初めてかもしれない。ただし、すぐに左腕が使い物になるわけではない。整復後はスリング装具で左腕を固定した。

左肩が完治するには三週間ほどかかりそうだった。しかし、東鞘会を悩ませていた悪性腫瘍《しゅよう》の除去に成功したのだ。これくらいはケガのうちには入らない。琉神会や識名側もケガ人を出さずに済んだのだ。

「具志川研二先生、あんたは名医だ。また沖縄に来たときは頼むかもしれない。ありがとう」

心から礼を述べたつもりだが、彼は生返事をするだけだった。

往診したのを後悔していると、顔に書いてあった。治療はつつがなく終わったものの、苦い薬を含んだような表情をしていた。闇の治療行為が高くつくことを思い知っただろう。バックパックに仕事道具を押しこむと、そそくさと営業所を後にした。

兼高らも営業所を出ようとした。涙目の識名に尋ねられた。

「もう行くのか」

「このとおり、社長が呼んでくださった先生のおかげで、ばっちりです」

「あと二、三日はゆっくりしていくんだろう。ゴルフでも……と言っても、その腕じゃあな。とにかく明日、メシでもどうだ。とろけるようなもとぶ牛を出す店がある。それに、とろけるような女も。那覇にゃタレント志望のマブい女が揃ったクラブがある。沖縄女も悪くないぞ」

兼高は首を横に振った。

「お気持ちはありがたいのですが、明日の午後には東京に戻ります」

「ちょっと待ってくれ。水臭《みずくせ》えじゃねえか。礼がしてえんだよ。ボスの土岐《とき》さんには、こっちからも話を通しておくさ」

もう一度、首を横に振った。

「社長、忘れてもらっちゃ困ります。おれたちは人殺しですから」

「人殺しぐらいならうちだって――」

識名の言葉を遮った。咳払《せきばら》いをひとつしてから言った。

「僭越《せんえつ》ながら申し上げますが……たしかに社長の怨敵《おんてき》である喜納は消しました。やつは我ら東鞘会にとっても、すみやかに排除しなければならない裏切り者です。ひとまず始末には成功しましたが、これで終わりではありません。おれたちは喜納と護衛の頭を割って、土のなかに放り捨てましたが、どんな些《さ》細《さい》なことから足がつくかわかりません。命を狙われて故郷に逃げたヤクザが、忽然と護衛もろとも姿を消した。もし警察《デコ》に尻尾《しっぽ》を握られたら、まっ先に疑われるのは」

兼高は識名に指を差した。彼の顔から笑みが消えた。

「おい……脅かすなよ」

「土岐に連絡を取ってみてください。きっと、おれと同じことを言うはずです。おれたちは、静かに姿を消さなければならない」

識名はハンカチで顔を拭《ぬぐ》った。急に酒が抜けたかのように、表情を引き締める。

「あんたらはプロだな。おれはあの野郎を消せて、すっかりのぼせ上がっていた」

「識名社長の手厚いサポートは忘れません。ただし、おれたちは社長と会ってはいない。社長はおれたちの存在すら知らない。社員さんや具志川先生も」

「わかった」

兼高は頭を下げる。

「生意気言って申し訳ありません」

「見送りもここまでにしとこう」

「ご理解いただき感謝します」

営業所の玄関には、新しい革靴が用意されていた。

仕事で使用した革靴はハイエースやトルクレンチと同じで、もはや警察に尻尾を掴《つか》まれるだけの証拠品に過ぎない。まとめて処分してもらう予定だ。

「それでは」

新しい革靴を履くと、また改めて最敬礼をした。識名はパナマ帽をかぶり直して手を振る。

「あんたらとはここでお別れだ。二度と会わねえ。さよならだ《んじちゃーびら》」

別れの挨拶にうなずくと営業所を後にした。

営業所の駐車場には識名建設の営業車があった。識名建設のロゴが入ったハッチバック式の普通車だ。室岡がハンドルを握り、兼高が助手席に陣取った。

沖縄の大動脈である国道58号線沿いに出た。片側二車線の広い道路は、時刻が遅いこともあってガラガラだ。ときおり、マフラーをいじった暴走族がアクセルを吹かし、遠くで爆音を轟《とどろ》かせていた。

ファストフード店や牛丼屋、コンビニなど、東京の街道沿いと変わらぬロードサイドショップの風景が広がっている。室岡は法定速度をわずかに超える程度の速さで営業車を走らせた。こんな夜遅くに、まったりと速度を守っていたら、それはそれでパトロール警官に怪しまれる。

ふいに室岡が口を開いた。

「いい人でしたね」

「よすぎる。それはそれで問題だ」

「ゴルフでも……か。あんな人、初めてだ」

室岡はクスクスと笑った。

殺しの対象である喜納が、識名にとっても恨みを抱く人物だったとはいえ、車や人員、宿だけでなく、死体処理場まで用意してくれた。かなり協力的なほうといえた。

いくら友誼《ゆうぎ》団体といっても、殺し屋の来訪を喜ぶやつはいない。トラブルの種となるのは明らかだからだ。まともな協力どころか、宿ひとつ用意もせず、関わり合いを避けようとする不義理でケチな人間も少なくはない。むしろ、それがあるべきヤクザの姿というべきだが。

「極道から足を洗って、カタギの癖が染みついてるんだろう」

「二度と会わねえ」

室岡は識名の口調を真似た。

つられて兼高も笑う。かりに会うことがあるとすれば、この殺しが世間にバレたときだ。識名の口を封じなければならない。

ハンバーガーショップの横を通り過ぎた。室岡が尋ねる。

「腹減りませんか」

「減った」

時間は夜十二時を過ぎていた。今日も早朝からずっと、廃墟《はいきょ》のリゾートホテルに陣取り、殺しの対象者である喜納の動向を見張り続けた。コンビニのおにぎりやサンドウィッチしか口にしていない。

「焼肉屋にでも寄りますか。もとぶ牛でも石垣《いしがき》牛でも、なんでもいいんですけど」

「パスする。コンビニに寄って、宿でおれを降ろせ。一刻も早く、シャワーを浴びて寝たい」

「そうすか」

室岡は寂《さみ》しげに答えた。

「悪いな。お前と違ってデリケートにできてるのさ。カンカン照りのなか、見張りを続けたせいで頭も痛む。おれの分まで、がっつり食ってこい」

「じゃあ、おれ、あれを食ってきます。Tボーンステーキ。一キロぐらいのでっかいやつに嚙《か》みついてきますよ。北谷《ちゃたん》ぐらいまで行けば、この時間でもやってるステーキ屋があるみたいで」

「お前がなにを食おうが自由だが、あれはあんがい骨だけでかくて、重量のわりには食った気がしないもんだ。むかつくほどでかい脂身までついていたしな」

「そうなんですか？」

「おれがどっかの店で食ったのはそうだった。しょっぱい気分になったよ」

「それは嫌だな……どうしようか」

室岡は真剣な顔になった。眉間《みけん》にシワを寄せて考えている。仕事のときよりも悩んでいるようだった。

「足りなきゃ改めて注文しろ」

室岡は大食漢だ。酒はほとんど口にしないが、典型的な痩《や》せの大食いというやつで、今日の仕事でも見張りをしながら、昼食におにぎり七個と、沖縄流の揚げドーナツであるサーターアンダギー半ダースをたいらげていた。

「いや、焼肉もいいなと思って」

「朝まで悩んでろ」

「兄貴こそ、またコンビニ飯でいいんすか」

「お前と違ってグルメじゃない。どうでもいいさ」

室岡は営業車をコンビニの駐車場へと入れた。

兼高は助手席から降りて、すばやく買い物を済ませた。弁当とサンドウィッチを買い、再び営業車に乗りこむ。

コンビニから宿舎までは近かった。名護市内にある全国チェーンのビジネスホテルで、琉神会系の幹部の義兄が経営者だ。兼高らは偽名で宿泊している。

営業車がホテルの玄関前につけられた。再び車から降りる——そろそろ限界だ。

「じゃあ、すみません。行ってきます」

「気をつけろよ」

兼高はレジ袋を提げて手を振った。営業車が再び公道へと出て行くのを見届ける。

兼高はホテルへと駆けだした。建物内に入ると、エレベーターホールに向かい、昇降ボタンを何度も押した。エレベーターのドアが開くと、かご箱のなかに身体を滑りこませる。

客室は最上階の七階にあった——シングルルームをふたつ取っている。逆流した胃液が口までこみあげてくる。ハンカチで口をふさぎながら表示板を睨んだ。

最上階にたどりつくと、胃液があふれないよう通路をゆっくり進んだ。カードキーを取り出して客室のドアを開ける。

ユニットバスの扉を開くと同時に胃液を吐いた。口から噴水のように勢いよく飛んでいく。黄色い胃液が洋式の便器とその周囲を汚した。摂取したスポーツドリンクやミネラルウォーターが逆流する。

胃が収縮を繰り返して、内容物すべてを空にしようとしていた。涙と鼻水で顔がぐしゃぐしゃに濡《ぬ》れた。夕方になってから固形物を口にしていない。せっかく着替えたワイシャツの襟や胸元に胃液の飛沫《しぶき》が付着する。身体を支えきれずに便器にもたれかかった。

肩で息をした。ユニットバスがすっぱい異臭に包まれる。兼高のトルクレンチによって、護衛の藤原の顔が潰される瞬間が脳裏によみがえってきた。

再び胃が蠢《うごめ》きだした。巨大な手で胃袋を摑まれているかのようだった。痛みに耐えながら再び口を開いた。開かされた。最初ほどの勢いはないが、またも二日酔いに似た不快感に襲われ、胃液が迸《ほとばし》った。

便器の水が跳ねて、兼高の顔を濡らした。便器とその周辺は大量の胃液にまみれている。

便器から離れ、バスタブに背中を預ける。今度は目の前を、潰れて原形を失った喜納のツラがちらつきだした。頭蓋骨の割れ目からこぼれだした灰色の脳みそと薄茶色の脳しょう。眼窩から飛び出した神経つきの眼球。へこんだ額や砕けた下顎《あご》、まっ赤に腫《は》れ上がった歯茎――。

便器に再びしがみついた。強い吐気に襲われたものの、一滴の胃液も出てはこなかった。便器のレバーハンドルを回し、胃液を排水路へと流す。

タオルで口を拭った。

「いいかげん、慣れてくれてもいいだろうが」

自分自身に話しかけた。

タイル床には、コンビニで買った商品がレジ袋から飛び出していた。サンドウィッチや弁当が便器の下に潜りこみ、兼高の嘔吐《おうと》物が黄色く付着している。

胃の反乱が収まると、タオルで口や胸を拭った。生まれたての仔馬《こうま》みたいに頼りなくなった足に力をこめた。

気合とともに立ち上がり、タイル床に散らばった商品を拾って、レジ袋に入れ直した。バスルームから出ると、弁当をゴミ箱にねじ入れた。もとから食べるつもりなどなかった。食欲はない。相棒の目をごまかすために購入したものだ。

ワイシャツとスラックスを脱ぎ、汚れ具合を確かめた。潰れたカメムシのような悪臭がした。どれもこれもクリーニングが必要だった。

タオルを水道水で濡らし、雑巾《ぞうきん》代わりにして、汚れたタイル床を拭《ふ》いた。今日のように仕事を済ませた日は、たいがい強い不快感と吐気に襲われるものだが、ここまで派手に撒《ま》き散らしたのはひさしぶりだ。

室内のカーペットだけでなく、客室ドアを開けて通路を確かめた。顔をしかめる。ハンカチで口を押さえたつもりだったが、嘔吐物が点々と落ちている。オートロック式の客室ドアを、ドアガードで半開きにしたまま、通路に落ちている嘔吐物を拭い取った。

客室に戻って、洗面台の水道でゲロまみれのタオルを洗った。鏡には、土気色の顔をした兼高が映っている。昨日の夜と比べると、確実に頬がこけている。目から輝きが失われていた。

鏡の自分に毒づいた。

「なにがTボーンステーキだ。ふざけるなよ」

室岡はおそらく今頃、どこかの店で焼いた肉を頬張っているだろう。罪の意識などカケラも持つことなく。彼にとって、殺しは特別な仕事でもなんでもない。事務員がペーパーワークをこなすような感覚だった。

ヤクザ者の多くが、めちゃくちゃな家庭環境で育っているものだが、室岡はなかでも特殊な少年時代を送っている。

父親の室岡充《みつる》は、北関東の大学病院に勤務する外科医だった。祖父や伯父《おじ》も医者で、裕福な一家に生まれた。本来ならば、息子の秀喜も先を尖《とが》らせたマイナスドライバーではなく、メスや鉗子《かんし》を持っていたかもしれない。父親がカルト宗教団体に入信しなければ。

室岡充は、ガンなどの死病に冒された患者と接するにつれ、現代医療や科学では答えが見いだせない死後の世界について考えるようになり、宗教に深く傾倒していった。いくつかの宗教団体を転々とするが、最終的に『ヴェーダ天啓の会』に入信した。同会は最盛期に約二万人の信徒数を誇った全国規模の新興宗教団体であり、チベット亡命政府に近づき、米国やロシアに進出するなど、バブル崩壊後の日本のなかで急成長を遂げた。教祖の六波羅《ろくはら》萬代《ばんだい》は、ひんぱんにテレビやラジオ、雑誌の取材を受けては著名人や宗教学者と対談を行い、自著を大量に刊行するなどして名を売った。

室岡充は親族の反対を押し切って、マンションや自家用車などの財産すべてを同会に寄付し、妻と幼い息子を連れて出家信者となった。室岡充は医者としての経歴を買われ、同会が経営する付属病院の院長に就任した。

同会の勢いは増していったが、教祖の六波羅は人々の救済と称して暴力を肯定し、暴君として同会を支配していった。やがて強迫神経症などの精神疾患にかかり、メディアから姿を消す一方で、終末思想を唱え出しては、国家転覆を目論《もくろ》むようになる。

勢力拡大とともにトラブルも続発。無理な修行によって信者が死亡、もしくは同会の反社会性を早くから指摘していた弁護士やジャーナリストを拉致して殺害するなど、凶悪犯罪に手を染め、信者から吸い上げたカネで武装化を図り、北海道や沖縄の離島で軍事訓練をひんぱんに行うなどして、詳細な軍事クーデターを計画したものの、公安警察によって阻止され、教祖の六波羅を始め、幹部は軒並み逮捕された。室岡充も例外ではなかった。

息子の室岡秀喜は同会のなかで育った。彼にとってはこの宗教団体が社会そのもので、通常の小学校に通うことも許されなかった。十歳のときに同会の青少年部に属し、狂王と化した六波羅の小姓として、身の回りの世話をするようになった。

六波羅は大量殺戮《さつりく》をも救済と称して、世界の終わりを唱えていた。被害妄想にとらわれ、毎日のように終末思想を唱える教祖。また、それを固く信じる大人たちに囲まれて育ち、教祖を守るための軍事訓練を受け、夜は六波羅に可愛がられたらしい。

六波羅と幹部らは逮捕され、同会は消滅したものの、秀喜を引き取ろうとする親族は現れず、児童養護施設に預けられた。また、精神科医や臨床心理士による脱洗脳プログラムを受けたが、それが功を奏さなかったのは、今の室岡の働きぶりを見ればわかる。複数の人間を殺して埋めた直後に、なんの痛痒《つうよう》も感じずに、牛肉にかぶりつける立派なキラーとなった。

　兼高はシャワーを浴び、嘔吐物にまみれた顔や身体を流した。下着を着用した。そのまま眠りにつきたかったが、仕事はまだ終わっていない。胃腸薬を飲み、ぬるくなった栄養ドリンクを吐きださないよう慎重に飲んだ。

　キャリーバッグから、ノートパソコンを取り出した。USB端子にはデータ通信端末がついていた。テーブルに置いて、電源を入れた。

　OSが起動するまでの間に、キャリーバッグから精神安定剤の包装シートを取り出した。粒状の薬を水道水で飲む。

　パスワードを入力してデスクトップ画面を開くと、データ通信端末も起ち上がる。タッチパッドに触れてネットに接続し、英文字でURLを入力した。

　アメリカにサーバーがある秘匿性の高い会員制のサイトだ。ログイン画面が表示され、パスワードを求められた。高校時代の友人の誕生日を入力した。今度は好きなスポーツを英語で尋ねられた。ボクシングと入力する。

　ログインに成功したとの通知とともに、目当ての掲示板サイトに到達した。たどり着けるのはふたりしかいない。ひとりは兼高昭吾こと出月梧郎と、出月の上司である警視庁組対部特捜隊の阿内将《あないまさる》だけだ。

兼高はキーを打った。喜納の始末が完了したこと。殺害方法や埋めた場所を記した。さらに出会った人間の名前や肩書きを書きこみ、阿内への報告を済ませた。

那覇空港に着いて、ようやく食欲が湧いた。

昨夜の胃薬が効いたらしい。空港内には、フードコートやレストランから漂うメシの香りが充満していた。空港内の四階にあるレストランに入る。

兼高らは、すでにキャリーバッグを手荷物カウンターに預けていた。X線検査で引っかかるようなものはなにもない。また、保安検査場で呼び止められるようなブツも、身に着けてなかった。

沖縄へやって来たときもそうだった。バッグのなかに入っていたのは、もっぱら衣服や下着ばかりで、観光客とたいして変わりなかった。

仕事に必要な道具は、おおむね沖縄のホームセンターやカーショップで揃えた。夜間双眼鏡やGPS発信機は、本土から送ってもらった。マイナスドライバーを刃物へと変えた鉄工用ヤスリもだ。ホテルにすべて処分するように頼んでいる。

「やれやれだ。ようやく腹が減ってきた」

空港レストランのボックス席に案内されると、兼高は胃のあたりをさすり、メニューを手にした。

「兄貴、朝飯も食わなかったでしょう。昨夜《ゆうべ》だってコンビニ弁当とサンドウィッチだけですもん。弁当だって、最低ふたつくらいないと足りないでしょうに。大丈夫なんですか」

室岡が心配そうに見つめてくる。

「キモいぞ。女房きどりか」

兼高らが所属する神津組は、バラエティ豊かな人材が揃っている。室岡のような生まれながらのキラーもいれば、大手銀行に勤務していたインテリや、中学もまともに出ていないやつもいる。両親の顔も知らず、国籍がずっとなかった男もだ。

ただし、共通しているのはバケツのような胃袋を持っているということだ。組長の土《と》岐勉《きつとむ》自身が並はずれた食欲の持ち主であり、親分が大食漢の豪傑である以上、自然と子分もその習慣が身についていく。

兼高は笑った。

「ちなみに言っておくけどな、覚せい剤《つめたいやつ》には手を出してないからな。土岐《オヤジ》に変なこと吹きこむんじゃねえぞ」

「まったく。人が本気で心配してるのに」

室岡は口をへの字に曲げた。

土岐は覚せい剤に手を出す人間を許さなかった。あくまで売りさばくものであって、やるものではない。それがボスの口癖でもある。覚せい剤に嵌《は》まってしまえば、鉄の掟《おきて》もへったくれもない。どんなタフな男でも骨抜きとなり、平気で仲間を売り飛ばすようになると、口をすっぱくして言っている。

シャブに手を出せば、嫌でも食欲が落ちる。ひそかに子分たちの食事の量を観察し、違法薬物に手を出していないかをチェックしているという。

兼高は肩をすくめた。

「お前と違ってグルメなだけだ」

「昨夜はグルメじゃないと言ってませんでしたっけ」

「とにかくだ。当分、コンビニ飯《メシ》は見たくもねえし、あのホテルのシケたビュッフェにもうんざりしていたってことだ。仕事《ゴト》が終わったら、好きなもんくらい、ゆっくり味わいたかったんだよ」

「けっこう、いい感じに食えましたけどね、あそこのビュッフェ。ビジネスホテルにしちゃ頑張ってたほうでしょう。朝カレーもあったし」

「お前に食えないもんなんかないだろう。ステーキは諦《あきら》めたのか？」

「食ってきました。兄貴の助言に従って、Tボーンステーキは止めておきましたよ。隣で外人が食ってましたけど、なんか納得いかないような顔してましたね。メニューの写真と違って、でっかい骨に肉のほうがこびりついてるような、しょっぱい見た目だったたんで。フィレとロースを一ポンドずつと……それと前菜にシュリンプとバッファローウイングもつけたら、帰りの運転がつらくなるほど満腹になりました」

「深夜にそれだけ食って、朝飯もふつうに食ったのか」

「ええ、まあ」

「お前こそ、大麻《クサ》かなにかやってるだろう。煙吸うと腹が減るからな。保安検査場で捕まるなよ」

「やってませんよ。ひどい言いがかりだ」

ウェイトレスを呼び止めた。

ふたりとも本場での最後のメシということもあり、沖縄料理をオーダーした。沖縄そばとジューシーのセットをふたつ。それに単品でゴーヤチャンプルに島豆腐、海ぶどう、ラフテー。それにアグー豚のスペアリブ、タコライスを頼み、出てきた料理を黙々と片づけた。

昨夜は嘔吐《おうと》を繰り返し、ホテルの部屋でのたうち回ったが、噯《おくび》にも出さずに麺《めん》をすすり、豚肉を口に放った。もう吐気は起きない。一晩かけて克服した。頭を潰《つぶ》された喜納の死体がチラついたとしても、なにも感じない。

初めて仕事を手がけたときは、阿内からもらった精神安定剤や睡眠薬を呑《の》み、ひそかに粥《かゆ》や栄養ドリンクを摂《と》って体調を整えたものだった。一週間はそれ以外、なにも受けつけなかった。

殺人など朝飯前だ。そんな冷酷なキラーを演じるため、フェイスパウダーやチークで顔色を健康そうに見せたこともある。今は薬も化粧品も必要なくなりつつある。アルコールでごまかすことも。

メシを食いながら思った。この傾向は強まりつつある。殺人は特別な行為などではないのだと。兼高らが手をかけたのは、生きる価値もない悪党ばかりだ。土に還《かえ》したほうが地球にやさしい。極道らしい思考がなじみつつある。

むしろ、喜ばしいことではあった。神津組の兼高昭吾として生きるには、甘いヒューマニズムが命取りになる。やがて室岡のごとく、始末した直後に食事が摂れるようになるのを望んだ。

しかし、自分の未来は果たしてどうなるのか。ふと考えこむときがある。

かりに兼高昭吾としての任務をまっとうしたとして、何事もなくカタギに復帰できるだろうか。すべてを終えたときは、目の前にいる殺人鬼と同じく、人殺しをした直後にステーキに平気でかぶりつく人間に成り果てるのではないか——。

「それ、もらっていいですか」

室岡が箸《はし》でテーブルを指した。

器に残っていたラフテーだった。うなずいてみせると、彼は練りガラシをたっぷりつけた豚肉をひと口で平らげた。満足そうに紙ナプキンで口の周りを拭《ふ》く。

ふたりで料理をあらかた片づけた。あれこれ悩みつつも、室岡に負けない量を胃に収めていた。あとでトイレに寄り、ひそかに胃薬を呑む必要がありそうだったが。

室岡がメニューを手に取った。名残惜しげに料理の写真に目をやっている。

「まだ食い足りないのか」

彼は腕時計を見やった。

「いや……出発まで時間ありますし」

「よせよせ。東京に戻ったら、たらふく食わされる」

「土岐《オヤジ》はなんか言ってましたか」

「褒めてくれたさ。いつも以上の喜びようだった」

「奢《おご》ってもらえますかね」

「たぶんな」

室岡はメニューを閉じ、天井を見上げて睨《にら》んだ。たった今メシを食い終えたばかりだというのに、すでに次の食事を考えているようだった。

痩《や》せの大食いというやつだが、『ヴェーダ天啓の会』に所属していたガキのころ、室岡はあやしげな薬をさんざん投与された。同会が開発した薬の人体実験のため、胃袋を空っぽにしたまま、半年以上を点滴で過ごした時期があったようだ。

室岡の話によれば、気が狂いそうになるほどの飢餓に襲われ、友人の腕に齧《かじ》りついたこともあったらしい。その後は、人体実験のせいで満腹中枢がイカレてしまったのか、少年時代に精神だけでなく、胃袋のほうもおかしくなった。

「江戸前寿司《ずし》か天ぷらかな。東京でしか食えないようなエスニック……ってことはないか」

室岡はぶつぶつ呟《つぶや》いていた。

思わず相棒から目をそらした。陽気で無邪気で、殺人に対する抵抗感がまるでない。味方としては申し分ないものの、彼が抱え持つ闇に呑みこまれそうになる。

土岐には、ホテルの近くにあるコンビニの公衆電話からかけた。滞在中に沖縄県警の影は見当たらなかったが、仕事に取りかかるさいは盗聴や盗撮を前提にして動く。宿泊中のホテルは、どこも琉神会の息がかかっていたが、しょせんはアウェイの土地だ。部屋が完全にクリーンであるという保証はどこにもない。電子メールも同様だった。ヤクザに人権などない。暴力団相手ならば、警察はでっちあげも長期勾留《こうりゅう》もなんでもありだ。

土岐には用件だけを伝えた。

――ようやく台風が去りました。

喜納の始末に成功したという意味だった。

――晴天か。

――ようやく青空が見えました。お日様《ティーダ》燦々《カンカン》ってやつです。

――それはなによりだ。

土岐は短く答えた。

しかし、喜びは隠しきれないらしく声が弾んでいた。喜納の消去は東鞘会の重要課題だった。

五年前、東鞘会は後継者問題をめぐって揉《も》めに揉めた。五代目組長の氏家必勝《うじいえまさかつ》が府中《ふちゅう》刑務所で獄死を遂げたことにより、構成員約七千人を誇る関東最大の広域暴力団は大きく二つに割れた。

氏家は、茨城県の土建業者を恐喝したとの容疑で、肝臓を患っているにもかかわらず逮捕され、長い裁判の末に懲役五年の実刑判決が下された。

氏家は獄中で肝硬変を悪化させ、八王子《はちおうじ》医療刑務所に移送されたが、腹水が溜《た》まったことにより刑の執行が停止された。救命救急センターへと運ばれたが、すでに手の施しようがなく、六十八歳でこの世を去った。

むろん、ドクターが匙《さじ》を投げるまで、国側が執行停止を遅らせたのが最大の要因ではあったが、警察と検察は刑務所に収監した氏家を、生きてシャバに出す気は初めからなかった。

後継者には会長代理であり、獄中の氏家に代わって東鞘会をまとめていた神津太一《たいち》が就いた。二次団体である神津組の初代組長であり、長いこと氏家の右腕として東鞘会を支えてきた実力者だった。

ヤクザが、徹底的に警察によって痛めつけられる未来を早くから予想し、偽装脱退者を少しずつ増やし、組員に正業と裏稼業のふたつを抱えさせて、組織のマフィア化を推し進めた。

関東のヤクザは争いを好まないと言われてきた。国家権力とも適度につき合い、首都東京がもたらす甘い汁を享受する。アジア最大の都市のひとつである東京をがっちり押さえていたため、関西ヤクザと違って拡張主義を取らずに生きていける。かつての東鞘会にもその気質が染みついていた。

氏家と神津は、そのぬるま湯体質が東鞘会を遠からず崩壊させると危惧《きぐ》を抱き、任侠《にんきょう》団体への風当たりが次第に強まるなか、関東の団体でいち早く改革に踏み切った。警察やマスコミとのつき合いを一切禁止し、情報を漏らした者は即座に破門。鉄の掟で規律の引き締めを図った。

同時に組織の国際化を目論《もくろ》み、不景気と高齢化社会に喘《あえ》ぐ日本国内のみではなく、著しい経済成長を見せる東南アジアやロシア、中国にも進出した。古い体質を引きずった者は幹部であろうと、容赦なく組織から追い出した。

結果的に東鞘会のメンバーは、バブル期に一万人を超える規模を誇ったものの、現在は七千人にまで減少している。ただし、結束力は強まり、いち早く新興国に目をつけたことで、新たなマーケットを掌握するのに成功した。

現在の東鞘会でもっとも太く稼いでいるのは、暴対法や暴排条例の及ばない新興国で、開拓に励んだ組員たちだ。神津は極道社会の未来を見据えた、優れた経営感覚の持ち主でもあった。

神津が蒔《ま》いた種は着実に生長した。組員のなかには、就労目的で来日したブラジル人や中国人を取りこみ、南米や中国にコネクションを広げる者もいる。ビジネスはおもに同胞相手だ。現地で飲食店を開き、ドラッグ密売や売春を手がけ、やがて裏社会の中心に躍り出る。公共工事を日本のゼネコンに回して手数料を得るといった、従来の手法を使って荒稼ぎをする者もいた。日本では古くなったやり方も、未開の地ならまだまだ通用するらしい。

　神津は海外進出を図る組員に対し、低利で金を貸し与えてサポートした。金銭面だけでなく、腕自慢の兵隊も送りこんだ。兼高と室岡もそうして組内で出世を遂げた。タイに根を張る印僑《いんきょう》のボスをさらって埋め、タイ人系マフィアの幹部数名を葬り去った。六万人以上もいるタイの在留邦人社会は宝の山だ。ブラジルやオーストラリアでも同様だ。

　だが当然、東京ヤクザの進出に地元マフィアとのトラブルも、ひっきりなしに発生した。インドネシアやタイでは、東鞘会系の組員が拉致《らち》され、蜂の巣にされた者もいれば、見せしめに山刀で手足をぶつ切りにされた者もいる。

　平成を生きる極道にとっては不慣れな分野といえたが、本来の暴力性を存分に発揮できるとあって、狭い日本を飛び出し、地元マフィアとドンパチを繰り広げてでも、シノギをぶん捕ろうと野望をたぎらせる組員たちは後を絶たない。閉塞《へいそく》感の漂う日本でくすぶるぐらいなら、いっそ海外で一旗揚げようとファイトを燃やした。九九は覚えられなかったが、英語と現地語は習得したという変わり者がいるくらいだ。どの団体も厳しい冬の時代を迎え、脱退者が相次ぐなか、東鞘会が現在も首都東京に根を張っていられるのは、氏家と神津の改革によるものという評判が極道社会には定着した。

しかし、組織改革はよい結果ばかりを生んだわけではなかった。警察との対決姿勢は、当局のメンツを傷つけ、激怒させる結果を招いた。警視庁は頂上作戦を展開し、会長の氏家に手錠をかけるに至った。

茨城の土建業者を、茨城県警と警視庁は密接交際者として商売を潰すと脅し、協力を促したのだ。

改革の実行者である神津太一も無事では済まなかった。氏家は遺言で、後継者に神津を指名していた。

だが、ナンバー3で理事長だった氏家勝一《しょういち》が、待ったをかけた。神津の六代目襲名を不服として東鞘会から離脱したのだ。

氏家勝一は五代目の実子だった。父親と番頭役が組織を牛耳る事態に我慢ができず、反改革派の旗頭として神津と対立していた。組織改革によって冷飯を喰《く》わされ、または追放された不満分子を集めると、新しい組織を作って、組を割って出る行動に出た。神津の六代目襲名披露が行われる日に、氏家勝一は自分の組事務所で和鞘《わしょう》連合の結成を宣言した。

和鞘連合についた親分衆はそれほど多くはなく、構成員は二千人程度だった。抗争はヤクザ社会全体に被害をもたらす。関東や関西の大物親分衆が、事態を丸く収めようと動いたが、血の気の多いことで知られる勝一は、結成の宣言と同時に暗殺隊を組織した。

神津は六代目を襲名してから四十五日後、台場《だいば》の愛人宅に立ち寄ったところで、二名の直参組長とともに和鞘連合の凶弾によって斃《たお》れることになる。東鞘会の組織改革は、多大な犠牲によって成り立った。五代目と六代目のトップふたり、それに幹部らが殺害されるという負の結果をもたらした。

兼高らが土に埋めた喜納修三は、その分裂騒動時代の最後の抵抗者だった。六代目の命を取られた東鞘会は、和鞘連合に猛烈な仕返しを実行した。かつての昭和時代のような牧歌的な戦争ではない。

若い者に安物の拳銃《けんじゅう》を握らせて、相手組織の組幹部を撃ってメンツを保つやり方はもはや通じない。事務所のガラス窓や玄関を撃つカチコミも禁じた。

暴力に長《た》けた組員らを海外に派遣し、民間軍事会社《PMC》で軍事訓練を受けさせた。特殊部隊並みのエキスパートに育てあげると、盗聴器やGPS通信機、小型カメラを駆使し、当局が設置しているNシステムや防犯カメラを把握したうえで、暗殺計画を立案した。目指したのは完全犯罪だった。

組織がふたつに割れてから約八か月後、東鞘会は和鞘連合の最高幹部数名を拉致し、この世から消し去った。未《いま》だに死体も凶器も発見されていない。警察は血眼で犯人捜しを行ったが、容疑者逮捕にまでは至っていない。

和鞘連合の副会長、幹事長、最高顧問が同時に消えるという非常事態に、烏合《うごう》の衆である和鞘連合は混乱に陥った。東鞘会による切り崩し工作により、和鞘連合の親分衆は組織の解散、あるいは引退を表明した。会長の氏家勝一はメキシコに逃亡し、和鞘連合は一年と持たずに崩壊した。

　仲間たちが次々と白旗を上げるなか、和鞘連合の常任理事だった喜納だけは極道から引退しようとしなかった。東鞘会から絶縁処分を下され、味方である和鞘連合が瓦解《がかい》しても、喜納はしつこく組を存続させた。

　孤立無援となった組織は生き残れない。櫛《くし》の歯が欠けるように、喜納のもとから組員が次々と去っていった。最盛期には五百人もの手下を抱えていた喜納だが、最終的には数十人規模にまで縮小していった。

　昨年になって、喜納はカタギになることを表明。和鞘連合の最後の極道が降参した。事実上、抗争自体は一年でほぼ決着がついていたものの、喜納の引退によって正式に後継者争いにピリオドが打たれたことになった。

　ようやく東鞘会が一本化され、刃向う残存勢力が消えた。首都東京の裏社会は再び共存共栄の道でパイをわけ合い、警察につけこまれないように結束を強めた。

　その東鞘会の意志をあざ笑うかのように、カタギとなったはずの喜納が再び暗躍した。都内でドラッグ密売に関わっているとの情報が、神津組の耳に入ったのだ。

　東京に集まる外国人を相手に、六本木《ろっぽんぎ》を根城にしたベトナム人グループが、覚せい剤やコカインなどの違法ドラッグを売りさばいているという。

　表向きには、どこの任侠団体も麻薬は国を滅ぼすとして、密売に関わった構成員は即座に破門すると表明している。だが、ドラッグを扱っているのは、まず暴力団と相場が決まっていた。

赤坂《あかさか》や六本木を縄張りとする神津組も例外ではない。ベトナム人、中国人、ナイジェリア人などのアウトローにドラッグを売りさばかせ、売上の一部を神津組に上納させていた。もともと外国人が多く集まる土地であったが、円安などによる旅行客の増加を受けて、さらに大きな賑《にぎ》わいを見せつつある。ドラッグも飛ぶように売れた。

景気のよさに乗じて、ベトナム人グループが売上をちょろまかしていたことが判明した。東南アジア産のＭＤＭＡやタイ産麻薬のヤーバーを売っていたが、じっさいにはコカインや覚せい剤を売っては荒稼ぎをしていた。グループの売上は、神津組が把握していた数字の二・五倍に達していたのだ。

神津組はグループの中心人物であるベトナム人を拉致した。数字のごまかしを暴力で非難し、覚せい剤とコカインの密売ルートを吐くように迫った。

すると、極道から足を洗って、実業家へ転身したはずの喜納の名前が浮上した。カタギになることで命拾いしたはずの男が、懲りずに東鞘会と神津組にペロリと舌を出し、ひそかに縄張り荒らしを行っていたのだ。

極道から抜けた人間に明るい未来などない。カタギになったと脱退届を出したとしても、五年間は変わらず極道として当局から睨まれ続けるのだ。

正業もできなければ、かつてのように極道稼業もできない。雁字《がんじ》搦《がら》めにされた末、強盗団に加わったり、詐欺に手を染めたりと、別の形態の犯罪者として生きる者が後を絶たない。もしくは危険を承知で開き直り、極道や警察の目を盗んで、元の非合法な商売を行うといったケースも珍しくはなかった。まさに喜納は後者を選んだクチだった。

和鞘連合きっての武闘派として知られた喜納だけに、東鞘会の顔に泥を塗るような真似をしたとしても不思議ではない。喜納のビジネスは早急に潰さなければならなかった。白旗を掲げたはずの和鞘連合の元ヤクザたちが、図に乗って息を吹き返すかもしれない。すみやかに喜納をこの世から消す必要が出てきた。

神津組の若頭補佐である兼高は、喜納の消去のために暗殺隊を組織し、赤坂にある喜納の自宅と、乃木坂《のぎざか》にある事務所を襲撃した。しかし、すでにもぬけの殻だった。東鞘会は傘下団体だけでなく、友誼《ゆうぎ》団体にも協力を要請。喜納の行方を探らせたところ、沖縄の琉神会が喜納の目撃情報を提供してくれた。

それで殺し屋の室岡を連れ、兼高は沖縄に来ていたのだが、任務も今日でようやく終わりだ。喜納の消失は、東鞘会と袂《たもと》を分かった連中を大いに落胆させるだろう。まだまだ極道をやれると、勘違いをさせないためのメッセージになるものと思われた。

空港のレストランを出て、保安検査場を通過した。検査場には制服警官が立っていたが、呼び止められるどころか、兼高らを警戒する様子さえ見せなかった。

那覇から羽田《はねだ》まで、フライト中は目をつむって過ごした。寝息を立てて眠る室岡と違って、一度として睡眠に陥ることはなく、未だに身体が緊張しているのを感じ取った。

たらふく胃に収めた昼食を、吐きださずに済んだだけでも上等といえたが。何度か喜納の潰れた頭や、ボディガードの血の臭いが鼻をかすめたが、昨夜のように胃袋は暴れたりはしなかった。

羽田空港からタクシーに乗って赤坂へ向かった。ひさびさの東京は、沖縄よりも暑く感じられた。西に傾いた陽光はきつく、コンクリートとアスファルトの地面が熱を持っていた。なにより風がないために、重たい熱気が首都を覆っている。沖縄では忌々しく思えた海風が恋しかった。

神津組の事務所は、赤坂二丁目の飲食店街にあった。一階に韓国料理店が入った五階建ての小さな雑居ビルだ。タクシーから降り立つと、ニンニクと焼ける肉の匂いがした。ようやく東京に戻ったのだという実感が湧く。

雑居ビルのエレベーターに乗りこんだ。神津組のフロアは四階と五階にある。看板や代紋の類《たぐい》はない。かご箱の天井には、ドーム型の防犯カメラが設置されていた。

そもそも、ビル自体には二十を超える防犯カメラが設けられてあった。大半は存在を誇示するように取りつけられてあったが、なかには侵入者や警官の有無を確かめるために、ひっそりと付けられた小型カメラもある。

五階の事務所へと向かった。下の四階には、若者の住みこみ部屋や食堂兼調理室、会議室などがある。かつては調理室など不要だったが、暴排条例のおかげで出前も気軽に呼べなくなった。ヤクザにメシを食わせる店は、お上から密接交際者に指定され、反社会的な存在として烙印《らくいん》を押される。

神津組も以前は一階の韓国料理店から料理を運ばせていたが、今は部屋住みの若者に食材を買いに行かせ、相撲部屋のふんどし担ぎみたいに料理を作らせるようになった。和鞘連合との抗争で、組員が気軽に外出できなくなったのも要因のひとつだ。戦いに明け暮れる武闘派の組織ほど、なにかと籠城《ろうじょう》する機会が多いため、そこいらのシェフやコックよりも料理がうまい組員を抱えていたりするものだ。神津組三代目組長の土岐勉はヘルシー志向でもあり、暴排条例をきっかけに、組員に自炊を奨励している。

室岡は鼻をひくつかせた。

「うちのチャンコでも悪くないっすね」

「たしかに」

エレベーターのかご箱には、醤油《しょうゆ》とニラの匂いが漂っていた。博多《はかた》風モツ鍋《なべ》の香りだ。夏に鍋物という組み合わせは奇妙ではあったが、冷房を利かせた食堂ならば季節など関係なくなる。モツは食肉問屋から直接購入するために新鮮なものが手に入る。

五階で降りた。エレベーターホールの前には、金属製のドアがあった。その横の壁には、ＡＴＭのような暗証番号の入力装置とカードリーダーが設置されてある。

室岡がポケットからカードを取り出した。数字を入力したが、番号が違っていたらしく、不快なブザー音とともに拒否された。

室岡と顔を見合わせた。

「あらら……おれたち、お払い箱になっちゃったんすかね」

室岡は再び暗証番号を押した。しかし、やはりカードリーダーは赤ランプを光らせ、ふたりの入場を拒んだ。

「どういうことだ」

兼高は自分のカードを財布から抜いた。

今どき代紋入りのバッジをつけるヤクザなどいやしないが、事務所に出入りするためのカードキーは、神津組の構成員であることを示す重要なアイテムだった。暗証番号も同様だ。兼高もカードを読みこませ、数字を入力した。しかし、結果は同じだった。赤ランプとブザー音が鳴る。

兼高はドアを拳骨《げんこつ》で叩《たた》いた。天井の防犯カメラを睨みつけながら、ライフル弾も通さないスチール製のドアに、ガンガンと派手な音を響かせる。

ドアの内側でロックが外れる音がした。分厚いドアが開かれ、ジャージ姿の〝お歯黒〟が顔を覗《のぞ》かせた。兼高らを見て姿勢を正し、最敬礼をする。

「か、兼高さん。ご、ご苦労さまです！」

「おう」

深々とお辞儀をする〝お歯黒〟の顔に、挨拶《あいさつ》代わりの膝蹴《ひざげ》りを見舞った。兼高の膝頭が額を叩く。岩同士をぶつけあったような重たい音がし、〝お歯黒〟は額を押さえて倒れる。

「なにがご苦労さまだ、この野郎」

兼高は〝お歯黒〟をまたいで事務所に入った。倒れた〝お歯黒〟に室岡が微笑みかける。

「よかったな、兄貴は優しいから、たった一発で済む」

室岡は彼の頭をまたいだ。

〝お歯黒〟は部屋住みの若者だ。本名は白川空海《しらかわすかい》という。

中卒で暴走族だった両親から、しんどいキラキラネームをもらったせいか、シンナーとボンドをオヤツ代わりに食って育った。歯のエナメル質が溶けてなくなり、歯がまっ黒になっていることから、〝お歯黒〟なる渾名《あだな》がつけられた。

〝お歯黒〟を越えてなかへと入った。ひさびさの事務所だ。かつてはでかい額縁に入った揮毫《きごう》が壁にかけられ、提灯《ちょうちん》がずらりと飾られてあったらしい。初代が組を立ち上げたときは、入口に東鞘会の代紋が入った木製の看板が立てかけてあったという。あれから時代は変わっている。

現在は民間企業のオフィスと変わりはない。シンプルなスチール製の平机が並び、各自のデスクにはLANケーブルでつながれたノートパソコンがあった。空色のカーペットと観葉植物が置かれ、女性の事務員も働かせている。また、部屋住みの若者がチリひとつ見逃さずに欠かさず掃除をするため、どこぞの企業や役所の部屋よりも清潔に見える。

しかし、部屋にいる人間たちはまぎれもなくヤクザだった。恰好《かっこう》こそ様々だったが、室温が上がりそうな男たちがぎっしりと詰めていた。ジャージを着た部屋住みの若者は直立し、腰を直角に曲げて兼高らを出迎える。

「ご苦労さまです！」

野太い声の大合唱で出迎えられた。事務所のなかはタバコの煙で白くモヤがかかっている。

兼高らの叔父《おじ》にあたる組長の舎弟たちも、兼高らの帰還をきっかけに、革椅子から立ち上がる。若衆や若頭補佐の男たちも顔を揃えている。神津組の幹部がきれいに揃うのは珍しい。

兼高はゴミ箱を蹴飛ばした。なかの紙くずやガムの包み紙が散らばり、プラスチック製のゴミ箱は壁にぶつかった。事務所の空気がぴんと張りつめる。

「おい、一体なにごとだ」

舎弟頭の宮内《みやうち》が訊《き》いてきた。

麻製の白いスーツを着こなす洒落《しゃれ》た老人だ。くわえていたコイーバを灰皿に置く。

「叔父御、そいつはこっちのセリフですよ。知らないうちに、ここの暗証番号が変わっていた。おれたちはなにも聞いてない。組のために命張った人間に対して、ずいぶんな出迎え方するじゃないですか」

「なんだと……」

宮内は目を白黒させた。事務所内の人間を見渡す。「入力を間違えたんじゃねえのか。おれたちはいつもどおりに入れたぞ」

室内の極道たちは、同意するようにうなずいた。兼高は首を横に振る。

「お言葉を返すようですが、仕事が終わったとはいえ、常在戦場のつもりで動いているんです。おれが、自分の城の入り方を忘れるようなボンクラだと？　おれだけじゃない。室岡もいる」

「いや……そうじゃねえが」

室岡がずけずけと言った。

「けっこう、でかい仕事《ゴト》をしてきたわりに、歓迎されてないってことですかね」

「どうかな」

ひとりの中年男に目をやった。

シルバーフレームのメガネに、オーダーメイドの高級スーツとピンストライプのネクタイをきっちり締めていた。頭を整髪料で固め、数十万円もする革靴を履いている。中年向けのファッション雑誌から抜け出たような恰好だった。神津太一の海外進出路線に乗り、タイで太く稼いでいる男だ。

いかつい男たちがひしめくなか、ひとりだけ金回りのいい証券マンが交ざったかのようだった。全員が険しい表情をするなか、ポケットに手を突っこんでニヤニヤと薄笑いを浮かべている。若頭の三國俊也《みくにとしや》だ。

「若頭《カシラ》の仕業でしょう」

兼高は冷やかに見つめた。

三國は息を吐き、根負けしたように頭を掻《か》いた。全員の視線が彼に集まる。

「おれが大リーグ好きなのは知っていたよな」

「そうでしたかね」

「そうなんだよ。それでだ。一昨日《おととい》だかの試合でサイクルヒットを達成したやつがいてな。試合後のインタビューで、そいつにチームメイトがチョコレートソースを派手にぶっかけてやがった。もう泥にまみれたようにグチョグチョだよ。肥溜めに落っこちたみたいな有様だ。そういうのをあっちじゃよくやるんだな。サヨナラホームラン打ったやつとか、大活躍したルーキーに氷水だのクリームパイをぶつけたりな」

「この件となんの関係があるんです？」

「それ以上、言わせんのか」

三國は、芝居がかった様子で呆《あき》れた表情を見せた。

「若頭《カシラ》と違って頭悪いもんで」

宮内が取り成すように割って入った。

「つまり、ただのイタズラってことだろ。功労者にチョコだの水だのぶわっとかけるのと同じでよ」

室岡が声を張り上げた。

「だったら、チョコや水、用意すりゃいいだけのことじゃないっすかねえ!」

神津組きってのキラーに怒鳴られ、余裕を見せていた三國が笑顔を消した。ちょっとした沈黙ののちに、幹部や長老たちが負けじと叫ぶ。

「コラ、若頭《カシラ》に向かって、なんだその物言いは!」「図に乗るんじゃねえ!」

兼高はスーツの内ポケットに手を突っこみながら間合いをつめた。殺気を放ちながら、息がかかるほどの距離まで近づく。

三國の顔が凍りつき、慌てたように腕をあげて顔をかばう。事務所内の人間たちが息を呑む。

ゆっくりと手を抜いた。内ポケットから取り出したのは、飛行機のなかでもらった飴《あめ》だ。小袋の封を破り、はちみつレモン味の飴玉を口に放る。

「こんなふうに、いつうちに鉄砲玉が飛んでくるかもわからねえ。喜納の姿が消えたとしても、あの野郎以外にもうちを舐《な》めきって、妙な絵図を描いてるバカが潜んでいるかもしれねえ。勝一坊ちゃんだって、まだどこかでしぶとく生きてるんです。ゼニ勘定にばかり励んでると、そのあたりが見えなくなるかもしれませんがね。ここらでドンパチが起きたとして、くだらねえ悪戯《いたずら》のせいでドアが開かずにお陀仏《だぶつ》なんてことになりゃ、うちは一生笑いもんだ」

飴で甘くなった息を吐いた。

「ずいぶん偉そうな口利くじゃねえか。殺し屋風情が」

三國の額に血管が浮き、右拳《こぶし》を振り上げた。よけるつもりはなかった。その場で直立する。

「待て」

組長室のドアが開き、ステッキを突いた土岐勉が現れた。ボスは苦く笑いながら掌《てのひら》を向け、火花を散らす手下らを制止した。

「お前らの仲のよさには手を焼かされる。せっかくいい気分で眠っていたのによ、目が覚めちまったじゃねえか」

土岐は呆れたように言った。

三國は、振り上げていた拳を下ろすと、土岐のほうを向いて頭を下げる。

「すみません」

兼高は深々と腰を折った。

「ただいま戻りました。戻って早々、騒がせてしまって申し訳ありません」

「うん」

土岐はうなずいた。

身長は百六十センチと低いが、元陸上自衛官だけあってガッチリとした肩幅と分厚い胸板の持ち主だった。五十歳になったというのに腹も出ていない。ライオンの鬣《たてがみ》のような灰色の長い髪を後ろになでつけており、立派な口ヒゲをたくわえている。さらに特徴的なのは、左頰から唇を通って右顎《あご》までできた大きな刀傷だった。口ヒゲはそれを隠すためでもある。

今はだらしなくジャージを着用しており、本当に昼寝をしていたのか、髪に寝癖もついていた。目頭に目脂《めやに》がこびりついている。しかし、深く刻まれた眉間《みけん》のシワと猛禽《もうきん》類のような目つきのためか、ジャージ姿であっても独特の威厳を備えていた。

彼自身は弛緩《しかん》した気配を放っていたが、事務所内に勢揃いした神津組の幹部らは緊張した様子だった。

若頭の三國も同じだ。体育教師に悪戯を見つかった児童みたいに、顔を強張《こわば》らせている。

土岐はステッキを突いて、ゆっくりと三國に近づき、右手を振り上げた。

「すみませんで済みゃ、ヤクザはいらねえだろ」

三國は覚悟したのか、目をつむった。

土岐は平手打ちをすると見せかけ、三國の足をステッキの先端で突いた。さほど力をこめたわけではなさそうだったが、ゴッと硬い音が事務所内に響いた。

三國は短くうめくと、目を飛び出さんばかりに見開き、その場で崩れ落ちる。

「目をつむるなと何度言わせればわかる。好き放題に殴られて死ぬぞ」

巧みなフェイントを駆使して、配下を暴力でねじふせた。次は兼高の番だ。土岐が下から睨みあげてくる。射貫《いぬ》くような厳しい目つきだ。

「お前もお前だ。出張から戻ってきたお前を出迎えるためにだな、こうして兄貴分や叔父御たちが事務所に集まってやったってのに、躾《しつけ》の悪い犬っころみてえにぎゃあぎゃあ喚《わめ》きやがって」

「申し訳ありません」

「たかだかドアひとつ開かねえってだけで、若頭《カシラ》に因縁《アヤ》つけるとは出世したな。敵将の首を討ち取って、だいぶ盛り上がっちまったか。それとも、ただの遊びも受け入れられねえほど、お前の器は茶碗《ちゃわん》並みに小せえってことか」

室岡が口を尖《とが》らせる。

「組長《オヤジ》、兼高《アニキ》は悪くないっすよ。だいたい、若頭《カシラ》が洒落にならねえイタズラ——」

「黙ってろ」

兼高は室岡に命じた。

同時に腹に衝撃が走った。土岐が直《じか》突きを放っていた。拳を縦にした状態で放つ突き技だ。自衛官時代に習得したものらしく、日本拳法三段の腕前を持つ。

足が悪い初老の男の突き技だったが、その威力は相変わらずだった。砲弾のように強力だ。

呼吸が止まり、腹筋が激しく痛みを訴える。土岐は、東鞘会きっての武闘派で知られる神津組を、この並はずれた腕力と胆力で仕切ってきた。

五年前の東鞘会の分裂騒動のさい、土岐は和鞘連合との抗争事件によって左膝と太腿《ふともも》に銃弾を受けた。

それ以来、ステッキに頼る生活を送り、屈強な上半身に比べ、下半身の筋肉には衰えが見られた。それでも、暴力には長けており、今でもそこいらのチンピラや悪ガキなら、いとも簡単に叩きのめせるだろう。

左脚を痛めてからは歩行に杖《つえ》が欠かせなかったが、元陸上自衛官だけあって、銃剣道の段位を持ち、ステッキを銃剣のように操る現役のヤンチャ坊主だった。

拳による直突きだけでなく、ステッキによる喉《のど》や左胸の突き技も相手を悶絶《もんぜつ》させる威力を持つ。たまにボディガードの目を盗んでは、札つきが集まる渋谷《しぶや》や六本木に出かけて、自分の腕を確かめているという噂もある。土岐は、初代組長だった神津太一のボディガードを務めた。

現在は東鞘会の中核組織である神津組の三代目組長であり、東鞘会の執行委員の地位にある。いずれは要職を経て、東鞘会の未来を背負うひとりになるものと目されている。

五年前の和鞘連合との抗争が、土岐をそれほどまでの地位へと押し上げた。豪胆な性格と腕力で、多大な功績を残したからだ。

東鞘会を牽引《けんいん》した改革派の神津太一を、和鞘連合の暗殺隊に殺害され、同会は一時的に混乱状態に陥った。

先代の実子で和鞘連合を率いる氏家勝一は、東鞘会を潰すチャンスと捉《とら》え、さらに攻勢を強めた。神津の六代目襲名とともに、理事長の座に就いた十朱《とあけ》義孝《よしたか》も、義理掛けで関西に出張した帰りの国道で、和鞘連合が放った暗殺隊が乗るトラックに襲われ、危うく身柄をさらわれそうになっている。

そのさいに身を挺《てい》して十朱を守ったのが土岐だった。警察にきつくマークされていたため、拳銃や刃物で武装できず、車には工具すら積めない状況にあった——銃刀法違反だと難癖つけられてしょっ引かれるおそれがあったためだ。

トカレフや長ドスで武装した暗殺グループに、土岐は素手のままで抵抗し、脚や膝に銃弾を喰らいながらも、襲撃者の目玉に指を入れ、鼻や指を食い千切って敵を撤退に追いこんでいる。顔の刀傷も敵の長ドスで切りつけられてできたものだ。

土岐の獅子《しし》奮迅の活躍がなければ、東鞘会六代目の神津だけでなく、のちに七代目を襲名する十朱義孝までが命を落としていただろうと言われている。抗争は和鞘連合側の勝利で終わる可能性が高かった。

土岐は知略を備えた軍師でもあった。和鞘連合を壊滅させるため、組員を海外に派遣して本格的な軍事訓練を叩きこむよう提案したのも彼だ。市街地での銃撃戦や事務所のガラス割りを控え、最高幹部の拉致計画を立案。完全犯罪を成功させた。先代の実子でトップの氏家勝一を他国に逃がしてやることで、和鞘連合側のメンツをも考慮してやり、早期に抗争相手を解散へと追いやっている。

神津組は東鞘会の中核組織だが、それだけに重責がともなう。警察に決してなびかない、つきあわない、売らないをモットーとしていた。初代組長である神津が定めた鉄の掟を、今も厳守している。警察官と会った者は即座に破門だ。

警察から取引を持ちかけられ、情報提供者となった場合は凄惨《せいさん》な仕打ちが待っている。一生流動食しか喉を通らないほど痛めつけられる。

じっさい、東鞘会は関東系暴力団のなかで、警視庁からもっとも不遜《ふそん》かつ危険な団体と睨まれている。構成員をでっちあげで逮捕し、懲役暮らしの免除と引き換えに情報提供者《イヌ》になるように説得しているものの、それらのスパイ作戦は功を奏しているとは言えなかった。東鞘会の関係者が警察側に転向した場合、どういうわけかその情報は会長や最高幹部らの耳に入るようになっているからだ。

警察署にしょっ引かれ、すぐに保釈になった構成員が、ナンバーのないミニバンによって身柄をさらわれ、そのまま焼却場に連行されて灰となった事例がいくつもある。

しかし、どんな鉄の掟といえども例外はある。警察との接触は許していないが、腐ったおまわりとつきあうのは別だ。

カネや美女、あるいはドラッグでからめ捕るか、タイやベトナムに足しげく通っては少女といかがわしい行為にふける警察官僚の実態を掴《つか》むか――東南アジアにシノギを拡大すればするほど、その手の爆弾情報が飛びこんでくる――東鞘会幹部の靴を舐めるのもいとわないほど警官を腐らせるか、あるいは弱みを掴んで奴隷に仕立て上げる。それらは大いに奨励されている。

現会長の十朱は神津の遺志を受け継ぎ、警察との対立路線を取り続けている。そのために警察官や検事の個人情報を入手し、彼らの家族などの弱点を握るため、警察内部の奥深くまでスパイ網を確立しようとしているという話だった。

　いずれにしろ、警察と対抗するには並大抵の度胸では勤まらない。神津組を起《た》ち上げた改革派の神津太一にしても、中学を卒業してから体格を見込まれて相撲部屋に入門。十両まで昇った元相撲取りだった。神津の跡を継いで東鞘会会長となった十朱義孝も、古武道や柔術の経験者だ。

　土岐の直突きを腹部にもらったが、かりに彼の左脚が悪くなければ、今ごろ兼高は床をのたうち回っているだろう。昨夜のように胃液をぶちまけていたはずだ。奥歯を嚙《か》みしめて気合を入れ、背筋を伸ばして激痛に耐えた。

　事務所は静まり返っていた。幹部たちは土岐と兼高を硬い表情で見守っている。

土岐に腹をなでられた。

「相変わらずタイヤみてえな腹しやがって。この野郎、出張中も鍛えてやがったな。ちっとばかり脂肪もついたようだが」

　兼高は笑ってみせた。

「あっちの料理がうまかったもんで」

「お疲れさん。よくやった」

　土岐は相好を崩した。兼高とハグをする。「南蛮《なんばん》を平定した諸葛孔明《しょかつこうめい》みたいな気分だ。後顧の憂いを絶つってやつだな。沖縄の識名社長にも礼を言われたよ。ホントはこっちが礼を言わなきゃなんねえのにな。利回りのいい軍用地でも紹介してもらえ」

「ありがとうございます」

事務所内の空気が一気に緩んだ。

腕自慢が集まる神津組のメンバーは、暴力がコミュニケーションの一種となっている。誰もが殴られ慣れているはずだが、土岐の怒りと制裁は恐怖の対象だった。

土岐の身体からは汗の臭いがした。それに血に似た臭いが混ざっている。組長室には、年季の入った金属製のダンベルやバーベル、それにレッグプレスといった器具があり、毎日のようにトレーニングをこなしている。

錆《さ》びた金属製の運動器具を使用しているせいで、血液みたいな危うい体臭を漂わせているのだ。

「こんなにめでてえ日はひさしぶりだ。主役のお前らがぶち壊しちゃしょうがねえだろう」

「はい」

土岐とのハグを終えると、床に倒れている三國に最敬礼をした。彼は尻餅《しりもち》をついたまま足の痛みに苦しんでいた。「すみませんでした。若頭《カシラ》に無礼を働いて」

三國はまだふて腐れたガキみたいな顔をしていた。しかし、土岐がいる以上、鉾《ほこ》を収める必要があった。組内ナンバー2という相手の立場もある。

「素直にチョコソースを用意すべきだった」

差し出した手を三國は握った。

兼高が腹筋の痛みに耐えているのと同様に、彼はステッキで突かれた足の痛みをこらえている。ここ数日は、親分である土岐と同様にステッキの世話になるかもしれない。

三國ともハグをした。男性向けのフレグランスと整髪料の香り。土岐とは対照的な匂いがした。

「長い時間がかかったが、これで東鞘会はようやくひとつになれる。お前らのおかげだ」

三國は、今さら器量のでかさを示そうとして、鷹揚《おうよう》な笑みを浮かべていた。額に玉のような汗が噴き出しているが。メガネの奥の目も笑っていない。

弟分には挑発され、親分からはどつかれている。プライドが高いこの男は、組員が居並ぶなかで恥を掻かされ、今ごろ腸《はらわた》を煮えくり返らせているだろう。

土岐が拍手をした。

「兄弟喧嘩《げんか》はよくねえぞ。せっかく内輪揉めが片づいたってのに、ここでまた揉めちまったら、なんのために沖縄まで行って汗掻いたか、わからねえだろうが。血気盛んなやつが多くて困るぜ」

「献血に行って血を抜いてもらってこい」

舎弟頭の宮内がつまらない冗談を口にした。事務所内の男たちが笑い声をあげる。兼高と三國も笑ってみせた。

事務所内には三《み》神《かみ》組の若い者もいた。三神組は東鞘会の三次団体で、三國が自分の名字と神津の名を組み合わせてこしらえた組織だ。三神組の若い組員たちは、兼高にとって甥《おい》にあたる。

組員たちは、自分のボスと叔父御が仲直りするのを目にして、笑顔を見せていたが、それが偽りなのは明らかだった。あとでボスに八つ当たりのサンドバッグにされる――死んだ魚みたいな目が憂鬱《ゆううつ》そうに語っている。

兼高としても、狂犬のように噛みつく気などさらさらなかった。ただひたすら忠実に仕事をこなし、組織に実力を認めてもらい、東鞘会のなかで出世する。三國といがみ合えば、自分の立場を危うくするだけだった。

三國はこの業界では珍しく大学まで進んだインテリだ。都内の有名私大へと進んだが、カネに対する執着心が強く、詐欺師のもとでマルチ商法を学ぶと、同級生を使って英会話のＤＶＤセットを売りさばいた。

彼は会社を興して巨額の利益を得たが、強引な勧誘や誇大広告が警察や消費者センターを刺激してお縄になった。執行猶予がついたが、当然ながら大学は除籍となり、まともな会社への就職もままならなかった。騙《だま》した相手のなかには、悪いお友達がいっぱいいるラッパーや、一攫《いっかく》千金を夢見るヤンキーもいたため、身を護《まも》るために極道の世界を選んだらしいが、ケチな詐欺師では終わりたくないという野望も抱いていたらしい。

今どきヤクザになるような者といえば、発展途上国のスラム街も顔負けの、度を越した貧困と出口なしの環境で育った野郎ばかりだが、三國の父親は名の知れた商社に勤め、部長にまで昇進したやり手のサラリーマンであり、母親も同じ会社で事務職として働いていたという。少年時代をロサンゼルスで過ごしたという帰国子女で、英語や中国語を親から叩きこまれていた。

海外進出を目論む東鞘会において、巧みな語学力と話術、脅しやハッタリを織り交ぜられる三國は貴重な戦力となった。ヤクザ社会が国内で規模を縮小し続けるのも、アウトローにはもっとも欠かせない掛け合いの技術まで持てないからだ。

いくら強面《こわもて》のヤクザが凄《すご》んだとしても、通訳を介してでは交渉相手もびびりはしない。改革の提唱者である神津がもっとも頭を痛めたのは、海外に進出できるほどの交渉力を持った人間が決定的に不足していた点だった。いくら鼻息荒く新天地に乗りこんだとしても、腕力と度胸だけで解決できる問題ではない。したたかな華僑あたりに、ケツの毛までむしり取られるのが関の山だったが、三國には現地の人間にも負けない詐欺師のテクニックが備わっていた。

改革を唱えた神津自身は命を失ったものの、三國のようなインテリたちが、先人の遺志を受け継いでいる。語学堪能で詐欺師向きの人間には金稼ぎや根回しをさせ、兼高のような武闘派が暴れて縄張りを広げている。

東鞘会は、十カ所を超える海外拠点を持ち、なかにはすでに盃《さかずき》を与えられたタイ人やフィリピン人、ブラジル人もいる。

三次団体である三神組にしても、事務所は大田《おおた》区南蒲田《みなみかまた》にあった。その理由は羽田空港から近いからだ。同組の本拠地は、今やバンコクにある。

「さて、腹減っただろう。祝いのパーティも兼ねて、メシでも食いに行こうや」

土岐に背中を押された。まだ事務所に帰参して十分と経っていなかったが、さっそく出入口へと押し戻される。

室岡は口を尖らせた。

「おれを叱らなくていいんすか」

土岐が渋い顔を見せた。

「相変わらず空気の読めねえバカだな」

「だって、シメられるのが兄貴たちばかりじゃ、弟分としちゃ身の置きどころがねえし」

「肩身の狭い想いしてろ。それが罰だ。お前は殴り甲《が》斐《い》がないからやられねえよ。そんなに痛めつけられたいのなら、ＳＭクラブにでも行くんだな」

土岐は舌を出した。

根っからのキラーである室岡には、どこか子供じみたところがある。親分の土岐も稚気に富んでいる。だからこそ、ふたりともに恐ろしい存在だった。

また、室岡が殴り甲斐がないのも本当のことだ。暴力こそが日常である彼を、たとえステッキが折れるまで殴りつけて病院送りにしたとしても、恐怖心は植えつけられない。

鉄拳制裁の効き目がない。

土岐は三國を手招きした。

「若頭《カシラ》、お前もつきあうだろう？」

「……ご一緒します」

三國の返答には、わずかに間があった。

こんないざこざさえ起こさなければ、ビジネスや義理掛けを理由に断っていただろう。

兼高にしても、なるべくなら組織内にライバルや敵を作りたくはなかった。しかし、上に立った者が絶対的な権力を握る極道社会において、誰とでも仲よしになれというのは、針の穴に野球ボールを通すくらい難しい。

ナメられた極道に未来はないと、長い潜伏生活で理解した。だからこそ、たかだかドアが開かないというだけで、若い者をぶちのめし、三國に食ってかかる必要があった。

一般社会がそうであるように、ヤクザ社会もまた極端な二極化が進んでいる。うまくいっている極道と、そうでない極道のふたつしかいない。名の知れた広域暴力団の二次団体の親分でありながら、シノギができずに組を解散させる者もいる。

改革の旗振り役として海外進出を果たしたと、業界内では数少ない成功者として尊敬を集める三國にしても、バンコクを中心に荒稼ぎをしつつも、度重なるデモとクーデターによって、ナイトビジネスのほうで大ダメージを負っている。下の者にナメられまいと必死だった。

三國は抜きんでた経営能力を有しているが、神津組では代々組長が格闘技経験者とあって、腕っぷしが貴ばれる。二代目の十朱や三代目の土岐にしても、殺された親の仇《かたき》を取るため、和鞘連合との抗争で戦功をあげている。

三國は金儲《もう》けと交渉を得意としているが、彼自身は格闘技の経験はなく、不良として暴れた経験もない。地元マフィアとの揉め事は兼高や室岡らが出張して片をつけている。三神組の組員は親分に似て、ゼニ勘定や口がうまいやつが多い。しかし、山刀や拳銃を持ったワルが集まる酒場に、トラックで突っこむ度胸のある人間はいなかった。

それゆえ三國は、暴力に長けた兼高や室岡などの組員に対して、根深いコンプレックスを抱いている。自分の組内では「暴れるしか能のないゴリラ」「頭のイカレた死神」と陰口を叩いているのだ。その一方でムエタイのトレーナーをひそかに雇い、キックボクシングを習得しようと努力した時期もある。すぐに挫《ざ》折《せつ》しているが。

東鞘会の〝武〟を司《つかさど》る組織にいながら、戦闘力がない典型的な経済ヤクザ。巧みな語学力と交渉術を評価され、神津組のナンバー2にまで上りつめたが、本人はそれに満足することなく、兼高のような武闘派に激しい対抗心を抱いていた。

三國は、カネでいくらでも力のある用心棒など雇える立場だ。じっさい元ムエタイボクサーや、フィリピン系の元軍人を雇っている。いくら屈強な人間を手元に置いていても、欠落感を補えないらしい。たまにツラを合わせれば、大人げなく嫌みや悪戯で因縁をつけてくる。

　とはいえ、どこの組織でも、この手の摩擦は多かれ少なかれ起きるものだ。最初から覚悟を決めて、この社会に潜りこんだ。

　兼高が元いた職場もヤクザ社会と似たようなものだった。手柄を挙げれば妬《ねた》む者もおり、上に立つ人間のなかには、ただ自分の権威を誇示したいがために、下の者に無理難題を課すサディストもいた。有形無形の掟に縛られ、破った者は村八分にされ、あるいは道場で集団リンチにされる。

　土岐に肩を叩かれた。

「焼肉でどうだ。それとも、もとぶ牛だのアグー豚だの、肉はさんざんあっちで食ったか？」

「いただきます。肉は主食ですから」

　室岡が口を挟んだ。

「おれはここのチャンコで充分ですけど」

「だったら部屋住みからやり直せ。毎日、飽きるほど食えるぞ」

　土岐はステッキで室岡の尻を叩いた。

　組長室から出てきたときこそ不機嫌だったが、東鞘会にトゲのように刺さっていた喜納が消えたのを、もっとも喜んでいる人物だった。

　事務所を出てエレベーターを降り、ビルの外へと出た。入口にはクラシックカーの風格を漂わせた、土岐の愛車であるベントレーミュルザンヌが停まっていた。ロールスロイスのV8エンジンが搭載された4ドアセダンだ。本体だけで約三千五百万円はするだろうが、そのうえガラスは防弾仕様になっており、様々なオプションもついている。現在の神津組の勢いを象徴する超高級車だ。その後ろにも幹部たちの高級車が並んでいる。

兼高はベントレーの後部座席を勧められた。室岡は助手席に乗った。外は東京の夏らしい湿気まみれの熱気に包まれていたが、すでに車内は空調が利いており、爽《さわ》やかな冷気に包まれている。

土岐は運転席の後ろに座ると、センターのアームレストを倒した。なかにはミニ冷蔵庫が入っており、二本のシャンパンのボトルが冷やされてあった。

カップホルダーにはシャンパングラスが入っている。土岐はボトルを摑むと、タオルに包《くる》んで栓を抜いた。噴き出た泡がシートやステップを濡《ぬ》らしたが、気にする様子はなく、兼高らにシャンパングラスを持つよう促し、黄金色の液体を注いだ。

「先に乾杯といこう」

シャンパングラスを軽く合わせ、一本二万はする発泡性のワインを口に含んだ。

「ありがとうございます」

危険な大仕事をやり遂げ、土岐の信頼をまたひとつ獲得できた。贅《ぜい》を凝らした車と冷えたドンペリが気分を昂揚《こうよう》させた。

口のなかに酸味が広がるだけで、高級酒の味自体はよくわからなかったが。

西麻布《にしあざぶ》の会員制クラブを後にしたのは、午前一時を過ぎたころだった。クラブを出るさい、トイレで胃薬を呑《の》んだ。

酒は弱くないが、口が滑らかになりすぎるのに気をつけなければならない。三次会として訪れた会員制クラブでは、何度か洗面所で洗顔をしては気を引き締めた。

これもまたどこの組織にも当てはまる話だろうが、いくらボスが無礼講のパーティだと宣言したとしても、学生の飲み会のように無茶《むちゃ》をするやつはいない。とくにボスや若頭がいるような席では、静かに飲み食いが行われる。

一次会は、六本木の高級焼肉店で催された。カタギの目に触れぬように宴会室を借り切り、ボスが簡単な挨拶《あいさつ》を済ませると、粛々と宴会は進んだ。兼高はビール瓶を持ち、ボスや叔父貴《おじき》分に挨拶をした。もう一方の功労者である室岡は、ひたすらA5ランクの高級カルビや特選タン塩焼を熱心に頬張っていたが。

改めて三國に頭を下げ、ビールを注いで事務所での無礼を詫《わ》びた。

三國ももはや一国一城の主《あるじ》であり、神津組の顔でもある。ケツの穴が小さいと言われるのを恐れ、自身にも非があったのを認めると、沖縄での仕事を褒めちぎった。兼高は恐縮してみせた。

骨休みにバンコクに来いだの、将来的にはおれたちが東鞘会を守《も》り立てていくんだのと、心にもない言葉を吐いた。友愛に満ちた言葉とは裏腹に、酒や肉にも大して手をつけず、一次会を終えると、そそくさと帰っていった。

土岐行きつけの銀座《ぎんざ》のクラブを二次会として経由し、三次会は舎弟頭の宮内がやっている会員制のクラブで過ごした。

宮内は葉巻を趣味としているため、キューバ産の高級シガーはもちろん、コロンビアやニカラグア、フィリピン産を揃えている。そこできっちり温度管理がなされたコイーバを吸った。極道にならなければ、一生吸う機会のないコイーバの最高級品を用意してくれた。

土岐は女を土産に持たせようとした。宮内の会員制クラブの売りはシガーだけでなく、そこで働く若い女たちだ。グラビアアイドルやアイドルの卵、モデルなどの美女を揃えている。

丁重に断りを入れてクラブを出てきた。テレビや雑誌でしかお目にかかれない八頭身美女だの、胸にふたつのメロンを入れたようなバストの持ち主だの、股間《こかん》を刺激する女が揃っていたが、腰を振って精を放つよりも、ただ心身を休めたかった。

西麻布からタクシーに乗って水道橋《すいどうばし》へ。水道橋からまた別のタクシーに乗って上野《うえの》へ向かった。わざわざ遠回りをし、車を乗り換えたのは尾行の有無を確かめるためだ。

不忍池《しのばずのいけ》付近でタクシーを降りた。夕方は大量のキャッチや呼びこみで埋め尽くされる飲食店街だが、終電も過ぎた時刻になり、通りを歩く人間は少なかった。

灯《あか》りが消えている店が過半数を占めるなかで、煌々《こうこう》と輝く緑色のマッサージ店の看板が見えてくる。『池之《いけの》端《はた》リラクゼーションサロン』という。

目当ての店舗は雑居ビルの二階にあった。一刻も早く向かいたかったが、通りを一周して、監視している人間がいないかを確かめてからマッサージ店に向かう。

そこだけが兼高昭吾の仮面を外せる場所だった。

雑居ビルのエレベーターに乗った。他の階のテナントには、飲み放題を謳《うた》う居酒屋やダーツバーが入っているためか、小さなかご箱の壁には、チラシが大量に貼られ、床はベタベタと汚れ、場末の空気を漂わせていた。

しかし、二階フロアにある『池之端リラクゼーションサロン』の入口はといえば、かご箱とは対照的に、クリーンで洒落《しゃれ》た空間が広がっている。カフェでよく見かけるような黒板があり、白いチョークで料金やサービスが記されてあった。女性が入りやすいような造りになっている。

店のなかに入った。カウンターには、アロマオイルの小さな瓶や、凝ったデザインのハーブティーの缶、エイジングケアの化粧品が置かれ、手書きによるポップが立てられてある。温かみのある間接照明と、木目調の壁が特徴的なマッサージ店だった。

客をリラックスさせるためにアロマオイルが焚《た》かれていた。ゼラニウムとラベンダーの香りがした。森林を思わせる小鳥のさえずりがＢＧＭとして流れている。

三年前までは『池之端マッサージ鍼灸《しんきゅう》院』という名で営業していた。まるで昔の病院のような無機的な空間で、おもな常連客はアクの強そうな中年男性だった。

現在はオーナーの方針で、仕事を終えたホステスやガールズバーの店員、常磐《じょうばん》線沿線に暮らすＯＬを中心にした、女性向けのリラクゼーションサロンに生まれ変わった。英国式リフレクソロジー、オイルを使ったアロマセラピーやハワイアンロミロミなどを手がける。男性客も受け入れてはいるが、たいていは上野のゲイバーなどで働く男たちであり、兼高のようなタイプは圧倒的な少数派だ。そもそも同店は暴力団関係者の来店を固く禁じている。

受付を兼ねるカウンターでは、施術を終えたＯＬ風の女性客がマグカップに入ったハーブティーをすすっていた。兼高を見て視線をそらす。まっ黒に日焼けしたスーツ姿の筋肉男は、女性の園と化している同店の雰囲気とはなじまない。

極道の世界に入ってから、兼高の面構えもだいぶ変わった。自分自身ではなかなか気づかないものだが、他人からはよく指摘される。

前の職場にいた時代は、むしろ同僚たちよりも童顔だった。弟分の室岡に似て、ツルッとした彫りの浅い学生みたいなツラだ。二十代後半になっても、コンビニで酒を買うときは、しばしば身分証明書の呈示を求められた。貫禄《かんろく》が出てきたというべきか、あるいは急に人相が悪くなったというべきか。

沖縄に埋めた喜納から湯呑みを投げつけられたことがあり、額には七針の傷ができた。

その他にも暴力沙汰《ざた》や仕事の過程で顎《あご》に火傷《やけど》の痕《あと》が残り、目の下には裂傷もある。なにより緊張の連続によって、顔つき自体が険しさを日々増しつつある。眉間《みけん》に寄ったシワや、無意識に鋭くなる目つきだけはどうにもならない。そろそろ傷痕ぐらいは整形手術でもして消さなければ、仕事にも支障が出かねなかった。

こんがりと焼けた肌とスカーフェイス。脱臼《だっきゅう》のためにスリング装具で左腕を固定している。女性客が視線をそらすのも当然だ。

受付には、若いポロシャツ姿の女性店員が立っていた。現れたのが兼高だとわかると、女性店員のほうは、すぐに親しげな笑顔を見せた。店の空気とミスマッチな客であったとしても、ひんぱんに通っていれば邪険には扱われない。

「兼高さん」

「ひさしぶり」

笑顔を作った。女性店員は訝《いぶか》しげな表情を見せた。

「その腕、どうかしたんですか？」

「草野球をしている最中に、肩の関節が外れちまってね。これが痛いのなんのって」

「脱臼ですか……あれ超痛いんですよね」

「外れるのは初めてじゃないから、慣れてはいるんだけど、かなりハードな思いをするよ」

「じゃあ当分、これはお預けですね」

女性店員はボールを投げるフリをした。彼女は兼高のことを野球好きの工務店経営者だと思いこんでいる。

兼高は口をへの字に曲げた。

「そういうこと。これだけが生きがいだってのに。年を取るってのは悲しいことだね」

「そんなあ。まだ全然若いじゃないですか。でも、その状態だとマッサージができるかどうか……うつ伏せになるのは難しいですよね」

「〝先生〟に訊《き》いてみてくれないか。無理を承知で寄ってみただけなんだ」

「わかりました。そういえば〝先生〟もぼやいてましたしね。最近、兼高さんがなかなか顔を見せてくれないって」

「おれも〝先生〟の顔が見たかった。それに、あの人ならこの肩もなんとかしてくれるかもしれないと思ってね」

「わかりました」

革靴を脱いで上がりこんだ。

同店は土足厳禁だ。靴棚はヒールやパンプスだらけだ。男物の靴は見当たらない。入口に、暴力団関係者お断りの文句がわざわざ記されているが、そんなものがなくとも極道は近寄らない。小鳥のさえずりやハーブティーを好む極道などいないからだ。

昼から営業している店だが、書き入れ時は電車が運行を終えた今ごろだった。完全個室となっており、カラオケ店のようにいくつかのブースが設けられてある。客でごった返しているはずだが、防音がしっかりしており、話し声などはほとんど漏れてこない。

女性店員に店の奥へと案内された。スライドドアが開けられ、広さ三畳程度のブースへ通される。マッサージベッドと、アジアの雰囲気をかもした籐《とう》製のカゴや調度品が設えられてあった。アロマキャンドルの火がすでにともっていた。

「〝先生〟を呼んできますね。着替えてお待ちください」

女性店員がドアを閉めた。

マッサージベッドのうえには、Tシャツとハーフパンツが用意されてある。

女性店員がブースから遠ざかっていくのを耳で確かめてから、衣服を脱ぎ始めた。兼高の上半身に釈迦如来と不動明王が刻み込まれているのを、この店で知っているのは、これから会う〝先生〟だけだ。

ハーフパンツとTシャツ姿になる。半袖《はんそで》のTシャツでは、二の腕の不動明王の刺青《いれずみ》が見えてしまう。それゆえ真夏でも長袖の衣服は欠かせない。一般人のタトゥーとは違って、極道の彫り物は見せびらかすものではない。ワイシャツを羽織って、ソファに腰かけて〝先生〟を待つ。

ドアがノックされた。着替えが済んだのを伝えると、スライドドアが開き、〝先生〟が現れた。

〝先生〟こと衣笠典子《きぬがさのりこ》は、六十代後半だ。身長は小柄で、彼女は立っているにもかかわらず、ソファに座ったままの兼高と、頭の高さがほぼ同じだった。

洒落た店舗のなかで、典子はひとり昭和の古風な気配を漂わせていた。この道三十年のベテランだ。この店が男性向けだったころから在籍し、オーナーに乞《こ》われ、女性向けのリラクゼーションサロンになった今の店舗でも活躍している。

とくに肩書きもない一セラピストに過ぎないが、長年の勘や熟練の技が客に受け、店のなかでは常に指名数がナンバー1だった。セラピスト歴十年の店長よりも年季が入っており、実力や評判も上回っているため、店員や客からは敬意をこめて〝先生〟と呼ばれている。『池之端リラクゼーションサロン』はもちろん、系列店に新人が入ったときなどは、指導者として教える立場にある。

白いワイシャツと黒のスラックスが制服であり、彼女もそれを着用していたが、セラピストなどというよりもマッサージ師と呼ぶにふさわしい。
見た目が華やかな若いセラピストと比べると、典子はいかにも野暮《やぼ》ったかった。くせ毛だらけの灰色の頭髪と、食が細そうな瘦《や》せた姿は頼りなく見える。

しかし、商売道具である十本の指は、太めのウインナーのようで、拳《こぶし》は男性並みに大きく、そして節くれだっている。身体のサイズこそは子供のようだったが、両腕だけは贈答用のハムみたいに、太い筋肉に覆われていた。そのため制服は、お世辞にも似合っているとは言いがたかった。

リラクゼーションサロンで働いているため、セラピストなる肩書きを名乗っているが、彼女はあん摩《ま》マッサージ指圧師の国家資格を持っており、はり師ときゅう師の資格もある。いわゆる三療師というやつだ。以前の店では、鍼灸治療も手がけていた。

彼女はスリング装具を見て眉《まゆ》をひそめた。

「元気にやってるようだね」

「ああ」

典子はスライドドアに鍵《かぎ》をかけた。誰もブースに入れないようにする。

「脱臼なんかしたら、背中も揉めやしない。血流がよくなって、かえって肩の痛みがひどくなるだけだわ」

「足裏や下半身だけでもいい」

「酔っ払いの身体なんか揉《も》めやしないよ。身体を痛めるだけ」

「いっちょ揉んでもらいたかったんだが仕方ない。目当てはマッサージじゃないしな」

典子は顎でマッサージベッドを指した。

「横になりな」

ワイシャツを脱いだ。Tシャツの袖から刺青が見える。しかし、彼女は驚かない。

踏み台を使ってマッサージベッドに横たわった。脱臼した左肩が痛まないようにゆっくりと時間をかける。枕に頭を乗せて身体を横たえると、典子はタオルを取りだした。兼高の顔にかぶせようとする。

「おっと」

典子はタオルを顔にかける前に、スラックスのポケットに手を入れた。紙切れを取りだした。兼高に手渡す。

「マサヤンからの伝言だよ」

二つ折りにされたメモだった。目をこらす。マサヤンこと阿内将が書いた文字があった。

数字とアルファベットが、ボールペンによってランダムに記されてある。その下には〝bowling《ボウリング》〟とだけ書かれてあった。

手書きではあったが、パソコンで入力したような整った文字だった。警察官は上層部も下っ端も書類仕事に忙殺されるものだ。最近はパソコンで文書作成するのが主流だが、かつては手書きが当たり前だった。汚い文字で書類を提出すれば、上司に雷を落とされる。否が応でも丁寧に書く癖がつく。

組織犯罪対策部特別捜査隊《ソトク》を率いる阿内は、そんな苦労とは無縁だった。書道をやっていたというわけではないが、警視庁でもっとも流麗な文字を書く男として知られているらしい。

このメモは、彼と連絡を取るための新しいパスワードだった。

阿内には沖縄のホテルから情報を送った。秘匿性の高いアメリカの会員制サイトだが、約一か月ごとにパスワードを変える。再びサイトにログインするためには、今手渡されたパスワードを入力し直さなければならない。沖縄のときはボクシングと返答した質問も、同じく変更されている。

仰向《あおむ》けになりながら、メモを睨《にら》んでパスワードを復唱した。念仏のように唱えて脳に刻みこんだ。紙切れを丸めて潰《つぶ》し、口のなかに放った。噛《か》んで呑みこむ。

典子が顔をしかめた。調度品のうえには、冷水が入った水差しがあり、彼女は紙コップに水を注いだ。

「そんなのいつも呑みこんでたら、腹壊しちまうよ。もうよしな。びりびりに破いて捨てればいいんだろ」

彼女に舌を出して、すでに胃へと送りこんだのを示す。紙コップを受け取る。

「癖だ。放っておいてくれ」

典子は不機嫌そうに鼻を鳴らした。

彼女は口が堅く度胸もある。マッサージがうまいだけでなく、アウトローのルールも熟知している。連絡員としても優れていたが、母親みたいに口うるさいのが玉に瑕《きず》だ。

典子は、若くしてトラックの運転手だった夫を事故で亡くした。まだ小さかった息子を育てるため、高名な指圧師のもとで修業を積み、資格を取得すると、この上野界隈《かいわい》でひたすら客の身体を揉み続けた。〝女手ひとつ〟なる言い方があるが、文字通り彼女はそのごつい手で稼いでみせた。

彼女の指圧の腕は評判となり、約二十年前に『池之端マッサージ鍼灸院』のオーナーに乞われて雇われた。出張サービスも手がけていた同店の名物マッサージ師として、御《お》徒町《かちまち》近辺に暮らしているジャイナ教の宝石商人や、文京《ぶんきょう》区に住むドクターや資産家など、カネをしこたま持った連中からも愛された。それにヤクザの親分からも。

彼女の出張サービスの顧客リストは、極道がかなりの数を占めていた。自宅に招かれるのはもちろん、愛人のいるマンションで性行為に励んでいる最中に、腰がおかしくなった大物組長の面倒を見たこともあったという。

シングルマザーで苦労した時代はあったものの、指圧で有名になると、そこいらの会社員よりも稼ぐようになった。野球をこよなく愛するひとり息子に、高価なグローブやスパイク、ユニフォームを与え、強豪校で知られる横浜《よこはま》の私立高校に進学させた。それは、大物極道や金持ちたちがくれるチップや祝儀のおかげだった。今さら和彫りごときにひるむような女ではない。真珠だらけの男根だの、指をつめた手だのを目撃している。

兼高は紙コップの水を飲んだ。紙コップはまるでお猪口《ちょこ》のようなサイズだ。寝そべりながら彼女に突きつけ、もう一杯ねだった。

「ちょっと待ってな」

彼女はスライドドアの鍵を外した。ドアを開ける。周りの様子をうかがう。

「おいおい」

止めようとしたが手遅れだった。典子はブースの外へと出て行った。せっかく身体を横たえたというのに、兼高は再び起き上がって、ワイシャツを肩にかけて刺青を隠した。

典子はすぐに戻ってきた。再びスライドドアに鍵をかける。右手にはやけにでかいコップを手にしていた。さきほどの紙コップとは比較にならない。ビールジョッキ並みのサイズだ。なかには、グレープフルーツジュースがなみなみと入っている。

　マッサージベッドに座っていた兼高に、ジョッキサイズのコップを突きつけてくる。

「飲みな。酔っ払いにやれるのは水分と糖分だけ。グレープフルーツは二日酔いによく効くから。果糖とクエン酸が肝機能を高めるからね」

　コップを半ば無理やり手渡された。ずっしりと重たい。

「こんなに飲めるもんか。それこそ吐いちまう」

「バカだね。誰も一気飲みしろとは言ってないよ」

「どっちみち、そんな深酒したわけじゃない」

　コップに口をつけた。

　飲酒した後だけあって、喉《のど》が渇いていたのは事実だった。三分の一ほどジュースを飲んで、コップを彼女に渡した。

「梧郎、肝臓を労《いた》わりな。ヤクザはたいてい肝臓をダメにするからね」

　彼女は兼高の本名を口にした。出月《いでづき》梧郎。その名を口にしていいのは典子と阿内だけだ。

　たとえ、どんな場所でも本名で呼ばれるのは危険極まる行為だ。典子も兼高もそれを承知している。

　それでも本名で呼ばせているのは、ときおり自分が何者なのかを忘れそうになるからだ。沖縄で喜納を始末したとき、完全に兼高昭吾と化していた。神津組系列では知らぬ者はいない〝殺しの兼高〟に。そうでなければ躊躇《ちゅうちょ》なく殺しはやれない。返り討ちに遭っていただろう。

危ないのはわかっている。だが、誰かに本名で呼びかけてもらわなければ、あとに引き返せないような気がした。キラーの兼高昭吾となり、たとえ相手が警察官であっても、ためらわずにトルクレンチで頭を殴り払う気がした。一家も構えていないような男が、神津組内で異例のスピード出世を遂げたのは、殺人というもっとも忌まわしい仕事を手がけてきたからだ。

再びマッサージベッドに寝そべった。

「今はヤクザ《マルB》もヘルシー志向だ。やたらと肝臓が悪かったのは、使い回した針で刺青を彫ったり、汚れた注射針でシャブを打ってたからだろう。よその組織は知らんが、神津組は大酒をかっくらうのを好まない。ドラッグだってやっちゃいない」

顔にタオルを、身体にバスタオルをかけられる。「それに、いつまでもヤクザ《マルB》でいるわけじゃない」

「でも……何年、かかるかわからないだろ？」

典子は珍しく気弱な調子で言った。

「おれの働き次第だ。長くはかからない」

気楽そうに答えた。

このリラクゼーションサロンを訪問し、典子と情報交換をしているときのみ、兼高昭吾の仮面を外すことができた。典子は兼高を息子のように思い、なにかと世話を焼いてくれる。ただし、心配するあまり脆《もろ》さが露呈することもある。完璧《かんぺき》な人間などいやしないのだ。誰もが弱点を抱え持っている。

典子は、ヤクザにも愛される名マッサージ師だったが、七年前から顧客を裏切って、阿内の情報提供者となっていた。

今でも副業として、親分たちの身体を揉みほぐしているが、愛人の名前や住居、邸宅の間取りや警備態勢など、目撃したものをすべて阿内に報告している。身体を揉まれていい気分になった極道が漏らした話や、携帯電話での会話もだ。

彼女が危険を冒してまで、警察の協力者になったのは、ひとり息子の衣笠順一《じゅんいち》が、山梨の山林で変死体となって発見されたのがきっかけだった。東京墨田《すみだ》区近辺に根を張る曳舟《ひきふね》連合の組員たちによって殺害された。

自動車整備工場に監禁され、さんざん鉄パイプやバーベルのシャフトで殴打された挙句、ハンディバーナーで背中を炙《あぶ》られ、頭髪を焼かれていた。

死体が発見されたのは、死亡から十日が経過した後だった。野生動物に食い荒らされた状態で、地元のハンターの猟犬によって発見された。遺体は腐乱も進んでおり、所持品はまったくない全裸状態だった。人物の特定に時間を要したが、ＤＮＡ鑑定が決め手となり、順一と判明した。

野球好きだった順一は、リトルリーグのころからピッチャーとして目覚ましい活躍をし、名門で知られる横浜の高校に入学した。一年生のころから控えとして、ベンチ入りを果たしている。充実した青春を送り、高校三年時にはエースとして活躍。プロ球団のスカウトからも注目されるほどの成長を遂げたが、夏の県大会で肘《ひじ》を壊してから、彼の人生に暗雲が垂れこめだした。

典子は息子の野球愛を後押しし続け、肘の手術費用も捻出《ねんしゅつ》した。順一は苦しいリハビリを経て、社会人野球部を抱える石油関連企業に就職した。社会人野球を通じてプロ野球の道に進むことを目論《もくろ》んでいた。

だが、プロの道は甘くはない。高校時代の球の威力もついに取り戻せず、アマチュア野球界ですら結果を満足に残せなかった。チームとの折り合いが悪くなって会社を退職し、四国の独立リーグに投手として拾われたが、そこも二年でお役御免となっている。

東京に戻って、しばらく荒れた生活が続いた。母親は新たな就職先を見つけてやろうと、あらゆるコネを使って奔走したものの、その世話焼き癖が、さらに息子のプライドを傷つけることとなった。音信不通の状態が長く続き、けっきょく典子が順一の行方を知るのは、彼が変死体となって発見された後だった。

母親と連絡を絶った順一は、しばらく酒浸りの生活を送ったが、高校時代の先輩を頼って、六本木のスポーツバーに拾われた。スポーツバーのオーナーが草野球チームを所有しており、順一のような元セミプロや元高校球児を探し求めていたのだ。

しかし、スポーツバーへの就職が悲劇につながることになる。店員や客が野球賭博《とばく》の常客だった。プロ野球選手のデータを頭に叩《たた》きこんでいた順一は、野球賭博で高い勝率を誇り、スポーツバーの給料を上回るカネを手にするようになった。胴元である曳舟連合のヤクザからも注目された。

酔客に愛想笑いを浮かべる毎日に嫌気が差していた彼は、スポーツバーを辞め、野球賭博グループと関わりを持った。暴力団の準構成員になったというべきかもしれない。

野球漬けの経験を買われ、順一はハンデ師の手伝いや、債権回収を請け負うようになった。アウトローの世界に足を踏み入れた一年半後、山梨の山林で変死体と化すことになる。

順一は、遺体を見た捜査員も顔をしかめるほど、むごたらしい殺され方をしたが、犯人らの動機は至ってシンプルだった。野球賭博の負けが続いていた曳舟連合の組員に、順一がカネを支払うように強く迫った。それだけだった。

いわば使いっぱしりに過ぎない順一に、きつく追いこみをかけられた組員は激昂《げきこう》した。弟分や地元仲間たちを呼び寄せると、順一の身柄をさらって、知り合いの自動車工場に連行。主犯である組員が、覚せい剤に手を出していたこともあり、順一への暴行はひたすらエスカレートした。

順一の身元が判明すると、犯人たちはスピード逮捕された。たいして報道もされなかった。事件が発覚したのは九月の台風シーズンであり、中部地方を中心とした記録的な豪雨によって、各地で土砂災害が発生した。シャブ中とチンピラのトラブルなどに注目するメディアはほとんどなかった。

山林に埋められた順一が、ハンターの猟犬に発見されたのも、埋められた土地に大雨が降り注ぎ、埋めた土砂が流されて死体の一部が露《あらわ》になったからだった。だからこそ、自然災害をナメてはならない。

世間が無関心であっても、母親である典子にとっては人生最悪の事件だった。ひさびさに息子の行方がわかったかと思えば、損傷と腐敗によってむごたらしい死体となり、山林に埋められていたというのだから。

順一の頭蓋骨《ずがいこつ》や鎖骨はシャフトや鉄パイプによる殴打で砕け、ほとんどの歯もへし折られていた。組員らは、指紋から発覚するのも恐れて、彼の十本の指を糸ノコで切断している。

身元確認のため、典子は大学病院の霊安室で息子と対面したものの、まるでストッキングでもかぶったかのような、ドロドロに崩れた顔を目にしなければならなかった。

身元の確認どころか、彼女はその場で失神した。数十分ほど意識を失ってから、再び溶解した息子と対面したが、息子かどうかは典子ですら判断できないほどで、大学病院のトイレで嘔吐《おうと》しながら泣いたという。

極道からチップや祝儀をもらってきた典子だが、彼らに対して怒りを抱くようになったのは、それからだ。

順一は、野球賭博グループにまんまと利用され、危険きわまるシャブ中の債権の取り立てに行かされた挙句、むざむざと殺されたのだった。典子の苦痛はその後も続いた。裁判には何度も足を運んだが、加害者や弁護士たちの言葉を耳にするたびに、悲憤と絶望で気が狂いそうになったという。

主犯は、殺人と死体遺棄以外にも、覚せい剤取締法違反で立件されていたが、覚せい剤中毒による心神耗弱状態にあったと減刑を主張し、従犯の手下たちは争うようにして、罪をお互いになすりつけあおうとし、誰も罪と真剣に向き合おうとはしなかった。

どうにかして法廷に刃物を持ちこみ、犯人たちを刺し殺して、自分も喉を突いて死んでしまおう。そう思いつめた時期もあったという。さらにマッサージの顧客が追い打ちをかけた。

典子の顧客のなかには、曳舟連合系の親分たちもいた。これほどの事件が組織内で起きた以上、もう被害者の母親である自分に声がかかることはないだろうと踏んでいた。極道は上客ではあったが、曳舟連合に限らず、すべてのヤクザが依頼をしてこなくなるだろうと。

だが、その予想は外れた。親分たちはこれまでと変わらずに、典子に仕事を依頼してきた。曳舟連合系の親分たちもだ。母親の典子にしてみれば、順一はかけがえのない存在だったが、彼らにとっては野球賭博の使いっぱしり以上の何者でもなく、彼の正体を詳しく知ろうとした人間などいやしなかったのだ。シャブ中のバカが起こしたチンケな殺しなど、誰も関心など持たず、被害者の名前も知らずにいた。

人ひとりが死んだからといって、これといった揉め事に発展することはなかった。加害者側も被害者も同じ曳舟連合系の人間だ。枝の幹部同士が簡単に話をつけた。加害者側の組織から、いくらかのカネが野球賭博グループへと支払われ、加害者たちを絶縁や破門にし、それで決着がついたという。

曳舟連合系の組長の身体を揉む機会があった。典子は事件についてそれとなく話を振った。音信不通だった間、順一がどのように過ごしたのかを知りたかった。しかし組長の答えは残酷だった。

加害者をシャブ中の外道と酷評する一方、取り立てに行った順一も、空気の読めねえ能なしだと評した。よく知らねえけどよ――組長はつけくわえた。

典子の頭は燃えあがった。肩を揉んでいた両手が無意識に首に伸びたが、すぐに我に返ると、彼女も他人事《ひとごと》のように笑い、再び組長の肩を揉んだ。

いつもと同じく完璧に仕事をこなし、本来のマッサージ料金と出張料、それにチップを受け取って組長宅を後にし、公判中に声をかけてきた警察官の名刺をバッグから取り出した。

当時、警視庁の組織犯罪対策四課の暴力事件情報係長だった阿内将のもので、彼に連絡を取り、情報提供者《エス》になると伝えた。

当時の兼高はといえば、出月梧郎の名で警視庁の機動隊に属し、ハードな生活を送っていた。立川《たちかわ》の〝鬼〟の第四機動隊で、毎日きつい訓練を受けながら、刑事になるのを夢見ていた。

　タオルで視界が閉ざされたためか、すぐに眠気がやって来た。いくら睡眠薬やアルコールの力を借りずに眠れるようになったからといっても、沖縄のホテルでは枕の下に、先端を尖《とが》らせたマイナスドライバーを隠していた。自宅の麹町《こうじまち》のマンションで眠るときも同じだ。

　手元に武器を用意して、初めて睡眠が取れるのだが、このブースだけは別だった。アロマオイルの香りは好みではなく、男性客を拒むような店の造りも気に入らない。しかし、兼高昭吾の仮面を外せるかと思うと、とくにマッサージをしてもらわなくとも、心が自然と落ち着いていく。

　目をつむったまま訊いた。

「おれを絞め殺したくはならないのか？」

「はあ？」

「沖縄でなにをしてきたか、阿内から聞いてるだろう」

「詳しくは聞いてない。知りたいとも思わないよ」

「三人、埋めた。北部の山奥だ」

　急に瞼《まぶた》が熱くなった。

　歯を噛みしめて耐えようとする。しかし、涙が頬へと流れ出した。鼻がつまって息が苦しくなった。唇が震える。「また、人を殺《や》った」

タオルで頬の涙を拭《ぬぐ》われた。ティッシュを手渡される。

「梧郎、あんたは順一を殺した連中とは違う」

洟《はな》をかんだ。悲しげに見下ろす典子と目が合う。

恥ずかしさで顔が熱くなる。自分も同じだった。順一を殺したシャブ中の外道とどれほどの違いがあるだろう。

藤原って野郎はうめき続けたよ。死にたくない、死にたくない、死にたくないと。芋虫みたいに身動きできなくなったやつを、トルクレンチで叩き潰したんだ。典子に伝えたかったが、言葉にはならない。

「違いなんてない。おれもイカレた人殺しだ」

濡《ぬ》れた声で伝えた。典子にぴしゃぴしゃと頬を叩かれる。

「いいじゃないか。ヤクザなんか、みんなくたばっちまえばいいのさ。叩き潰してやりな」

断固とした口調で励まされた。泣きながら笑う。

「なんて言い草だ」

「本当のことを言っただけだよ」

洟をかんだティッシュを、典子にひったくられた。ゴミ箱に放りこまれる。

会うたびに感じたが、彼女は兼高を通じて、息子の姿を見ているようだった。兼高と順一は生まれた年がほぼ同じだ。彼が野球賭博グループの一員になり、覚せい剤中毒の厄ネタ暴力団員とぶつからなければ、兼高と同じく三十半ばの中年になっていたことになる。

写真で生前の順一の顔を確認したが、とくに兼高とは似ていなかった。

しかし典子に言わせれば、筋肉のつき方や体形はそっくりらしい。順一は野球に人生を捧《ささ》げ、兼高こと出月は剣道に打ちこんできた。ともにアスリート並みの身体を維持したのは確かだ。機動隊時代に厳しい訓練も受けた。

「叩き潰してやりな」

典子は繰り返した。同意するようにうなずく。

彼女はすでに腹をくくっていた。暴力団を潰すため、阿内の情報提供者となり、ヤクザの懐に飛び込んでは最新情報を彼に提供した。暴力団すべてを憎んでいたが、とりわけ息子を死に追いやった曳舟連合を敵視している。潰すためなら鬼になってみせると告白した。

息子の命を奪った主犯に復讐《ふくしゅう》するのが、彼女の究極の夢ではあったが、そいつは無期懲役で岐阜刑務所に入っている。従犯である手下たちにも十年から十四年の刑が言い渡された。

彼女は連中の代わりに、すべてのヤクザを敵討ちの対象とした。現在も、昔からの顧客であるヤクザたちの邸宅やマンションを訪れ、変わらず施術を行っている。巧みに情報を聞きだしては、阿内にすべて伝えた。

典子は囁《ささや》いた。

「あんたは悪くない」

「そうだな」

涙はすぐに止まった。

もともと暴力団を潰すために、潜入などというバカげた任務を引き受けたのだ。典子と同じく、鬼になると誓って。

彼女のターゲットである同組織は、暴対法によって弱体化が著しく進み、縄張りを日本最大の関西系暴力団である華岡《はなおか》組系の組織に荒らされた。

関西に対抗するため、三年前に交流のあった東鞘会の傘下に入った。トップである曳舟連合の総長は、東鞘会会長である十朱《とあけ》義孝《よしたか》の舎弟となっている。つまり兼高のボスである土岐の叔父貴分にあたる。阿内の情報提供者となって、もう七年となるが、典子の曳舟連合に対する怒りは変わっていない。同組織を傘下に収めた東鞘会に対しても。

「寝ていきな」

典子はマッサージベッドから離れた。ソファに腰かけると、背もたれに身体を預けた。

兼高はずれたタオルを目の位置に戻し、アイマスク代わりにして目をつむった。冷静さを失って感情を乱したが、マッサージベッドのうえでじっとしていると、すぐに眠気がやって来た。典子のおかげなのは言うまでもない。東鞘会撲滅という目的を持った同志であり、潜入者としては先輩にあたる人物だった。

　上司である阿内将とは、もう一年以上も会っていない。やり取りはすべてネットの掲示板だ。警官であるのを忘れず、冷酷な殺し屋に徹するという矛盾した任務を、今日まで続けられたのは典子という経験豊富な連絡員がいたからだ。

　一時間ほど眠りに落ちたが、携帯端末のバイブ音で目が覚めた。目のうえのタオルを払いのけ、マッサージベッドから降り立った。典子もソファで寝たらしく、鬱陶《うっとう》しそうに携帯端末を睨みながら目をこする。

　時間は午前三時近くだった。深夜や早朝に電話が鳴るのは珍しくはない。だが、液晶画面に表示された名前を見て、眠気が一度に吹き飛んだ。

　ボスである土岐からだ。今夜は祝賀会のおかげで深夜まで酒を酌み交わしたが、もともとは朝型の人間だった。幹部や手下たちならともかく、土岐自身がこの時間にかけてくるのは珍しい。肝が冷えるのを感じながら電話に出た。

『池之端リラクゼーションサロン』を出ると、不忍通りに出てタクシーを拾った。なるべく目的地に早くたどり着きたかったが、運転手を急《せ》かせるような真似はしなかった。午前三時とあって道路はガラガラだ。コンビニの配送用トラック、それにタクシーや事業用のゴミ回収車が走っている程度だ。向かっているのは神楽坂《かぐらざか》で、たいした距離でもない。

　ボスの土岐からの電話に出た時点ですでに目は覚めていた。緊張で心臓の鼓動が速まっている。心を落ち着かせる必要があった。

　ダークブルーへと変わる夜明け前の風景を眺めた。土岐との会話を思い出しながら。

〈すまねえな、こんな時間に。もう寝てたか〉

「いえ。マッサージ屋に寄り道したところでした。背中周辺の筋肉がガチガチだったので」

〈おチンチンよりも、そっちのあたりがガチガチだったわけか〉

　土岐は下品な冗談を口にし、おかしそうに笑った。兼高も苦笑してみせた。

「チンポコがガチガチでも、筋肉までガチガチだと、ことがうまく運びませんから」

目をつむって神経を集中し、兼高昭吾の仮面をつける。くだらないジョークを口にしながら。

〈そりゃそうだ。気が利かなくて済まなかったな。女《スケ》よりも指圧の先生を呼んでおくべきだったか〉

　沖縄で任務を完遂した褒美として、ボスは彼に女をあてがおうとした。とびきりの美女を選び放題だったが、左肩を脱臼《だっきゅう》していることもあり、セックスよりも休養したいと申し出た。

　土岐に話をうながした。

「珍しいですね。こんな時間に」

〈うん……ちょっとばかり気になる情報を耳にしたんでな。目が覚めちまった〉

　土岐の口が重くなった。彼は続けた。

〈昼間になってからでいい。すまねえが、ひと休みしたら神楽坂のほうに顔を出してくれねえか。沖縄から戻ったばかりで、まだ旅の垢《あか》も落としちゃいねえだろうに〉

　瞬《まばた》きを繰り返した。

　土岐の口調は穏やかだったが、電話をかけてきた時間帯や、出張を終えたばかりの兼高に声をかけてきたのを考慮すると、ただ事ではない事態が発生したと判断すべきだった。

　土岐に尋ねた。

「組長《オヤジ》はこれから寝直すんですか？」

〈起きるしかねえわな。おれみたいな年寄りは眠りが浅い。一度起きちまったら眠れねえ。今、テレビでコンドロイチンやらセサミンやらのＣＭをぼうっと見てら〉

「でしたら、今からうかがってもよろしいですか」

〈そりゃ大歓迎だが……お前のほうはいいのか〉

「女とやってるときでしたら、昼間にうかがいますが、ちょうど身体を揉《も》み終えたところです」

土岐は品のない笑い声をあげた。

〈お前のガチガチな筋肉に感謝しよう。来てくれるか〉

「わかりました」

再びシャツとスーツに袖《そで》を通した。典子はソファにじっと座り、心配そうに兼高を見つめていた。

「阿内によろしくと言ってくれ。でかい動きがあるようだ」

彼女に告げてサロンを出た。

電話をもらった兼高は、親分の意をうまく汲《く》んで、さっそく馳《は》せ参じようとした。旅の疲れは身体にべっとりと張りついていたが、マッサージサロンでの仮眠のおかげで、気分だけはリフレッシュされた。

車窓に目をやって呟《つぶや》いた。親分の言葉を反芻《はんすう》する。

「気になる情報」

何事だろうか。土岐はジョークを飛ばしていたが、まずグッドニュースではなさそうだ。

神津組や上部団体の東鞘会《とうしょうかい》にとって、目のうえのタンコブは当然ながら警察だ。構成員が逮捕された、あるいは構成員が逮捕される予定が入れば、阿内や典子を通じて事前に情報が入るようになっている——今日は聞いてない。

厚生局の麻薬取締部だろうか。巨大組織である警察と違い、人数も少なく、装備も貧弱だったが、少数精鋭のタフな捜査官が暴力団のなかに潜入するケースがある。

二年前、ドラッグの運び屋をしていた三神組の組員が、バンコク市郊外で、何者かに頭を撃たれて死亡する事件が起きた。犯人は現地の強盗グループ……とされているが、殺害したのは三神組に雇われたタイ人の殺し屋だった。

殺された組員は、身分を偽って三神組に潜入してきた麻取《マトリ》の捜査官だった。見た目こそ鑑別所や刑務所を何度も出入りしたような悪相の持ち主で、多重債務者に大麻や覚せい剤入りのコンドームを呑《の》ませて運ばせるという、鬼畜な仕事をやらせる九州男児になりすましていた。

しかし、東鞘会が贔屓《ひいき》にしている名簿屋が、潜入捜査官の出身大学の卒業アルバムを所有していたことから、麻取所属の官憲と発覚。問答無用に消されたというわけだ。

兼高は、その潜入捜査官を何度か目にしたことがある。大学どころか中学もまともに出ていないような、口よりも先に手が出るような荒くれ者にしか見えなかった。

麻取捜査官の質の高さに驚愕《きょうがく》しつつ、それをも炙《あぶ》りだす東鞘会の情報収集能力の高さに肝を冷やしたものだった。彼の死が思い出され、掌《てのひら》がじっとり汗ばむ。

神楽坂の早稲田《わせだ》通りでタクシーを降りた。早朝まで営業しているバーや居酒屋、二十四時間営業のファストフード店が薄闇を照らしていた。

早稲田通りから一本外れた道を歩く。カフェやブティックが点在する洒落《しゃれ》た一角だ。土岐の愛人が暮らすマンションもそこにある。愛人はこの神楽坂で小料理屋を営んでいる。銀座のホステスのような派手さはなく、絶世の美女とは言い難いが、着物が似合う物静かな中年女だった。

土岐の自宅、つまり神津組の本家にあたるが、そこは赤坂の神津組事務所から徒歩三分の位置にあった。億のカネを稼ぐ有名芸能人や占い師、プロ野球選手などが暮らすコンシェルジュサービス付きの高級マンションだ。

だが、土岐は十五年前に妻を肝臓ガンで亡くしており、本宅のほうにはカタギの娘夫婦と孫が暮らしていた。土岐はもっぱら神楽坂のほうにいることが多い。

赤坂の高級マンションに比べると、神楽坂のほうは管理人が常駐しているわけでもないガタのきた建物だった。築二十年が経過しており、玄関の照明には蛾や羽虫がたかっていたが、電球がじきに切れるらしく、チカチカと不規則に点滅を繰り返している。

マンションの玄関には向かわず、建物を一周してみた。警察車両や不審者の有無を確かめつつ深呼吸を繰り返した。頭の天辺《てっぺん》からつま先まで兼高昭吾になりきっているが、急な呼び出しともなると、未《いま》だに緊張を覚えてしまう。ライバル視を隠さない若頭の三國は、むしろ扱いやすい相手だ。

しかし、土岐は一筋縄ではいかない。古狸と呼ばれる類《たぐい》の政治家タイプでもある。腹のなかを簡単に見せたりはしない。相手の頬を緩ませるジョークを口にした直後に、日本刀で斬首《ざんしゅ》する非情さと不意打ちを得意とする。顔を合わせるたびに、いつかは正体を見透かされるのではないかと、不安に襲われる瞬間がある。

　真偽のほどはまだ不明だが、すでに東鞘会は外資系の大手ITサービス会社と組んで、顔認証システムを導入しているとの噂があった。

　同業者のツラはもちろんのこと、警察組織や公安調査庁、それに麻薬取締部捜査官の顔写真を名簿屋や盗撮、ネットを駆使してできうる限り入手し、データ化してコンピューターに覚えさせ、東鞘会に近寄る人間の正体を即座に暴けるようなシステム作りを推し進めているという。

　警察は、すでに顔認証システムを犯罪捜査のため、都市部の防犯カメラに導入した。またパチンコ店や大手スーパーでもイカサマ師や万引き常習犯の割り出しのために活用される。しかし、それを駆使するのは、なにも警察や一般企業だけではないということだ。

　マンション周辺は静かなものだった。見かけるのは新聞の配達員ぐらいだ。玄関のインターフォンを押した。

　愛人の浅見《あさみ》奈々《なな》子《こ》が出て、玄関の自動ドアが開いた。誰もいない管理人室とガランとしたロビーを抜けて、エレベーターに乗った。最上階の十階まで昇る。

　生ぬるい風を浴びながら通路を歩いた。誰もいない。一見すると無防備のように映るが、奈々子の部屋の隣も神津組系の企業舎弟が借りており、部屋住みの若者や護衛が待機していなかった。喜納《きな》という暴れん坊が、東鞘会に牙《きば》を剥《む》いていると判明してから、強固な警備態勢が敷かれた。

　ガタのきたマンションとはいえ、建物のあちこちに小型カメラを設置し、建物周辺にもやはりカメラを取りつけてある。奈々子の部屋の隣には、複数のパソコンとモニターがあり、不審人物の有無を二十四時間態勢でチェックしていた。

　奈々子がそっとドアを開けた。薄い顔立ちの中年女性だ。訪問者が兼高であるのを改めて確かめると、ドアガードを外して出迎えた。

「姐《ねえ》さん」

「お疲れさま。入って」

　奈々子は仕事着である着物姿ではなかった。ワンピースにカーディガンを羽織り、長い黒髪を下ろしていた。彼女の小料理屋はだいたい夜一時まで営業している。店を終えて自由時間を過ごしていたようだ。

　兼高が神津組に出入りするようになったころには、すでに奈々子は土岐の後添いのような立場にあった。大物親分と長い関係にあるが、控えめな性格であり、若い組員や部屋住みからはとくに慕われている。具体的な年齢は未だにわからない。

　一礼してなかに入り、ドアをロックし、靴を脱いでスリッパに履き替えた。

　彼女は帰宅したばかりなのかもしれない。煮魚やタバコ、アルコールの匂いが鼻に届く。小料理屋の残り香がする。

「痛そうね」

彼女は兼高のスリング装具を見やった。

「ゴルフやってるときに脱臼しちまって。癖になってるんで、そんなに痛みはないですよ」

「だから、そんなに日焼けしてるんだ」

「遊びすぎた罰かもしれません」

照れたように頭を掻《か》いてみせた。

奈々子は神津組の内情を知らない。努めて耳に入れないように気を配るうえ、土岐も一切知らせないようにしている。情夫は血と抗争の歴史を背負った親分であり、兼高にしても手を血で汚したキラーだったが、いつでも自然体で迎えては柔らかな微笑を見せてくれた。

もっとも、彼女はあえて知らぬフリをしているのだろう。兼高のケガを本気でゴルフによるものだとは思っていない。血なまぐさい仕事のせいで負ったケガだと、薄々感づいているに違いなかった。クレバーかつ控えめだからこそ、土岐や多くのヤクザに愛されている。

彼女の姿を確かめて、緊張がだいぶ解《ほぐ》れた。この対応を見るかぎり、この部屋でいきなりグサリと背中を刺されるような惨劇は起きそうにない。リビングへと通される。

二十畳はありそうな広いリビングだ。そこは土岐の愛人の部屋というより、奈々子の住処というべきだった。

部屋は、猫好きの彼女の趣味が強く打ち出されている。年代ものの酒瓶や高級食器の入ったサイドボードのうえには、招き猫やぬいぐるみなどが所狭しと飾られてあった。

リビングの中央にあるソファセットで、ガウン姿の土岐が老眼鏡をかけ、猫の写真集に目をやっていた。

テーブルには、やはり猫を題材にしたコミックが積まれてあり、その隣にはタブレット型端末と携帯端末が置かれてあった。大ぶりな湯呑みがあり、ほうじ茶の香ばしい匂いがした。

「失礼します」

「急にすまねえな」

写真集をテーブルに置き、老眼鏡を外した。対面《トイメン》のソファを勧めた。一礼してから兼高は腰かけた。

「腹減ってるだろう。焼肉店でも挨拶《あいさつ》ばっかしてて、ろくに食う暇もなかったんじゃないか？　簡単なものなら作らせるが」

奈々子も勧める。

「麺《めん》類が好きだったよね。焼きうどんか焼きそばでもどう？」

「いえ、大丈夫です。問題ありません」

土岐の目を見すえ、きっぱりと答えた。

夜食どころじゃないのでしょうと、ボスに向かって無言で伝えた。奈々子がこしらえる料理はどれも美味で、空腹だったのは確かだが、呼び出された用を聞かないうちには、とても喉《のど》を通りそうにない。リビングの空気がピリッと張りつめる。

「じゃあ、ハニー。黒豆茶を出してやってくれ。あれはカフェインが入ってないんだよな」

「わかりました」

奈々子はキッチンに入り、美濃《みの》焼の重厚な湯呑みで茶托《ちゃたく》とともに黒豆茶を出した。兼高に微笑む。

「私は先に休ませてもらうけど、ゆっくりしていってね」

「ありがとうございます」

「おやすみ」

土岐は愛人に向かって投げキッスをした。奈々子は手を振ってリビングから出て行く。

黒豆茶に口をつけた。炒《い》られた豆のいい香りがする。リビングのドアを通じて、かすかにシャワーの水音が聞こえた。それを機に単刀直入に尋ねる。

「やばいニュースでしょう」

土岐は首の後ろをなでた。奈々子がいなくなり、急にヤクザの顔になった。眼光が鋭くなる。

「祝勝ムードが台なしだ」

「何事ですか」

「アホボンが悪あがきしてるのさ」

彼の言葉の意味がすぐにはわからなかった。一瞬、考えたのちに理解する。

「……勝一《しょういち》が？」

おそるおそる尋ねると、土岐は露《あらわ》になった膝《ひざ》をぴしゃっと叩《たた》いてうなずいた。

アホボンとはバカ息子を意味するが、東鞘会でバカ息子といえば、それは先々代の氏《うじ》家必勝《いえまさかつ》の倅《せがれ》で、東鞘会をふたつに分裂させた氏家勝一を意味していた。それでもあえて兼高が尋ねたのは、勝一がすでに過去の人物と化していたからだった。

リビングのドアを見やり、奈々子が来る気配がないのを確かめると、兼高はストレートに無言で尋ねた。

親指で首を掻き切る仕草をしてみせる。氏家勝一を殺《や》ればいいのかと。

土岐は首を振った。

「やっこさんはまだ海外をうろうろしている。メキシコからブラジルに逃げて、あっちの日系ブラジル人の社長に匿《かくま》われてた。五代目の古い友人らしい。そこでおとなしく骨を埋《うず》めてくれりゃよかったんだがな……」

氏家勝一の父親、五代目東鞘会を率いていた氏家必勝は、二十年以上も東京の裏社会を支配するボスのひとりとして君臨し続けた。その間に海外と築かれたパイプは太い。福建《ふっけん》マフィアや香港《ホンコン》マフィア、ペルーやブラジルの日系人社会などとのつながりもあり、いくつもの日本料理店に出資していた。

ロシアンマフィアからは、昆布やカニなどの豊富な水産物を買いつけていた。親の遺産を利用して、勝一は世界各地を転々としている。

最後の忠臣だった喜納から、逃亡資金を得ていたとも言われている。五代目の実子であり、子分を放って逃げた敗軍の将だ。日本から追放するとして、海外をうろちょろしている分には放っておくというのが、現在の東鞘会の意向だった。

土岐はタブレット端末を拾い上げた。液晶画面にタッチしながら言う。

「お前に頼みたいのは逆なんだ。護衛をいっちょ頼みたい」

「土岐《オヤジ》の……ですか」

「おれじゃねえよ。もっと上だ」

土岐は天井を指さした。

「まさか……十朱会長の」

「半年ぐらいは遊んで暮らさせてやりたいと思ってたんで、なんとも心苦しいんだがよ……腕が立って、そのうえ信頼できるやつといったら、うちの組じゃお前と室岡ぐらいしか思いつかねえのさ。うちのベストメンバーだ」

心を落ち着かせるために黒豆茶を飲んだ。湯呑みを持つ手が震える。土岐が訊《き》く。

「きついか？」

「とんでもありません。武者震いです。おれたちは土岐《オヤジ》や三國《カシラ》と違って、とりわけ商才があるわけじゃありません。得意なもんと言ったらこいつぐらいなもんです」

右腕を軽くあげた。ガッツポーズのひとつでもしたいところだったが、左腕はスリング装具で固定されている。

「ただ……左肩がこのとおりですが」

「護衛に必要なのは鷹《たか》の目と鋭い勘だ。腕は二の次三の次だ。それに少なくとも一、二週間先か……あるいは数か月先になるか。そのあたりが読めねえんだ」

「勝一はなにを」

「これだよ」

土岐がタブレット端末の画面を見せた。

ローアングルで撮影されたデジタル画像だ。やたらと値の張りそうな雰囲気の漂う高級レストランだった。テーブルには清潔なテーブルクロスがかけられ、広々とした店内をキリッとした面構えのウェイターが、銀の盆を持って料理を運んでいる。壁には大きな窓が設けられてあるが、でかい天窓もあって開放的な雰囲気を醸し出している。

おそらく盗撮だろう。床に置かれたカメラで見上げるようにして、壁際で食事をしている四人組を映している。

ひとりはどうやら氏家勝一のようだった。兼高はじかにこの男を目撃したことはない。極道社会に足を突っこんだときは、すでに勝一は平《へい》家の落ち武者のように、日本からの逃亡を余儀なくされていた。

勝一は、日焼けサロンで焼いた身体と、人気ダンスグループのメンバーを真似た口ヒゲが特徴の伊達《だて》男として知られていた。二週間に一度は美容院に通って短めの頭髪をマメにカットし、サイドにバリアートで模様を作っていたほどだ。

じかに目撃こそしてはいないが、その顔は写真や動画を通じて目に焼きつけてある。熱烈なボクシングファンでもあり、ダンスやサーフィンにも熱中していた。それだけに、しなやかで引き締まった肉体の持ち主だった。

組を割ったときの勝一は三十八歳だった。まだ若手でありながらも、神津に反感を持つ親分衆をまとめあげ、和鞘連合を作り上げた。東鞘会最大の厄ネタと化したが、行動力と統率力を備えた実力者だった。じっくりと根回しをするだけの根気と老獪《ろうかい》ささえ身につけていれば、今ごろ東鞘会のボスには勝一が君臨していただろうと言われていた。

あれから五年。液晶画面に映っている氏家勝一は、同一人物には見えなかった。清潔なポロシャツを着てはいるが、サイズはＸＬサイズのようだ。

土岐が首を傾げた。

「そういや、お前は会ったことないんだよな」

「問題ありません。えらい変わりようですが……」

「ロサンゼルスの五ツ星ホテルのなかに入ってる、ナントカって名前のレストランだ。急にロスなんかに姿を現したんでな。東鞘会《うち》の執行部がロスの友人を通じて、私立探偵なんぞを雇って、このアホボンの動きをチェックさせせたんだ」

納得したようにうなずいた。画像が不自然なアングルなのは、探偵による盗撮だからだ。

アメリカにも東鞘会の企業舎弟が進出している。ハワイやグアム、ロサンゼルスやサンフランシスコに、鉄板焼き店や寿司《すし》チェーン、自動車販売店を展開させていた。非合法な事業には手を出しておらず、寿司職人や営業マンたちは真のオーナーがヤクザであるのを知らない。

タブレット端末を受け取り、じっくりと勝一を見つめた。

勝一の胸や肩の筋肉は、過剰なまでに発達していた。二の腕は生ハムの原木のようで、ポロシャツの袖がはち切れそうだった。頭は、自分でバリカンを入れたような、まるで洒落っ気のない坊主刈りにしている。

昔から、右の二の腕にごついナイフのタトゥーを入れていた。和彫りを好まなかったという。腕にはさらにバラのツルや十字架と増えている。拳銃《けんじゅう》やダイス、ドラゴンと様々であり、隙間なく彫られて群青色に染まっている。首筋や胸元も、なにかしら彫られてあるらしい。

ウエルター級程度の体重だったはずだが、現在はジュニアヘビー級くらいはありそうだった。口ヒゲはなくなっており、代わりに深いシワが額や頬に刻まれている。和鞘連合を結成したさいには、艶《つや》のある黒髪をしていたが、白髪が増えてすっかりグレーに変わっていた。

かつては年齢よりも若く映ったものだが、今は年齢よりも老けて見える。シックスパックに割れていた腹筋も、この画像ではたるんだビール腹に変わっている。まるでアメリカの刑務所から出てきたギャングのようだ。

異様な数のタトゥーと顔のシワ、雑な丸刈りと増えた白髪、それに二十キロ以上は増えたと思《おぼ》しき体重。よくいえば貫禄《かんろく》が増したというべきか。悪くいえば、逃亡生活の労苦がにじみ出て老けたというべきか。

土岐が苦笑した。

「いい男になっただろう。得難い経験を積んだようだな。渋みがぐっと増しやがった」

「タトゥーがなければ、別人じゃないかと疑うところです」

追従の笑みを浮かべた。

彼らのテーブルにはワインのボトルやグラス、皿が所狭しと置いてある。料理まではわからない。重要なのは勝一とともに食事をしている連中だった。

勝一の対面にいるのは、頬ヒゲを生やした外国人だ。顔の下半分が芝生みたいに短くカットされたヒゲで覆われている。褐色の肌と高い鼻、それにくっきりとした目が特徴的で、白いサマージャケットにピンクのシャツという派手な恰好《かっこう》だ。

ヒゲの男はナイフとフォークを握って、勝一に話しかけている。キーポイントとなるのは、この褐色のヒゲの男にありそうだった。人種は違えども、同業者の臭いが画像を通じて漂ってくる。勝一のようなタトゥーはないが、ごつい指輪に金色のネックレス、ゴールドの腕時計をつけている。

彼自身は勝一と同じくたるんだ体格だったが、隣にいるのは首回りが異様に太い大男だった。紺色のスーツにネクタイを締めており、ボディガードであるのを無言で主張している。

勝一と連中の策動が、兼高を会長のもとへと誘《いざな》う結果となったのだと察した。

「何者《なにもん》ですか、このヒゲ野郎は。中東系の人間に見えますが」

「レバノン系アメリカ人だ。名前はなんつったかな……」

土岐は老眼鏡をかけ、携帯端末のほうをいじった。たどたどしく名前を読み上げる。

「ユフス・アブ・ハリール。要するにブローカーだな」

「ブローカー」

思わずオウム返しに尋ねる。

「探偵によれば、自動車、女、ハラルフード、なんでも扱ってるらしい。コレをやる人間もな」

土岐はトリガーを引く真似をした。殺し屋という意味だ。兼高は目を見開く。

土岐がにやりと笑った。ただし目は冷えている。

「勝一がすっぱりカタギになって、ムスリム向けの食料品店でも営んでくれりゃいいんだが、そんなもんで収まるタマでもねえしな。このいかつくなったアホボンの面構えを見りゃ、女衒《ぜげん》やカーセールスに精を出すとも思えねえ」

声のトーンを落とした。

「ヒットマンでしょうね」

「探偵の野郎もそう言っていたよ。ちなみに、その画像は三日前に撮影されたもんだ」

「まだ調査中なんですね」

土岐が首を横に振った。

「さっき連絡が入った。探偵、死んじまいやがったよ。治安の悪いストリートで、頭をズドンだ。おまけに、勝一の行方までわからなくなっちまった」

兼高は絶句した。右手で思わず口を覆う。

心臓の鼓動がさらに速まる。危機と好機の到来に声が漏れそうになる。表情が険しくなるのがわかった。勝一の野郎、最高のギフトをよこしやがって。

努めて冷静を装って言う。

「しびれますね」

「だろう？」

土岐は頬を紅潮させていた。彼もまた興奮していた。股間《こかん》を握る。「ガチガチになっちまったよ、ひさびさに」

勝一は再び攻めてくるつもりなのか。まだ断定はできない。しかし、彼の動きと探偵の死によって、兼高は東鞘会会長の護衛につけることになるのだ。この日を待ち望んでいた。

会長の十朱義孝に近づくのが、兼高と出月に課せられた任務だった。彼を逮捕する必要はない。消去するのが最終目標だった。

ずっと刑事になりたかった。大きな事件《ヤマ》を手がけたかった。

兼高昭吾《かねたかしょうご》こと出月梧郎《いでづきごろう》は埼玉県大宮《おおみや》で育った。共働きの両親のもとで育ったワンパクなガキだった。

警官を目指すきっかけとなったのは、小さなスーパーで発生した強盗殺人事件だ。スーパーは家の隣にあった。

アルバイトとパート店員四名が、正体不明の単独犯によって惨殺され、事務所の金庫のなかにあった売上金を奪われている。犯人は閉店後のスーパーに侵入すると、帰宅の準備をしていた店員の手足を拘束して金庫のキーを奪い、無慈悲に中国製のトカレフで全員を射殺した。

事件が起きたのは八月であり、窓を開けた茶の間で宿題をしていた出月は銃声を耳にしている。しかし真夏とあって、どこでも花火が行われていた。爆竹かロケット花火の類《たぐい》かと思っていた。

翌日から出月家の平穏は打ち破られた。大量の警官が捜査のために訪れ、まれにみる凶悪事件にマスコミ関係者が、東京から押し寄せたのだった。

　あまりの凄惨《せいさん》な事件現場に、警官のなかには涙する者もいた。殺害されたのは全員が女性で、そのうちの三名が近所に暮らす女子高校生で、出月の初恋の相手もいた。間宮《まみや》比呂美《ひろみ》。高校生の彼女は、しょっちゅうおつかいに訪れた出月を、レジを打ちながら褒めてくれた。家も近かったため、スーパー以外でも顔を合わせるときもあって、そのたびに彼女からキャンディや駄菓子をもらった。

　比呂美の顔はろくに覚えていない。記憶しているのは、三発の弾丸で頭を破壊された彼女の死体だけだった。花火を一緒にやりたくて、彼女がアルバイトを終えるのを待っていたのだ。いつまで経っても、職場から出て来ないため、出月は事務所のドアを開けた――事件現場の第一発見者となった。

　初恋の女が命を奪われた。そのときから将来は決まったようなものだった。使用された凶器が当時の裏社会で大量に出回っている自動拳銃《けんじゅう》であったため、県警は大規模な捜査本部を組み、現場には県警本部長が訪れるなど、事件解決になみなみならぬ力を入れていた。

　週刊誌やテレビは何度となく、事件を取り上げては容疑者逮捕間近と伝えたものの、事件から三十年近く経った現在も解決に到っていない。

　スーパーは事件以来、営業を再開することはなかったが、建物はしばらく残り続けた。近所の住民には幽霊が出ると恐れられたものだ。顔面を銃弾で破壊された比呂美や、トカレフを持った顔のない男が現れては、出月の眠りをひんぱんに妨げた。そのたびに、比呂美には詫《わ》びを入れた――守れなくて、ごめんなさい。

事件後に剣道を始めた。中学も高校も強豪校として知られたが、部活動にのめりこんでキャプテンを務め、高校を卒業するまでに三段を取得した。

高校三年時に警視庁の採用試験を受けた。勉学はできたほうではなかったが、インターハイに出場したのが評価され、むしろ高校のOBのほうから声をかけられた。地元埼玉県警と警視庁の両方から勧誘を受けた。

警察学校の成績は一般教養や法学では劣るものの、体育や柔剣道、逮捕術では他を圧倒した。典型的な体育会系の頑丈な新人として、卒業配置ではさっそく大繁華街を抱える新宿《しんじゅく》署地域課に配属された。

初めは新宿六丁目交番。体力には自信があったが、複雑な地理を記憶し、外国人の道案内や相談に対応するために、語学も学ばなければならない。

悪党を捕らえるよりも、遺失物や拾得物、事故報告などの書類仕事に忙殺され、指にペンダコをこさえ、パソコンの打ちすぎで腱鞘《けんしょう》炎にもなっている。同僚のなかには書類を処理しきれずに、ロッカーに溜《た》めこんで処分された者もいた。交代時間になっても残務処理に追われ、再び勤務時間を迎えることもザラだった。

膨大な書類仕事や相談に耐えきれず、精神がもたずに鬱《うつ》病になるなど、ケツを割った先輩や同僚を多く見てきた。

出月もまた脱落しかけた者のひとりだった。頭のイカレたホームレスや老人たちの一方的なお喋《しゃべ》りに気力を吸い取られ、英語はおろか、聞いたこともない言葉を話す外国人の対応に追われた。騒音トラブルで揉《も》める住民たちを諫《いさ》めに行き、それをまた書類で報告する。退屈かつハードワークの日常に幻滅しかけた。出月を支えたのは、スーパーで射殺された比呂美と、トカレフを持った犯人だった。

　地獄のペーパーワークや、便利屋のように呼びつけるイカレた住民たちのあしらい方を覚えると、パトロールやミニ検問で不審人物を見つけるコツを覚えた。大麻や覚せい剤、あるいはナイフといったブツを持った人間を探し当てる。出月にとっては本領発揮の場でもあった。

　いくら制服を身につけ、サクラの代紋を背負っていても、二十代前半のガキが本物《ホンチャン》のヤクザや、なにをしでかすかわからない不良外国人に声をかけるのは度胸がいる。警察学校には、安定した職業と割り切って警官を選ぶ者も少なくはなかった。法律やマニュアルを簡単に覚えるスマートな連中だ。しかし、交番での現場実務では、喚《わめ》きたてる一般市民に圧倒され、深夜に路上をうろつく悪ガキにびびる。

　出月は対照的に、アウトローやそれらとつるむ密接交際者らしき人間を積極的に狩った。新宿署地域課時代での最大の手柄は、覚せい剤と吸引用のアルミホイルを所持した男性アイドルを、現行犯逮捕したことだった。

　男性アイドルは、覚せい剤をキメているうえに、ダンスで肉体を鍛えていた。やたら足が速いだけでなく、自転車や看板を投げつけて、必死に抵抗してきた。両足にタックルして転ばせて手錠を嵌《は》めた。有名人の逮捕は犯罪抑止につながるため、大きな点数につながる。

それなりに人気があった彼は、ドラッグに溺《おぼ》れた事情を詳しくリークされ、ワイドショーや週刊誌の恰好《かっこう》の餌《え》食《じき》となり、芸能界から消え去った。出月は署長賞を受賞し、幹部たちに顔を覚えられるようになった。新宿署地域課の選《え》り抜きが働く歌舞伎町交番にも配属された。

新宿署では四年。それから立川の第四機動隊に異動となった。鬼の四機と呼ばれ、かつてはゲバ棒を振るう学生たちに怖れられた部隊だ。機動隊のなかでも、とりわけ団結力やチームワークが重視され、激しい警備訓練が課せられる。独身隊員は寮暮らしが義務づけられるが、その生活はヤクザと近いものがあった。

鬼の先輩隊員が、夜の睡眠時間に叩《たた》き起こして呼集をかける非常招集訓練。非番はあるようでない。結束を固めるために先輩隊員から注がれた酒は飲み干さなければならない飲酒特訓——二日酔いのなかで、せり上がる胃液と闘いながら、訓練場を走り回る羽目となる。

上が言うことは絶対であり、黒いものも白いと答えなければならない世界だ。ここでも体力自慢の屈強な男たちが、プライベートの欠片《かけら》もなく、理不尽極まりない寮生活に耐えきれなくなり、何人かの隊員が異動願いや辞表を提出している。

体力トレーニングや武道訓練だけでなく、東京の治安を守るため、重装備で燃え盛る炎のなかを潜り抜け、放水車からの水を浴びまくるといった四機独特の部隊活動訓練に励んだ。

　のちに潜入捜査官として、暴力団のなかに放りこまれることになるが、出月がそのメンバーに選ばれたのは、この暴力団にも似た厳しい上下関係に順応できたからかもしれなかった。

　機動隊時代に法律や警察実務、論文の書き方などを学び直した。三回目の挑戦で試験を突破。巡査部長に昇進すると、やはり繁華街で体力自慢でないと勤まらない上野署地域課に異動となった。出月は御徒町《おかちまち》交番で勤務に励みながら、幼いころからの夢だった刑事の道を選ぶ努力をし始めた。

　巡査部長の昇任試験は、倍率が数十倍にもなる難関だが、刑事の道はさらに険しい。昇任試験はある程度の勤務年数が経てば、誰にでも受験資格が与えられるが、刑事になるには捜査専科講習の受講が必須《ひっす》となる。

　この講習を受けるには所属長である署長に推薦されなければならない。つまり、署の幹部たちに顔を覚えてもらわなければ、受験資格すら得られないのだ。

　しかも捜査専科講習は年一回しか行われず、署長の推薦を受けられるのは、どこでもひとりかふたりに過ぎなかった。チャンスを逃してしまえば、翌年まで待たなければならなくなる。刑事の定員自体が極端に少ないのだ。血なまぐさい事件が起きるたびに駆けつけ、または暴力団事務所や詐欺グループの巣窟《そうくつ》に押し入る私服の男たちがまぶしかった。

警官もサラリーマン化が進んで、激務の代名詞というべき刑事になりたがる者は減ったと言われているが、上野署だけでも刑事志望者がゴロゴロしていた。存在をアピールするため、自転車泥棒や万引き犯、強引な客引きやスカウトマンをしょっ引き続けた。出月の二十代は警察社会に順応し、機動隊でトレーニングに明け暮れ、交番の猟犬となって犯罪者を追いかけることで過ぎ去っていった。

警官の仕事に嫌気が差したこともある。機動隊の横暴な先輩隊員にかわいがりを受けたとき、署長の推薦を受けられなかったときなどだ。倦怠《けんたい》に襲われれば、ちょくちょく埼玉の実家に戻り、スーパーの跡地を見に行った。出月が警官になったころには、廃墟《はいきょ》と化していた建物は取り壊され、そっけないコインパーキングに変わっていた。しかし、売り場や出入口、トイレの位置まではっきり覚えていた。比呂美や女性店員たちが頭を撃ち抜かれた事務所の場所も。

ようやく署長の推薦を得られたのは、出月が三十一歳になったころだ。お墨付きを与えてくれた署長の前職は、本庁の組織犯罪対策部の参事官だった。今にして思えば、〝消去プロジェクト〟のメンバーの選び出しが始まっていたものと思われた。

出月は選抜試験を一発で突破し、捜査専科講習に参加した。警察学校で二か月、所轄署での実地研修を一か月。ラストの試験と面接をクリアし、晴れて刑事の資格を獲得した。

異動の辞令が出たのは、刑事の資格を得て間もないころだった。本来なら刑事の資格を得たとしても、席に空きがでなければ刑事課長からお呼びがかからない。春や秋の異動シーズンでもないときに、出月ひとりに異動の辞令が下ったのだ。配属先は所轄の刑事課でも生活安全課でもなかった。警視庁の組織犯罪対策部特別捜査隊《ソトク》だった。

辞令が下った当日の夜、当時の上野署長で組対部の元参事官である近田《ちかだ》とともに、警察共済組合《けいきょう》の宿泊保養施設である半蔵門《はんぞうもん》のホテルへ向かった。地下には和食レストランがあり、個室に案内された。

巨大警察署の署長と一介の巡査部長がともに行動すること自体、ただ事ではなかったが、和食レストランの個室には、驚くべき面々が揃っていた。

組織犯罪対策部長の岩倉俊太郎《いわくらしゅんたろう》、参事官の町本寿《まちもとひさし》、それに組対部特捜隊《ソトク》の隊長である阿内将《あないまさる》だった。組対部長のような雲の上の存在と同席する。ただならぬ事態を察知した。

長年、剣道に打ちこんだ甲斐《かい》があったというべきか。試験における面接や、ヤクザや屈強な外国人への職務質問も苦ではなかった。しかし、個室に集まったお偉方の顔ぶれを目にして、エアコンが利いているにもかかわらず、ひどく汗を掻《か》いたのを覚えている。組対部長の岩倉を始めとして、幹部たちは笑顔を浮かべて出月を迎えたものの、誰ひとり目は笑っていなかったからだ。

上等なコース料理を振る舞われ、グラスにビールを次々注がれた。酒を口にしたのは、隊長の阿内だけで、岩倉や町本らは仕事が残っているらしく、ウーロン茶だけだった。ひとりだけ場違いな身分の出月には、ひたすら食えと勧めるものの、彼ら自身は料理にほとんど手をつけなかった。ビールをいくら飲み干したところで、あのメンバーでは酔えるはずもない。岩倉らは、出月が刑事の資格を得たのを喜び、所属長だった近田は部下を褒め称《たた》えた——警視総監賞を五度受賞し、方面本部長賞や署長賞を数えきれないほど獲得しているのだと。

世間話がしばらく続いたところで、阿内が切り出した。

「書類を見たが、見事な経歴だ。今日びの若い刑事のなかには、怖くてヤクザ《マルB》の事務所に入れないなんて抜かす臆病《おくびょう》な野郎が多い。君は肝っ玉がでかそうだ」

「ありがとうございます」

「捜査専科講習《デカセンカ》のときに、でかい事件を手がけたいと言っていたな」

「はい。むろん、お茶くみ三年を経たうえですが」

「三年どころか……今すぐにでも手がけられる、と言ったらどうする」

阿内の目が鈍く光った。

個室に集まった幹部連のなかで、阿内だけが異質な警官の空気をまとっていた。堅苦しい役人の臭いがするなかで、どこか崩れた雰囲気を漂わせていた。

彼は当時四十三歳。三白眼と腫《は》れぼったい瞼《まぶた》、額に刻まれたシワや肥満気味のせいで、五十間近に見えたものだった。頭髪を七三に分けているが、激務のせいなのか、無精なのかはわかりかねたが、他のキャリアたちと異なり、散髪がおろそかになっていた。長く伸びた頭髪を整髪料で無理やりなでつけており、モミアゲや顎《あご》には無駄毛が生えていた。

背広は消耗品と考える性質《たち》らしく、スーツもネクタイも量販店で適当に選んで買ったもののようだった。マル暴刑事の指揮官というよりも、金回りの悪いヤクザのように見えた。スーツよりもジャージや作業着が似合うタイプだ。

阿内の質問が冗談ではないのは、個室に集まったメンツを見てわかった。個室に入った時点で、重要な任務を任せられるかどうかの試験なのだと。

ビールで口を潤してから答えた。

「やります」

「死の危険もある」

「警官である以上、覚悟はできています」

即答した。阿内がさらに訊《き》いてきた。

「人を殺《バラ》せるのか」

出月は初めて答えに窮した。脳をフル回転させたが、そんな問いに正解はない。岩倉が阿内を咎《とが》めるように咳払《せきばら》いをした。

「マニュアルにない質問には答えられないか。優等生」

阿内はニヤリと笑うだけだった。

出月は彼の顔を直視した。

人を殺《バラ》せるか――ありえない質問だった。しかし、岩倉や町本はたしなめるような仕草を見せるものの、この問いこそが不可解な宴会のキモなのだろう。じっさい、質問者の阿内は試すように、ニヤニヤと出月を見つめている。人を小馬鹿にしたような笑みだった。

阿内将は伝説の捜査官として名を馳《は》せ、警視庁内の刑事志願者にとっては憧《あこが》れの人物であった。ノンキャリアの星として、学歴のない兵隊たちから尊敬を集めていた。

出月と同じく高卒であり、公安警察と刑事警察の両方に精通しているという。頑健な身体や度胸はもちろんだが、第六感を持つ男として知られていた。

阿内は東京下町のガラの悪い土地で育った。父親は内装業を経営していたが、もっぱら風俗店やキャバクラを手がけていたらしく、従業員のなかには元ヤクザや不良が出入りしていた。近所の住人や同級生の親も、カタギとは言いかねる人物ばかりだったらしい。高校時代の阿内も不良仲間に交じって、万引きやケンカに明け暮れたという噂もあった。

ケンカの腕を磨くために空手道場に通っていたが、道場主に気に入られ、どうせヤクザな道に進むのなら、サクラの代紋のほうに放りこんだほうがいいと、道場主の知り合いを通じて警視庁に入庁させられたという。のちに本人もその過去を認め、志望動機も好きなだけ合法的に暴力が振るえるからだと答えている。

警察学校での成績も悪く、当初はまるで期待されていなかった阿内だが、不審者を嗅《か》ぎ分ける独特の勘を持っており、所轄署におけるパトカー勤務では、大麻や覚せい剤を車内に隠したジャンキーを見つけたり、剣呑《けんのん》な雰囲気を漂わせた若者や学生に声をかけ、ナイフや改造モデルガンを押収した。

アウトローや犯罪者の気配をいち早く察知し、二十代半ばで熟練の警官に交じって自動車警ら隊に所属。暴力団事務所にカチコミをかけようと、拳銃を懐に隠し持って車で待機していた鉄砲玉に目をつけ、その場で現行犯逮捕するという手柄を立てる。科学捜査全盛の時代だが、足と直感を駆使することから、刑事になるために生まれてきた男だと、上司の隊長らを驚愕《きょうがく》させた。

刑事になってからは、自動車警ら隊時代以上の成果を挙げた。八王子署公安課に勤務していたころ、管轄内の政治団体の構成員が、収賄スキャンダルの渦中にある与党の国会議員を襲撃するとの情報をキャッチ。ダイナマイト一本と拳銃を持ち、国会議員の自宅周辺をうろついていた構成員を逮捕し、未然にテロを防いだとして警察庁長官賞を受賞している。

八王子の政治団体は、広域暴力団の下部組織だった。拳銃とダイナマイトを用意した政治団体のトップと幹部を軒並み捕らえ、政治団体ごと崩壊に追いやり、上部団体の暴力団員に手錠を嵌めることにも成功している。

その後、いくつかの所轄を転々としたのちに、本庁の捜査二課の係長に抜てき。公安刑事時代に右翼団体のメンバーや、任侠《にんきょう》右翼の暴力団員を情報提供者として抱え、捜査二課時代には情報網を駆使して、巨大闇金グループの壊滅に一役買っている。愛知県警や大阪府警、三重県警との合同捜査本部に組みこまれ、現場指揮官のひとりとして指揮を執った。

巨大闇金グループは〝アルプスファイナンス〟といった。全国的に組織化された闇金集団であり、法定金利を無視した無担保融資を行っていた。その〝アルプスファイナンス〟を仕切っていたのは、関西系の広域暴力団である華岡組系八華《やっぱな》会だった。

突破口を見つけたのは阿内と彼の情報提供者だったと言われる。〝アルプスファイナンス〟が八華会のシノギであり、その上納金が華岡組へと流れている証拠を摑《つか》むことに成功した。

合同捜査本部は、八華会のボスにして、〝闇金のエンペラー〟と呼ばれた華岡組の若頭補佐の地位にあった新井田《あらいだ》義忠《よしただ》を、組織犯罪処罰法で逮捕した。肝臓を患っていた新井田は当局の追及に苦しみ、その年に多臓器不全で死去している。

なにより、華岡組の重要な資金源にダメージを負わせたことが大きく、合同捜査本部には警察庁長官賞と警察庁刑事局長内賞が、また同捜査本部に加わった阿内や警視庁の捜査員には、警視総監賞が贈られ、〝警視庁に阿内あり〟と言わしめた。

阿内は公安時代にも捜査二課時代にも、組織犯罪で大手柄を立て、組織犯罪対策部に異動となった。

しかし、彼が特捜隊長として具体的にどんな任務にタッチしているのかは、一介の兵隊である出月には知る由もなかった。わかっているのは、困難な任務に従事しているという噂だけだった。なにしろ前任者は、神経衰弱に陥って自殺を遂げた。阿内はその弔い合戦として、なんらかの組織犯罪の捜査を極秘に展開しているという。

この男のもとで働いてみたい。会食をしている間、ずっと願ってはいた。阿内が手がけるからには、言うまでもなく大きな事件《ヤマ》に違いないからだ。ガキのころに耳にした銃声が蘇《よみがえ》る。スーパーの事務所で射殺された比呂美や女性店員たちが騒ぎ出す。悪党をのさばらせるなと。迷宮入りにさせるような無能を追い出し、刑事の椅子をもぎ取れと。

刑事の資格を得たばかりの若僧が、いきなり本庁組対部の特捜隊に加われるとは。からかわれているような気がしたものの、組対部長や参事官までが時間を割いて参加している以上、ただのジョークであるはずもない。ようやく夢に近づけるのだと思いきや、阿内が立ちはだかり、奇妙な質問をぶつけ、出月の頭を混乱させた。

殺すとは何事なのか。問い返したかったが、それを口にするのはためらわれた。阿内や大物たちを失望させるだろうと読んだ。同席していた幹部たちも咳払いをするだけで、話題を変えようともしなければ、助け船を出そうともせず、出月の返答を待っていた。

出月は答えた。

「阿内隊長、噂程度ですが……耳にしています。例の〝アルプスグループ〟を壊滅させた件でご活躍されたのだと」

「それがどうした」

「八華会の新井田は、肝臓を患って自宅療養していましたが、合同捜査本部は早朝に自宅へ押しかけて、朝早くに手錠《ワッパ》をかけました。ガウン姿のまま三重の自宅から引っ張り出し、わざわざ私鉄と新幹線を乗り継いで、本部が置かれた東京まで長旅をさせましたね。七十近い病人相手に、長時間にわたる事情聴取を行ったとも。取調官はあなただった」

阿内はうなずいた。

「よく知ってるな。あいつは確かにおれが殺《や》った。あの法律程度じゃ、せいぜい二年のションベン刑しか喰《く》らわせられないからな。多重債務者の生き血を搾り取って、数十億もの黒いカネを海外の口座にしこたま貯めこんでいやがった。保釈金を積んですぐシャバに出られたんじゃ、苦労して逮捕《パク》った意味がねえ。腕利きの弁護団雇って、寿命が来るまで法廷で泥仕合に持ちこまれてもつまらないからな。勾留《こうりゅう》期限ギリギリまでブタ箱と取調室に閉じこめてイジメたよ。野郎の肝臓がカチカチになるまでな。やっこさん、最後はコーラみたいな顔色してたな」

阿内は平然と語った。

彼は出月の顔を直視しながら、マグロの刺身をひときれ口に放った。とくに悪びれる様子はなく、ごく当たり前といった口調だった。そうするのが当然と言わんばかりだ。

八華会の新井田は莫大《ばくだい》な保釈金を支払い、東京拘置所から出た。郷里の三重に戻って、すぐに県内の病院に入院となったが、保釈されて数日後、肝腎《かんじん》症候群に陥り、多臓器不全で死亡している。入院したときには、もはや手の施しようがなかったとの情報を耳にした。

一部の人権派弁護士や左派メディアが、新井田は官憲によって殺されたと騒いだものの、大手マスコミが広域暴力団幹部に同情するはずもなく、その死をそっけなく伝えるのみだった。

阿内は顎をなで回した。

「おれにもできる、と言いたげだな」

「暴力団《マルB》が相手なら、私もやはり行うでしょう。とりわけ関西の華岡組と、それに関東の東鞘《とうしょう》会は秘密主義を取り、警察への対決姿勢を打ち出し、鉄の掟《おきて》で組織を先鋭化させていると聞きます。殺人に関しても周到な計画を練り、尻尾《しっぽ》を摑ませないようにしています」

「そうだ。もし抗争が起きりゃ、両方の組織のケツを搔いて、派手にドンパチさせて死《マン》人《ジュウ》をこさえる。これで組長を殺人教唆で引っ張る。とりわけ警察《うち》に反抗的な組長がいりゃ、警備がもっとも手薄になる愛人の家を、抗争相手に密告《チンコロ》してやる。悪党どもに殺し合いをさせるよう、絵図を描くのもおれたちの仕事ではある」

阿内の身もフタもない発言に、周りの大物たちは気まずそうな表情に変わった。口をへの字に曲げ、貧乏ゆすりをする。だが、阿内は意に介さなかった。

阿内は首を横に振った。

「しかしだ。おれが訊いてるのはそういうことじゃねえんだ」

「え？」

「お前はおれに気に入られようとして、必死にベストな回答をひねりだそうと頑張ったんだろうがよ、じつに平凡きわまる答えでしかねえ。警官なら、それぐらい誰だってできるのさ。ここにお集まりのお偉方もそうだ。多かれ少なかれ、汚い絵図を描いては、暴力団《マルB》を嵌めてきた。それができなきゃ刑事《デカ》じゃない。連中だけじゃねえ。過激派もカルトも不良外国人も邪魔臭ければ罠《わな》に嵌める。そんな当たり前のことじゃなくてだな。おれが尋ねているのは、文字通りの意味なのさ。人を殺すことができるかと訊いてる」

「どういうことですか……」

禁句と思いながらも尋ね返すしかなかった。

組対部の大物たちと敏腕捜査官が雁首《がんくび》揃えて、なにを言っているのか。耳にしたこともない異国語で話しかけられているように思えた。

阿内は頭を掻いた。フケがパラパラと落ちる。

「お前が得意なのは剣道だったな。上野署の道場じゃ、全国大会にも出る特別訓練員《トクレンイン》すら手を焼かせるらしいじゃないか。かりにゴルフクラブなんか持たせたら、すげえことになりそうだ。極道の頭なんざ卵の殻みてえに、簡単にカチ割れるパワーを持ってるんだろう。問題は、じっさいにやれるほどのガッツを持っているかどうかだ。ここまで噛《か》み砕いて言えば、わかってくれるか？」

「そんな――」

出月は言葉を失った。

組対部の警官を名乗ってはいるが、本当はただのヤクザ者ではないのか。とくに阿内には、警察手帳を見せてくれと要請したくなるほどだった。どこまで人をコケにするのか。怒りとともに落胆を味わった。

しつこく人殺しについて尋ねる阿内に呆《あき》れ始めていた。これが優秀と言われる捜査官だとは。

それとも、これも〝試験〟の一種なのだろうか。出月を混乱に追いこむための。幹部たちの表情や目を見つめ、腹のなかを読もうとした。これまで警官として培った勘を働かせたものの、相手は組織犯罪対策部のトップと、敏腕と言われる捜査官だ。意図がまるで見えてこない。

〝試験〟を忘れて言い放った。

「人を殺《バラ》すだの、頭をカチ割るだの理解に苦しみます。我々警察官が人殺しの謀議ですか。あなたがたは……どうかしているのではないですか」

岩倉が取りなした。

「阿内君、それぐらいでいいだろう。彼の言うとおり、これではまるで我々がヤクザ《マルB》だ。その質問では、百人中百人がまともに答えられはしないだろう。彼はこの仕事を理解しているよ。それで充分ではないか」

阿内は鼻を鳴らした。セブンスターを取り出すと、周りに断りもせず火をつけた。嫌なやつというだけでなく、警察社会で生きているにもかかわらず、上下関係を重んじない変人でもあるようだった。ひとりプカプカと煙を吐く。

「私としては、ごく自然な質問をしただけです。現にそれだけの仕事をこなしてもらわなければならない」

上野署長の近田に優しく肩を叩かれた。組対部の元参事官だった彼は、この場ではほとんど口を開かなかった。

「君が困惑するのはもっともだ。ただし、からかうために呼び出したのではない。警視庁《ホンチョウ》は、現在最大の危機に見舞われている。この非常事態を乗り切れるだけの精鋭を探しているところだ」

近田の表情は苦渋に満ちていた。

なにやらただ事ではない事態が起きているのは、この和食レストランの個室に連れてこられた当初から気づいてはいた。たかが刑事志望の若僧ひとりをからかうには、あまりにメンツが豪華すぎた。大きな任務に携われる。そんな予感はしていた。

「非常事態ですか」

オウム返しに尋ねた。あまりに大袈裟《おおげさ》な言葉に鼻白む。

「決してハッタリではないよ。事態を放置しておけば、いずれ警視庁の威信は地に堕《お》ちるのはまちがいない」

岩倉が見透かしたように言った。

「人殺しとそれが、一体なんの関係があるのですか」

彼は阿内に目で合図を送った。阿内はテーブルに並んだ料理やビール瓶を隅にやると、ビジネスバッグからタブレット型端末を取りだした。

スイッチを入れ、液晶画面にタッチすると、ひとりの中年男が映し出された。どこかの住宅街の路上で撮影されたものだ。中年男は高級スーツを隙なく着こなし、メタルフレームのメガネをかけている。眉《まゆ》にかかるほどの頭髪を七三に分け、ピンストライプの地味なネクタイを締めている。

鋭い眼光と尖《とが》った顎、高い鼻が特徴的な二枚目だった。まるで俳優みたいな端整なマスクの持ち主だったが、引き締まった口元と隙のなさが貫禄《かんろく》を感じさせ、武芸者のような威圧感を生んでいた。地味なネクタイや優男風のメガネは、威圧感を打ち消すためのアイテムに見える。

恰好だけを見るならば、羽振りのいいビジネスマンのようだが、異様に広い肩幅と筋肉のついた首を見るかぎり、ただ者ではなさそうだった。背筋をピンと伸ばして歩いている。あまりに姿勢がよすぎるのも気になる。

引っかかるのは中年男だけではない。中年男の周りには、五人の男たちがいた。中年男と同様にスーツを纏《まと》っているが、彼と違っていかつい。岩石みたいな顔をし、頭髪を短くカットしている。つるつるに頭を剃《そ》りあげている者もいる。一見してヤクザとわかる連中だった。

阿内は液晶画面を顎で指した。

「お前がさっき言った連中さ。鉄の掟で組織の先鋭化とやらを進めている野郎どもだ」

「東鞘会……ですか」

「このメガネをかけている男。こいつが東鞘会トップの十朱義孝だ。このツラよく覚えておけ」

阿内に言われるまでもなかった。出月は穴が開くほど十朱を見つめた。

警官である以上、組対部でなくとも暴力団に関する知識は持っているつもりだ。新宿署や上野署で交番勤務をしていれば、否《いや》でも頭に叩きこむ必要が出てくる。とくに歌舞伎町には、広域暴力団の下部組織が密集していた。無数に存在する事務所や組員たちの顔を覚えるのも仕事だった。

じっさい、キャバクラや飲食店の縄張りをめぐって、組員同士が小競り合いを繰り返しては、ケンカを止めに入ったり、署に引っ張るのも仕事のうちだった。

酒やドラッグで酩酊《めいてい》した組員をアスファルトに組み伏せたこともある。関西弁や九州弁で怒号を浴びせるヤクザもいる。全国のあらゆる組織が東京に進出していた。しかし、当時もっとも存在感が際立っていたのは、新宿や上野でもやはり関東系の広域暴力団の東鞘会だった。

首都東京をホームタウンにする東鞘会は、一時期こそ二派に分裂し、激しい内部抗争を展開させていた。警察とのつき合いを禁止して、海外マフィアのごとく徹底した秘密主義を取り、海外進出に踏み出そうとする改革派の神津太一。それに反対して東鞘会から組織を割って出た先代の実子の氏家勝一だ。

和鞘連合を結成した氏家は、六代目東鞘会の会長である神津の暗殺に成功した。台場の愛人宅を訪れた神津は、氏家の放ったヒットマンによって射殺されている。

トップの暗殺に成功した和鞘連合が、勢いづいて抗争を制するかと思われたが、神津の片腕と言われた十朱と幹部たちが、神津殺害の約半年後に逆転劇を収めた。東鞘会が反撃に出て、和鞘連合の副会長、幹事長、最高顧問を同時に消したからだ。

警視庁は殺人事件と睨《にら》んで捜査を展開し、東鞘会本部や下部組織の事務所を家宅捜索した。微罪や別件で組員を逮捕しては、拉致に関する情報を得ようとしたものの、未《いま》だに最高幹部たちの死体や凶器の発見はおろか、拉致の現場すら特定できずにいた。

和鞘連合の屋台骨を支える最高幹部の消失によって、烏合《うごう》の衆と化した同組織は東鞘会による切り崩し工作によって瓦解《がかい》。会長を務めていた氏家勝一は、メキシコに逃亡し、解散に追いこまれている。

画像に映る十朱は、和鞘連合の最高幹部抹殺という大仕事をやり遂げた人物と目されていた。

また、十朱はメディアなどの露出は極端に避けているため、組対にいる刑事たちはともかく、交番勤務に従事していた出月には、七代目東鞘会トップの顔を知る機会がなかった。

上野署の御徒町交番で勤務していた際、管轄内には東鞘会系の下部組織の組事務所があり、部屋住みの若者たちのツラはよく見ていた。和鞘連合にガラスを砕かれ、集まる報道陣ややじ馬を制して、交通整理にあたってもいたが。

「この男が……」

画像の十朱からは武芸者のような威圧感が伝わってきたが、出月の勘はまんざらハズレではなかったことになる。

抗争相手の最高幹部を消すには、周到な計画はもちろんだが、自分たちの死や伝統ある組織の崩壊を覚悟しなければならない。腹の据わった暴力派と見るべきだった。警察にとって手ごわい敵に違いない。

この激しい一年抗争を機に、警察は東鞘会潰《つぶ》しに動いたが、同組織の崩壊には到らなかった。和鞘連合側の逮捕者は多く、神津太一を殺害したヒットマングループを始めとして、事務所のガラス割りや喧嘩《けんか》沙《ざ》汰《た》で九十二名が捕まっている。

一方の東鞘会側は、組員にカチコミや挑発行為、私闘を徹底的に禁じていた。お互いの経済力を削り取るため、警視庁は同組織とつきあいのある飲食店や企業に対する締めつけを強めたが、東鞘会の改革は芽吹いており、同組織の縄張りは海外に拡大を進めていた。日本国内のシノギを叩いても、決定的なダメージは与えられなかったという。

激烈な内部抗争により、構成員の数は大きく減少したものの、組織改革という荒療治についてこられなかった守旧派の長老や、ライバルの氏家を追い出し、より強固な組織に生まれ変わったとの噂もあった。

三か月前に、東鞘会は抗争終結宣言を出し、七代目会長の座にこの十朱義孝が就いた。警視庁は内部抗争によって、東鞘会の幹部を軒並み塀のなかへぶち込むつもりでいたらしいが、その目論《もくろ》みは失敗に終わったことになる。

出月は訝《いぶか》った。どうやら阿内ら幹部たちの狙いは、東鞘会絡みのようだ。ビジネスマン風の装いに身を固めた十朱を注視した。東鞘会の組織力は確かに侮れない。

だが、同組織が警察との対決姿勢を鮮明に打ち出しているとはいえ、広域暴力団のひとつに過ぎず、法で雁字搦めにされ、社会の敵として人権すら奪われているヤクザと、国家権力を行使できる警察とは、予算も組織力も比べものにならない。いわばアリと象のようなものだ。

ヤクザ側もそれをよく理解しているだけに、むやみに警官の命を狙ったりはしない。いざとなれば、トップであろうが、大幹部であろうが、罪をいくらでもでっちあげて、獄死するまで刑務所や拘置所に幽閉することもできるのだ。たかがヤクザ相手に、非常事態とは何事なのか……。

「ヤー公ごときに、非常事態とはなんだ。ハッタリも大概にしとけってところか」

阿内はセブンスターの煙を吐きかけた。

態度や性格はともかく、やはり鋭い勘の持ち主であるのはまちがいないようだった。

出月はポーカーフェイスを装ってみたが、根負けしてため息をつく。

「そうです。それこそ、我々は連中の生殺与奪の権を持っているに等しい。噂でしか把握しておりませんが、現に抗争の際に射殺された先代の神津太一は、警察側からのリークが原因で命を落としたと聞いています」

阿内はくわえタバコで手を叩いた。

「そのとおり。愛人宅の住処《ヤサ》を把握したのは元参事官殿で、和鞘連合に密告《チンコロ》したのはこのおれだ。東京の顔役だろうが、全国組織の大親分だろうが、こっちはいつでも好きな時に殺《や》れるわけだ」

組対部出身の近田は渋い表情を見せた。阿内は構わずに話を続ける。

「五代目の氏家必勝と神津太一は、今までどおり東京の片隅でネチョネチョと生きていればいいものを、警察と非友好的な関係を取った挙句、昨今の政治家よろしく、組織改革を打ち出しやがった。ゆくゆくはヤクザの看板下ろして、マフィアみてえにカタギのフリをした悪党として生き、しょぼくなる一方の日本国内に見切りをつけて、海外でものし上がれるような活《い》きのいい極道を育てようとしてやがる。十朱も先代たちの遺志を継いで、改革路線を引き継ぐつもりでいる」

「叩けば埃《ほこり》のひとつも出るでしょう」

「いいこと言うじゃねえか。だが残念、警察はこいつに手が出せない」

阿内は画面の十朱を冷やかに見下ろした。

「なぜです」

「こいつは警官だからだ」

眉をひそめた。

この会食の場では、何度も驚かされている。もはや言葉の意味がわからない。暴力団組長が警官であるとは。理解できない。

「この男は潜ってたんだよ、東鞘会に」

「まさか」

他の幹部たちの顔を見回した。

彼らの話に真剣に耳を傾けてきたが、限界を迎えつつあった。日本国外の捜査官や、厚労省麻薬取締部の捜査官ならともかく、警察組織の人間が暴力団員になりすますなどありえない。

警察によるおとり捜査が、最高裁で認められた判例はあるものの、重大な人権侵害にあたるとして、その捜査手法の是非が問われている。

日本の警官が身分を秘匿したうえで、特定の組織に潜入した例がまったくなかったわけではない。公安刑事が活動家に化け、左翼団体や過激派に入りこんだ例はあったらしい。署にある資料で知ってはいた。

公安警察に限らず、マル暴捜査にもスパイはつきものだった。組員や組長をスパイに仕立てて情報を得る〝工作〟は、日本の警察が戦前から得意としている手法ではある。警察官を組織に潜らせるのを〝投入〟という。しかし、スパイを仕立てあげるのとは次元が違う。いざとなればスパイは切り捨てることも可能だが、警察官自身が化けて潜るとなれば、リスクは計り知れない。

かりにスパイであると発覚すれば、送りこんだ人間はもちろんだが、上層部まで責任を問われかねない。スパイを仕立て上げるよりも割に合わないのだ。

出月は首を横に振った。

「警官を暴力団《マルB》に〝投入〟するなんて、そんなことはありえません。チンピラや密接交際者程度に化けるならともかく、盃《さかずき》までもらって構成員になるなんてことが」

「〝投入〟なんて言葉、どこで覚えた」

阿内が鼻を鳴らした。「しかも、ありえないと断言しやがった。十年以上ご奉公したからと言って、交番《ハコバン》勤務のあんちゃんでしかないお前が、警視庁《うち》のなにを知っているというんだ」

「本当なのですか」

岩倉に尋ねた。組対部トップの彼はうなずいた。

「十朱義孝。本名は是安総《これやすそう》。東鞘会に潜って七年になる」

胃袋がずしりと重たくなった。

常人よりはるかに大きな胃袋を持っているが、トイレに駆け込んで吐きだしたくなる。

ようやく阿内の質問を理解した――人を殺《バラ》せるか。

幹部たちの顔をそれぞれ見つめた。

「……潜れというのですね」

幹部たち四人は沈黙した。誰かが答えるのを待っているかのようだ。

やはり口を開いたのは阿内だった。出月の空になったコップにビールを注ぐ。

「拒む権利はある。なにしろ条件が無茶苦茶《むちゃくちゃ》だ。新宿署で働いてきた以上、顔も派手に変えてもらわなきゃならん。かりにくたばるようなことになっても、お前を殉職扱いにはできない」

胃袋は重かったが、コップに口をつけた。

急にアルコールが欲しくてたまらなくなった。ビールを一度に飲み干した。胃袋が痙《けい》攣《れん》して喉元《のどもと》まで胃液がせり上がった。すっぱい胃液を飲み下す。

是安総こと十朱義孝は、暴力団員に見事なりすまし、東鞘会のボスの座にまで就いた。警察のバックアップがあったとしても、そのプロセスにおいて、命の危険にもさらされたはずだ。そして警官にもかかわらず、数えきれない罪も犯してきただろう。殺しにも関わっている。

十朱が七代目東鞘会会長の座に就けたのは、分派して反目に回った和鞘連合の最高幹部たちを消したからだ。警官だというのに、殺人まで行ったというのか。幹部もそれを黙認している。命じてさえいるのかもしれなかった。警察がそこまで手を汚すとは。にわかには信じられない。

しかし、東鞘会は警察のコントロール下に置かれたことになる。広域暴力団には内部抗争や離脱がつきものではあるが、ボスの命令は絶対だ。警官がその座に就いたのなら、いくら東鞘会が厳格な鉄の掟を作り、秘密主義を取ったとしても、警察との勝負は決まったようなものだった。

瓶ビールが空になっていた。近田がインターフォンの受話器を取り、出月にドリンクを尋ねてきた。ウイスキーのロックを頼んだ。話をスムーズに理解するには、もっときついアルコールが必要だった。阿内も同じものをオーダーする。

店員が運んできたウイスキーに口をつけた。

「もう警官がボスだというなら、なぜ潜る必要があるんです」

阿内が答えた。

「さっき近田署長が仰《おっしゃ》っただろう。最大の危機に見舞われていると。十朱がどんどん出世していくのは、本来ならこっちにとって喜ばしいことだった。しかし、やつはいつの間にやら本来の任務を忘れて、身も心も完全にあっちの住人と化した。長く潜り過ぎたせいで、自分がどこの人間なのかを忘れてしまった。あいつが七代目の座に就くなど予想外の事態だ」

全員が沈痛な面持ちになるなか、阿内がウイスキーを啜《すす》りながら続けた。

東鞘会五代目の氏家必勝が、秘密主義を選んでからというもの、同会に関する情報収集が困難になっていた。機密情報を漏らした者には厳しい制裁が加えられる。

　また、したたかな組織に生まれ変わった。豊富な資金力をバックに、警官の買収を行い、弱みを握るなどして、警視庁や神奈川県警を中心にスパイ工作を図り、東鞘会内部の情報提供者を炙《あぶ》りだしていった。

　七年前、事態を重く見た当時の組対部長は、極秘に東鞘会の情報収集のために特捜隊を組んだ。隊長には、元公安二課のエースと言われた木羽《きば》保明《やすあき》警視が選ばれた。先鋭化する東鞘会に危機感を抱いた木羽は、同じく公安刑事で後輩にあたる是安総を東鞘会に投入することを決めた。

　是安総は十朱義孝と名を変え、東鞘会の二次団体に潜りこんだ。神津太一が組長を務める神津組だった。

　海外進出を目論む東鞘会では、語学や海外事情に明るい人物を欲していた。とくに海外進出を売りにしている神津組は。

　英語と中国語が堪能であり、海外留学の経験もある十朱は、旅行会社や貿易会社で働いていたという肩書きを引っ提げ、神津組がバンコクで経営している娯楽企業に入社した。

　東鞘会は新しく入りこんだ人間を徹底して洗う。十朱義孝の身元調査がなされたが、上司の木羽は免許証やパスポートなどの身分証明書を用意し、貿易会社に在籍する警視庁ＯＢを通じて十朱が在籍していた記録を作り上げた。

もともと、十朱義孝は実在する人物だ。学生時代にアジアでバックパッカーとなり、旅行会社に勤務したものの、アジアで放浪した際に覚えた大麻や危険ドラッグの味が忘れられず、大麻不法所持で逮捕され、北海道の実家から勘当されている。再就職活動中にインドへと飛び、それ以後の消息はわかっていない。どこかの貧民窟で、ドラッグの過剰摂取に陥り、人知れず死んだものと思われた。身分を拝借するにはうってつけの人物だった。

木羽と十朱のコンビは、静かに東鞘会に食いこんでいった。バンコクで娯楽企業の看板を掲げ、数万にもなる在留邦人をターゲットにビジネスに励んだ。

十朱には商才があり、タイにおける闇ビジネスをさらに拡張した。病院と外科医を買収し、日本から来た多重債務者の内臓を切り取り、臓器ビジネスを展開。カネを腐るほど持ちながら、身体の具合が悪いアジアの金持ちに売りつけたという。

十朱は、知能と腕を兼ね備えた男として、東鞘会から盃をもらい、たった一年足らずで神津組の直系若衆となり、自分の会社まで持つようになった。十朱自身が組を率いて、三次団体の組長となったのだ。

一方の木羽は、十朱から情報を収集、東鞘会の内情を把握した。氏家必勝と神津太一が進める急激な改革についていけず、お上に面と向かって逆らうのを嫌がる長老たちが多数いることも。氏家必勝の実子である勝一が強硬に反対していたこともだ。必勝と神津が行った改革によって、海外での勢力を伸ばした東鞘会だが、日本国内においては厳格な秘密主義を取ったことで、警察組織から狙い撃ちにされていた。

警察庁長官が全国警察の本部長を集めた会議で、「関西の華岡組と関東の東鞘会の弱体化なくして、暴力団の弱体化はありえない」と名指しで発言した。

警視庁と関東の警察組織は東鞘会への取り締まりを強化しており、東鞘会幹部は次々と容疑をかけられて逮捕され、日本国内での経済活動に痛手をこうむっていた。氏家勝一は、急進的な改革に反対し、父親が自分ではなく、番頭格の神津太一を信頼しているのにも我慢がならなかった。

東鞘会は、神津の改革派と氏家勝一の反改革派に分かれつつあった。そこで木羽ら組対部は絵図を描いた。氏家必勝を恐喝容疑で逮捕し、五年の実刑判決を喰らわせたのだ。肝臓を患っていた彼は肝硬変で死亡している。

氏家必勝の死により、木羽の思惑通りに事は進んだ。最終目的は東鞘会を警察の支配下に置き、警察庁長官の言葉通りに弱体化させ、壊滅まで追いこむことだった。そのためには六代目を継いだ神津太一と、先代の実子である氏家勝一を排除する必要があった。

氏家勝一は和鞘連合を結成して組織を割った。神津率いる東鞘会と一年にわたる抗争を展開したが、この戦いの中心にいたのは、スパイとして潜っていた十朱だった。

すでに神津組の中枢にいた十朱は、木羽を通じて神津の愛人宅を和鞘連合にリークし、神津を排除させた。神津の死後、十朱は和鞘連合の最高幹部らの首を獲《と》った。これも木羽とのコンビプレイによるものだった。是安総なる警視庁組対部の刑事が、広域暴力団の会長に君臨したのだ。

出月はウイスキーを空にした。三杯目になるが、まるで酔えなかった。

阿内らは、東鞘会の裏の歴史と十朱義孝の正体について詳しく教えてくれた。疑問は氷解したが、聞いているのが徐々に苦痛になっていた。

ガキのころ、隣のスーパーで四人の女性店員を無慈悲に殺し、まんまと売上金を盗んだ外道がいた。のうのうとシャバで生きるその手の連中を捕まえるため、刑事になるために努力してきた。

だが阿内たち幹部が、出月に望んでいるのは、その外道になりきることだった。


兼高はタクシーに乗っていた。

精神安定剤を一錠呑《の》んではいたが、心臓の鼓動は速まったままだった。ぼんやりと車窓に目をやり、夜の新宿の騒がしい風景を眺める。

金曜の夜とあって、派手なネオンを照らした居酒屋の前には、サラリーマンのグループがたむろし、焼き鳥屋の換気扇からは白煙がもうもうと上がる。コンビニの前で、顔をまっ赤にした大柄な白人たちが缶ビールをあおっている。

タクシーは靖国《やすくに》通りを西へと走った。大ガードを潜ったところでタクシーを停めた。

一万円札で支払いを済ませ、つり銭を受け取らずに降りる。

「とっておけ」

　運転手はまだ新人だったらしい。約四千円のつり銭を受け取らずに立ち去る兼高に、目を白黒させた。

　それは、自分がヤクザであるのを再確認するための儀式のようなものだった。警官時代なら決してやらないであろう振る舞いをし、自分が兼高昭吾なる男であることを言って聞かせる。出月梧郎に戻るのは、上野のマッサージ店と、上司である阿内に連絡を取るときのみだ。それが長期にわたる潜入捜査で覚えたノウハウだった。

　新宿大ガード西の交差点を、北に向かって歩いた。雑居ビルが密集し、コンビニやファストフード店のネオンが煌々《こうこう》と灯《とも》っていたが、歌舞伎町の賑《にぎ》わいとは雲泥の差がある。道を歩いている最中《さなか》、新宿署の制服警官ふたりとすれ違った。兼高はどちらもよく知っていたが、警官らは一瞥《いちべつ》するのみで、声をかけることなく通り過ぎていった。同僚にも悟られないほど、兼高の容貌《ようぼう》は変わっている。

　左肩を回してみた。沖縄での戦いで脱臼《だっきゅう》していたが、二週間が経過した現在は、どの方向に動かしても痛みはなかった。ただし、また外れる可能性はないとは言えなかったが。

　土岐から氏家勝一の策謀について聞かされたが、それからしばらくは、とくに音沙汰《おとさた》はなかった。

その後も東鞘会《とうしょう》は、現地にいる友人たちに氏家勝一の行方を追わせているが、彼はロサンゼルスから姿を消した。殺し屋のブローカーを請け負っているユフスなるレバノン系アメリカ人も、自動車やハラルフードといった正業に励むのみで、とくに物騒な動きを見せる様子はないという。

その間、休暇と肩のリハビリに時間をあてることができたが、勝一とユフスが計画を中止したのであれば、会長の十朱に一気に近づける好機を逸したのではないかという苛《いら》立《だ》ちと闘わなければならなかった。極道社会に潜って三年半以上の時が流れていたが、一刻も早くケリをつけたいという気持ちに変わりはない。

ＪＲの電車が激しく行き交う線路の傍。古い雑居ビルが並ぶなか、真新しいビルが姿を現す。『日本総合空手道協会』なる筆文字の大きな看板が掲げられている。

看板こそいかめしい印象を与えるが、壁にはモデルのような美女の巨大パネルが飾られている。タンクトップ姿で正拳《せいけん》突きを放ち、〝美容健康、ダイエット、ストレス解消に、女性歓迎〟と、砕けた宣伝文句が記されていた。

じっさい一階はガラス張りで、若い女性や会社帰りのサラリーマンが、ランニングマシーンやエアロバイクで汗を掻《か》いていた。フィットネスジムと変わらぬ光景で、酒とエロにまみれた歌舞伎町とは対照的に、健康的で清潔な雰囲気を振りまいていた。マシーンはほぼすべて稼動しており、今の健康ブームを象徴するかのようだった。

一階は筋トレ用のジムであり、二階もダイエット目的の女性や、エクササイズに励むサラリーマン、健康志向の老人向けの道場となっている。窓を閉め切っていても、指導者や会員たちの掛け声が漏れてきている。声を出している会員たちは全力なのだろうが、のどかで迫力に欠けていた。幅広く受け入れるため、低層階はなるべく空手独特の暑苦しさを打ち消すための営業努力がなされていた。ここも神津組の組員が経営している。

現代ヤクザのシノギは、酒場やキャバクラだけではなく、フィットネスジムや健康食品など、ヘルシーな方面へと拡大している。危険な橋を渡って、わざわざ身体に悪いドラッグを売りつけるより、合法で利潤を上乗せできる健康食品のほうが、安全かつ太く儲《もう》けられると豪語する。どこぞの田舎で汲《く》んだ水に、適当な理屈をつけ、横文字の栄養成分を強調してやれば、飛ぶように売れていくという。

健康のためなら死ねる連中がゴロゴロしているというが、一階の盛況ぶりを見ると、あながち大袈裟《おおげさ》とは言い切れなかった。ヤクザですら幹部クラスは、なにかと健康に気を遣っている。高齢化が進んでいるという事情もあるが、無農薬野菜や玄米を使った質素な食事で済ませる場合が多い。

激務が続いてメタボになる警官たちと異なり、暴力派の神津組は親分の土岐を始め、暇があれば肉体を鍛え上げ、健康管理にうるさい人間が多かった。

道場を経営している組員は、格闘技やプロレスの興行をシノギとするプロモーターだ。ビルそのものを所有し、巨大なスポーツ道場に改築した。

エレベーターでビルの五階まであがる。高層フロアはピリッとした雰囲気に包まれていた。ボクシングジムのようにリングが設けられ、オープンフィンガーグローブをつけた空手着の若者ふたりが、汗みどろになりながら、マットのうえで寝技をかけあう。強《こわ》面《もて》のトレーナーが怒鳴るようにして、もみ合うふたりに檄《げき》を飛ばす。

ワセリンときつい汗の臭いが鼻をついた。女たちのフェロモンはなく、殺伐とした暴力の香りがする。腕にタトゥーを入れた若者が、パンチングボールをリズムよく叩《たた》いている。

その隣には、頭をスキンヘッドにしているヘビー級サイズの大男がいた。伊裟魅《イサミ》というリングネームで、香港やヨーロッパのリングに立ち、百キロ超えの外国人たちとキックボクシングルールで戦っている。伊裟魅が、馬のようにしなやかな脚でサンドバッグを蹴《け》り上げると、天井近くまで跳ね上がる。

『日本総合空手道協会』では空手を本格的に学びたい者、あるいはプロ志向の人間も練習に励んでいる。〝ダイエッターから本格格闘空手、プロ志望者まで〟がモットーだ。

伝統派からフルコンタクト、総合格闘技を想定したバーリトゥード空手まで、ありとあらゆる空手を教えており、すでに一ダースものプロ選手を輩出していた。少年院出身やグレていた者も少なくはなく、空手修業を経て真人間になるどころか、東鞘会の兵隊としてリクルートされた者もいる。

兼高が道場に足を踏み入れると、ヤンチャそうな練習生たちが手を止めて、一斉に頭を下げた。ここにはしばしば顔を出し、練習生と同じくトレーニングを積んでは、黒帯の若者たちに交じって汗を流している。

　リング脇で檄を飛ばしていたトレーナーが、一目散に近寄ってきた。兼高に耳打ちする。

「すでに赤坂の親分さんが、上の階にいらっしゃいます」

「そうか」

　練習場を出て、階段で六階へと上がった。

　六階は板張りの道場となっていた。出入口のドアには〝スタッフ以外、立ち入り禁止〟と記された紙が貼られてあった。ドアを開いてなかに入る。

　板張りの道場は、低層階とは雰囲気が異なり、素人を拒むような張りつめた空気に満ちていた。床の間には、掛け軸や神棚が設けられ、説教くさい道場訓が書かれた揮毫《きごう》の額縁が掲げられていた。また、隅には巨大な太鼓がある。

　道場の中央では、パンチンググローブを嵌《は》めたボディガード相手に、空手着姿の土岐が拳《こぶし》を振るっていた。パンパンと小気味のいい音がする。東鞘会きっての暴力派で知られる神津組のトップとあって、黒帯を締めた空手着姿は堂に入っていた。正拳突きにも力がこもっている。脚を痛めていなければ、美麗な蹴り技も披露しただろう。

　ボディガードがパンチンググローブを胸元に構えた。土岐は自衛隊仕込みの直《じか》突きを放った。

　重たい衝撃音が道場内に鳴り響いた。百八十センチを超えるボディガードは、衝撃で身体をよろめかせた。相変わらず砲弾のような威力だ。

兼高が入ると、土岐は手を止めた。ボディガードからタオルを受け取り、顔や首の汗を拭《ふ》き取る。

「お疲れさまです」

「おう、一足先にいい汗掻かせてもらったぜ。じきにみんなやって来る」

兼高は時計に目を落とした。時計は九時半を過ぎた。

約束の時間は夜十時であったため、三十分早く顔を出した。ヤクザは約束より数十分早く行動するのが基本だ。商談や掛け合いのさいに心理的な圧迫をかけられる。相手が遅刻でもすれば、揚げ足を取って交渉を有利に進められる。

兼高はおおむね三十分前を基本としていたが、土岐はそれよりも早く、この道場に顔を出した。彼もまたこのビルの常連だ。たいていは一階のジムで、全身に入った刺青《いれずみ》をトレーニングウェアで隠しつつ、カタギのOLや人妻相手に、ニコニコ笑って他愛《たわい》もない話をしながら、マシーンで下半身の筋力維持に努めている。空手着姿を見るのはひさしぶりだった。胸元の隙間から、和彫りが見え隠れする。

土岐に尋ねられた。

「肩の調子はどうだ」

「思いのほか、回復が早く進みました。最初に受けた治療がよかったおかげで、関節の動きがスムーズです」

左肩を回してみせた。

「ほう」

土岐はステッキを突いて近づくと、出し抜けに右フックを放ってきた。

岩石のような硬い拳を、兼高は治療を終えた肩でブロックした。手加減はしているものの、衝撃は筋肉を通り越して骨の芯《しん》まで響いた。肩が完治していなければ、再び関節が外れかねず、その場で悶絶《もんぜつ》していただろう。

微笑んでみせた。土岐も笑みを浮かべる。

「なによりだ。まさかケガ人のまま、ボスの護衛に推すわけにはいかなかったからな。間に合ってくれてなによりだ」

今度は兼高が尋ねる番だった。

「勝一のほうに、動きがあったのですか？」

土岐は、ボディガードに席を外すように手を振った。ボディガードはといえば、親分のパンチを受け続けて掌《てのひら》がしびれたのだろう。まっ赤になった手を擦《こす》り合わせながら、そそくさと道場を出て行く。

ふたりきりになったところで口を開いた。

「それが……なんとも言えねえんだな。野郎の首に懸賞金をかけたんだが、それが裏目に出ちまった。カネほしさの情報《ガセネタ》がわんさか集まりすぎた。ハワイにいるだの、ブラジルに逃げただの、フィリピンにいたかと思えば、もう日本に舞い戻ってるだの」

「では……」

「勝一《アホボン》のほうはわかっちゃいねえんだが、要するに仲介人のユフスを通じて、物騒な殺し屋を送りこむ気でいるってことだ。どんな腕利きでも、極東の島国に君臨するボスを殺《や》るには、そいつを道案内してやるガイドが必要になる。東鞘会《うち》を嫌っていて、なおかつ語学が堪能な人物となると、だいぶ限られてくる」

「華岡組ですか」

土岐は軽くうなずいた。隅に置かれたスポーツバッグに手を伸ばすと、ファスナーを開け、なかからタブレット端末を取りだした。

日本最大の暴力団である関西系の華岡組は、高度成長期のころから関東進出を目論《もくろ》み、横浜や八王子に橋頭堡《きょうとうほ》を築き、国際都市東京の裏社会を牛耳ることを悲願としている。

華岡組は東鞘会がふたつに割れると知るや、氏家勝一率いる和鞘《わしょう》連合に加担した。勝一に、将来の組長候補として名高い名古屋《なごや》の若頭補佐との兄弟盃《さかずき》を与えた。

華岡組は、表だって兵隊こそ送らなかったが、資金面や武器の補給など、ひそかに後方支援をしては、和鞘連合のケツをかき続けた。勝一が東鞘会から割って出たのも、華岡組による入れ知恵のせいとも言われている。

和鞘連合は崩壊に追いやられたものの、華岡組が東京進出の夢を諦《あきら》めたわけではない。東鞘会の縄張りである銀座や赤坂、六本木といった繁華街を、喉《のど》から手が出るほど欲しがった。ぶん捕る機会を虎視眈々《こしたんたん》と狙っている。

土岐はタブレット端末の電源スイッチを入れた。液晶画面をタッチして、画像を表示させた。

小奇麗なビルを出るスーツ姿の小太りな男の写真が映しだされている。黒いネクタイにドブネズミ色のスーツ。地味なサラリーマン風の中年だった。注目すべき点があるとすれば、奇妙なヘアスタイルぐらいだろうか。禿《は》げた前頭部を隠すかのように、伸ばした頭髪を無理やり前に下ろしている。安物のカツラをかぶっているような不自然な髪型が、みっともなく感じられた。

「こんなナリの野郎でも、泣く子も黙る六角の代紋を背負った構成員だ」

「何者ですか」

「ブライアン・入木《いりき》田《だ》ってハーフだ。琢真《たくしん》会系で日《に》本橋《ほんばし》のジャンケットでよ。羽振りのいい地主や会社経営者をラスベガスやらマカオに連れていっては世話してる。英語と中国語をペラペラにこなす」

琢真会は華岡組の中核組織で、現在の組長である琢磨栄《たくまさかえ》の出身母体でもある名古屋の二次団体だ。東京にも企業やＮＰＯ法人の看板を掲げて進出している。氏家勝一と兄弟盃を交わした華岡組の若頭補佐は、琢真会の会長でもある。

ジャンケットとは、金遣いの荒い太客を見つけて囲いこむ世話人のことだ。カジノ内のアテンドや高級車での送迎、飛行機や列車のチケットの予約、いいレートでの通貨両替など、太客をツアー業者のごとく案内する。

場合によっては観光案内から女の手配まで、身の回りの世話を一手に引き受けては、太客の気分を大いに盛り上げ、カジノに大金を落とさせるのが仕事だ。ジャンケットの報酬は、ハイローラーと呼ばれる太客が動かしたカネの総額の数パーセント。客がカジノに落としたカネが、彼らの収入としてはね返ってくる。

資金力のあるジャンケットは客の種銭の用意もし、博奕《ばくち》で太客の頭をヒートさせ、どんどんカネを貸しつける。身の回りの世話よりも、貸金業のほうが本業といえるかもしれない。

たちの悪いジャンケットは、巧みに得意客の尻《しり》を叩いては、カジノに誘い出して借金漬けにし、太客の土地や財産を軒並み奪い取る。そこから先は暴力団の十八番《おはこ》だ。天下の華岡組から追いこみをかけられれば、逃げられる人間はそういない。入木田は鉄火場への案内人を生業《なりわい》にしているということだ。

「しょっぱい見た目とは違って、この男に生き血を吸い取られた実業家は多い。言葉がペラペラなだけじゃなく、カネを落とさせるために、客のわがままをなんでも聞く。それゆえ、交渉事にも長《た》けてるってわけなんだが」

土岐が画面にタッチした。画像を切り替える。

大柄な外国人と親しげに立ち話をしている入木田の姿が映し出された。行き交う人々のほとんどが、大きなキャリーバッグを引きずっている。どこかの駅か空港のようだ。

「昨日の成田《なりた》だ。ごつい身体してるだろう。そのアメちゃん」

土岐が軽く笑った。うなずくしかなかった。雲を衝《つ》くような大男だ。

土岐が画面をスライドさせ、外国人の姿をアップで捉《とら》えた画像を見せてくれた。ブラウンの頭髪の白人で、身長は百九十センチをゆうに超えるだろう。ブルージーンズにベースボールキャップというカジュアルな姿だったが、着ているポロシャツが今にもはち切れそうなほど、筋肉が発達している。その胸板は分厚く、上腕は子供の胴体並みに太かった。

年齢は兼高と同じか、少し上と思われたが、腹回りに脂肪がついていないため、見事な逆三角形の体型を維持している。入木田の身体が貧相なため、アメリカ人の体格がいっそう映えて見える。まるでプロレスラーか大リーガーのようだった。丸太のような二の腕には、宝石と馬のタトゥーが入っていた。

入木田がなにかジョークでも口にしたのか、白人はおかしそうに腹を抱えて笑っている。一見すると、陽気なアメリカンといった印象を受ける。

「入木田と同じで、見かけによらずえぐい野郎さ」

「このアメリカ人の身元もわかったのですか？」

「東鞘会《うち》の情報網を舐《な》めてもらっちゃ困るな」

「いえ……さすがに昨日の今日ですから」

言葉を濁した。背筋が冷たくなる。

ヤクザの世界に身を投じて舌を巻いたのは、その恐るべき情報収集能力だった。トラブルを起こして逃げた人間の居所を突き止めるのはもちろん、調査対象者の身元をたちどころに調べ上げ、出生地から履歴から家族構成までを把握する。

兼高の正体は警視庁のなかでも、トップシークレット扱いとなっているが、あっさりと東鞘会に知られるのではないかと思う瞬間がたびたびあった。

土岐は続けた。

「と言っても、このアメちゃんはちょっとした有名人だ。とくにアフガンや中東地域ではな。この野郎の腕の刺青を剝《は》ぎ取って、イスラム過激派のところに持っていけば、一生食うに困らぬくらいの懸賞金が得られるんだそうな」

「米軍関係者ですか」

「オリバー・ヘンドリクソン。通称は軍曹《サージ》。芝刈りとバーベキューが三度のメシより好きそうな顔してるが、特殊部隊出身で、あのブルーストーン・セキュリティー社に在籍してたんだ。イスラム過激派はもちろん、罪もねえ民間人まで三十名も殺ってる殺人鬼だ。四十人だったっけかな。女を見かけりゃ仲間たちと仲良く強姦《ごうかん》。幼いガキまでテロリスト予備軍と見なして容赦なく殺した。アフガンじゃ赤い食人鬼とも言われてるらしい」

「ブルーストーン……あまりに立派な経歴で涙が出そうです」

深々とため息をついてみせた。

演技ではなかった。それが事実なら、筋金入りのプロが来日したことになる。ナイフと拳銃を持たせるだけで、機動隊一個大隊が出動せざるを得なくなるような難敵だ。

　ブルーストーン・セキュリティー社は、アメリカの悪名高い民間軍事会社だ。

　九〇年代に元グリーンベレーの隊員らによって設立されたが、アフガン戦争やイラク戦争時には、民間人に対して無差別に発砲。大量殺戮《さつりく》を行い、その他にも強姦や武器の横流し、略奪行為を働いた。大量殺戮に関わった元社員らに終身刑が言い渡されるなど、非人道的な行為が世界中に知られ、現在は社名を変えて活動せざるを得なくなっている。

「勝一のケツをかいた華岡組系の社員と、女子供も平気で殺す血も涙もない傭兵《ようへい》。東鞘会と無関係と考えるにはちょっと楽観的すぎるよな」

　出入口のドアが開くと、ぞくぞくと東鞘会の組員たちが入ってきた。道場内に野太い声が響き渡った。土岐と兼高も組員と挨拶《あいさつ》を交わす。

　入ってきた組員たちは、夏だというのに涼やかな姿の者は誰もいなかった。スポーツジャージか、スーツを身に着けていた。

　もともと刺青の入った身体ゆえに、堂々と外で半袖《はんそで》やハーフパンツを着用できない宿命にあるが、すでに防弾ベストを着ているようだ。

　強化ナイロンプラスチックのプレートが入ったタイプで、出刃包丁やサバイバルナイフにも対応している。銃弾と刃物の両方を防げるが、ベスト自体の重量は二キロ近くにもなる。昔より通気性に優れ、機能的になっているとはいえ、東京の夏に着け続けるのは、一種の修行のようなものだった。着用している組員らは、みんな汗だくになっている。

　ジャージを着た若いボディガードが、土岐に挨拶するなり、切なそうな顔つきで、道場内の冷房を強めにさせてほしいと懇願してきた。

「熱中症で倒れたら元も子もねえ。ガンガン利かせろ」

　土岐は了承した。

　組員たちが入ってきたことで、道場内は急に熱気を帯びつつあった。天井に設置された業務用エアコンが、音をたてて冷風を送りこむが、道場を冷やすには時間がかかりそうだった。

　ひとりの大男が、ドスドスと道場の床を踏み鳴らして近づいてくる。ヘンドリクソンなる傭兵と同じくらいの身長の持ち主だが、横幅もかなりある。業務用冷蔵庫のような巨漢だった。会長秘書役で直系組長の熊沢伸雄《くまざわのぶお》だ。

「よう、兄弟。このクソ暑いなかで稽古《けいこ》かよ。よくやるな」

　熊沢は、ハンカチで汗をぬぐいながら挨拶をした。

　腫《は》れぼったい瞼《まぶた》に太い眉毛《まゆげ》という悪相に加え、たっぷりのポマードで髪をオールバックにしている。ヤクザの見本ともいうべき面構えの大男だ。もわもわと電気ストーブのような熱が身体から伝わってくる。

　土岐は鼻で笑った。

「こんなときだからやっておくんじゃねえか。一段と肥えやがって。これでボディガードが務まるのか？」

熊沢は、でっぷりと突き出た腹を叩いた。

「肥えてるから務まるんじゃねえか。拳銃《チャカ》はもちろん、砲弾だって突き通しゃしないぜ。ナイフもドスも、なんでもござれだ」

熊沢は元相撲取りだった。やはり元相撲取りだった東鞘会六代目会長の神津太一と同じ部屋の出身だ。長いこと角界に籍を置いたが、ふんどし担ぎで相撲人生を終えている。先輩力士だった神津に誘われて、極道の世界に足を踏み入れた。

下積み生活が長かったためか、体格や容貌《ようぼう》とは対照的に目端の利く男なのだという。親分の身の回りの世話やスケジュール管理はもちろん、エクセルやパワーポイントを使いこなし、デスクワークもすばやく片づける。

東鞘会きっての料理上手としても知られ、つけ麵《めん》チェーンや割烹《かっぽう》料理の店をいくつも所有しているが、現在は七代目の秘書として、多忙な日々を送っている。

土岐に肩を叩かれた。

「兄弟、知ってるとは思うが、改めて紹介しておく。おれんところの兼高だ。今回の護衛にこいつと室岡を推すつもりだ。よろしく頼むぞ」

「そうなんだってな」

熊沢の目がすっと冷たくなった。

豪放磊落《らいらく》そうな態度から一転して、冷たい気配を漂わせた。兼高を無遠慮に見回す。

「聞いてるだろうが、刺客はそこいらのチンピラじゃねえ。気合入れろよ」

「はい」

表情を引き締めて答えた。自然と熊沢の巨大な手に目が行く。彼の左手には小指がない。

熊沢は先の分裂抗争で、大きな手柄を挙げたひとりだ。彼が率いる熊沢組は、和鞘連合の最高幹部拉致《らち》の実行部隊として働いた。東鞘会きっての忠臣と言われ、極道界に導いてくれた神津太一を信奉していた。彼が和鞘連合の刺客によって殺害されると、自分の小指を切り落とし、氏家勝一に復讐《ふくしゅう》を誓った。

海外に逃亡した氏家勝一を憎悪し、今回の勝一の暗躍にもっとも腹を立てている極道でもある。本来は見た目どおりの快活な男だが、神津太一の暗殺という前例もあるため、護衛選びには余念がない。

道場には室岡の姿もあった。がたいのいい悪相の男たちのなかで、ひとり大学生のようなツルッとした顔の室岡の存在は浮いて見える。兼高と違って緊張している様子は見られなかった。むしろ、存分に暴力を振るえるとあって、頬を紅潮させている。

「社長」

若者が両腕を頭上に掲げてマルのマークを作った。社長と呼ばれた熊沢は軽くうなずき、腰のホルスターからトランシーバーを抜き、マイクに向かって伝えた。

「安全確認、完了しました」

熊沢は硬い口調だった。

会長秘書である彼が露払いを行って、安全を確かめてから会長の到着を待つ。もはや東鞘会は、抗争時のような厳戒態勢を敷いている。

　ややあってから、屈強なボディガードを従えた十朱義孝が現れた。軍用犬のような精《せい》悍《かん》な二枚目だ。

　眉間《みけん》に刻まれたシワと引き締まった唇のおかげで、厳格な気配を醸し出している。関東ヤクザを統べる首領らしく、顔立ちは鋭さに満ちていたが、後ろになでつけた豊かな黒髪と長い首は女性的で、奇妙な色気をにじませていた。

　骨格はがっしりとしているが、ふだんから土岐と同じく肉体訓練を課し、節制を重んじているらしく、まるでロックスターのように痩《や》せて見える。露出はできるだけ控えているが、かりに実話誌や週刊誌に姿が載れば、ファンクラブやグルーピーができるのではないかと噂されている。

　じっさい、銀座や赤坂のホステスたちの間では人気があり、本来ならヤクザの来客など嫌がる高級クラブでも、十朱だけは別格扱いだという。

　道場内にひときわ大きな挨拶が響き渡る。入室した十朱に頭《こうべ》を垂れる。兼高も同じく最敬礼をした。十朱を注意深く見つめる。法事や葬式、盃事などで十朱の姿を見かけることはあったが、近距離で拝むのは初めてだ。

　護衛のほぼ全員が防弾ベストを着用するなか、十朱本人はワイシャツとスラックスという軽装だった。アクセサリーはつけていなかったが、ボタンを外して胸元を露《あらわ》にしている。

軽やかな恰好《かっこう》がヤクザらしさを消しているが、元警官にも見えなかった。裏社会のオーラを身にまとっており、背筋をまっすぐに伸ばしたまま、あたりを見下ろす姿は、闇の帝王としての風格を備えていた。

熊沢が抜かりなく座布団《ざぶとん》を用意し、十朱は床の間を背にしてあぐらを掻いた。他の幹部や護衛たちは壁際に座る。

十朱が口を開いた。

「兼高昭吾、室岡秀喜」

「はい」

兼高と室岡は答えた。

「用件は聞いているな」

「承知してます」

十朱が微笑を浮かべた。道場に姿を現してから、初めての笑みだ。

「お前たちの武勇伝はいくつも聞いてる。ついこの前も、沖縄ででかい手柄を立てたそうだな」

「いやあ、それほどでも」

室岡は照れたように頭を掻いた。厳粛な空気など屁《へ》とも思わない。首領《ドン》を目の前にしても、やはり平然としていた。彼の辞書には緊張という言葉はない。

「だが、おれは自分の目で確かめないと気が済まない性質《タチ》だ。テストをさせてもらう」

兼高はうなずいてみせた。

男たちの汗と香水で、むかつきを覚える。自分は、室岡のようなクレイジーな精神構造の持ち主ではない。熊沢や土岐、そして十朱の遠慮のない視線で身体が強張《こわば》りそうだった。

十朱の護衛たちも、値踏みするような目を向けてきた。無数の視線に身体を貫かれる。各組の精鋭のなかの精鋭が集まり、会長の護衛という名誉な任務に就いているだけあって、負けん気が強く、プライドの高そうな連中ばかりだ。

「さて」

十朱は、出入口近くにいた熊沢に声をかけた。熊沢がドアを開けると、空手着姿の大男が一礼して入った。

「失礼します！」

現れたのは伊裟魅だった。

手にオープンフィンガーグローブを嵌めている。さっきまでサンドバッグを相手にしていただけあって、湯気が立ち上りそうなほどの汗を掻いている。

深呼吸をした。屈強な相手と腕試しをさせられる。それをクリアしない限り、ボスの護衛にはなれない。腕と忠誠心を確かめる試験だったが、まさかプロのヘビー級選手が現れるとは。

「おれからやるよ」

室岡が前に進もうとする。腕を横に伸ばして止めた。

「年長者に譲るのがマナーだろ」

「ちぇっ」

室岡が舌打ちした。伊裟魅が露骨にむっとする。

ヤクザたちが居並ぶ道場の空気に気圧《けお》されていたが、目の前で獲物の取り合いをされて腹を立てたようだ。なんでプロのおれがこんなヤー公の相手なんぞ——不満が顔に表れている。スキンヘッドの頭が、茹《ゆ》でたタコのごとく赤く染まりだす。

室岡が後ろに下がった。道場のまん中で一対一となったが、そこで熊沢が待ったをかける。

「ちょっと待て！　てめえら、この腕試しを舐めてんのか。スーツ着て試合やるバカがどこにいる。グローブぐらい嵌めろ！」

反論しようとしたが、壁際に座っていた土岐が先に手を挙げた。

「熊沢《きょうだい》。おれはこいつらに試合をやれと言った覚えはねえし、伝えてもいねえ。ケンカで実力を見せろとは言ったがな。だいたい、ヒットマンがグローブ嵌める暇を、護衛に与えてくれるのか？　それに護衛の制服はスーツだ。空手着やジャージで義理掛けに行くわけじゃねえ」

熊沢は伊裟魅を指さした。

「いいのか……プロだぜ。こいつは」

「こいつらふたりもプロさ。心配するな、拳銃《チャカ》や刃物《ヤッパ》は持たせてねえ。それより空手のあんちゃん、お前さんのほうこそ大丈夫だろうな。これは試合じゃねえってこと、ちゃんと理解してるか？」

「押忍《オス》」

伊裟魅は、両手のオープンフィンガーグローブを叩き合わせた。ボスの十朱は事態を黙って見据えている。

「始めよう。そういうわけでゴングも太鼓もなしだ」

兼高はスラックスのポケットに両手を突っこんで告げた。伊裟魅はファイティングポーズを取って答える。

「よろしくお願いします」

伊裟魅の身体はでかかった。ヒグマに遭遇したかのようだ。

かりにルールのある試合だとしたら、兼高に勝ち目は百パーセントない。そもそも体重があまりに違い、試合そのものが成立しない。その差は、四十キロはあるだろう。たとえ手足を駆使して急所をガードしても、衝撃だけで失神させられるかもしれない。無《む》茶《ちゃ》といえる相手だが、その無茶をねじ伏せなければ、十朱の護衛にはなれない。

伊裟魅の右脚が動いた。三十センチはありそうな足が、兼高の顔面を襲う。ポケットに手を突っこんだまま、ダッキングでハイキックをかわす。挨拶代わりの一発だったが、扇風機のような風が吹きつけてくる。

ハイキックをかわされると、伊裟魅はすかさず左フックを打とうとした。その前にポケットから右手を抜く。

伊裟魅はパンチを止めて顔面をガードした。道場内がざわつく。兼高の右手に携帯端末が握られていたからだ。

携帯端末を投げた。出入口近くの壁を目がけて。そこには暑苦しい道場訓が記された額縁が掲げられてある。ガラスが砕ける派手な音がし、携帯端末がガラス片とともに床へと落ちた。下にいた護衛たちが、頭をかばって破片を避《よ》ける。

伊裟魅もまた額縁に目を奪われていた。兼高は彼の脇を通り過ぎ、床に落ちたガラス片へと駆けた。ガラス片のなかには、ちょうど携帯端末と同じくらいの大きさの破片があった。それを摑《つか》んだ。掌に鋭い痛みが走り、板張りの床に血の滴が落ちる。

土岐は、拳銃や刃物は持たせていないと言った。事実であり、いわば丸腰のままだった。だからといって、これからも持たないとは宣言していない。ケンカとはそういう意味だ。その場にあるものをなんでも使う。相手を制圧するためには手段を問わない。

伊裟魅は根性のあるファイターだが、試合とケンカの違いを、深く考えていなかったようだ。赤く濡《ぬ》れたガラス片に目を丸くしている。道場内のどよめきが大きくなる。

「死ね！」

腹の底から気合を発した。道場内にいる人間たちの鼓膜を破る勢いで。壁際にいる護衛や幹部たちが顔をしかめる。伊裟魅が後ろにさがる。

ガラス片を逆手で握り、伊裟魅の太い首の頸《けい》動脈を睨《にら》みつけつつ、突進する。

「ちょっ――」

伊裟魅は、素手の打撃やタックルには慣れているようだが、刃物を持った相手には不慣れだった。ヒグマみたいな身体を縮め、グローブを嵌めた両手で、首や心臓を守ろうとする。

ガラス片を伊裟魅の首に突き立てようとする寸前、兼高は手を止めて、身体を低く沈みこませた。伊裟魅の巨大な足に改めてガラス片を突き下ろす。

鋭く尖《とが》ったガラス片は、伊裟魅の足の甲に突き刺さった。彼は短い悲鳴をあげ、兼高の頭を平手打ちするように払いのけると、痛みに堪えかねて尻餅《しりもち》をつく。刺された足からは血が湧水のごとく噴きだしている。

兼高は立ち上がり、血にまみれたガラス片を順手で握り直し、ダウンする伊裟魅を見下ろした。どこを切りつけるべきかを計算する。結果によっては、伊裟魅の選手生命を絶つどころか、命そのものを奪いかねない。しかし、それが極道のケンカだ。

右手をムチのように振るった。ガラス片で傷ついた手から血が飛散し、伊裟魅の顔に血が付着した。

ほんの一瞬だが、目くらましに成功して隙が生まれた。顔面や腹を守ろうとするあまり、太腿《ふともも》の動脈がおろそかになっている。有望なプロ格闘家だが、生贄《いけにえ》になってもらうしかない。太腿へガラス片を突き下ろす。

「待て」

　十朱が声をあげた。

腕を急停止させる。ガラス片の先端は、伊裟魅の空手着に触れている。

「東鞘会《うち》にも鬼がいたってことか。赤坂の。恐い子分を持ってるな」

　十朱は土岐に語りかけた。

「いい男でしょう」

　十朱は熊沢を見やった。厳しい目でチェックしていた熊沢も、深々とうなずいてみせる。十朱は告げる。

「勝負ありだ。早く手を治療させろ。伊裟魅もだ。腕試しでケガをしたんじゃ本末転倒だからな」

　道場内から拍手が起きた。

　強張っていた護衛や幹部らの顔が緩んでいく。兼高は、掌の肉に食いこんだガラス片を引き抜いた。熊沢たちの手下が、タオルを持ってきて、傷を負った手をきつく巻いて止血してくれた。ホウキやモップを持って、床に散らばった破片を掃き血痕《けっこん》を拭《ぬぐ》い取る。

　下の階にある医務室へと促された。十朱から声をかけられる。

「兼高。よろしく頼む」

道場を出るさい、深々と頭を下げた。ボスの御眼鏡にかなったらしかった。アドレナリンだのが出ているせいか、手の傷はまだ痛まなかった。

道場の入口には、ジャージを着たでかい黒人がいた。伊裟魅と劣らない体格の持ち主で、オープンフィンガーグローブを着けている。しかし、床に散ったガラス片や、手を血だらけにした兼高を見て、目を剝《む》いている。どうやら室岡の相手役のようだ。

「グッドラック」

黒人に告げて医務室へと向かった。

「今日から緊張続きの日々だ。覚悟しろ」

会長秘書の熊沢に肩を叩《たた》かれた。

気合を入れるつもりなのか、力加減がわからないのか、スーツから埃《ほこり》が舞い上がる。

「故郷に帰らせてくれと、今さらわめいても手遅れだからな。特別に編制された会長の盾だ。有事のさいには、自慢の肉体を駆使してくれ。わかったな」

熊沢は、やはり隣に立つ室岡の右肩を叩いた。バシンという音が鳴り、室岡はかすかに表情を歪《ゆが》める。熊沢は元力士だっただけに、掌《てのひら》は踵《かかと》のように硬い。

「心得ています」

兼高はうなずいた。

厳しい表情で出迎えた熊沢だったが、表情を一変させて相好を崩した。ニヤリと笑う。

「釈迦《しゃか》に説法ってやつだが、なんたって初日だからな。びしーっと言わせてもらった」

「初日早々にぶっ壊されるかと思いましたよ。もうちょっと丁寧に扱っていただかないと」

室岡は右肩を回した。

彼は誰に対しても遠慮のない口を利く。叔父貴《おじき》分にあたる熊沢相手でも変わらなかった。しかし、熊沢はおどけた顔をするだけだった。

「愛だよ、愛だぜ、室《むろ》ちゃん。闘魂のおすそ分けだ」

「それ、〝かわいがり〟って言うんですよ。兄貴みたいに肩脱臼《だっきゅう》するかと思いました」

「嘘つけ、お前がそんなタマか」

熊沢は室岡の腹を軽く叩いた。室岡は照れたように微笑を浮かべる。

一昨日《おととい》の道場では、品定めをするような目で兼高らを見つめていたが、今はすっかり朗らかに接してくれている。極道社会は権謀術数うずまく油断ならない世界ではあるが、基本的にわかりやすいロジックで成り立っている。

より多くカネを稼ぐ者、組のために身体を張り、長い刑務所暮らしに耐えてきた者、腕っぷしや頭脳が冴《さ》えている者が重用される。戦国時代のようにシンプルだ。手柄を立てれば出世を果たせる。兼高がたった三年半程度で、神津組内で頭角を現し、大親分の護衛役につけたのも、東鞘会がそのロジックを徹底させているからでもある。

　三年半といえば、新入りの若者が部屋住みで極道修業に費やす程度の期間に過ぎない。三十過ぎで〝中途入社〟した兼高がスピード出世を果たしたのは、外資系も顔負けの実力主義のおかげといえた。出月としての任務は、佳境を迎えつつある。

　兼高はそれとなく室内を見渡した。右翼の大物が手がけた揮毫《きごう》の額が飾られているぐらいで、事務所内は清潔で真新しい。現在の神津組がそうであるように、上部団体の東鞘会本部事務所もまた民間企業のオフィスと変わらなかった。

　クリーム色のデスクが部署ごとに並び、日程表が記されたホワイトボードや書類をしまうスチール書庫、レターケースなどで占められている。

　また、オフィスは部署ごとにパーティションで仕切られており、なかには株や先物取引を行っているのか、複数のモニターを睨《にら》みながらパソコンを操作する男たちがいた。極道というより、証券マンのようなインテリの匂いを漂わせた男たちだ。制服姿の女性社員が事務作業を何食わぬ顔で行っている。

　呼び出されたのは銀座三丁目にあるオフィスビルだった。銀座のわりには、ゴミゴミとした古いビルや居酒屋、立ち食いソバ店などが建ち並ぶエリアだ。

　築三年のビルは、十階建ての近代的な造りであり、出入口にもエントランスホールにも、暴力団の臭いを漂わせるものは、なにひとつ置かれてはいなかった。玄関の案内板には、東鞘会系の企業名が表示されているだけだった。

むろん入口には、無数の監視カメラが配置されており、エレベーターで移動するには内部の人間の許可、もしくはカードキーが必要だった。

外側に設置された非常階段の出入口は、頑丈な鉄門で閉ざされている。容易に乗り越えられないように、鉄門には鋭い忍び返しがついており、たとえ鉄門を突破したとしても、非常階段には赤外線防犯センサーがついている。

二階と三階は洋式と和式の両方に対応した大ホールとなっており、盃事《さかずきごと》や組葬、事始めといった行事が執り行われる。ホテルや冠婚葬祭業界は、暴力団の利用を厳しく禁じているため、自前のホールを持たざるを得なかった。

最上階の十階は、〝株式会社東銀座信用実業〟なる看板を掲げていた。ここが東鞘会の参謀本部であり、本丸でもあった。会長の十朱の個室もある。熊沢もふだんは秘書として、オフィスに詰めていることが多い。

有事のさいには、このビルに数週間は立てこもることができるよう、寝泊まりできる寝室やトレーニングルームも完備されている。

兼高らが招かれたのは秘書室だった。口の堅そうなベテランの女性事務員二名がデスクに着き、大きな応接セットが部屋に置かれている。秘書室だけでもバドミントンができそうなほどのスペースがあった。

「さて、初の打ち合わせと行こう。ただ盾になればいいってもんじゃねえ。いわば十朱《オヤジ》の威光や尊厳を保つための近衛《このえ》兵でもある。礼儀作法や掟《おきて》も腐るほどあるのを忘れんな」

兼高らは応接セットに腰かけた。

熊沢は老眼鏡をかけると、タブレット端末を駆使しながら、護衛としての心構えと仕事内容を説明した。彼がタブレット端末をいじくるたびに、五年前の抗争時に切断したという短くなった小指が嫌でも目に入る。

熊沢から本社に入るためのカードキーと、東銀の社員を示すＩＤカードが手渡された。

海外へ逃げた勝一が、怪しげな行動を取っているが、十朱はあくまで会長としての仕事をこなす気であり、日本はもちろん、海外までひんぱんに出張するつもりでいる――熊沢の口から告げられた。

警察からの職務質問が少なくないため、凶器と取られるようなブツは一切携帯しない。代わりに防弾ベストをつねに身につけ、防弾カバンを持ち歩いて会長の盾となれ。

ヤクザじみたアクセサリーやヘアスタイルは禁止。派手なネクタイも許されない。急な葬祭にも対応できるようダークスーツを着て、つねに黒のネクタイと数珠《じゅず》を持ち歩け。

寝泊まりは当番制であって、当番の日は十朱の自宅か別宅、またはこのビルの当直室で夜を過ごせ。異変を感じたら些細《ささい》なことでも、携帯端末やトランシーバーを使って報告を怠るべからず。熊沢と護衛らは非公開のＳＮＳを駆使し、つねに情報を共有すべし……などなど。

「とくに運転には気をつけろ。警察はレンチ一本でも難癖つけて銃刀法違反で逮捕《パク》ってくる。シートベルトはもちろんだが、ハンドルを握るときはヘッドセットをつけろ。運転しながら電話やメールなんてもってのほかだぞ。それと夜の深酒も控えろ。翌朝までにアルコールが抜けきらない場合がある。そうなりゃ酒気帯び運転でやはり逮捕だ」

熊沢は、太い指を駆使して巧みにタブレット端末を操り、任務と規定について詳細に告知した。

タブレット端末の画面を見せながら熱弁を振るうその姿は、警察学校の教官のようでもある。改めて目の前の元力士が、事務方の仕事を任された理由がわかった。

護衛の任務はすでに何度かこなしてはいる。護衛としてのやり方は把握していたつもりだったが、熊沢から言い渡されたルールは予想を超えた。

彼は汗を掻《か》きながら説明し終えると、室岡らを上目遣いで見上げた。

「なにか質問は？」

室岡が手をあげた。

「あの人喰《く》い鬼とやらはどうしてるんです？」

彼が尋ねたのは、赤い食人鬼ことオリバー・ヘンドリクソンについてだ。

成田空港に降り立ったヘンドリクソンなるアメリカ人は、氏家勝一が、レバノン系ブローカーを通じて雇った殺し屋ではないかと目された。現在は、華岡組系列のジャンケット業者の世話になっている。

熊沢の顔が曇った。

「ひそかに監視を続けているが、今のところはなにもしちゃいねえ。ジャンケット野郎と仲良く、韓国のウォーカーヒルでカジノ楽しんだり、華岡組の本拠地で神戸《こうべ》牛に舌鼓打ったりして遊び呆《ほう》けてる。もっぱら神戸のホテルで、アジアン美女と汗流してやがるって話だ」

「なんだかそれって、あの時代劇でよくある討ち入りの話みたいっすね。あの雪んなかで太鼓叩いて攻めこむやつ」

「あん？」

兼高は、室岡の言葉を解説した。

「忠臣蔵《ちゅうしんぐら》に出てくる一力《いちりき》茶屋ですよ。大石内蔵助《おおいしくらのすけ》みたいに、こちらの目をくらませるために、遊び呆けてるフリをしているように思われます」

　室岡が手を叩いた。

「そうだ。いっそ、こちらから打って出りゃいいんですよ。勝一に雇われたかどうかは、やつを捕獲して訊《き》いてみるのが早道っすよ。元傭兵《ようへい》だから、多少手を焼くかもしれませんが、おれと兼高《アニキ》、それに若い衆があとふたりぐらいいれば、身柄《ガラ》をさらうのは難しくない。刺客はこのオリバーって野郎だけとは限らないし、やつを尋問して、勝一が描いた暗殺計画を残らず聞きだすのが一番いいんじゃないっすかね」

　彼もまた一昨日、新宿の道場にて腕試しをさせられている。しかし、右掌に裂傷を負った兼高とは違って、どこもケガをしていなかった。決して相手が弱かったわけではない。伊裟魅に負けない実力を持つヘビー級の黒人であり、ブラジリアン柔術とキックボクシングを学んだ格闘家だった。優男風の室岡との体重差は五十キロを超えていた。

それでも腕試しは、室岡の一方的な勝利で終わった。室岡は腕試しと知り、事前に道場の出入口に供えられた盛り塩をひそかに手に入れていたのだ。試合早々に黒人ファイターの目に擦《こす》りつけ、まんまと視覚を奪い取ると、鳩尾《みぞおち》や股間《こかん》を殴打した。とどめに革ベルトを黒人ファイターの首に巻いて絞めつけ、相手になにもさせないまま秒殺し、兼高以上に十朱らを感心させている。

　前のめりになって言った。

「私も室岡の意見に賛成です。この男はどのみち生かしておいても仕方のない外道です。たとえハズレだったとしても、産業廃棄物《サンパイ》の処分場に埋めたところでバチは当たらんでしょう。跡形もなく消してみせます」

「刺青《いれずみ》を切り取って、イスラム過激派に売れればカネにもなるというし。一石二鳥じゃないっすか」

　室岡がケロッとした口調で提案した。

　熊沢は渋い顔つきになった。

「お前らの実力は充分わかってる。たぶん、うまくやるんだろうよ」

「どうでしょう。熊沢《オジキ》のところには、やり方を心得た腕利きがいる。私たちと協力して殺《や》るというのは」

熊沢組は、五年前の和鞘連合との抗争で、敵の最高幹部たちを一度に拉致《らち》している。本流の神津組と並ぶ武闘派として知られており、組員には親分と同じく元力士、それにプロレスラー崩れや元格闘家を飼っている。熊沢は、伊裟魅や黒人ファイターらの有力なタニマチでもあった。

「そうしてえのは山々だが……いくらなんでも証拠が少なすぎる。ヤクザに証拠はいらねえが、このアメちゃんは言うなれば華岡組の客人だ。勝手にひっさらえば、東鞘会《うち》がやったとすぐにバレる。美人局《つつもたせ》みてえに誘ってるんじゃねえのかと訝《いぶか》りたくなるぐらいだ。証拠はいらねえのはあちらさんも同じだしな。関西から詰め寄られたら、面倒なことになる」

室岡が口を尖《とが》らせた。

「限りなくクロに近いと思いますよ。博奕《ばくち》打ったり、神戸牛を食ったりするために、わざわざ極東のマフィアと仲良くするとは考えにくいっす」

「んなことは百も承知よ。ただし、関西は関西でキナくさいことになってもいるのさ。東鞘会《うち》が派手に割れたようにな。名古屋の琢磨組長と神戸の最高幹部たちが、けっこう危うい関係にあるらしい。いざ内部抗争となったさいに、組員たちをいっぱしの兵士に仕上げるために、琢磨組長がインストラクターとしてこいつを呼んだってな噂もある。とにかく早まって手を出すのはNGだ。情報《マブネタ》が集まり次第、おれや土岐が作戦を練るし、お前たちの知恵も借りるかもしれねえが、今はなにも考えずディフェンスに徹してくれ」

「わかりました」

兼高が答え、室岡もうなずいた。熊沢はため息をつく。

「なんにしろ、氏家勝一の首根っこを押さえないと、どうにも前に進まねえのは確かだ。昔の戦国武将が、女子供も一族根絶やしにした理由がわかったような気がするよ。五代目の実子だからと、野放しにしたツケが回ってきちまった」

秘書室のドアがノックされた。

「来やがったか」

「誰っすか」

室岡が尋ねる。

「お前らにも負けねえ腕利きどもだよ。格闘家をボコったからって調子に乗んなよ」

熊沢が入るように声をかける。

秘書室のなかに入ってきたのはふたりだった。熊沢にひけを取らない丸い腹をした三十代くらいの大男と、やけに背の小さな坊主頭の男だった――猿みたいなツラで、若くも見えるが年寄りにも見える。どちらも初めて見る顔だ。

ふたりは野太い声で挨拶《あいさつ》をした。熊沢が笑顔で出迎え、兼高らに引き合わせた。

「紹介しよう。お前らと同じく、今日から護衛任務にあたる。知ってるかもしれねえが、このデカブツは熊沢組《うち》の大村《おおむら》だ。ただのデブに見えるが、プロレスのインディー団体を渡り歩いた。あんがい身軽でな、こんな図体《ずうたい》してるくせに、トップロープからムーンサルトプレスもやってのける」

大村はいかにも熊沢組の若者らしい、剣呑《けんのん》な雰囲気を漂わせている。

「大村剛史《つよし》っす」

大村は兼高に向かって右手を差し出した。

兼高の右手は包帯で包まれている。一昨日の腕試しでガラス片を握ったさいに傷つけた。その裂傷がまだ癒《い》えていない。

にもかかわらず、大村は握手を求めて手を差し出した。部屋の空気が凍《い》てついた。兼高は大村の巨大な手を見下ろす。

とくに格闘技やプロレスに詳しいわけではないが、警官時代の同僚には熱狂的なファンが多かった。機動隊の寮では、やたらとプロレス技をかけたがるサディストの先輩隊員もいた。おかげで嫌でも詳しくなった。

大村剛史は、毘沙門《びしゃもん》ＴＳＵＹＯＳＨＩという力強いリングネームで四角いジャングルで戦い、日本人離れした体格を活《い》かしたダイナミックな投げ技や、コーナーからのフライング・ボディプレスを得意とした。一時期はそれなりにプロレスファンに知られたレスラーだ。

しかし、路上でチンピラを絞め殺し、傷害致死で刑務所送りとなった。育ててくれた団体から追放され、出所後はフリーでインディー団体を渡り歩いてスポット参戦し、団体を興そうとさえしたが、あちこちで不義理をやらかして、マット界から干されている。素行不良のレスラー崩れだ。

熊沢が目を見開いた。

「お前——」

しかし、大村はかまわず兼高の右手を握ってきた。力をこめてくる。

傷口は順調にふさがりつつあったが、元の木阿弥《もくあみ》といってよかった。さすがに元プロレスラーだけあって、包帯がまっ赤ににじみ、床に血がしたたり落ちた。掌に鋭い痛みが走る。

大村は舌打ちした。

「ケガ人に、ホストみてえな優男と、ちびっ子。熊沢《オヤジ》、人選がなっちゃいねえんじゃないですか」

さらに右手に力がくわわった。

プレス機械に挟まれたような圧痛に襲われた。拳《こぶし》の骨がきしむ。初日からこれとは。先が思いやられる仕事だった。

内心で毒づきながら、すかさず反撃の隙をうかがう。睾丸《こうがん》を左拳で突くか、膝《ひざ》関節を壊す蹴《け》りを打つか。瞬間的に決断を迫られる……。

横にいた猿顔の小男が動いていた。ドスンという肉を打つ重い音——脇をしめた左フックを、大村の背中の急所に叩きこむ。ボクシングでは反則にあたるキドニーパンチだ。

骨で守られていない腎臓《じんぞう》を殴りつけていた。分厚い肉の鎧《よろい》をまとっている大村だが、苦痛に顔を歪めて右手の力を緩める。

股間を突こうとする前に、今度は室岡が躍りかかっていた。手にテレビのリモコンを持ち、大村の頭を殴り払った。リモコンが砕け、プラスチックの破片が飛び散る。

壊れたリモコンを逆手に持ち替え、大村の顔面を何度も小突いた。尖ったプラスチック片が、大村の額を血まみれに変える。彼の腰が砕け、床に膝をつく。

室岡は大村の頭髪を摑《つか》むと、無理やり顎《あご》を上げさせた。砕けたリモコンで眼球を刺す気だった。

「もういい」

兼高が割って入った。

大村は巨体を縮ませている。腎臓と頭をほぼ同時に打たれ、タフなレスラーもグロッキー状態になったようだ。バカな真似をしたと、血まみれの顔が物語っている。室岡は砕けたリモコンをテーブルに置いた。

「……よくねえ」

熊沢は声を震わせた。

彼は巨大な右手を振るった。兼高らの肩を叩いたときとは、比較にならない威力の張り手が、大村の横っ面を襲った。部屋いっぱいに頰を打つ音が鳴り響き、大村はその巨体を回転させて床を転がった。

「東鞘会の危機につけこんでる場合か、バカ野郎！」

熊沢の三十センチを超える大足が、ボーリングの杭《くい》のように大村に落下した。大村は腹を踏みつけられると、短くうめいて身体を丸める。

「……す、すんません」

「お前なんざいらねえ。人選のやり直しだ」

思わず室岡と顔を見合わせた。

こいつは本当に油断は禁物だと、目で会話をする。もとより気を引き締めて臨むつもりではあった。どこから銃弾や刃《やいば》が襲いかかってくるかもしれないのだから。しかし、デンジャラスなのは刺客だけではなさそうだった。陰嚢《いんのう》が縮み上がりそうな強烈な一撃だ。ウェイトの軽い兼高らが、今のヒグマのような張り手を喰らえば、バスケットボールのように壁まで吹っ飛びかねない。それだけの威力がある。

熊沢は、和鞘連合の最高幹部を拉致した末に、ひとりひとりを張り手で殴殺したという伝説を持つ男だが、あながち尾鰭《おひれ》がついた噂話ではなさそうだった。

熊沢は、肩で息をしながら兼高らに頭を下げた。

「みっともねえ話だ。なんて言っていいのやら……申し訳ねえ。偉そうに説教垂れたかと思えば、自分ところの子分がこのザマだ。まったく情けなくなってくる」

熊沢は女性事務員に、救急セットを持ってくるように命じた。ついでに数名の若い者を呼んでくるようにと。

ベテランの女性事務員は冷静に返事をすると、席を立って秘書室を出て行った。殺し屋も目を剝《む》く事態だったが、女性事務員は暴力沙汰《ざた》に慣れているようだ。

熊沢は改めて頭を下げ、兼高の右手を切なそうに見やった。包帯が赤く染まっている。

「傷が開いちまったな……」

「屁《へ》でもありません。大丈夫ですよ」

血だるまになって転がる大村に目を走らせた。

少なくとも、この無様なアピール野郎よりは千倍もマシな状態だった。さすがに元レスラーだけあって身体は頑丈にできているらしく、意識ははっきりしているようだった。か細い声で「すみません……すみません」と連呼している。主導権を握ろうと、軽くハッタリをかますつもりだったのだろうが、まるっきり裏目に出てしまった。きつい制裁を受けた大村に、憐《あわ》れみさえ覚えた。

救急セットを持った若衆らがやって来た。熊沢は若衆に兼高の手の止血と包帯を新しいものに替えるように命じた。また、応急手当をしたうえで、大村を病院に連れていくように指示する。

「このバカが階段から落ちたとでも言っておけ！」

若衆がふたりがかりで、大村を部屋から連れ出した。別の若衆がモップを担ぎ、せかせかと床に垂れた血液を拭《ぬぐ》い取る。

兼高は空いた椅子に腰かけた。汚れた包帯を取ってもらい、消毒液を浸したガーゼと新しい包帯で、掌を包んでもらう。

「熊沢《オジキ》、そちらの人は」

小男のほうを見た。熊沢は労《いた》わるように彼の背中をなでる。

「おっと忘れてた。新木場《しんきば》のところの若い者だ。たしかまだ……二十半ばだったか」

「二十六っす。本並一泰《ほんなみかずひろ》と言います。若輩者ですが、よろしくお願いします」

「と、年下なんだ」

室岡が怯《ひる》んだ。本並は、シワまみれの顔のおかげで四十近くくらいに見える。

新木場といえば、鞘盛《しょうせい》産業の社員ということになる。

鞘盛産業の社長は、東鞘会の理事長職にある大前田忠治《おおまえだちゅうじ》だ。伝説の侠客《きょうかく》からぬけぬけと名前を拝借するような、ツラの皮が飛びきり厚い極道として知られているが、やはり五年前の和鞘連合との内部抗争で武功を立てたひとりだった。現在は肝炎と胃癌を患い、長い入院生活を強いられているが、熊沢や土岐と東鞘会の三羽ガラスとして、極道界にその名を知らしめた。

同社のおもなシノギは産業廃棄物の収集運搬だが、裏では死体処理を行っており、東鞘会に仇《あだ》なす人間たちをひそかに灰にしてきた。

本並は作業服に袖《そで》を通しているのか、スーツ姿は板についているとは言い難い。入社式に参列する新入社員のようなぎこちなさを感じさせる。

「あの……免許証見ますか」

　本並は、律儀に内ポケットからカード入れを取り出そうとした。室岡は手を振る。

「いいよ。あの速いフックが若さを証明してた。ボクシング？」

「はい、一応」

　本並は大村と違って控えめな男のようだった。熊沢に向かって最敬礼をした。

「親分、出過ぎた真似をして申し訳ありません」

　熊沢は本並を肘《ひじ》で突《つ》いた。

「これだよ。若いわりには、なかなかいい男だろう。まともにボクシングをしてたら、国内チャンプどころか、世界だって狙えていたはずだ。新木場のところに、有能な護衛が務まりそうなやつがいないかと訊いたら、一も二もなくこの男を推してきた。実力は見てのとおりだ」

　熊沢は顔をほころばせた。

　格闘家のタニマチだけあって、生まじめな強者《つわもの》が好みのようだった。自分の子分がぶちのめされたというのに、無邪気に本並を褒め称《たた》える。

　兼高は本並の目を見つめた。

「かなりまじめにやりこんでたようだな。しかし、日本チャンピオンでも世界ランカーでもない」

　熊沢が代わりに答えた。

「過去を詮索《せんさく》するのは勘弁してやれ。お前らだってなにかとワケアリだろうが。もっとも、この本並君はエリートヤンキーだったといえるな。松戸《まつど》閻魔会の特攻隊長として、足立《あだち》区や柏《かしわ》市の悪ガキどもと暴れ回った逸材だ」

詮索するなと言いつつ、熊沢が本並の経歴を喋《しゃべ》ってくれた。

閻魔会は、関東を中心に二千名を超えるメンバーを擁した有名な暴走族だ。バブル期あたりで同会は一度解散したが、その後も千葉や北関東では、閻魔会を名乗る小規模なグループが存続していた。松戸閻魔会もそのひとつだ。

本並は十代を改造バイクとケンカに捧《ささ》げたが、警察や敵の不良集団との終わりなき戦いに倦《う》み、高校中退でボクシングに打ちこみ、プロライセンスを取得した。元来まじめな性格だったらしく、ハードな練習と減量に耐え抜き、またたく間に四連勝を果たして、バンタム級の六回戦ボクサーに昇格したが、暴走族仲間との縁が切れず、松戸閻魔会のメンバーが足立区の不良グループに拉致されたさいに、友人らを助けるために不良グループを殴打し、拷問された仲間らを救出したものの、警視庁に逮捕されてボクサーとしての道を断たれてしまった。

同じく松戸閻魔会出身だった大前田が、本並の実力に惚《ほ》れこんで、路頭に迷っていた彼を組織に引っ張りこんだ。小柄でありながら、大男の筋肉を押しつぶして、骨をもへし折るほどの石の拳を持っているという。大前田は護衛なら彼が一番適していると太鼓判を押している。

暴力の達人である仲間らは頼もしくあったが、出月梧郎として見た場合、つねに猛虎《もうこ》や恐竜のような人間に囲まれて暮らさなければならない。姿の見えない勝一の殺し屋に怯《おび》え、東鞘会の恐れを知らない戦士たちとも対峙《たいじ》しなければならないのだ。前を向いても、後ろを向いても敵だらけという事実に冷汗が伝う。

新しい包帯に目をやった。真の任務について考えると、吐気がこみ上げてきそうになる。

熊沢が腕時計を見た。

「おっと時間だ。とりあえず大村のバカの代わりは後で探すとして、ひとまず会長に挨拶だ」

熊沢は会長室の濃紺のドアをノックした。なかから入れと声がかけられる。

ドアをそれとなく確かめた。マンションの出入口とは異なり、ドアの材質は、ふつうのオフィスや家庭の内装ドアに用いられる中密度繊維板《MDF》のようだった。木質繊維を材料とする一種の成型板だ。金属製のレバーハンドルのうえには、シリンダー錠がついている。

事務所の出入口こそ非接触性のＩＣカードシステムを採用し、簡単には侵入できない構造になっている。しかし、オフィスの内部まではガチガチに厳しいセキュリティを敷いているわけではなさそうだった。

「おはようございます！」

熊沢とともに挨拶をしながら入室した。

会長室は広々としていた。首都東京を牛耳るボスの部屋とはいえ、リゾートホテルのスイートルームほどはありそうだった。部屋の奥には巨大な執務机が置かれ、十朱はやはり巨大な黒革の椅子に腰かけ、マグカップのコーヒーをすすりながら、ノートパソコンを操作していた。

ヤクザは職業柄、夜型の生活を送る者が大半だったが、十朱クラスともなれば、朝の早い長老や重鎮たちとの会合も多く、しばしば深酒をすることもあるが、たいていは朝早くに事務所へ顔を出すという。時計の針は九時を回ったところだが、兼高らよりも早く出勤していたらしく、部屋のエアコンは利いており、シーリングファンが回転している。

執務机の背後は一面ガラス窓になっており、銀座の街並みを一望できるらしいが、狙《そ》撃《げき》の可能性を懸念してか、窓は分厚いカーテンで覆われていた。蛍光灯が煌々《こうこう》と部屋を照らしている。

十朱は、上着を部屋の隅にあるハンガーラックにかけ、ワイシャツ姿でノートパソコンのキーを叩いていた。未決裁と記されたトレイには書類が山積みになっている。

室内には、大型サイズのテレビやオーディオ機器が置かれ、熊沢のような大男もゆったり腰かけられそうな応接セットが鎮座している。一角には神棚が設けられ、その横には、東鞘会の中興の祖といわれる五代目の氏家必勝《まさかつ》揮毫の額が飾られていた。大きな書棚やスチール書庫、それに高級マッサージチェアなどがあった。仕事だけの部屋ではなく、くつろげるスペースもあり、酒瓶が並んだバックバーと冷蔵庫、カウンターやスツールがあった。部屋の空間の広さが贅沢《ぜいたく》に感じられた。

十朱の趣味は、ヨーロッパ製のアンティーク品の収集だったが、部屋には骨董《こっとう》品や美術品の類《たぐい》は見当たらなかった。本部事務所には、しばしば警視庁の刑事たちが令状を持って押し入ってくる。刑事たちはアンティーク品の価値もわからず、部屋をガチャガチャに引っ掻き回していくため、もっぱら自宅や別宅に飾っているという。

「来たな」

十朱が微笑みかけた。

土岐や熊沢も親分としての貫禄《かんろく》を感じさせるが、やはり威厳や鋭さに加え、長い首と引き締まった体型のおかげで、強面《こわもて》のヤクザにはない独特の色気をにじませている。

彼はノートパソコンを畳んだ。部屋の隅には高さ八十センチほどの金庫があった。独身者向けの冷蔵庫ぐらいの大きさだ。

指紋認証タイプのもので、十朱は右手の人差し指で金庫を開錠すると、ファイルケースとノートパソコンを金庫のなかにしまった。

「さて、今日は浅草《あさくさ》で法事だったか」

熊沢がうなずいた。

「はい。夕方五時からは、国際福音教会連盟の金子《かねこ》支部長との会談となっています」

「うん」

「また、今日から三名が護衛に加わります」

兼高らは頭を下げた。

「よろしくお願いします」

十朱が目を細める。

「ひとり足りないな。遅刻か？」

「いや、それが……」

熊沢が目を伏せた。十朱が手を挙げて遮った。

「みんな聞こえていた。お前の張り手の音までな。今日はえらく賑《にぎ》やかな朝だった」

「申し訳ありません」

「いいや。気分が昂《たか》ぶった」

十朱はハイキックを放った。すばやい蹴りだ。空気を切り裂く音がし、彼は長い脚を高く掲げたまま静止した。兼高らに靴の裏を見せつける。テコンドーの達人のように股関節が柔らかい。

「このところ、おれも身体がなまっている。お前らといれば退屈せずに済みそうだ。よろしく頼む」

十朱は脚を下ろすと、兼高らの肩を親しげに叩いた。

「すげえ蹴りだ」

室岡が呟《つぶや》いた。十朱は首を横に振る。

「お前らの攻撃に比べれば大したもんじゃない。期待している」

「ありがとうございます」

兼高は十朱を直視して答えた。彼が開け閉めした金庫の存在を頭に叩きこみながら。

兼高はマッサージ店のドアを開けた。上野にある『池之端リラクゼーションサロン』だ。

アロマオイルの香りが鼻に届いた。深呼吸をする。焚《た》いているのは、鎮静作用のあるオレンジ・スイートのようだ。彼が好みとしている種類の精油だった。

いかに兼高が血なまぐさい任務をこなそうと、東京の裏社会を牛耳るボスの傍で働くことになろうと、この店は変わらずに彼を迎えてくれる。森林を思わせる小鳥のさえずりが、ＢＧＭとして流れている。

受付には、顔なじみの女性店員が立っており、兼高に向かって笑いかけた。

「世話になるよ」

「いらっしゃいませ。〝先生〟がお待ちですよ」

いつものように店の奥の個室へと案内された。マッサージベッドのある三畳程度の部屋へと通される。

女性店員がドアを閉めて、遠ざかっていくのを確かめてから、スーツやシャツを脱いだ。この店には足しげく通っていたが、十朱の警備に就いてからは初めてだった。

姿見には、不動明王の彫り物が入った兼高の裸が映っている。染料で赤く染まった二の腕をさする。これのおかげで、公衆浴場も温泉も、まっとうなスポーツクラブにも出入りができずにいる。早くもとのまっさらな身体を取り戻したかった。

十朱の護衛役に就いてから四日が経過した。十朱は毎日サラリーマンのような規則正しい生活を送っている。十朱が一日の仕事を終えて自宅に戻れば、兼高にもわずかな自由時間が与えられた。

束の間の休息である。十朱のいる本家には、現在も室岡や本並といった護衛役が、部屋住みの若衆とともに有事に備えている。十朱が自宅にいる間、護衛役は交替で外出が許されていた。また、そのたびに十朱から小遣いを与えられた。

休息の取り方は人それぞれだ。室岡は自由時間に神津組の若衆を呼び、高級焼肉店や寿司《すし》屋などで派手に散財し、まだ若い本並は、高級コールガールをホテルに呼んで一夜を過ごしている。

毘沙門ＴＳＵＹＯＳＨＩの代わりに用意されたのは、性格に難ありのレスラー崩れではなく、礼儀をしっかりわきまえた堅物の空手の有段者だった。本並と同じく二十代後半の若衆だが、玄人女も抱いたことのない童貞で、貴重な休み時間はケータイゲームにのめりこむのだという。親分の小遣いはレアアイテムの獲得資金として使っているらしい。

着替えを終えると、いつもどおりにソファに腰かけた。同時にドアがノックされ、スライドドアが開かれた。〝先生〟こと衣笠典子が姿を現す。

兼高は典子に笑いかけたが、反射的にソファから立ち上がった。典子の後ろに、頭髪を整髪料できっちり固めた男がいたからだ。腹がつき出たメタボな体型、それに三白眼と腫《は》れぼったい瞼《まぶた》が特徴的な中年男性だ。ホワイトのケーシージャケットを着用し、ブラックのパンツを穿《は》いている。いかにもマッサージ師みたいな恰好《かっこう》をしていた。

典子は親指で中年男性を指さした。

「今日は、うちの系列店で働く新人に、あたしの仕事を見学させたいんだけど、大丈夫だったかしら。三十パーセント割引にするから」

「あ、ああ」

「よろしくお願いします」

新人を名乗る中年マッサージ師は、真面目くさった顔つきで、深々と頭を下げた。

その正体は、兼高こと出月の上司である組対部特捜隊の阿内だった。典子やSNSを通じて連絡を取り合っていたが、じかに会うのは約一年ぶりだ。

スライドドアを閉めると、それまでのきっちりとした態度は消え失《う》せ、阿内はニヤニヤと笑いながら、ソファにどっかり腰をかけた。急に崩れた雰囲気を漂わせる。

見た目は倦怠《けんたい》と疲労を溜《た》めこんだ中年男性にしか見えない。整髪料で髪をかっちり固めているが、髪の色はすっかりグレーに変わっている。

兼高は阿内に一礼した。

「おひさしぶりです」

「堅苦しい挨拶《あいさつ》は抜きにしよう。十朱《ボス》の警備でくたびれているだろうからな」

阿内はマッサージベッドを顎《あご》で指した。典子も兼高の身体を押して、寝そべるように促す。

「失礼します」

「いい彫りもんだ。消すのがもったいない」

兼高は、店に用意されているTシャツを着用していた。不動明王が袖《そで》から見え隠れしている。Tシャツの袖を引っ張り、刺青《いれずみ》を隠す。

「よしてください」

「褒めてるんだ。どこからどう見ても、暴力団員《マルB》にしか見えない」

マッサージベッドに仰向《あおむ》けに寝そべると、バスタオルを身体にかけられた。おれは警官だ——言い返したいが口を閉じる。

典子に首筋と肩を揉《も》まれた。

「ですが、この刺青《モンモン》とも、もうじきお別れです。違いますか？」

「ふむ」

阿内は、ケーシージャケットのポケットに手を突っこんだ。なかから折りたたまれた封筒を取り出す。

「頼まれていたものを持ってきたぞ」

阿内が封筒から取り出したのは、ビニール袋に入れられた切手サイズの四角いゼラチンだった。いわゆる〝グミ指〟だ。ゼラチンには十朱の人差し指の指紋がプリントされている。

作り方はこうだ。他人の指紋を鑑識課が用いる道具で採取し、スキャナーで読みこんでフィルムに転写する。フィルムと感光基板を使い、さらにエッチング処理を施すことで、指紋の型ができあがる。湯で溶かしたゼラチンを基板に流しこみ、冷やすことで完成する。他人の細かい指紋の凹凸を、ゼラチンでそっくり再現したコピー品である。触感がグミに似ているためにグミ指と呼ばれ、スマートフォンやドアロックなどの指紋認証を突破する。もっぱら窃盗犯や浮気調査の探偵などが使用する。口に放りこんでしまえば、たわいもなく消えてなくなる代物だったが、ハイテク式の金庫を開ける合鍵《あいかぎ》となりえる貴重品だ。

阿内はビニール袋を軽く振ってみせた。

「十朱《ボス》のやつと、同型の金庫で実験も経ている。このグミ指で百回やって九十七回成功した。科捜研に汗掻《か》いて作ってもらったブツだ」

「ありがとうございます」

阿内の目が鋭くなった。

「ただし、くれてやる前に条件がある」

「なんですか」

「おれが『よし』というまで使うな。早まるんじゃないぞ」

思わずはね起きた。バスタオルが落ち、肩を揉んでいた典子が声を漏らす。

「なぜです？」

阿内は口に人差し指をあてた。声のボリュームを落とせとジェスチャーで知らせる。

兼高が押し黙ると、阿内は言った。

「お前の軽挙妄動を諫《いさ》めるためだ。いっそ典子姐《ねえ》さんに預けたほうがいいとさえ考えている。お前にこいつをうっかり渡したら、明日《あした》や明後日《あさって》にでも、お前はボスの金庫に飛びつくだろう。さかりのついた馬みたいな勢いで」

「当然です。明日かどうかはともかく、十朱の部屋ががら空きになれば、すぐに取りかかる予定でいました。それのなにが問題だというのです。あなたは今の状況をご存じのはずだ。氏家勝一が送った刺客が、十朱や東鞘会にいつ襲いかかるかわからない。本格的にドンパチとなれば、十朱や秘書の熊沢らが事務所にこもる可能性が高くなるでしょう。組員たちの警戒も厳しくなります。十朱の周辺を漁《あさ》れるのは、今の時期しかありません」

「そうかな？」

「あんたになにがわかる。最前線にいるのはおれなんだ」

拳《こぶし》を握りしめた。相手が上司とはいえ、睨《にら》まずにはいられなかった。ただでさえ、この任務に正義があるのかを何度も己に問いかけている。

兼高こと出月に下された使命は、十朱が保管する秘密ファイルの在り処《か》を見つけ出すことにある。それを奪い取らないかぎり、警察は十朱に手を出せない。警視庁は自らのミスで、危険な毒劇物を生んでしまったのだ。

秘密ファイルの中身とは、十朱義孝こと是安総《これやすそう》自身がまとめたデータファイルだ。当時の上司だった木羽保明《きばやすあき》とのメールのやり取りや電話の通話記録。是安が十朱へと顔を変えたさいに、美容外科からひそかに入手した診療録。木羽保明から盗み取った極秘報告書。それらをデータとして保存していた。また、インドで行方をくらましたという本物の十朱義孝が、六年前にムンバイで肺炎で死亡した事実も、独自の調査で摑《つか》んでいる。

警視庁は東鞘会に、身分を偽った捜査員を〝投入〟し、潜入捜査官の犯罪をもすべて黙認したうえ、先鋭化していく東鞘会を潰《つぶ》すため、非合法な手段を取ってきた。木羽と是安のコンビは、肝臓を患っていた先々代の氏家必勝を獄死させ、挙句の果てに東鞘会を分裂に追いやり、互いに争わせて弱体化させた。

しかし、黄金コンビと思われた木羽と十朱の関係は、十朱の急な裏切りによって敵対関係へと変わった。和鞘《わしょう》連合との内部抗争に決着をつけ、十朱が東鞘会七代目の会長の座に就く直前、彼は突如として警視庁に牙《きば》を剝《む》いている。是安に戻るのを拒み、木羽とその家族をひそかに拉致《らち》、十朱は上司が握っていた機密情報をまんまと入手することに成功している。

木羽の家族は、傷一つつけられずに解放された。だが、木羽自身は部下だった是安のコントロールに失敗し、十朱というモンスターを生み出してしまった。彼は責任を取ったのか、辞表を提出した。その三日後の早朝に、千葉県の犬吠埼《いぬぼうざき》の崖下《がけした》で全身打撲と出血多量で死亡しているのを、地元住民に発見された。

千葉県警は自殺と判断したが、東鞘会には警察の目を欺いて、自殺に見せかけられる殺しのプロが存在する。他殺にしろ、自殺にしろ、いずれにしても十朱の裏切りが、公安出身の敏腕捜査官を死に追いやったことに変わりはなかった。

一介の警官だった是安は、十朱会長として首都東京の裏社会を牛耳る広域暴力団に君臨した。それもただのヤクザの一親分などではない。お上さえもうかつに手を出せない、アンタッチャブルな存在となったのだ。

警視庁が十朱に手を出そうものなら、彼は警視庁の法を無視した暴走行為を暴露するだろう。十朱がいつ変心したのかはわかっていない。しかし、厳然たる事実として、警官として復帰するよりも、十朱は関東系暴力団のトップになるという、禁断の道を選んだのだった。

十朱の護衛として、この四日間を彼とともに行動していた。言うまでもなく十朱は、警察にとっては許しがたい裏切り者だ。一刻も早く始末しなければならない存在だが、かつての仲間を裏切るという大胆な行為に踏み切らせた理由も、まったくわからないわけではなかった。

十朱は禁忌の味を知った。タイでは縄張りを広げるために暴行や殺人を行い、高利貸し、ドラッグ密売、臓器売買や人身売買などの闇ビジネスで莫大《ばくだい》な富を築きあげた。闇ビジネスを繁盛させ、縄張りを拡大した。

親分らの目に留まって出世を果たし、自分のために命をかける配下の数が増えていく。警官をしているうちには、とても手に入れられない高価な美酒、贅沢《ぜいたく》な食事も可能だ。絶世の美女を飽きるほど抱き、自分の帝国を築ける。その麻薬のような快楽に取りこまれたのかもしれなかった。

かりに警官に戻ったとしても、極道として顔を売ってきた以上、当分の間は盛り場での勤務はありえない。ヤクザの報復を避けるため、多摩《たま》の山奥か島嶼《とうしょ》部でほとぼりを冷ます必要がある。危険な気配が漂う極道社会に身を投じた人間が、田舎での勤務やペーパーワークに順応できるだろうか。

極道になりきることに徹してきたが、兼高は最近、警察官として復帰してからの人生を考えるようになった。

警官復帰を拒否した十朱は、広域暴力団の王として活発に動いた。他団体の親分の法事、ゴルフコンペ、和鞘連合との内部抗争で獄中生活を強いられている配下の者たちとの面会など、忙しく立ち回っている。

十朱の傍にいることで、東鞘会という帝国の形がわかるようになった。たとえば、神仏など到底信じているとは思えない十朱が、なぜ杉並《すぎなみ》区にあるキリスト教系の宗教団体の幹部などと会合をするのか——その答えは、ともに行動することで理解できた。同団体の敷地の地下には、東鞘会系の組織が仕切る巨大な裏カジノが存在していたからだ。

十朱が会っていたのは、国際福音教会連盟なる宗教団体の幹部だ。同団体の本部はアメリカにある。日本の警察は外圧に弱く、海外の宗教団体の敷地内は、ほとんど治外法権と言ってもよかった。違法なシノギに適した場といえた。

昔から賭《と》博《ばく》は、町奉行がおいそれとは入りこめない寺や神社で行われたものだが、それは未《いま》だに変わっていないらしい。下手に警察が同団体に手を出そうものなら、外交問題にすり替えられる。

同団体の本部に納められた金は、キリストをこよなく愛するアメリカの保守派議員の懐に流れている。同団体に狙いをつければ、それだけで国会議員やらアメリカ大使館やらが騒ぎ立てる手《て》筈《はず》になっているのだった。

それ以外にも、東南アジア各国の大使や外交官とも面会。あるいは大使館主催のパーティに参加するなど、十朱は実業家として各国のＶＩＰと接触し、海外進出した東鞘会系の企業舎弟が活動しやすくするため、精力的に顔を売っていた。極道社会に潜らなければ、こんな優雅な人生を送れるはずはない。兼高にしても、極道社会の魔力に惹《ひ》きつけられそうになったことは何度もある。

典子に背中を叩《たた》かれた。寝そべるように促された。兼高は首を振る。阿内の答えを聞かなければ、マッサージもへったくれもない。

阿内は耳を小指でほじった。

「確かに最前線にいるのはお前だ。金庫はもちろん、十朱の秘密を漁れるのはお前だけだ。ただし、おれはお前よりも十朱という人間を知っている。なにせ所轄の公安にいたころ、机を並べて働いていたくらいだ」

「初耳ですよ。それに、なんの自慢にもなりません。一緒に働いていたとしても、それはもう遠い昔のことでしょう。今は数千人もの暴力団員《マルB》を束ねる大悪党だ」

「カッカせずに聞けよ。たしかに野郎は、警察とヤクザの両方をペテンにかけやがった稀《き》代《だい》のトリックスターだ。しかし、人間の性根なんてそう変わることはねえのさ。木羽先輩はそのあたりを読み違えたんだな」

典子に背中を強く押された。

「おとなしく寝なさい。ここ数日はよっぽど緊張続きだったんだね。全身の筋肉が石みたいにカチカチだわ」

彼女のアドバイスに従って、寝そべるしかなかった。どうあがいたところで、兼高に彼の命令を拒否する権利は与えられていない。つねに一方的であり、ときには意図さえろくに教えてくれないケースすらある。

「自信たっぷりですね。自分は決して読み間違えたりはしないと言いたげだ」

兼高は鼻を鳴らした。

再びマッサージベッドに寝そべる。皮肉をぶつけるのがせいぜいだった。阿内は胸を張る。

「そのとおりだ。十朱を潰して、無事に任務を終えたいのなら、おれの指示に忠実に従え。話を戻すが、グミ指はむろんだが、おれがゴーサインを出すまで、あの男の秘密を嗅《か》ぎ回ろうなんて考えるなよ」

露骨にため息をついてみせた。

「なぜです。ようやく近づけたというのに。もともと、十朱の秘密を盗み出すのが、おれの任務だったはずだ」

「おれが将棋好きなのを知ってたか」

「はい？」

「将棋だよ。日曜の将棋番組は欠かさずチェックしているし、こう見えても日本将棋連盟からアマの段位ももらってるんだ。警視庁《ホンチョウ》のなかにも腕に覚えのある課長や署長がいたもんだが、どいつもこいつもヘボ将棋ばかり指しやがる。おれが若くして刑事《デカ》になれたのは、上役のヘボ将棋に根気よくつき合ってやったからだ。ときには手心を加えて、機嫌を取ってやったりもしたし、自信満々なキャリアの鼻っ柱を、恥までかかせたうえでへし折ってやったこともある。おかげで、幾人もの刑事志願者を追い越せたのさ。せこせこと自転車泥棒やチンケな売人を捕まえるだけが、刑事《デカ》になる道じゃないってことだ」

「話がちっとも見えませんよ」

「そんなアマ名人級のおれと、対等に勝負できたやつが何人かいる。是安がそのひとりだ。野郎の強みは、焦りや怒りも押し殺して、最後の最後までミスひとつなく、冷静に指し続けられるところにある。スリルを楽しめるだけのでかい肝っ玉も持っているのさ。お前、将棋はやれるか？」

「いいえ。十朱が優秀な頭脳の持ち主なのはわかりましたが」

「いいや、お前はわかっていない。だから、おれは自分の特技についてベラベラ喋《しゃべ》る羽目になってる。是安ってのは殺し屋に命を狙われようが、警察《うち》と対峙《たいじ》することになろうが、地球があと一時間で崩壊すると聞かされようが取り乱したりはしない。敵の陣地に潜るために生まれてきたような天才なんだな。本陣に入りこめたからと、浮き足立つ誰かさんとは違ってよ」

　頭がカッと熱くなる。

　阿内は噂どおり優秀な捜査官ではあった。今日まで東鞘会に潜り続けられたのも、この上司の的確な指示があったからでもある。一定の敬意を払ってはいるものの、過剰なストレスにさらされて生きている兼高にとっては、彼のシニカルな物言いが苦痛に感じられることがある。正直なところ、貴重なやすらぎの時間を邪魔された。

「わざわざマッサージ師に化けてまで、嫌みを言いに来たんですか」

「お前のツラをこの目で見ておきたかった。お前からのレポートも、典子から聞いた話でも、なにやら勝手にラストスパートのように判断しているように思えたからだ。そんで、じっさい見てみたら案の定だ」

兼高は口を開きかけたが、阿内が掌《てのひら》を向けてさえぎった。

「将棋やらねえのなら、麻雀《マージャン》にたとえて言いかえてやる。今のお前は、テンパイがかかって上がろうと焦るあまり、今にも振りこんじまいそうなカモのツラだ」

マッサージを受けながら頭を冷やした。

「好機ではなく……ピンチというわけですか」

「早い話がそういうことだな。相手はいわばスパイだった男だ。余裕のある親分を装いながら、つねにかつての自分のようなスパイが、組織のなかに潜りこんでくるのを警戒している。熊沢や土岐《とき》のような、古くからの忠臣は別として、昨日今日近づいたばかりのお前ら護衛ごときを、そう簡単に信用するはずがないだろう。今のお前みたいに、十朱一流の罠《わな》に引っかかって馬脚を露《あら》わすやつは、これまでだっていくらでもいた」

思わず言葉をつまらせた。

典子が見計らったように、後頭部を押してきて、フェイスマットに顔をつけるように指示した。ひときわ強張《こわば》っていた首筋を揉まれる。

本来なら眠気を誘《いざな》うような快楽を得られるはずだったが、フェイスマットがじっとりと汗で濡《ぬ》れる。汗は顔だけではないのか、典子がTシャツの裾《すそ》をめくり、バスタオルで背中や肩の汗をぬぐってくれた。

阿内がダメ押しをしてきた。

「お前、初日に東鞘会本部で、毘沙門TSUYOSHIなんて元レスラーに挑発されたそうじゃねえか。よく考えてみろ、いくら毘沙門が無茶《むちゃ》な暴れん坊だからといって、殿が隣にいる本部の秘書室でケンカ《ゴロ》巻くと思うか。いわば、松の廊下で刀振るうようなもんだろうが。目端の利く熊沢が、そんな行儀の悪い子分を護衛に選ぶとは思えねえんだよな。お前は不自然に思わなかったのか？」

鼓動が速まった。自然と息が荒くなる。

毘沙門TSUYOSHIこと大村剛史の行動は、護衛任務にあたるというより、最初から兼高らにケンカを仕掛けに来たというべき、論外な振る舞いだった。素行が悪いとの噂もあり、知恵の足らない乱暴者と判断し、本並や室岡が大村をその場で叩きのめした。もっとも強烈な一撃で大村をこらしめたのは、彼の親分でもある熊沢だった。

「あれが芝居だというんですか……なんのために」

フェイスマットに顔をつけながら呟《つぶや》いた。動揺で思わず声が震える。

「一度目はプロの格闘家、二度目は大男のレスラー。ぶっ倒して気分も盛り上がっただろう。腕をたっぷり見せつけさせて、まずは素性の知れない護衛たちをおだてるためだろうな。それで尻尾《しっぽ》を出す男が出てくりゃ、やつらにとっては儲《もう》けものだろう。そんで、思惑どおりに術中にはまって、今にも尻尾を出しそうな人間が目の前にいる。ちなみにその毘沙門だが、小さな団体ばかり渡り歩いたといっても、やっぱりプロレスラーだな。頑丈にできてやがる。親分に首がねじれるほどの張り手をもらったそうだが、翌日にはぴんぴんして元気に焼肉食ってたぞ」

股間《こかん》がみっともないほど縮みあがった。

十朱はもちろんだが、一見すると単純に見える熊沢にしろ、一筋縄ではいかない男たちなのだと思い返した。

十朱は自室で見せつけたものだった。指紋認証装置に人差し指をタッチして金庫を開いた。思えばあからさまな行動とも思えなくはない。新しい護衛をそそのかす行為なのか。ありえない話ではなかった。

十朱の生命線は、自分自身が潜入捜査員だった過去を綴《つづ》った秘密ファイルだ。それを何者かに奪われでもすれば、あるいは東鞘会の身内に読まれただけでも破滅が訪れる。他の暴力団のトップとは異なる事情を抱え、それがゆえに警察からも手出しされない特殊な状況を作り上げた。

秘密ファイルの存在は、いわば独裁国が保有する核ミサイルだ。黙って抱えていれば価値は生まれるが、他者に奪われてしまうか、公開されてしまえば、十朱の命もそれまでなのだ。あけすけに金庫を開けてみせ、さも重要な品々が隠されているように印象づけ、新参者を試している。阿内の言葉にも信憑性《しんぴょうせい》があった。

いよいよラストスパートだと先走ろうとしていたのは事実だ。殺しやリンチといった暴力団のなかでも陰にあたる仕事をひたすらこなし、腕試しで親分衆を納得させたうえ、因縁をつけるレスラー崩れをも瞬時にKOさせた。十朱や熊沢に実力を示せたと、増長した面がなかったといえば嘘になる。

ついに総仕上げだと気合を入れ直す一方、急いで事を進めようとしたのも事実だった。だからこそ、典子を通じて阿内に急ぎでグミ指の製作を頼んだ。

十朱の指紋のコピーを作るのはたやすい。警視庁には十朱の指紋から掌紋までが揃っている。是安という本名で使用してきた愛用品が残っており、指紋などの土産を置いていった。

阿内はスラックスのポケットから携帯端末を取り出した。液晶画面をタッチする。

「なんなら毘沙門の写真を見るか。二日前、熊沢から小遣いでももらったのかもしれねえな。派手に頬っぺた腫らしてはいるが、ぎょうさん若い者連れて、高級焼肉店に入っていくところを撮影したんだが」

「……けっこうです」

「それならいい。こんな変装してまで、出張った甲斐《かい》があったってもんだ。もうしばらくの我慢だ。兼高昭吾を名乗り続ける日はそう長くはないが、本部へのパスをもらったからといって、やつの部屋をむやみやたらと漁ったりするな。何年もの苦労が一瞬で泡になる」

「……わかりました」

「おれは最前線にはいないが、お前と十朱……潜ったふたりのことは誰よりも知ってる」

典子が、汗で濡れたバスタオルを阿内に渡した。想像以上に兼高が汗を掻いたらしく、バスタオルがぐっしょりと濡れている。着ているTシャツも汗で身体に張りついている。

典子に訊《き》かれた。

「大丈夫かい」

「もちろん。最高の気分さ」

「とてもそうは思えないけどね」

典子が阿内に命じた。「とにかく新しいバスタオルとTシャツを。それと水を持ってきてちょうだい。これじゃまるでサウナだよ。脱水症状を起こしちゃう」

「はい、先生」

阿内は、個室のスライドドアを開けて出て行った。彼が個室から遠ざかってから、典子は静かに言った。

「悪かったね。あの人が来るのを、前もって教えてやれればよかったんだけど」

「あんたのせいじゃないさ。それに今夜、隊長に会えずにいたら、おれは十朱らの術中にはまっていただろう。おかげで命拾いができた」

兼高は腰を叩いてみせた。

「とはいえ、リラックスできているとは言いがたいが」

「あの人は……あんたを死なせたくないのさ」

　マッサージベッドから起き上がって、汗に濡れたTシャツを脱ぎ捨てた。

「そりゃそうだろう。このプロジェクトには、すでに長い年月と経費がつぎこまれてる。失敗すれば隊長も、一生冷飯喰《ぐ》いだ。警察社会に残れるかどうかもわからない。あの人も必死にならざるを得ないのさ」

「そうじゃないんだよ」

　典子は首を横に振った。

「なにがだ」

「あんたを本気で心配してるのさ。口は悪いけれどね。なにしろ部下に裏切られた木羽さんは、阿内さんの親友だったからね。これ以上、犠牲者を出したくないんだよ」

「親友だと？」

　思わずオウム返しで尋ねた。彼女はうなずく。

「木羽さんは大学出のエリートさんだったけれど、同じ東東京《ひがしとうきょう》の荒っぽい土地の出身でね。同じ空手道場に通っていたらしいのよ。阿内隊長は今でこそ、腕利きの捜査官として名が通っているけど、昔は札つきの不良ばかり集まる高校で、番を張っていた鼻息の荒い悪ガキだった。だけど、空手道場で木羽さんにシメられてから、ずっと彼を慕っていたんだよ。悪ガキだったころはヤクザからひんぱんに勧誘されてたようだけど、木羽さんが道場主と一緒になって、阿内隊長を説得して、警視庁に入庁させたんだって」

「そんな話、一度も聞いたことはなかった」

「あの人は身の上話なんてしたがらないからね。たまに口を開いても、煙《けむ》に巻くようなホラばかり。だけど、木羽さんがグレていたあの人を警官にしたのは本当のこと」

兼高は背筋に冷たさを覚えた。

三年半も潜っていながら、自分がいかに無知だったのかを知らされる。十朱の傍に近づける身分になり、舞い上がっていたのを痛感させられた。熊沢や毘沙門の身体を張った芝居も見抜けず、うかうかと十朱が張り巡らせた罠にかかるところだった。

兼高は典子を見やった。

「隊長、将棋が強いと自慢していたが、本当なのか」

「それも本当らしいね。あたしがこのあたりで商売し始めたときから、わりと名の知れた悪ガキだったから。カネがなくなると、このあたりの将棋道場に繰り出しては、大人相手に賭《か》け将棋をやって、そこそこ稼いでいたらしいわ。あたしも一度だけ相手してもらったけど、飛車角の二枚落ちのハンデをもらっても、全然相手にならなかったからね」

兼高は唸《うな》った。

さきほど、阿内は十朱を天才と評した。

――野郎の強みは、焦りや怒りも押し殺して、最後の最後までミスひとつなく、冷静に指し続けられるところにある。

　それは阿内も同じではなかろうか。飄々《ひょうひょう》と人を喰ったような態度を取りながらも、内には激情を秘めているのかもしれなかった。彼の部下となって数年も経つというのに、今さらながらその事実に気づく。

　阿内が、右手にタオルとTシャツを抱えて戻ってきた。もう一方の手には水差しが握られている。

「お待たせしました。お客様」

　彼はスライドドアを閉じると、Tシャツとバスタオルを投げてよこした。水差しに入ったミネラルウォーターを紙コップに注ぐと、それを自分で飲み干した。

「おれの噂でもしてたか」

「将棋が強いというのが、まんざらホラではないという話を、典子姐さんから聞いたところです」

　阿内は自分の頭を突《つつ》いた。

「そりゃよかった。将棋で培った知力を駆使して、お前という選び抜かれた駒をどう動かせば、果たして最善の道にいたるのかを日々考えてるところだ」

「でしたら、氏家勝一の件も考慮してらっしゃるんですね」

「当然だ」

　阿内は、再び水差しのミネラルウォーターを紙コップに注いだ。兼高に渡す。

紙コップはひんやりと冷たい。たっぷりと汗を掻いたせいで、ひどく喉《のど》が渇いていた。ミネラルウォーターをひと息に飲む。

「東鞘会は勝一の行方と、やつが雇ったと思《おぼ》しき殺し屋を追ってます。そちらはどれだけ情報収集が進んでますか」

「その点に関しちゃあ、警視庁《うち》のほうが、若干リードしているかもな」

阿内はニヤニヤと笑った。「勝一ならもう日本国内に潜伏してる。腕利きの殺し屋を率いてな」

アルファードのスライドドアを開けた。外から蒸れた熱気が侵入してくる。

兼高は、すばやく歩道に降り立ち、周囲の警戒にあたった。美大生が持ち歩くような、巨大なイラストボードも収納可能なデザインバッグを、両手で顔のあたりまで掲げる。同じく護衛を務める室岡や本並、それに毘沙門ＴＳＵＹＯＳＨＩの代わりに入った海《え》老《び》原勇喜《はらゆうき》がデザインバッグを抱え上げた。大きなデザインバッグのなかには、防弾用の金属板が入っている。

抱えている兼高ら護衛は、真夏にもかかわらず全員がスーツを着用しており、ワイシャツの下には防弾ベストを身に着けている。拳銃《けんじゅう》や刃物を持った鉄砲玉はもちろん、蟻の這《は》い出る隙間もないほどの厳重な警備態勢を敷く。

　場所は銀座八丁目の並木《なみき》通りだ。整然と植えられたリンデンの並木が、高級感と文化的な香りを醸し出しており、ビルのネオンと相まって、いかにも銀座らしい雰囲気を創り出している。

　歩道では、上品な恰好《かっこう》をした老婦人や、首にネームプレートをぶら下げたクールビズのサラリーマン、アイスコーヒーの紙コップを持った西洋人などが歩いていたが、いきなり現れた兼高らの物々しい気配に圧倒され、顔を伏せるようにして車道へと迂回《うかい》していった。そのおかげで車道はちょっとした渋滞を起こすが、クラクションを鳴らすようなバカはいなかった。

　兼高ら護衛が左右に隊列を組むと、秘書の熊沢を先頭に、会長の十朱が降り立った。熊沢も十朱もスーツ姿であり、護衛と同じくなかには防弾ベストを着こんでいる。

　巨漢の熊沢は早くも顔から大量の汗を滴らせていたが、十朱はスラックスのポケットに両手を突っこみ、悠然とビルのなかへと入っていく。十朱の移動に合わせて、護衛である兼高らも横歩きをしながらガードに徹した。

　極道の世界では「強い者ほど早く死ぬ」と言われている。腕に自信があり、臆病《おくびょう》者と噂されるのを嫌がる武闘派のヤクザほど命を落としやすいという意味だ。護衛をつけずに外を闊歩《かっぽ》し、そのおかげで抗争相手に命を取られてしまった歴史がある。

　しかし、十朱はつまらぬ見栄《みえ》を張らない男だった。たとえ臆病者とのそしりを受けることになっても、過剰ともいえるほどの警備態勢を敷く。昨夜《ゆうべ》会った阿内の言うとおり、細心の注意を厭《いと》わない冷静な頭脳の持ち主だ。

十朱たちが入ったのは、会員制の老舗《しにせ》クラブ『天童《てんどう》』だ。銀座をホームタウンとする東鞘会には、古くからつき合いのある店がいくつもある。重要な密談が行われるときは、銀座の古くから営業しているクラブが選ばれた。

看板の灯は落ちており、出入口の通路も暗いままで、ライトアップもされてはいなかった。まだ太陽は沈みきっておらず、クラブは営業時間を迎えてはいない。しかし、正面玄関の前に十朱たちが立つと、自動ドアのように重厚な木製のドアが開いた。ネクタイをきっちり締めたボーイらが、ドアを開けて十朱たちを出迎える。
ボーイたちに金属板の入ったデザインバッグを預けた。教育が行き届いていると評判のボーイたちだったが、さすがに防弾バッグを手にする機会はめったにないらしく、戸惑いを隠せないようだった。目を白黒させている。

店内の照明は落とされていたが、涼やかな青の和服姿の恭子《きょうこ》ママが出迎えた。恭子は絶世の美女というわけではない。また、年齢も少なくとも五十は過ぎているはずだが、見た目は兼高と同年齢ぐらいだ。肌には若々しいツヤがあり、ふっくらとした頰と厚い唇が色気を湛《たた》えていた。気品に満ちた人柄や巧みな話術、海外留学経験もあって教養があり、政財界や芸能界に多くのファンを抱えている。

若いころは大手電機メーカーの会長に愛され、その会長の死後は、大臣経験のある大物政治家の寵愛《ちょうあい》を受けたという。また、東鞘会の先代の会長だった神津太一を、パトロンとしていた時期もあったらしい。生き馬の目を抜く銀座でもトップクラスの実力者として知られている。

十朱は軽く手を挙げた。

「悪いな。無理を言って」

恭子は艶然《えんぜん》と微笑んだ。

「お安い御用です。会長のためでしたら、早朝だろうと昼だろうと、開けますから。先方のお客さんがすでにお待ちです」

「うん」

恭子に導かれて、ラウンジを通り抜けた。

座るだけで数万円も取る店だけに、素人目にもわかる高価な調度品や高級酒のボトルが飾られている。バーカウンターのバックバーには、オーダーするだけで車が余裕で買えるブランデーや、三十年から四十年ものといった希少なウイスキーが並んでいる。ラウンジの中央には、天井まで届きそうな巨大なフラワーアレンジメントがあった。

「あいかわらず格が違うなあ」

横にいた室岡が呟《つぶや》いた。

兼高らも、ホームタウンである赤坂の、それなりのカネを取るクラブで女をはべらせて飲むことはあるが、身の丈にあった店にしか出入りはしない。『天童』の格式に比べると、大人と子供の違いを肌で感じる。

土岐のカバン持ちで、この『天童』には何度か訪れているが、豪奢《ごうしゃ》な造りにひるみそうになる。

他のボディガードも気後れしているのか、若い本並や海老原は、外にいるときよりも表情を硬くしていた。

室岡が本並の尻《しり》を叩《たた》いた。

「お前も、三千円のピンサロばっか行ってないで、こういうマブい店でスコッチ飲めるような大親分にならなきゃ」

「おい」

兼高がたしなめた。

口に人差し指をあてる。四人の護衛チームのなかでは、年長者の兼高が、自然とリーダー役となっていた。室岡がぺこりと頭を下げる。

恭子はラウンジを横切って、十朱らを店の奥にあるVIPルームへと案内した。同店にはふたつの個室がある。東鞘会の最高幹部らが利用するのは、そのうちのひとつのエグゼクティブと名のついた部屋だ。

彼女はドアをノックしてから開いた。

エグゼクティブルームは、フラワーアレンジメントで有機的な温かみを感じさせるラウンジとは異なり、石造りの壁と黒いシェードのシャンデリアという硬質な雰囲気の部屋だった。ソファやカーテンもブラックを基調としている。男性的でゴシック調のインテリアであり、十朱が好みとしている部屋だ。

　装飾のついた長椅子には、ふたりの極道が座っていた。十朱を見るなり立ち上がる。

「ご無沙汰《ぶさた》しとります！」

　極道たちは野太い声で挨拶《あいさつ》をした。

　十朱はねぎらうように笑みを浮かべて、極道たちの肩を親しげに叩いた。熊沢も両手を大袈裟《おおげさ》に広げて、「兄弟」と極道たちに呼びかける。

　ふたりは、関西系の暴力団華岡《はなおか》組の構成員だ。ひとりは黒々とした顎《あご》ヒゲをたくわえたスーツの五十男だが、一方で眉毛《まゆげ》がきわめて薄く、頭髪も五厘刈りにしているためか、古風なヤクザらしい迫力を生んでいる。ひと睨《にら》みするだけで、カタギを失禁させられそうなほどだ。華岡組の筆頭若衆である俵谷一房《たわらやかずふさ》だった。

　もうひとりは、俵谷の秘書をしている幹部の金村恒美《かねむらつねみ》だった。親分ほど凄《すご》みのある面構えではないものの、俵谷に可愛がられているだけあって、ヘアスタイルを角刈りにするなど、俵谷と同じく昭和の匂いを放つ。

　金村は大の相撲ファンであり、暴対法が施行される前は、関西出身の平幕力士の後援会長をしていたほどだ。かつて角界に所属していた熊沢と府中刑務所内で意気投合し、外兄弟になった。関西や関東を行き来するたびに酒を酌み交わし、ゴルフをプレイする仲だ。

俵谷は極道界の有名人のひとりだ。とりわけヤクザらしい強面《こわもて》と、名門である神戸の西勘《さいかん》組のトップという肩書きもあって、華岡組内の序列は決して高くはないが、幹部たちよりもひんぱんに実話誌や週刊誌に取り上げられる。関西ブロック長として若頭補佐に出世するのも時間の問題と噂される。

華岡組と東鞘会は友好的な関係にあるとは言い難かった。五年前、東鞘会がふたつに割れたときには、氏家勝一率いる和鞘連合に肩入れしたほどだ。

また、華岡組は現在も東鞘会に対して不穏な動きを見せている。元傭兵《ようへい》だったオリバー・ヘンドリクソンなるアメリカ人を客分として迎え入れ、好き放題に遊ばせている。ヘンドリクソンは、東鞘会に怒りを燃やす氏家勝一に雇われた殺し屋である可能性がある。

そんなキナ臭い状況であるゆえに、積極的に情報交換を行う必要があり、十朱は激務の合間を縫っては、氏家勝一に関する情報を集めていた。

兼高らはＶＩＰルームの前で止まった。あくまで会長専属のガードマンであり、お偉方の会談の場に同席できるような立場ではない。ＶＩＰルームに近いラウンジのボックス席あたりで待機するのが通例だった。

熊沢に手招きされた。

「兼高、室岡」

「私たちもですか？」

思わず問い返した。十朱は、ソファにどっかり腰を下ろして答える。

「勝一絡みの話だ。おれだけじゃない。お前らの命もかかっている。同席しろ」

「わかりました」

怪訝《けげん》な顔をする俵谷たちに、十朱が兼高たちを親指で指してみせた。

「こいつらはうちの警備担当だ。神津組《アカサカ》で若頭補佐《ホサ》をしている兼高昭吾。こっちは若衆の室岡秀喜」

俵谷は目を見開いた。

「あんたらが……そうでっか。噂には聞いてましたが、なるほどええツラしてはる」

「お会いできて光栄です。どうぞお見知りおきください」

兼高らも挨拶を交わした。名刺を交換する。

西勘組は華岡組内でも、数々の抗争に関わってきた武闘派として知られている。金村の瞳《ひとみ》に警戒と怖れの色が浮かんだ。兼高らが、殺しを仕事としているのを知っているらしい。

ひとしきり挨拶を終え、俵谷らもソファに腰を下ろした。兼高らは出入口に近い下座に座る。店員が、おしぼりや冷えた日本茶を用意した。

恭子やボーイらが姿を消すと、十朱はおしぼりで手を拭《ふ》きながら口を開いた。

「単刀直入に言おう。お前んところはまた勝一に空気入れて、東鞘会《うち》に嫌がらせをする気なのか？」

和やかだった空気に緊張が走った。

笑顔を振りまいていた俵谷だったが、苦々しい表情に変わり、深々とため息をつく。

「本家んところが飼《こ》うとる例のオリバー君でっしゃろ。ほんまにお騒がせしてすんません。あれはおそらく……華岡組《うち》の内部の問題ですわ」

「というと？」

「今の華岡組《うち》には、よそと揉《も》めとる余裕なんてあらしまへん。内部のほうがゴタゴタしとって、塚磨栄《オヤジ》は結束を固めるのに躍起になっとるんです」

十朱は苦笑した。

「狙いは銀座《ザギン》じゃなく、もっぱら関西というわけか」

「あんなシュワちゃんみたいなごっつい外人招くこと自体、わしらへの当てつけですわ。しょうもない身内の恥、十朱会長や熊沢の兄弟やから打ち明けますけど、ちょっとでも不穏な動き見せよったら、この『ターミネーター』みたいな外人に機関銃《バリバリ》持たせて、お前ら全員いてこましたるっちゅうメッセージです。塚磨《オヤジ》が、何より警戒しとるんは身内ですよって。とくにわしら関西をね」

華岡組は日本最大の勢力を誇るものの、その歴史は激しい内部抗争と裏切り、クーデターの連続でもあった。かつては神戸をホームタウンとする西勘組ら関西勢が、組織の主流派であり続けたが、塚磨栄が五代目に就いてからは、塚磨の出身母体である名古屋の塚真会など中京勢に牛耳られている。

琢磨の右腕である若頭は琢真会の総裁であり、次の華岡組組長にもっとも近いといわれる人物も、やはり琢真会会長と言われている。いずれトップの座は、再び神戸や大阪に戻ってくるとタカをくくっていた関西勢は、琢磨の露骨な側近政治に戦々恐々としているのが現状だ。

華岡組の本部は今も神戸にあるものの、琢磨はそれを名古屋に移転させようと画策し、関西勢の猛反対に遭って頓挫《とんざ》したという経緯もあった。

華岡組は、四面楚歌《そか》状態にある現代の暴力団事情を、端的に示しているといえた。暴排条例などの締めつけで、シノギがひどく限定されているうえ、巨大組織であるがゆえに、警察の監視もひときわ厳しく、微罪で親分たちは逮捕され、檻《おり》のなかへと放りこまれている。

琢磨組長は組織の統制を強めており、強固な組織の維持という名目で、高額な上納金制度を設け、本部が販売するミネラルウォーター、石鹸《せっけん》やトイレットペーパーなどの日用品を強制的に購入させているため、関西勢は不満を溜《た》めこみ、決して一枚岩とは言い難いという。

だからこそ上京するたびに、東鞘会の人間と極秘に会っては、内情を打ち明けてくれる華岡組の関係者もいる。かつて東鞘会がふたつに分裂した際には、琢磨が裏で和鞘連合を援助した経緯がある。東鞘会が和鞘連合を叩きのめしてから四年。現在は立場が逆転しつつあった。

華岡組中京勢と警察の両方から痛めつけられている西勘組は、東鞘会系の企業からひそかに資金援助を受けては、老人ホームやスーパー銭湯、フィットネスジムや健康食品販売といった正業を持ち、中京勢に負けまいと踏ん張っている。その分、金主《スポンサー》である東鞘会には頭が上がらなくなっているが。

俵谷はセブンスターをくわえた。横の金村がデュポンのライターで火をつける。俵谷は煙をたっぷり吐きだした。

「そのオリバー君も、むやみに遊び呆《ほう》けとるっちゅうわけでもないんですわ。岐阜の山奥にこもっちゃ、グレた日系人やら工場をクビになった外人をリクルートして、軍事訓練を課しては、拳銃《チャカ》やナイフの扱い方を叩きこんどるいう噂も流れとるくらいで。わしらをびびらせるために、あの手この手で骨を砕いとるんです」

「外国人……どこの山でだ」

十朱の目が鋭くなった。俵谷の目が泳ぐ。

「それが……はっきりとはわかりませんねん。人づてに耳にしただけやさかい」

「だとすれば、名古屋の目的は依然として不明と考えたほうがいいな。東鞘会《うち》を狙っている可能性も捨てきれないというわけだ」

「すんません。なにしろ本家はガードが堅《かと》うて」

俵谷はうつむいた。

琢磨の出身母体である琢真会は、徹底した秘密主義を貫いており、よその団体はもちろんだが、同じ六角の代紋を背負った華岡組の関係者に対しても同様だ。俵谷がもたらす情報は貴重ではあったが、冷遇されている非主流派の組長であるだけに、華岡組の機密情報までは手にできない立場にある。

「確かにそうだ。仕方がない」

十朱は肩をすくめた。

だが、彼はゆらりと立ち上がると、対面《トイメン》に座る俵谷へとすばやく近づいた。俵谷の隣に腰かけ、彼の肥満気味の身体とぴったり密着させる。俵谷たちの顔が強張《こわば》る。

十朱はその長い腕で、俵谷の肩に手を回した。

「仕方ないわけねえだろう。噂レベルの話を聞きたくて呼んだんじゃねえ。カネはいくらでもそっちに回す。名古屋のボンクラどものツラを札束で引っぱたくのもいい、愛知や岐阜のおまわりにカネバラ撒《ま》いて盗聴器でも発信機でも使って、もっと必死になって確度の高い情報《ネタ》を集めてくれないか。いまいち危機感が足りてないようだ」

金村が口を挟んだ。

「十朱会長、無茶《むちゃ》言わんといてください！　そないなことして、まっ先に疑われんのは俵谷《オヤジ》でっせ！」

十朱は金村を見やった。射貫《いぬ》くような視線を向けられると、金村は目をそらした。

恰幅のいい俵谷と比べると、十朱の痩《や》せた体型は貧弱にすら見える。おまけに俵谷は地獄の鬼みたいな凶相の持ち主だ。しかし、肩を組む十朱は有無を言わせぬ貫禄《かんろく》を感じさせた。腕に力をこめられているのか、俵谷はロープで縛《いまし》められたかのように、身体を硬直させている。

非主流派とはいえ、西勘組はかつては華岡組の切り込み隊長として、同組内で存在感を示してきた。その組長の俵谷は、二十代のころに敵対組織の組長を日本刀で斬殺《ざんさつ》した猛獣だ。しかし、十朱は東鞘会の財力を背景に、華岡組内の力関係を巧みに利用し、俵谷をコントロールしている。

十朱は俵谷の唇に手をそっと伸ばした。くわえていたセブンスターを奪うと、残り短くなったそれを吸った。タバコの葉が勢いよく燃えて灰と化す。個室内にいる者全員が、十朱の行動に目を奪われる。

「疑われて、なんか問題があるのか」

十朱は大量の煙を吐きだした。個室にうっすらと靄《モヤ》がかかる。

「一房《カズ》、どうせこのまま名古屋にへりくだってても、西勘組《そっち》が浮かび上がる機会なんて一生巡っては来ねえ。座して待ってりゃ、枯れ果てるまで吸い上げられるだけだ。かりに名古屋がカンカンになったら、いっそのこと関西の連中をまとめて、名古屋に三行半《みくだりはん》を突きつけりゃいい。本家にうんざりしてる直参だけでも、二ダースはくだらないだろう。総本部長から関西側の若頭補佐まで含めりゃ、かなりの数になるはずだ。逆縁だ、謀反だと叩かれようと気にすることはない。叩き潰《つぶ》しちまったほうが正義でいられる。いっそ、ここらで腹をくくったほうがいい」

広い個室が静まり返った。護衛である兼高らはもちろん、秘書の熊沢も硬い表情で見つめている。

十朱の言動は明らかに内政干渉だ。五年前、琢磨栄が氏家勝一に空気を入れ、東鞘会をふたつに分裂させたときのように。今度は十朱が華岡組の関西勢のケツを掻《か》き、六角の代紋を中京と関西のふたつに引き裂こうとしている。

俵谷の喉《のど》がごくりと鳴った。

「十朱会長、かりの話やけど、華岡組《うち》が割れたら、確実に名古屋はそっちをマトにかけますよ」

「望むところさ。名古屋が絵図を描いたおかげで、東鞘会《うち》は大切な人間を失った」

十朱の目が一瞬、遠くなった。

氏家勝一が放った刺客によって、東鞘会は改革者である先代の神津太一を殺されている。当時の十朱は神津の忠実な右腕として、和鞘連合との抗争では陣頭指揮を執っていた。

十朱は、吸い殻をクリスタルの灰皿に押しつけると、クスクスと笑いだした。

「おれは名古屋を殺《と》るよ。そのために極道をやっている」

俵谷と金村が同時に息を呑《の》んだ。秘書の熊沢が泣きそうな顔をしながら、ソファから腰を浮かせていた——十朱の口をふさぎたがっている。

「わお」

恐れを知らない室岡ですら驚きの声を漏らした。

十朱の言動はどこまでも図太かった。危ういともいえる。相手は冷遇されているとはいえ、泣く子も黙る華岡組の直参であり、琢磨栄を親として服従しなければならない立場にある。相手は構成員約二万人を誇る巨大組織であり、人数だけを比較すれば東鞘会の約三倍にあたる。その子分たちを前にして、親分を殺ると明言したのだ。

兼高は十朱を注意深く見つめた。この元警官だった男は、微笑を浮かべているが、その瞳に怒りの炎を見たような気がした。ただのハッタリではない。極道界のトップに位置する首領を本気で消したがっている。警察だけでなく、最大の暴力団をも相手にしようとしている。

口のなかがカラカラに乾いた。

十朱の目的は、ただ東京の裏社会を牛耳るだけではないとわかった。このまま金城湯池の銀座や赤坂といった一等地を堅守し、東南アジアなどの新興国に進出するだけでも莫大《ばくだい》なカネが舞いこんでくる。モデルやタレントのような美女をいくらでも抱け、この銀座の高級クラブで好きなだけ美酒を味わい、警官時代には考えられなかったような、高級マンションや別荘、絵画にいたるまで買い漁《あさ》ることもできる。

十朱が警官に戻るのを止め、国家権力を敵に回してまで、首都東京の裏社会のキングの座に就いたのは、あらゆる欲望をかなえられる力を手放すのが惜しくなったからだとばかり思いこんでいた。だが……。

名古屋を殺ると発言したときの十朱は、声をひそめて笑ったものの、目をギラギラと燃やしていた。兼高は反射的に感じた。この男はまだ満ち足りていないのだと。氏家勝一や琢磨栄に憎悪の炎を燃え上がらせている。

俵谷はおしぼりで額の汗をぬぐった。個室の空調は問題なく利いていたが、彼の短く刈られた頭髪は汗に濡《ぬ》れ、その滴がモミアゲを伝う。

「十朱《オヤジ》が腹割って仰《おっしゃ》ってんだ。そっちの意見も聞かせてくれ」

熊沢が俵谷らに声をかけた。挑むような口調だった。十朱が高らかに抹殺宣言をした以上、親分と歩調を合わせるしかないと即座に判断したようだ。

十朱は俵谷の左耳に口を近づけた。彼の左耳は上半分がない――敵対組織の組長を斬殺した際、組長の護衛から拳銃で撃たれ、弾丸で吹き飛ばされたのだ。

俵谷は日本茶をぐいっと飲み干した。眉間《みけん》にシワを寄せ、真剣な顔つきで横の十朱を見つめた。十朱は至近距離で、海坊主のような俵谷のツラと向きあう。

「本気でっか。十朱会長」

「じゃなけりゃ、こんな言葉は吐けない」

十朱は立ち上がり、もとの位置に戻った。改めて俵谷の対面に腰かける。

「それに、東鞘会《うち》やお前がたとえ本気だろうと、そうじゃなかろうと、状況が許しちゃくれないさ。なにせ、名古屋のほうはすでに本気だろうからな」

「琢磨《オヤジ》が……」

「客人が汗まみれじゃねえか。もっと冷房を強めろ」

十朱が、出し抜けにおしぼりを室岡に投げつけた。室岡は矢のように飛んでくるおしぼりをキャッチした。

「すみません」

室岡は立ち上がって、出入口近くの壁に設置された空調のリモコンを操作した。天井に据えつけられた業務用の空調から、冷たい風が吹きつける。

汗を掻いているのは、なにも俵谷らだけではなかった。熊沢の額にも汗の粒が浮かんでいる。十朱の発言にヒヤヒヤしているのがわかった。兼高の背中も濡れている。シャツがべったりと身体に張りついている。冷汗と無縁なのは当の十朱と、感情の一部が壊れている室岡ぐらいだ。

十朱は日本茶をすすった。

「琢磨は策略家だ。お前ら関西の不満が今にも爆発しそうなのを見抜いている。徒党を組んで盃《さかずき》を返しに来るケースも、すでに想定しているだろう。ヘンドリクソンに軍事訓練をさせるのは、もはや当てつけでもデモンストレーションでもないと睨んでいる。正式な構成員じゃなく、無関係な人間をリクルートするのは法の網から逃れるためだ。あのあたりには、工場をクビになってヤケクソになった、南米や東南アジアからの出稼ぎ外国人が山ほどいる。外国人研修制度でコキ使われて、ケツ割って逃げだした連中もな。路頭に迷った不良外国人にカネ撒いて、ヘンドリクソンの手によって優秀なヒットマンに育ててあげる。こっちか、それともそっちか。どっちに飛ばす気かはわからないが、すでに殺《や》る気充分と考えたほうがいい」

　十朱は微笑んだ。

「もっとも、こいつはおれの推論に過ぎないが」

　彼は華岡組系琢真会の動向を淀《よど》みなく語った。

　兼高はその姿を見て、警官時代の十朱の評判を思い出した。将棋でアマ名人級の腕を持つという阿内が、まともに勝負できた者が何人かいたことを述べている。

　そのひとりが十朱こと是安だったことを。最後の最後までミスひとつなく、冷静に指し続けるのが強みらしい。名古屋の真意は未《いま》だに摑《つか》みかねたが、彼の言葉には説得力があった。思いこみなどではない。琢磨をよく知る華岡組系の人間も真顔で相槌《あいづち》を打っている。

「琢磨《オヤジ》のことや。やるでしょうな、あれもこれも。わしら、いつの間にか奴隷根性が染みついてもうて、後手後手に回る癖がついてしもたんかもしれん」

「名古屋を超えるには、とにかく情報を集めるしかない。中京の警官《ポリ》どもはもちろんだが、琢真会ほどの大所帯にもなりゃ、冷飯喰《く》わされてる野郎も少なくないはずだ。カネに糸目をつけることなく、徹底して情報収集を行ってくれ。おのずと琢磨やヘンドリクソンの真意がわかってくるだろう。勝一の動きまで見えてくるかもしれん。こちらはカネを惜しまない」

「失礼」

熊沢が内ポケットに手を伸ばし、携帯端末を取り出した。ふだんは礼儀にうるさい男だが、客人の前で堂々と電話をかける。

「例のアレ、持ってこい」

彼はそれだけ言うと電話を切った。俵谷たちが怪訝な表情を見せる。

「なんや――」

ドアがノックされ、俵谷の問いかけに割って入った。熊沢が入るように命じる。

室岡が目で尋ねてきた。兼高はわずかに首を横に振る――華岡組の直参と会談するとしか聞いていない。出入口に目を向けて警戒する。

「失礼します」

社員証を首から下げた男ふたりが入ってきた。ノーネクタイに半袖《はんそで》のワイシャツという、クールビズ姿で入ってくる。

ふたりには見覚えがあった。東鞘会の企業舎弟である東銀座信用実業の社員たちだった。証券会社や外資系銀行で働いていた経験を持ち、ふだんは東鞘会が保有する金融資産の運用を手がけては、一日中パソコンのモニターと睨めっこしている。ふたりともセルロイドのフレームのメガネをかけ、ポッチャリとした体型をしており、カタギの匂いを放っている。彼らは十朱に近づく。

社員のひとりの手には大きなアタッシェケースが握られていた。銀色に輝くジュラルミン製で、かなりの重量があるらしく、社員はふうふうと荒く息を弾ませながら、アタッシェケースを運んできた。社員は俵谷以上に汗を掻き、ワイシャツの背中には大きな汗染みができている。

見かねた室岡が社員に手を貸し、アタッシェケースをそっとテーブルに置いた。ふたりの社員は用を済ませると、そそくさと個室から出て行った。

熊沢が立ち上がり、アタッシェケースのスナップ錠を外して開けた。どうだと言わんばかりの表情をし、俵谷たちに中身を見せる。

「こりゃ……」

俵谷たちが目を丸くした。

なかには、帯封のついた一万円札がぎっしり入っている。驚くのは彼らだけではなかった。兼高らも思わず札束に目を吸い寄せられる。

十朱がぶっきらぼうに言った。

「洗浄済みのカネ三億を用意した」

「さ、三億――」

十朱は、当惑する俵谷に暇を与えなかった。背筋を伸ばし、両手を膝《ひざ》のうえに置くと、俵谷らに向かって深々と頭を下げた。

「こいつを名古屋の情報収集に役立ててくれ。頼む」

俵谷の喉がごくりと動いた。張りつめたような表情に変わる。

「十朱会長、どうか頭上げてくんなはれ。会長が本気なのは、ようわかりました。名古屋の狸どもを丸裸にしてみせますさかい。多少、手荒い方法使《つこ》てでも、連中の本音、探りだしてみせます。客分のオリバー君の腹んなかまで、きれいさっぱりお見せしますわ」

会談中はずっと受身だった俵谷だったが、三億の現金が功を奏したらしい。闘争心に火がついたのか、関西ヤクザの目が爛々《らんらん》と輝いていた。

「よろしく頼む」

十朱は頭を上げると立ち上がった。右手を差し出す。

俵谷と金村はおしぼりで手を拭き、十朱と固い握手を交わした。熊沢はジュラルミンケースを閉じながら、その様子を満足そうに見つめていた。

三億もの現金は抜群の効果をあげていた。もはや終焉《しゅうえん》を迎えつつあるとまで言われる極道社会において、本家からうとまれている西勘組は大所帯を維持するのにも苦労している。

十朱の思い切った発言と、それを裏づけるように三億もの大金を見せつけられれば、大抵の人間は東鞘会に転ぶだろう。いくら東鞘会がカネのうなる首都を縄張りとし、海外進出まで果たして荒稼ぎをしているとはいえ、情報収集のためにこれほどの大金を、よその組織にくれてやるとは。

熊沢が兼高のほうを見やり、ウィンクをしてみせた。これが十朱のやり方なのだと暗に伝えていた。兼高はうなずいた。

名古屋の琢磨栄が策略家なら、十朱もまた一流の寝業師に違いなかった。それもかなり図太い性格の。もっとも、そんな男でなければ、警察を裏切るなどという、馬鹿げたことはしでかさないだろうが。警察を謀《たばか》るだけでなく、華岡組をも支配しようと企《たくら》んでいる。

俵谷がどこまで名古屋の実態や、ヘンドリクソンの真意に迫れるかはわからない。ただし、彼が成功しようと失敗しようと、俵谷への依頼は、華岡組内に充満している不満という名のガスに火をつけるようなものだ。華岡組が内部抗争を引き起こす可能性が高まったといえる。

十朱が手を叩いた。

「さて、お仕事の話はこれくらいにしようじゃないか。銀座《ザギン》の一流クラブに来て、なにも硬い顔して謀議に明け暮れることはない。西の客人のためにも、うまい酒ときれいどころを用意しなきゃな」

「会長、今夜はとことんつきあいまっせ」

俵谷たちは初めと違って、すっきりとした表情に変わっていた。

兼高は宴席の準備のために個室を出た。店は営業を開始しており、バーカウンターやボックス席にはちらほらと客の姿があった。

VIPルーム近くのボックス席で、本並らが待機していた。彼は兼高にうなずいてみせた――今のところ物騒な客はいないと伝えてくる。

『天童』にやって来るのは、もっぱら実業家や医師、地主や芸能人などだ。見渡してみると、生活習慣病のひとつやふたつ抱えていそうな老人が多い。殺意のカケラもなさそうな連中ばかりではあった。

ただし、これは暴力団の抗争ではないのだ。氏家勝一が放ったのは拳銃やドスを持ったヤクザではなく、あくまでプロの殺し屋だった。変装や狙撃《そげき》も考慮しなければならない。

「お話はお済みですか？」

恭子に声をかけられた。

機転の利く女だけあって、彼女の後ろには、すでにホステスがずらりと控えていた。モデルやグラビアアイドルのような容姿端麗な女たちばかりだ。和服姿のママとは違い、肩や太腿《ふともも》まで露《あらわ》にしたナイトドレスを着用している。

「すぐに相手してやってくれ。今夜は派手な夜になりそうだ」

「まあ、なにかいいことでも？」

「話がうまくまとまった。みんな喉が渇いてる。まずはビールを。あとでいい酒をじゃんじゃんオーダーする」

特上寿司《ずし》の出前とオードブルを用意するように伝えた。男たちの酒や好みは恭子がすべて把握している。

「わかりました」

ホステスたちの顔ぶれは様々だった。顔なじみもいれば、初めて見る顔もいる。

それとなく彼女たちを見渡したが、美女たちの顔の大半は気合に満ちていた。ヤクザの接待など、本来なら避けたい仕事だろうが、東鞘会の幹部ともなれば話は別だった。地元にはイイ顔をして大金を落としていく。気風《きっぷ》のいい上客だ。

とくに会長の十朱は、男前でホステスからも好かれている。ナンバー2の人気を誇る優《ゆ》奈《な》は、すらりと伸びた長い脚とテンション高めの明るい性格を武器としていた。彼女は十朱にご執心で、今夜はリングにあがる格闘家みたいに、張りつめた顔をしていた。あわよくば十朱に囲われたいと、ヒットマンとは別の意味で彼を狙い続けている。

優奈のような二十代の女は、好景気を知らずに育ったせいか、ハングリー精神にあふれており、総じてホステスとしての質は悪くないという。

ホステスたちが、恭子とともに個室へと入ってきて、極道だらけのむさくるしかった室内の空気は、華やかなものへと塗り替えられていった。


宴《うたげ》は最高潮を迎えつつあった。

個室の四隅に設置されたスピーカーからは、山下達郎《やましたたつろう》のカラオケ曲が流れていた。熊沢がマイクを握り、ごつい見た目とは正反対に、繊細なハイトーンボイスを披露している。

相撲取りだった彼は地方巡業で、相撲甚句やカラオケを披露する機会が多かった。肉体と同じく喉《のど》も鍛えられたという。東鞘会きってのカラオケ上手として知られている。初めて耳にするホステスたちは、驚愕《きょうがく》の表情を見せていた。

個室の収容人数は十五名だが、室内は女たちでぎっしり埋まっている。一枚板のテーブルには、銀座の名店が握った特上寿司《ずし》十人前が並べられ、シュリンプカクテルやフルーツ、オードブルも並んでいる。

ビールで喉を潤した十朱らは、アルコール度数の高い酒を口にしていた。十朱は〝ザ・マッカラン〟の三十年ものをロックで、俵谷らはブランデーの〝ルイ十三世〟を飲んでいた。正確な値段はわからないが、どちらも『天童』でボトルを入れるとなれば、百万近いカネが飛ぶ超高級酒だ。つねに最高級品をねだるのが極道の特性ではあったが。

十朱ら顔役たちは上機嫌だった。さんざん本家から冷遇されてきた俵谷たちは、多額の現金によって発奮したのか、いきいきとホステスたちの身体をなで回している。十朱は積極的に身体を寄せる優奈らホステスを両手に抱え、微笑みをたたえながらウイスキーをすすっていた。

宴には引き続き兼高らも参加した。もっとも、会長のボディガードであるため、口にするのはウーロン茶やトマトジュースだ。酒は飲めないが、食べきれないほどの寿司やオードブルを、大食漢である室岡が次々に口へ運び、関西の客人やホステスたちを驚かせてみせた。カラオケでは掌《てのひら》が痛むほど拍手をし、幇間《ほうかん》のごとく宴を盛り上げるのも仕事のうちだった。

　護衛の任務も忘れてはいない。宴が盛り上がるにつれて、人の出入りも激しくなっていた。ボーイやホステスがまめに灰皿を取り替え、ロックアイスや料理を運ぶために、ひんぱんに部屋を出入りしていた。ヘルプのホステスたちも、代わる代わるやって来る。

　兼高は、そんなヘルプのひとりに注目していた。髪をブラウンのショートボブにした二十代後半くらいの女だ。源氏名は留華《るか》といい、丸椅子に座って酒を作っては、メインのホステスらをサポートしている。留華は両脚をすっぽり包むような赤いドレスをまとっていた。体型はスレンダーだが、尻《しり》が大きいために官能的なボディラインをしていた。

　熊沢が熱唱を終え、ホステスらが歓声をあげて拍手をした。兼高もまた手を叩《たた》いて熊沢を称《たた》えつつ、留華の掌を注意深く観察した。彼女の掌には奇妙なタコがあった。人差し指の第三関節。そこは包丁など刃物を扱う者の手にできやすい位置だった。

　次にマイクを握ったのは俵谷だった。

　矢沢永吉《やざわえいきち》のメロディが流れ出す。ヤクザのカラオケといえば、演歌やムード歌謡がつきものではあるが、現役で活躍している者には暴走族やチーマー出身者が少なくはなく、ロックやＪポップも好まれる。

　俵谷は、大阪の伝説的な暴走族、血戯裏《チギリ》に属していた過去があり、演歌よりも矢沢永吉や尾崎豊《おざきゆたか》を愛した。陶然とした調子で歌いだす。

「初めて見る顔だ」

兼高は留華に笑いかけた。

親分の護衛とヘルプのホステスとあって、個室では下座に腰かけていた。

「まだ入店してから一週間しか経ってないものですから。どうかよろしくお願いいたします」

留華の声はかすかに震えていた。仕事に慣れていないのに加えて、客がヤクザであるためか、緊張しているようだった。同じく末席に座っていたママの恭子はすかさずフォローに入った。

「兼高さん、なにか失礼があったら、遠慮なく叱ってやってください」

恭子は留華に語りかけた。

「なにしろ礼儀作法については、日本一厳しい方々だから。勉強になるわよ」

「は、はい」

留華は自信なげにうつむきながら酒を作っていた。金村のブランデーグラスにルイ十三世を注ぎ、ぎこちない仕草でチェイサーの氷水をマドラーでかき混ぜる。

兼高はトマトジュースを口にした。

「もう少し顔を上げるといい。せっかくのきれいなツラが隠れちまう」

「ありがとうございます」

「留華ちゃんはこの業界が初めてなので、どうかよろしくご鞭撻《べんたつ》ください」

恭子は席を離れ、手拍子を取って俵谷のカラオケを盛りあげる。兼高は手を叩きながら留華に尋ねた。

「初めてなのか。前はなにをしていた」

「自動車部品を作る会社で事務員をしていました。一応、正社員だったんですけど、自動車メーカーの減産の影響を受けて、あっさり潰《つぶ》れてしまったんです」

「ほう」

「ハローワークに何度か足を運んだんですけど、もともと、これといった資格があるわけじゃなかったので、なかなか採用されなくて。そうこうしているうちに、今度は父も会社をリストラされてしまったんです」

「クビか」

「いえ、残れましたけど……契約社員という扱いです。お給料もぐんと減ってしまって」

留華はうつむきながら、チェイサーの氷水をかき混ぜ続けていた。隣についていた先輩ホステスがやんわりと咎《とが》める。

「留華ちゃん」

「あっ、すみません！」

留華は、あわてて先輩ホステスにブランデーと氷水を渡した。兼高に頭を下げる。

「失礼しました。こんな湿っぽい身の上話なんかして。せっかく盛り上がってらっしゃるのに」

同じく末席にいた室岡は、寿司を口に放りこみながら、留華をからかった。

「留華ちゃん、大丈夫だよ。兄貴はすれてない娘《こ》がタイプだから。とくに幸《さち》薄そうなのが好きなんだよね」

「こいつ——」

　室岡を肘《ひじ》でつついた。

　室岡は白い歯を覗《のぞ》かせて笑った。彼は男性アイドルのような若々しい甘いマスクをしていたが、笑うとさらに子供っぽく見える。俵谷が歌い終えた。ビブラートを巧みにかけて、玄人はだしな喉を聞かせた。外交が仕事といえる親分衆で、カラオケとゴルフが下手な者はあまり見たことがない。兼高らとホステスたちが歌いっぷりを称える。マイクを置いた俵谷が、機嫌よさそうに席へと戻った。凶暴な面構えの男ほど、上機嫌なときの顔つきは、愛らしく見えるものだ。会談のときの張りつめた空気と異なり、ママの恭子は個室から出て行ったが、すっかり室内の雰囲気は和やかになった。

　十朱は高級葉巻をくわえており、甘く香ばしい匂いのする紫煙をくゆらせていた。銀座の東鞘会のオフィスには、十朱用のヒュミドールがあり、コイーバやモンテクリストなどのキューバ産から、ドミニカやニカラグア産まで揃えている。

彼は、ウイスキーとともに葉巻を吸うのを好んだ。関東ヤクザのトップらしく、葉巻をくわえたその姿は堂に入っており、ある種の気品すら感じさせていた。横には、銀座では有名なホステスをはべらせている。その姿は裏社会の帝王らしかった。

留華はぽつりとこぼした。

「みなさん、紳士なんですね」

「ヤクザは荒っぽい飲み方をすると？」

「いや、そんな」

留華はあわてて掌をみせて手を振った。

「留華ちゃんはからかい甲斐《がい》があるな」

室岡はニヤニヤと兼高に笑いかけた。

室岡の言うとおり、夜の女王になろうと野望をギラギラと放つ女よりも、兼高は陰のあるワケアリの女を好んだ。ワケアリなのは自分も同じであり、つい共感を覚えてしまうからかもしれない。

兼高も室岡も、神津組の地元である赤坂では、それなりに顔が売れている。ふたりとも一家を構えるわけではなかったが、地元の店に大金を撒《ま》いている。地元を味方につけろというのが、親分である土岐の格言でもあった。

それなりにカネを落としてきたためか、ホステスから誘われる機会もあったが、理由をつけては避けてきた。愛人を作って、下手に情が移っては、本来の目的に支障が出かねない。
おまけに就寝のさいは、枕の下にナイフや拳銃《けんじゅう》を隠さなければ眠れない性質《たち》となっていた。たとえ兼高が秘密を保持しても、寝言までは抑えられない。うなされるような殺しの夢だったこともあれば、平和に過ごしていた警官時代のこともある。ただの寝言が致命傷になりかねなかった。

室岡はのどかに言った。

「東鞘会は銀座が地元だから。みんなジェントルマンだし、きれいに飲むから安心しなよ。親分さんがちょっと怖いツラしているぐらいで。むしろ揉《も》め事が起きれば、すみやかに解決するのがおれたちの仕事さ」

兼高がうなずいた。

「むしろ医者だの弁護士だの、堅い仕事に就いているお方ほど、こういう場じゃ乱れるもんだ」

留華が噴き出した。柔らかい笑みを初めてみせる。兼高が訊《き》いた。

「思い当たるフシがあるだろう」

「ええ、たしかに」

「この店を選んだのは正解だ。教育は厳しいし、競争も熾烈《しれつ》かもしれんが、ここでしっかり働けるようになればどこでもやっていける。おまけにカネもたっぷり埋まってる」

「……優しいんですね」

「どうかな。ママから教育係を申しつけられたから、ひとくさりアドバイスをしただけさ」

留華の顔から硬さがなくなった。兼高は微笑を浮かべて、またトマトジュースを飲んだ。

「留華ちゃん、ダメだよ、これが兄貴の手なんだから。どの女の子にも優しく近づいては、急に野獣になるんだから」

室岡は犬みたいなうなり声をあげた。

二枚目のツラをくしゃくしゃに歪《ゆが》め、ブルドッグのような顔になる。留華は口元に手をあてて、おかしそうに笑った。

カラオケは金村の番になった。

彼は、ホステスの肩を抱きながらステージに向かった。スピーカーからはデュエットソングの定番である『ロンリー・チャップリン』の前奏が流れだした。兼高は力いっぱい手を打って、関西の客人をもてなした。

拍手の連続で掌が腫《は》れ上がりそうだったが、カラオケ合戦は当分終わりそうになかった。熊沢と俵谷は、刑務所のなかで兄弟分になっただけあって、共通項がいくつもあった。どちらも人相が悪く、その一方でやたらと歌がうまかった。そして歌い出したら、なかなか止まりそうにない。熊沢はさきほど歌い終えたばかりだというのに、さっそく顎《あご》をなでながら中空を睨《にら》み、次になにを歌うかを考えこんでいる。

ボスである十朱自身は、さほどカラオケに関心はないが、配下の者や客人の歌に耳を傾けながら、ウイスキーと葉巻を味わうのを楽しみとしている。

十朱は、俵谷と何度目かの乾杯をした。氷が溶けたウイスキーを飲み干した。すかさず、隣についたナンバー2の優奈が、空になったグラスを留華に渡す。優奈は濃いめの水割りを作るように指示した。留華はうなずくと表情を引き締め、新しいグラスにロックアイスを入れた。

ステージを見やると、鼻の下を伸ばした金村がデュエット相手のホステスの手にキスをした。兼高やホステスが囃《はや》し立てる。

俵谷は十朱の隣に座り、彼と固い握手を交わしていた。

「こないにうまい酒飲んだのは、もう何年ぶりでっしゃろ。わしはあんたについていきまっせ！　とことん惚《ほ》れましたわ！」

留華が兼高の方へ身体を寄せて言った。

「とてもいいことがあったんですね」

彼女に目を移した。留華はすでに水割りを作り終えており、グラスについた水滴をハンカチで丁寧に拭《ぬぐ》っていた。

「お、今度は早いね」

室岡が寿司をパクつきながら称えた。

「会長さんのお酒なので、粗相があったらいけないと思って、とくに集中して作りました」

留華は立ち上がって、優奈に水割りのグラスを渡そうとする。

「そうだな……ちょっと待ってくれ」

兼高が割って入った。留華はグラスを持ったまま、きょとんとした顔をした。優奈もまた同じ表情を見せる。

留華に笑いかけた。

「その水割り、飲んでごらん」

優奈が尋ねる。

「どうかしたんですか」

「ママから教育係を仰せつかったんで、ちょっとテストをしたくなったのさ」

留華は棒立ちとなった。

「私……なにかひどい失敗でも」

「そうじゃないよ。抜き打ち試験といったところかな。うまく作れたかどうか、味見してごらん」

優奈がやんわりと語りかけて抗《あらが》う。

「兼高さん、とてもおもしろい提案ですけど、それは十朱会長のためにお作りしたものですもん。私たちが口をつけるわけにはいかないですよ」

「間接キスになっちまうか」

優奈は明るい調子で笑った。

「わかってるじゃないですか。もし口をつけてしまったら、また一から作り直さなきゃ。会長をお待たせするわけにもいかないでしょうし」

優奈の正論を無視した。笑顔を保ちながら留華に命じる。

「飲んでみなよ」

金村はなにも知らずにデュエットソングを歌い続け、俵谷は十朱に一方的に語り続けていたが、宴たけなわだった個室の空気が変わりつつある。オードブルのから揚げをパクついていた室岡が、咀嚼《そしゃく》を止めて兼高と留華を交互に見つめる。

「やだ、兼高さん。珍しく酔っちゃったんですかあ？」

優奈が場をとりなそうとした。

「シラフだよ」

兼高は留華を見すえながら答えた。トマトジュースしか入っていない自分のグラスを指さす。

留華は身体を震わせた。急に極道から問いつめられ、目に涙を溜《た》めていた。鼻をぐすぐすと鳴らす。スレンダーな体型だが、今は一本の葦《あし》のように儚《はかな》げに映る。

「あの、申し訳ありません。今すぐ作り直しますので——」

「飲めと言ってんだ！」

留華の詫言《わびごと》を打ち消すように怒鳴った。

カラオケを上回る音量の声が個室に響き渡り、場の雰囲気は一気に冷えていった。留華から目を離すわけにはいかなかったが、無数の視線が自分に集まるのを兼高は感じた。

金村の歌声が止み、スピーカーを通じて、戸惑う様子が耳に届いた。

「な、なんやなんや。兼高さん、どないしたん」

「おい、兼高」

熊沢からも声が飛んできた。

大事な客人との宴をぶち壊した。その罪は軽くは済まないだろう。指をツメる羽目になったとしてもおかしくはない。腹をくくったうえで、留華につめ寄っている。

「なにも、おれは無理難題を突きつけてるんじゃない。そいつを飲んでみてくれと言ってるだけだ。夜のビジネスに飛びこむぐらいだ。アルコールがまったく飲めない体質ってわけじゃないだろう。ひと口でもいいから飲め」

彼女はうつむいてすすり泣きしだした。熊沢に後ろから肩を掴《つか》まれる。

「お前、本当は飲んでるんじゃねえだろうな。若いねえちゃん相手に、なに因縁つけて――」

室岡が止めに入ってくれた。キラーの顔つきに変わった室岡の姿が視界の隅に映る。

カラオケの演奏が虚《むな》しく流れるなか、十朱が口を開いた。

「そこの新入り。このおれが許すから飲んでみるんだ。三十年もののスコッチなど、なかなか口にできる機会はないだろう。何事も勉強だ」

十朱が助け船を出してくれた。刺すような視線が、兼高から留華へと向けられる。ホステスたちがざわめきだす。

「留華ちゃん」「どうしたの」

突如、留華の右腕が動いた。

プロボクサーのジャブを思わせる速さだった。グラスの水割りと氷が飛散し、個室内のホステスや極道たちに飛び散る。近くにいた兼高は両腕で顔をかばい、水割りが目や口に入らないようにガードした。ホステスたちが悲鳴をあげる。

留華の頭髪を摑もうとした。しかし、彼女はグラスをテーブルの角に叩きつけていた。パリンと砕ける音と同時に、凶器と化したグラスで切りつけようとする。兼高は手を引っこめる。

「酒を飲みこまないように！　目鼻にも注意を！」

留華が撒いた水割りには、毒が混入されているものと思われた。彼女はやはり刺客だった。

確信があったわけではない。最後まで賭《か》けに等しかった。兼高の見込み違いで、彼女が水割りを口にしていたら、小指をツメるか、制裁を受ける羽目になっていた。護衛役からも外され、十朱に近づけるチャンスをも失うところだった。笑顔で接しながらも、スーツの下は汗でびしょ濡《ぬ》れだ。

留華は新人ホステスとあって、最初から兼高の監視対象者だった。掌に刃物を扱う者特有のタコがあったのもひっかかった。会話の最中、彼女は兼高に掌を向けて手を振ってみせた。左の掌に比べると、右の掌はわずかに硬そうに見えた。指の下にマメをこしらえた痕《あと》もあった。刃物の柄を握り続けた者の手に映ったが、彼女との会話には料理の類《たぐい》の言葉は出てこなかった。疑わしかったのは右手のみで、あとは新人ホステスの役を完璧《かんぺき》にこなしていた。

金村がデュエットの最中に、ホステスの手にキスをした。全員の視線がステージに向いているころ、兼高はそれとなく留華の手を監視していたのだ。

留華は割れたグラスで突いてきた。手にタコをこさえるだけあって、刃物の扱いには慣れている。

彼女は相手の急所を無理に狙わなかった。脇をしっかり締めて、最短かつ最速の距離で手足を傷つけようとする。シュッとボクサーのような息を吐きながら、頬、手首、太《ふと》腿《もも》の三カ所をほぼ同時に切りつけてくる。後ろに下がって距離を取るしかなかった。

ホステスたちが金切り声を上げた。熊沢が吠《ほ》える。

「カラオケの音量を上げろ！　部屋から出すな！」

割れたグラスには、毒の入った水溶液が付着している。これで攻撃されることにより、皮膚を切り裂かれ、毒が血管に侵入するおそれがある。留華はそれを充分わかったうえで、グラスを武器代わりにしていた。兼高はスーツの上着を脱いで左腕に巻きつける。

留華は、毒牙《どくが》で襲いかかるヘビのごとく、近寄ろうとする極道たちをグラスで牽制《けんせい》しつつ、個室の出入口へじりじりと下がろうとする。

カラオケの音量が上がり、ホステスたちの悲鳴や極道たちの怒声がかき消される。個室の外には一般客がいる。留華を個室から出せば、一般客まで巻き込んで面倒な事態になる。

室岡が出入口の前に立ちふさがった。彼の手にはスコッチの細長いボトルが握られている。

彼は相変わらず笑顔だった。ただし、無邪気に寿司をパクついていたときとは異なり、鋭い目つきで留華を見やっている。

兼高は彼女に告げた。

「諦《あきら》めろ。お前は失敗した。素直に従えば、痛い目に遭うこともない。教育係からの最後の忠告だ」

室岡が、ボトルを彼女の顔めがけて振り下ろした。留華はグラスを振るって、彼の手を切りつけようとする。

ボトルもグラスも相手には当たらなかった。室岡の攻撃はフェイントで、途中で手を引っこめていた。留華の攻撃は空振りに終わった。

その隙をついて、兼高が距離を一気に詰めた。留華の両腕を抱えこみ、スーツを巻いた左腕に力をこめ、彼女の右肘の関節をロックする。留華の身体を持ち上げると、極《き》まった彼女の肘関節が耐えきれなくなり、ゴクッと音を立てて外れた。右手からグラスが落ちる。

室岡がボトルで突いた。ボトルの底が留華の顎にぶつかり、彼女の首がねじれる。脳を揺さぶられ、留華の目が虚《うつ》ろになる。

続いて兼高が背を仰《の》け反らせ、彼女の両腕を押さえたまま、がら空きになった顔面に頭突きを見舞った。留華の鼻から噴きだした生温かい血が、兼高の額を濡らした。両腕を放すと、留華は膝《ひざ》から頽《くずお》れる。

間髪を容《い》れずに室岡と兼高は、床に尻餅《しりもち》をついた留華の下半身を手加減せずに踏みつけた。女性相手に暴力を行使するのは初めてだった。とはいえ、このさい相手の性別など関係ない。

兼高は留華の下腹部や、逃亡を防ぐために彼女の膝頭を踵《かかと》で踏みしめた。室岡の攻撃はさらに非情であり、彼女の口や鳩尾《みぞおち》に蹴《け》りを叩きこんだ。

つま先が留華の歯を叩き折り、彼女は血と歯を吐きだした。汚れのなかった赤のドレスに、血やヨダレが染みつく。ホステスたちの叫びが、カラオケとともに耳に届く。

優奈が、インターフォンの受話器を取ろうとした。しかし、熊沢が彼女の手首を摑んだ。勝手な行動は取るなと、いかつい顔と仕草で伝えた。優奈は黙って佇《たたず》んだ。

兼高は、ワイシャツの袖口《そでぐち》のボタンを外して、袖を上腕までまくり上げた——不動明王の和彫りが見えるまで。留華を見下ろす。

彼女はスクラップと化したように見えた。兼高と室岡のコンビにより、元の顔立ちがわからなくなるほど、顔面は大きく破損していた。鼻骨は折れ、唇はズタズタに裂けていた。きれいに並んでいた歯のいくつかを失っている。

兼高の力任せの関節技により、右肘は奇妙な角度に曲がっていた。個室の壁に背中を預け、床に尻をつけたまま動かなくなった。手荒い性的暴行を受けた後のようにも見える。それでも意識があるらしく、血でむせては激しく咳《せ》きこんだ。

留華の後ろに回りこむと裸絞めにした。上腕で頸《けい》動脈の血流を止めて失神させる。裸絞めを解くと、彼女はぐったりと床に横たわった。

ハンカチで前腕についた血やヨダレを拭《ふ》き取る。血の生臭さに混じって、アンモニアの臭いが鼻に届いた。彼女の股間《こかん》が濡れていた。床に小便の水溜《みずたま》りができる。

抵抗力を奪い取るほどの暴行を加えてはいた。しかし、窮地に陥った者は火事場の馬鹿力を発揮するものだ。ましてや、留華は明らかに鍛錬を受けている。どんなに痛めつけても、ほんのわずかの休息で体力を回復するおそれがある。根こそぎ意識を奪い取るか、手足を手錠なりワイヤーなりで拘束する必要があった。

「カラオケの音量を下げろ」

十朱が優奈に指示を出した。

いつもは軍人のごとくキビキビ動く優奈だったが、突然の暴力の嵐に呆然《ぼうぜん》と立ち尽くしている。十朱から再び指示され、あわててリモコンを操作した。熊沢は留華を憎々しげに睨みつけながら、携帯端末で何者かと話をしていた。

十朱はソファに座ったまま、個室内にいる者たちに掌を向けた。危うく毒殺されかけたというのに、暴力沙汰《ざた》をじっと静かに見守っていた。

「キャストのみんな、もし水割りがかかったのなら、おしぼりで拭ってくれ。目鼻と口に気をつけるんだ。それと、君らには危害を加える気はない。安心してくれ」

十朱は冷静に語りかけた。

彼は灰皿に置いていたシガーを拾った。ガスライターで火をつけると、冷えた顔つきで留華を見つめ、紫煙をくゆらせる。

ボス自ら安全宣言を述べたが、ホステスたちはといえば、凄惨《せいさん》な暴力を見せつけられ、めそめそと泣くか、身体をガタガタと震わせていた。

極道ですら例外ではなく、美酒に酔いしれていた俵谷や金村も、今はすっかり顔が青ざめている。

俵谷は声を震わせた。

「何なんや、これ。女のヒットマンなんぞ、生まれて初めて見ましたわ」

十朱は苦笑した。

「勝一が放った刺客だろうが、もうあのボンボンは親分でもなければ極道ですらない。つまり、今までの戦争とは違ったやり方も平然と選んでくる。事務所へのカチコミや車両特攻なんてこともおそらくやらない。あいつに極道としての矜持《きょうじ》があるのなら、最初から殺し屋なんかを頼ったりはしないだろう。女でもガキでも、使える手段はなんでも使う。護衛たちにも、そのつもりで任務にあたれと言ってはきたが、こうも予感が当たるとは、おれ自身も思ってはいなかった」

「まるで女子供に爆弾持たせるテロリストやな……」

俵谷の喉がごくりと動いた。

彼は氷水を飲もうとチェイサーのグラスに手を伸ばしたが、毒入りの水割りを思い出したのか、忌々しそうにグラスを置いた。周りには、厳しい教育を受けたホステスたちがいたものの、彼女らもうかつに動くことができず、ただその場で立ち尽くしている。カラオケの音を小さくしたため、宴は急に愁嘆場へと変わり果てた。

十朱は俵谷たちに深く頭を下げた。

「申し訳ない。はるばる東京まで足を運んでくれたというのに、あんたがたまでこっちの揉め事に巻きこんでしまった」

俵谷は、十朱のもとに駆け寄って彼の手を握った。

「会長、やめてくださいな。氏家勝一のバックには華岡組《うち》の名古屋がついとるかもしれんのです。名古屋と揉めることになったら、この手のヒットマンが関西に飛んできよる時代が来るかもしれません。こう言うたらなんやけど、ええ勉強させてもらいました。わしらも護衛の意識を根底から変えんと」

「そうですな」

金村がうなずく。

「それにしても、十朱会長はええ若い者を抱えてらっしゃる」

十朱は兼高に声をかけた。

「よく見破ってくれた。危うく毒を呑《の》みこんで、この場で苦しみ悶《もだ》えているところだった」

「いえ」

兼高にとっても、留華の手際は鮮やかだった。マドラーで水割りをかき回すさい、ほんの一瞬だけ、白い粉がグラスの液体のなかへ消えていくのが見えた……気がした。はっきりと目撃したわけではない。

「その女の面倒を頼む。あの世に行かせるな」

兼高はうなずいた。

失神している留華の持ち物を調べた。彼女の化粧ポーチを逆さに振り、中身をテーブルの上にバラ撒いた。香水や口紅、ハンカチやファンデーションなどに交じり、爪ほどの小さな瓶が見つかった。フタはなく、中身は空になっている。

瓶にはごく微量の白い粉末が付着していた。フタは床に転がっていた。豆粒程度の大きさのそれを拾い上げ、瓶にフタをすると、留華のハンカチに包んでポケットに入れた。

「熊沢」

十朱は続いて、電話を終えた熊沢に声をかけた。ホステスたちを見やる。

熊沢はうなずいて、胸ポケットからワニ革の財布を取り出した。財布は現金で分厚く膨れ上がっていた。彼は泣いている優奈や他のホステスたちに万札のズクをそれぞれ手渡した。

「びっくりさせてすまなかったな。うまいもんでも食って元気出してくれ」

恐怖で固まっていたホステスたちだったが、現金を拒む者はいなかった。むろん、そのカネは口止め料だ。

個室のドアがノックされ、出入口近くにいた室岡がドアを開けた。ママの恭子が血相を変えて飛びこんできた。事情はすぐに察したらしく、他のホステスと同じく、顔から血の気が引いていた。百戦錬磨の女主人だが、想定外の事態に目を丸くする。

「留華ちゃん――」

兼高が恭子を睨んだ。

「とんだ女をあてがってくれたな。ママ、あんたも一枚噛《か》んでるんじゃないのか」

「まさか……と、とんでもありません」

恭子は着物の裾《すそ》を払うと、床に正座をして深々と頭を下げた。額を床につける。

「みなさまには……なんとお詫《わ》びしたらよろしいのか。こ、言葉もありません」

「言葉なんかいらんよ。これだけバカげた真似をしでかしたんだ。まともに商売ができるとは思わないほうがいい。かりにあんたが知らなかったとしてもだ。いつから馬の骨を雇うようなしけた店になった」

冷酷に言い放った。

恭子はおそらくシロだった。この銀座で東鞘会に逆らえば、ナイトビジネスなどやってはいけない。酒もツマミもおしぼりも、一切入手できなくなり、明日から商売が立ち行かなくなる。

また『天童』に集まる客は、もっぱら企業経営者や有名人であり、債権回収や手形にまつわる諸問題、または表にできないトラブルを、恭子を通じて、東鞘会に依頼してくる。

彼女は、東鞘会の窓口となることで、多くの財界人や政治家などから信頼を得てきた。同会のボスの暗殺に加担したところで、恭子が得られるメリットはなにひとつなく、みすみす破滅を招くだけだった。

かつて東鞘会はふたつに分かれ、銀座が混乱に陥った歴史がある。しかし、『天童』はまっ先に東鞘会側についたという経緯《いきさつ》もある。おそらく留華を名乗る女は、デタラメな履歴書を提出し、偽造した身分証を見せるなどして、この店に潜りこんできたものと思われた。

だが、シロとわかっていても、ひとくさり脅し上げるのが、ヤクザの仕事ではあった。

「たとえ一週間かそこらの新人とはいえ、経営者であるあんたにも責任がある。どうするつもりだ」

恭子は土下座したまま黙っていた。青天の霹靂《へきれき》ともいえるトラブルを呑み込めずにいる。

血に染まったハンカチを投げつけた。和髪にセットされた頭にハンカチが落ちる。

「なんとか言ったらどうなんだ。朝までそうしていれば、カタがつくとでも」

「いえ、そのようなことは……」

恭子は、床に額を擦《こす》りつけて背中を震わせ、土下座を続けるばかりだった。チンピラヤクザが店で暴れたとしても、顔色ひとつ変えずに対応できる大きな肝っ玉の持ち主だったが、今はすっかり萎縮《いしゅく》している。

「ママ、顔を上げてくれ」

十朱が優しく語りかける。恭子は震えるばかりで、顔を上げられずにいた。十朱は続けた。

「あんたに責任はない。むしろ責任は、命を狙われているにもかかわらず、遊びに来たおれたちにある。おれたちのような日陰者を気持ちよく受け入れてくれるからこそ、ここで悲劇が起きた。ママもまた被害者に過ぎん」

「会長……」

恭子はそろそろと顔を上げた。熊沢が彼女に訊いた。

「外にいる客たちはどうだ」

恭子は涙を溜めながら答える。

「……それはとくに異状はございません。この部屋は防音がしっかりしてますので。私もラウンジで他のお客様のお相手をしておりましたが、多少カラオケの音が賑《にぎ》やかに感じられたくらいです」

ドアがノックされた。室岡が再びドアを開けると、護衛の本並と海老原が入ってきた。

本並は台車を転がしている。台車のうえには、重量物を運ぶための大型段ボール箱が載っていた。海老原の手には風呂敷に包んだなにかがあった。それは靴箱くらいの大きさだ。

熊沢が携帯端末で手配させたものと思われた。和鞘連合との熾烈な抗争を生きぬいただけあり、すぐに後始末の段取りをつけるなど、ボスの十朱と同じく肝の据わった有能な秘書だった。

恭子は台車を見て表情を強張《こわば》らせた。十朱が静かに告げる。

「おれたちは楽しく酒を飲み、女たちをからかいながらカラオケに興じた。トラブルは一切起きていない」

本並から結束バンドを渡された。

兼高はそれを受け取り、留華の手足を縛《いまし》めた。恭子は床に正座したまま、その様子を見つめていた。

十朱は淡々とシガーの煙を吐いた。

「それとも、まっとうに通報する道を選ぶか。ホステスが酒に猛毒を入れる店などと、面白おかしくマスコミは書き立てるだろう。得意客に愛想を尽かされなければいいが」

恭子はちらっと留華に目をやった。その視線は冷やかだった。本来の冷静さを早くも取り戻しつつある。

「……トラブルどころか、留華などというキャストは、初めからおりませんでした」

「うん」

十朱は他のホステスたちを見渡した。微笑みをたたえていたが、目は少しも笑ってはいない。

「君らはどうだ」

ホステスたちは首を縦に何度も振った。すでに熊沢から口止め料を渡されてもいる。

「ママのほうからも、従業員たちにはよく言い聞かせておくんだな」

兼高は、おしぼりで留華の顔を拭いながら言った。

海老原から綿棒を渡された。彼が手にしていたのは救急箱だ。外の客に異変を悟られぬよう風呂敷に包んで持ってきていた。留華が窒息しないよう、綿棒を鼻に入れて血を吸い取る。

ホステスらは、その様子を恐々と見つめていた。ついさっきまでは、おいしい太客として媚《こ》びを売っていたが、今は猛獣にでも出くわしたような視線を投げかけている。優奈も同様だった。おそらく、十朱の愛人になろうとは、もう考えないだろう。

兼高は、小便で濡れた留華の股間や太腿を拭うと、彼女を担ぎ上げた。筋トレ用のバーベルよりもはるかに軽い。

彼女を大型段ボール箱に放りこむ。石室に入った即身仏のようにすっぽりと収まる。留華は小さなうめき声をあげた。瞼《まぶた》がぴくぴくと痙攣《けいれん》していたが、目覚める様子はまだなかった。本並は彼女の口にガムテープを貼り、段ボール箱にフタをした。

熊沢は俵谷の肩を叩いた。

「すまんな、兄弟。河岸を変えて飲み直したいところだが」

十朱もシガーを灰皿に置き、ソファから立ち上がって、関西の客人たちに改めて頭を下げる。

「申し訳ない。とんだ夜になった」

「やめてください。こら皮肉でもなんでものうて……ええ経験させてもらいました」

熊沢は恭子に個室だけではなく、店内を徹底して掃除するよう命じた。留華に関する書類もすべて処分するようにと。そして、ホステスたちひとりひとりに念を押した。このトラブルが外に漏れたときは、留華と同じ運命をたどらせると、迫力に満ちた顔面で伝えた。

海老原と本並は台車で留華を運び、個室から勝手口へと向かった。兼高はおしぼりで額についた血を拭った。室岡も革靴についた赤い汚れを取り去る。

十朱らも個室を後にしようとした。恭子はホステスたちを叱咤《しった》する。

「いつまでも辛気臭い顔しないの。お客様をふだんどおりにお見送りしましょう」

店内のラウンジには、金持ちらしい客たちがホステスらと談笑していた。

壁ひとつ隔てた部屋で、毒殺未遂や半殺しといった凄惨な暴力が展開されていたとは思っていないようだ。ただし、ボーイたちはなにかを察したらしく、個室から出てきた十朱たちを硬い表情で見送っていた。無理もなかった。護衛役のヤクザが台車でなにかを運び出した。そして、個室から出てきたホステスがひとり足りないのだから。

ボーイらは、兼高らに防弾バッグを手渡した。彼らは目を合わせようとしなかった。

熊沢は腹を叩いて大笑いしてみせた。

「今夜の酒は格別だったな、兄弟」

「ほんま、さすが天下の銀座や」

俵谷が応じる。ふたりとも芝居がかった様子だった。それに合わせて、ホステスたちが明るい声を出す。腹をくくったらしく、女たちはヤケクソ気味に笑顔を振りまく。

「今度も素敵な喉を聞かせてください」「また、いらっしゃってください」

店を出た途端に熱気に包まれた。

歩道の前にはアルファードが横づけされている。その後ろには俵谷の組織のレクサスが停車していた。兼高と室岡は防弾バッグをかまえて盾になり、親分衆が車に乗りこむまで見張り役に徹する。

「ママ、これからもよろしく頼む」

十朱は恭子に告げ、アルファードに乗りこんだ。

歩道は人でごった返していたが、刺客が襲いかかってくることはなかった。熊沢が手を打ったらしく、並木通りのあちこちで、東鞘会の男たちが通行客に化けては睨みを利かせていた。最後に兼高らが乗りこむ。

アルファードが走り出すと、十朱は声をあげて笑い出した。演技ではなく、本当に楽しんでいるかのような笑い声だ。

「おもしろいことになってきたな」

熊沢はため息をついた。

「笑えません。勝一の外道、女なんぞ使うとは」

兼高は肩を叩かれた。十朱はにんまりと笑みを浮かべ、目をいつもより輝かせている。

「ピンチはチャンスだ。どんな手を使ってもいい。女の口をこじ開けろ」

「わかりました」

有無を言わせぬ口調に、兼高はうなずくしかなかった。

江東《こうとう》区青海《あおみ》四丁目に〝処理場〟はあった。

人が入るのがひさびさであるせいか、〝処理場〟のなかは鼻が曲がりそうなほど潮臭かった。リノリウムの床にはうっすらと埃《ほこり》が積もっていた。べったりとした湿気に包まれる。

東鞘会系の不動産屋が抱えている二階建ての倉庫だった。それぞれ四百平方メートルほどの広さで、バスケットボールができそうなくらいの面積がある。

倉庫には東鞘会の闇が凝縮されている。一階には覚せい剤や大麻樹脂、コカインといったドラッグ類がたびたび積みこまれ、あるいは偽ブランドのバッグ、ワシントン条約に引っかかる小猿や爬虫《はちゅう》類といった動物も運びこまれる。

同地区には、温泉施設やライブハウス、大型商業施設や娯楽施設があり、シンボルである大観覧車がまばゆい光を放っているが、広大かつ無機質な倉庫街でもある。夜が深まれば首都東京とは思えないほど人気《ひとけ》が消えてなくなる。

青海には警察署も存在するが、数人の警官を飼っていた。東鞘会は警察との接触を禁じつつ、一方で警察組織を腐らせることに骨を砕いている。かりにガサが入るような事態になれば、すぐに東鞘会に連絡が入る手筈《てはず》になっている。

東鞘会はかつてその手の倉庫を豊洲《とよす》に保有していたが、高層マンションの建設ラッシュに合わせて売却。次いでこの青海や東雲《しののめ》の倉庫を利用するようになった。和鞘《わしょう》連合との内部抗争では、相手側の組員や幹部がひんぱんに運び込まれては消えていったという。一旦《いったん》、運び込まれた者は二度と生きては出てこられない。

湾岸には、理事長の組織である鞘盛《しょうせい》産業の廃棄物処理場がいくつもある。自動車整備工場の洗浄剤として用いられる苛性《かせい》ソーダを利用して死体は溶かされ、貴金属や衣服は廃棄物処理場でリサイクルされるか、燃やされてこの世から消失する。湾岸の〝処理場〟まで死体を運べそうにない場合は、沖縄のときのように山林に埋めてしまうか、もしくはペット用葬祭業をやっている組織の人間を使い、死体を移動火葬車に放りこむこともある。しかし、湾岸の倉庫街や処理場こそが、死体を消去するのにもっとも便利な土地ではあった。

　かつて東鞘会は和鞘連合の副会長、幹事長、最高顧問の身柄をさらって消している。その際も活用されたのは、このエリアの倉庫だ。

　倉庫は、打ちっぱなしのコンクリートとリノリウムの床があるだけの無機質な空間で、潮臭さに混じって洗浄剤の香料や薬品の臭いがした。

〝処理場〟が使われた際は、やはり東鞘会系の特殊清掃業者が入って入念に掃除をする。ルミノール反応も検出されなくなるという洗浄剤や薬品を用い、さらにオゾンによる曝《ばく》露《ろ》で脱臭を行う。それでも夏場は、定期的に掃除を実施しなければならないという。壁と床の隙間に血や体液が染みこみ、そこにハエがたむろしてウジ虫が大量発生する。

　つまり、これから特殊清掃業者には、何度か足を運んでもらう必要がありそうだった。血にまみれた死体が一体、ここでこしらえられようとしていた。

　ベキッというカニの脚が折れたような乾いた音がし、女の短い悲鳴が上がった。新人ホステスとして『天童』に潜りこんだ女の声だった。タンクトップ一枚になった熊沢が、女の人差し指をへし折ったのだ。

彼の広い背中には、無数の矢を射られて立ち往生をする武蔵坊弁慶《むさしぼうべんけい》が彫られていた。十朱の忠実な秘書として働く熊沢らしい彫り物ではあったが、アルコールと憤怒《ふんぬ》のせいか、弁慶の顔は赤く染まっていた。決して楽には死なせないと、無言の迫力を醸し出している。

怪力の熊沢にとって、女の指を粉砕するのは造作もない。ただし、女の精神まで折るのは時間と手間がかかりそうだった。

女はすでに左手の薬指と中指を折られていた。折られた指は奇妙な角度に曲がっている。犠牲になった人差し指は三本目となる。

しかし、女が簡単に吐きそうにないのはすでにわかっていた。カネに目がくらんだ素人やセミプロ程度なら、すでに〝処理場〟に連行される前に洗いざらい自白するだろう。指をへし折られる前から、女はもう無惨な状態にあった。

すでに指どころか、肘《ひじ》関節と鼻を破壊されていた。兼高に踏みつけられた膝《ひざ》は赤紫色に腫《は》れ上がっていた。それは沖縄で食べたドラゴンフルーツを思わせた。

女は段ボール箱に詰められて運ばれた。車で運搬中に意識を取り戻し、顔や関節に走る痛みに絶叫したものの、依頼者に関する情報はもとより、許しを求めようともしなかった。

女は赤のナイトドレスと下着を剥《は》ぎ取られ、一糸まとわぬ姿で床に転がされている。着痩《きや》せするタイプだったらしく、思ったよりも大きな胸をしており、恥毛は薄かった。

小便を漏らしたままであるため、内腿《うちもも》の皮膚は赤くかぶれていた。

二階の事務所から室岡が下りてきた。左手にはスチール製の工具箱と電気ドリルを抱えており、右手には彼が好みとしている武器のマイナスドライバーがあった。

全長約四十センチにもなる長大なサイズで、先端の刃先をヤスリで研いで鋭く加工してある。彼はペンを回す受験生みたいにクルクルと器用に回転させる。

「代わりましょうか」

加工したマイナスドライバーで人をメッタ刺しにするのを得意としているが、彼はそれ以外にもよく用いる。ギブアップに持ちこみ、口を割らせるときだ。

人間を破壊するにあたって、なんの罪悪感や痛みも覚えないのが室岡という男だ。その対象が若い女であっても様子は変わらない。信義に厚い頼れる相棒ではあるが、一部の感情が欠如したサイコパスともいえた。そんな室岡の精神構造がときに羨《うらや》ましく思えるときがある。

「まだだ」

熊沢は冷たく応じた。

彼は女の親指を握りしめた。他の指よりも太く短いために、握りにくいはずだったが、彼は物ともしなかった。クルミが砕けたような音がし、女は再び獣じみた悲鳴を上げる。拷問など若い人間に任せればいいものを、東鞘会の幹部直々に腕を振るうこと自体、尋常ではなかった。

兼高は視線を走らせた。ボスである十朱も〝処理場〟にいた。二階の事務所から運ばせたキャスター付きの椅子に腰かけ、『天童』で極道たちのカラオケ大会を見つめていたときのように、背もたれに身体を預けて拷問の様子をじっと見守っている。

このような汚れ仕事の現場に、ボスが立ち会うことなどあってはならない。かりに警察に嗅《か》ぎつけられれば、トップまでもが死ぬまで刑務所暮らしを余儀なくされ、東鞘会の組織力はガタガタになる。

十朱はそれを承知でこの場にいる。つまり、この〝処理場〟は部外者が入れない聖域であり、決して事件化などされない。そうした自信の表れともいえた。

熊沢が女の親指をへし折ると、十朱は明らかに目を輝かせ、笑みさえ浮かべた。その顔は、『天童』で関西の極道相手に見せた外交的な作り笑いとは違う。じつにいきいきとした顔だ。警備について数日が経つが、これほど嬉しそうな十朱を目撃するのは初めてだった。

この潜入捜査官だった男が警察社会に戻らず、極道社会に留《とど》まった理由が少しだけわかったような気がした。血と戦闘をなによりも好み、五年前の内部抗争でも、土岐や熊沢とともに危険な現場に立ち続けたと言われている。

『天童』においても関西ヤクザとの酒席よりも、その前の打ち合わせのほうが、熱がこもっていた。華岡組の主流派である名古屋勢を追い落とすための謀議だ。

熊沢は、女の耳を摑《つか》んで引っ張り上げた。床にへたりこんだ女の身体が浮き上がり、苦痛に表情を歪《ゆが》ませた。

「お前の頭がおかしくならんうちに言っておく。知ってることを全部吐けば命は助けてやる。ダンマリを続けるのなら、こっちはいつまでも痛みを与えるだけだ。寺で地獄絵ってもんを一度は見たことあるだろう。ここはその地獄で、お前は永久に苦しむ亡者だ。電気ドリルで歯をグシャグシャにして、目玉にドライバーを差しこんでほじくり出す。視神経を三味線みたいに丸撥《まるばち》で弾《はじ》く予定だが、自分の視神経が震える音を聞きたくはないだろう」

女がぼそぼそとなにかを呟《つぶや》いた。

「なんだ」

熊沢は女の顔に耳を寄せた。

死に体と思われた女が、ワニのごとく熊沢の耳に嚙《か》みつこうとした。バチンというバインダーを閉じたときのような硬い音がした。女の嚙みつきは失敗に終わった。熊沢は女の動きを読んでいた。

彼は上体を起こして攻撃をかわし、呆《あき》れた顔を見せると、女の耳を摑んだ。力任せに背負い投げをかけた。後ろ手に縛られた女は、ろくに受身を取れず、腰と太腿を床に打ちつける。骨まで響くような重い音がし、背負い投げの最中に鮮血が飛び、熊沢の顔や肩が赤く染まった。彼の右手には女の耳があった。背負い投げのさいに千切れたようだ。

熊沢はつまらなそうに耳を見やった。ふだんこそ豪放磊落《らいらく》で人情味あふれる陽性の大男だったが、ボスに刃《やいば》を向けた者に対しては、たとえ女であろうと無慈悲な鬼になる。顔色ひとつ変えずに指の骨を砕き、冷静さを失わずに破壊する。人間臭さと冷酷さの両面を併せ持っていた。

「残念だったな。そんなに耳が好きなんだったら、自分のを好きなだけ嚙んでろ」

熊沢は耳を女の顔に投げつけた。

女の血塗られた頰に耳が付着した。女は猛獣のようにうめいて床を転がった。彼は赤く染まった手を忌々しそうに見やる。

「クソ、爪の間まで汚れちまった。念入りに洗わねえと、かーちゃんに疑われちまう」

女は奥歯を嚙みしめて痛みに耐えていた。

耳だけではない。全身が苦痛に襲われているはずだった。背負い投げ自体もまた強烈であり、硬いリノリウムの床に叩《たた》きつけられたのだ。腰の骨に亀裂《きれつ》が走ってもおかしくはない。

しかし、いくつもの重傷を抱えているにもかかわらず、女の目はまだ死んでいなかった。瞳《ひとみ》に光を秘めている。赤いペンキで塗装したかのように、己の血に塗《まみ》れながらも、両膝を屈《かが》めて近寄る者を蹴《け》飛《と》ばそうとしている。降伏するどころか、この絶望的な状況でなお抵抗を試みようとしていた。これほどまで耐え抜く人間を兼高は見たことがない。

熊沢は女を見下ろした。

「そんなに頑張ることはねえだろう。殺し屋としての意地か。それとも、組織に対する忠誠心か。お前は大きなミスをやらかした。依頼者にとっちゃ、お前はもう用済みのガラクタでしかねえ。ここで踏ん張ったところで、誰からも褒められやしねえぞ。今ならまだ間に合う。やり直しが利くうちに歌ったほうが身のためだ」

女の耳に言葉が届いているのかどうかはわからなかった。片耳は千切れたうえに、結束バンドで縛《いまし》められた両脚を曲げている。片方の膝関節は兼高に破壊されているが、無理やり膝を曲げては、近づく者に蹴りを放とうとしていた。

「おい？」

熊沢が訊《き》いた。

女は血を吐いた。霧状の血が熊沢の革靴にかかった。彼は冷ややかに赤く汚れた靴を見下ろして女へと歩み寄る。女が両脚で蹴飛ばしてくる。

女の蹴りは熊沢の股間《こかん》を狙った。膝を痛めている者のキックとは思えぬ速さとキレがあった。しかし、あくまで手負いの者の攻撃に過ぎず、元力士だった腕自慢の大男には通じなかった。熊沢は鬱陶《うっとう》しそうに女の両脚を片腕で払いのける。

女はうつ伏せに転がった。尻《しり》や背中が露《あらわ》になった。背負い投げを喰《く》らったためか、腰や太腿が赤色に変化していた。

「洗脳でもされてるのか。この女」

熊沢は室岡を手招きした。

室岡は工具箱をガチャガチャ言わせて駆け寄った。ラテックスの手袋を嵌《は》めている。

「いっちょ、やりますか」

「任せる」

室岡は工具箱を床に置き、上蓋《うわぶた》を開けた。

工具箱のなかにはペンチやハンマー、糸ノコや大型カッター、トーチバーナーなどが入っていた。それ以外にも尖《とが》らせたマイナスドライバーや電気ドリルがある。

倉庫には作業用の電工ドラムがあり、本並が電気ドリルのプラグをつなげた。電気ドリルにはドリルドライバーが取りつけられている。室岡が試しにスイッチを入れると、耳障りな音を発しながら先端が激しく回転する。

それらは、すべて人体を痛めつけるためのものだった。電気ドリルの音を耳にしただけで睾丸《こうがん》が縮み、歯がうずいた。

当の室岡は、電気ドリルを床に置き、やけに真剣な顔つきで工具類を見比べていた。どれを使うべきか迷っている。その姿は、おもちゃを選ぶ子供みたいだ。

女は、再び仰向《あおむ》けに転がって室岡と工具箱を睨《にら》んだ。女の強情さに苛立《いらだ》ちが募る。むろん、口を割ったとしても助かりはしないが、少なくとも苦痛とはおさらばできる。室岡の拷問は誰よりも苛烈《かれつ》だ。

倉庫ではずっと無表情を貫いたが、早期に片がつくのを望んでいた。毒殺を試みる大胆な手口と格闘スキルを見るかぎり、筋金入りのキラーだろうが、女を一方的に痛めつけるのには抵抗を覚える。拷問に加わるたびに、魂の一部が死んでいくような気がした。

この任務に従事し続ければ、いずれ室岡と同じく、なにも感じなくなり、むしろ拷問や殺人に喜びを見いだすようになるのではないか。神などろくに信じていないが、少なくとも死後に天国へ行けるとは思えない。

室岡が女の頭髪を掴んだ。尖らせたマイナスドライバーを目に近づける。

「ボスもいることだし、タラタラやってる場合じゃないよね。一番きついところからやっていくよ」

「待て」

十朱が立ち上がっていた。スーツを脱いで椅子にかけ、ワイシャツの袖《そで》をまくっていた。やる気に満ちていた室岡が、お預けを喰らって不服そうに口を尖らせる。

タオルで血を拭《ぬぐ》っていた熊沢が、怪訝《けげん》な表情を見せた。

「なにか」

「拳銃《チャカ》はあるか」

「ええ……二階の事務所に二十二口径が五丁。減音器《サプレッサー》も付けられますが……」

十朱は女へと歩み寄った。

室岡に手を差し出し、手袋をよこすように命じた。室岡はきょとんとした表情で、十朱に手袋を差し出す。

十朱は手術前のドクターのようにそれを嵌める。工具箱からカッターナイフを取り出し、刃を剝《む》きだしにして女の足元に立った。女はなおも抗《あらが》い、十朱を両脚で蹴ろうとしたが、彼はカッターナイフを振るった。

ブツッという音とともに、女の足首を縛めていた結束バンドが切れた。

「ボス――」

その場にいる全員が息を呑《の》んだ。

十朱は周囲の反応を無視してカッターナイフを床に放った。血で汚れるのもかまわずに、女のうえに覆いかぶさった。

女はここぞとばかりに暴れ出した。標的が身体を密着させてきたのだから。十朱に嚙みつこうとし、あるいは股間や腹部を狙って膝蹴りを繰り出す。十朱に少しでもダメージを与えようと必死だった。十朱の行動も不可解だったが、女のスタミナや精神力にも目を見張る。

十朱は女の喉《のど》に肘《ひじ》を落とした。女の抵抗が止《や》み、激しく咳《せ》きこんで血を吐く。彼は女の太腿を無理やり開かせると、右手の指を女の陰部にねじ入れた。心臓の鼓動が速まった――強姦《ごうかん》でもするつもりなのか。

「ねえちゃん、くノ一かよ」

室岡の顔が曇った。

十朱の指は、女の陰部からなにかを摑み出していた。コンドームで覆われた黒い物体だ。百円ライターほどの大きさで、それがなにを意味するのかを兼高も理解した。ターゲットを追尾するために使うＧＰＳ発信機だ。沖縄では、喜納を追跡するために活用している。

　十朱は、ＧＰＳ発信機入りのコンドームをブラブラさせた。

「歯を叩き折られて、耳を千切られても、目だけはやけにギラギラさせていた」

「そいつは——」

　熊沢は目を見張る。

　刺客を捕らえたかと思いきや、罠《わな》に嵌められたのは十朱たちのようだった。女は十朱の殺害に失敗しても、さらに自身を囮《おとり》にしていたのだ。

　一階の倉庫はシャッターが下ろされ、スチール製のドアが設けられている。窓はない。しかし、遮蔽《しゃへい》物もないガランとした空間だった。トラックにでも突っこまれれば、シャッターはひとたまりもなく、銃弾も避けようがない。

　十朱も含めて全員が格闘技に精通しているものの、素手や工具ごときではどうにもならない。

　工具箱からトルクレンチを掴んだ。兼高は促した。

「二階へ。ここは危険です」

　十朱はうなずいた。ＧＰＳ発信機を床に放ると、苦悶《くもん》する女を肩で担ぎ上げた。

　兼高と室岡が先頭に立って、全員が二階へと続く階段を駆け上った。しんがりを本並と海老原が務める。

　熊沢が海老原の頭をひっ叩《ぱた》いた。派手な音が鳴る。もっとも若い彼は、熊沢組出身であるため、親である熊沢からきつく当たられることが多い。

「ボサッとしてねえで、お前が担がんかい！」

「押忍《オス》」

海老原は十朱から女を受け取ろうと手を差し出した。しかし、十朱は首を横に振り、女を熊沢に担がせた。

「お前が持て。弾除《よ》けにしろ」

「え？」

熊沢はタンクトップ一枚だった。

スーツやシャツに加えて、防弾ベストも脱いでいた。東鞘会随一の力持ちではあったが、持久力があるとは言い難く、階段の踊り場に着いた時点で苦しげに息をしていた。取組を終えたばかりの力士のようであり、ポマードで固めた頭髪が汗で崩れ、オールバックにした黒髪が頬にくっついている。

熊沢は女を担いで、自嘲《じちょう》的な笑みを浮かべた。

「五年前の抗争《ドンパチ》を思い出しますな」

「勝一め、大した連中を雇ったものだ」

十朱も鼻で笑った。

敵の数は不明だった。おそらく近くで身構えているだろう。危機的な状況だったが、十朱も熊沢もどこか愉快そうだった。本並が携帯端末で東鞘会本部に連絡を取った。宿直当番の組員の慌てた声が、スピーカーを通じて聞こえた。本並は至急、応援を送るように命じた。

青海の〝処理場〟からもっとも近いのは、銀座の東鞘会本部だった。距離にして約八キロはある。どれだけ飛ばしてきても二十分弱はかかるものと思われた。次に近いのは兼高らが属する赤坂の神津組事務所だ。いずれにしろ、応援が駆けつけるまでが勝負だった。

「苦労をかける。調子に乗り過ぎたな」

十朱は若者らに声をかけた。全員が事務所の出入口で、まずは足を止める。出入口のドアは開けっ放しになっている。

「とんでもありません」

兼高が答えた。他の護衛たちもうなずく。

実際、十朱が女の秘密兵器に気づかなければ、室岡らは拷問に明け暮れていただろう。迫り来る危機に対応できなかったはずだ。単身で毒殺を企《たくら》むような女であれば、女性器まで調べ尽くすべきだった。

十朱はいずれ斃《たお》さなければならない敵だ。しかし、今は全力で守り切らなければならない。

室岡と目で合図し合った。二階の事務所は蛍光灯が煌々《こうこう》と点《つ》いている。ひどく嫌な予感がした。一階の倉庫とは違い、室内の東側と西側には大きな窓が設けられている。西側は海に面しており、対岸にはフェリーターミナルや似たような倉庫街が並んでいる。二十四時間態勢で稼動している物流センターの灯《あか》りが水面を照らしている。東側は三分の二ほどブラインドが下りている。こちらの窓からは、人も車も通っていない直線道路の街灯が冷たく周囲を照らしているのが見える。

事務所自体は、一般企業の地方の営業所みたいなものだった。スチール製のデスクが並び、壁際にはオフィス用のシステム収納があり、窓際には安物の応接セットが置かれている。観葉植物も置かれているが、すべてフェイクグリーンで、倉庫の床と同じく埃をかぶっている。広さは二十五平方メートルほどで、小さなラーメン屋くらいの大きさだ。

東鞘会本部とは違い、ほとんど活用されることがないため、安物と中古品でそれらしく見せているに過ぎない。システム収納にはファイルケースが収まっているが、ファイルケースに書類は綴《と》じられていなかった。

本物があるとすれば、小型冷蔵庫ほどの大きさの金庫ぐらいだった。事務所の中央の壁際に置かれており、なかには手入れの行き届いた拳銃が入っている。

兼高と室岡が先に事務所へと入った。兼高が出入口近くの壁に設置されている電灯のスイッチを切り、室岡は床を転がりながら金庫へと近づく。

西側の窓になにかが映った。反射的に床に這《は》いつくばる。金属が嚙み合う耳障りな作動音がし、西側の窓ガラスがけたたましい音を立てて割れた。

ロープを腰に巻いた戦闘服の人間が、サブマシンガンを構えながら窓から侵入してくるのが見えた。背はそれほど高くはないが、岩のような身体つきをしている。物流センターの灯りのおかげで、目出し帽とボディアーマーを装着しているのが、かろうじてわかった。

「実銃だ」

耳元を弾丸がかすめ、スチール製のデスクが火花を散らした。まるでエアガンみたいな軽い音が響くものの、それは銃口に減音器《サプレッサー》を装着しているからだった。

襲撃者はロープを切り離して、ふわりと事務所の床に降り立った。まるで特殊部隊の警官や軍人を思わせる。銃口が兼高の顔面に向けられる。

室岡のマイナスドライバーが、襲撃者の前腕に突き刺さり、サブマシンガンから放たれた弾丸は、兼高の傍にある観葉植物やシステム収納に当たった。その隙に床を転がり、スチール製のデスクの陰に隠れる。

サブマシンガンはその間も弾をフルオートで吐き続け、デスクをへこませた。跳弾によって天井の蛍光灯が砕け、システム収納のガラスが割れる。大量のガラス片が降り注いでは、頭皮やスーツを傷つけた。

フルオートのサブマシンガンは、またたく間にマガジンの弾を吐きだした。襲撃者は代わりに腰から自動拳銃を抜き出そうとする。それもまた銃身がやけに長い。減音器がついている。

事務所の出入口から、男がひとり襲撃者へと駆け寄った。先ほど熊沢に頭を叩かれていた海老原だ。デスクを踏み台にして、雄叫《おたけ》びを上げながら飛び蹴りを放った。空手の猛者《もさ》とは聞いていたが、威力のありそうな足刀を襲撃者の胸元に叩きこんだ。

襲撃者は窓際まで退いたが、右手には自動拳銃を握っている。兼高も海老原の後に続いて、デスクのうえに乗り、跳躍しながらトルクレンチを襲撃者へと振り下ろそうとする。

だが、襲撃者の銃が兼高に向いた。銃口が光るのが見え、胸に衝撃が加わった。五寸釘《くぎ》で突かれたような鈍い痛みが走ったが、トルクレンチを自動拳銃に叩きつけた。減音器がへし折れ、銃器の破片が飛び散る。

海老原が数発の正拳突きを襲撃者の身体に喰らわせた。相手は目出し帽をかぶっているため、表情は確かめられないが、ハンマーで殴りつけたような重たさを感じさせた。襲撃者の身体がくの字に曲がる。兼高はトルクレンチを振り上げた。鎖骨を砕いて無力化させるためだ。

しかし、トルクレンチを振り下ろせなかった。今度は反対側の東の窓が砕ける音がした。振り返ると、やはり目出し帽に戦闘服姿の襲撃者が、ブーツで窓をぶち破って侵入してきた。今度は百八十センチをゆうに超える大男だったが、応接セットの小さなテーブルのうえに着地し、サブマシンガンを構えていた。狙いを海老原や兼高に定めている。

「仲間が目に入らんのか！」

新たな襲撃者の前に、刺客の女を肩に担いだ熊沢が立ちふさがった。

だが、襲撃者はためらわずに発砲した。仲間であるはずの女ごと熊沢をフルオートで撃った。海老原が叫ぶ。

「オヤジ！」

血煙と硝煙で事務所の視界が悪くなった。

熊沢の和彫りだらけの背中しか見えなかったが、彼と女が大量に被弾したのはわかった。熊沢の巨体のおかげで、兼高らには弾は届かない。

「……この外道ども！」

熊沢は、発砲した相手めがけて女を投げつけた。

しつこいまでに抵抗を繰り返した女だったが、サブマシンガンの銃弾を浴び、いたるところから出血しており、手足はダラリと脱力している——絶命しているのは明らかだ。少なくとも五十キロはありそうな女を放られ、新たな襲撃者はテーブルから転げ落ち、女の下敷きになった。女をどかしてサブマシンガンを構えようとするが、それよりも早く熊沢は距離をつめていた。相撲の立ち合いを思わせる速さで、自らを撃った襲撃者まで近寄る。

襲撃者はサブマシンガンを発砲した。軽い作動音とともに、熊沢の肉体が爆《は》ぜて血が弾け飛んだ。しかし、熊沢は襲撃者の首を右手で握りしめていた。音は聞こえなかったが、熊沢のチョーク攻撃によって頸椎《けいつい》を砕かれたらしく、首が奇妙な角度に曲がった。

同時に熊沢もうつ伏せに倒れる。

「嘘だろ……」

海老原が濡《ぬ》れた声で呟いた。兼高が一喝する。

「ボヤッとするな！」

兼高らの相手である襲撃者は、自動拳銃を破壊されると、即座にベルトホルスターから、ベンチメイドのサバイバルナイフを抜き出した。黒色のステンレス鋼でできた刃であるため、暗闇のなかでは刃を視認しにくい。

トルクレンチを持った兼高の手首や、海老原の首や下腹を狙う。大振りをすることなく、最短の距離で切り裂こうとする。海老原が正拳突きや膝蹴りを放とうとすると、拳《こぶし》や膝に刃を突き立てようとする。ナイフによる格闘術を会得している。

さらに一階のほうで物音がした。施錠されていたはずのドアから、刺客が入りこんだのか、減音器付きのサブマシンガンの発砲音がした。襲撃者すべてが減音器を装着しているとわかった。警察を介入させずに、暗殺を確実なものにしようとする。間抜けな発砲音だったが、明確な殺意が感じ取れた。

十朱と本並も事務所内へと入った。本並は十朱の盾になったらしく、スーツやシャツの生地は穴だらけだった。防弾ベストを着用しているとはいえ、場合によっては肋骨《ろっこつ》を折られかねない。本並は苦痛に顔をしかめ、事務所の床に尻餅《しりもち》をついた。

「し、下から三人。マシンガン持ってます」

襲撃者の振るうサバイバルナイフが、兼高の胸を斜めに切り裂いた。肉体までは届かなかったが、なかに着用していた防弾ベストの繊維が切れた。重量のあるトルクレンチでは対抗できない。素手の海老原も攻めあぐねている。

金庫の傍にいた室岡が立ち上がった。彼の手には、金庫にしまわれていた二十二口径のワルサーPPKが握られていた。銃口には、襲撃者と同じく減音器が装着されている。

シャンパンの栓を抜いたような音がいくつもした。襲撃者の胸や肩が弾ける。ボディアーマーの繊維に弾丸が食いこむ。

襲撃者は殴打されたようによろめいたが、サバイバルナイフを捨てると、背を向けて窓枠から外へとジャンプした。屋根からぶら下がっているロープを摑んで下方へ滑り降りる。室岡がなおも撃ち、弾丸は背中のボディアーマーに当たった。

室岡は深追いしなかった。金庫からワルサーを摑むと、慣れた動作で減音器を付けて十朱に渡した。

兼高はデスクの陰に隠れながら金庫へと近づき、なかに置かれてあったワルサーを手に取った。同じく銃口に減音器をつけ、海老原にもワルサーを手渡した。彼には西側の窓を見張るように命じた。

室岡は東側の窓に張りついた。窓の傍には熊沢と襲撃者が折り重なるように倒れ、銃弾で蜂の巣になった女は、やはりピクリとも動かない。

十朱が出入口付近で片膝をつきつつ、一階から迫り来る敵に対して発砲していた。兼高は金庫から予備のマガジンをポケットに入れると、十朱の援護に回った。ドアを遮蔽物として利用しつつ、階段の踊り場付近にいる刺客に狙いをつける。

一階にいるのは、やはり目出し帽と戦闘服を着た男たちだった。本並の言うとおり、三人の人影が確認できたが、人種までは確認できない。サブマシンガンの弾薬を惜しみなく消費しては、フルオートで撃ってくる。出入口の木製のドア枠が砕け散っていた。

隙を見て反撃を試みるも、相手は火力で勝るうえ、ボディアーマーで身を固めている。拳銃のトレーニングは欠かしていないが、動く敵に対してヘッドショットを決めるのは容易ではない。すばやくマガジンを交換して弾幕を張るしかなかった。

そんななか、十朱の射撃は頼もしかった。照星を睨みすえ、サブマシンガンの猛攻にもひるまず、相手の頭を撃ち抜こうと慎重にトリガーを引く。十朱の発砲により、目出し帽の生地を切り裂かれる者もいた。頬のあたりから出血させている。また、マガジンの交換にも無駄がなく、相手につけ入る隙を与えなかった。

しばらく銃撃戦が続き、興奮が痛みをかき消していた。

目出し帽のひとりがハンドサインを送り、それに応じて階段を下って後退していく。敵三人がサブマシンガンを間断なく連射し、作動音と発砲音が倉庫内に響き渡る。

敵の減音器は熱を持ってまっ赤に焼けている。金属が焼ける臭いがした。兼高らの減音器も、焼肉ができそうなほどの熱を放っている。

敵三人は倉庫内から姿を消した。硝煙によって倉庫は白く煙り、視界の悪さと火力を利用して、連中はゆうゆうと一階のドアから去って行った。

　窓辺を見張っていた室岡が言った。

「シルバーのハイエースです。ナンバーまでは読み取れません。撤退していきます」

「オヤジ！」

　海老原は倒れた熊沢のもとへと駆け寄った。

　彼は血の池に沈み、無数の弾丸が胸と腹に穴を空けていた。分厚い脂肪と筋肉に覆われた巨体も銃器には敵《かな》わなかった。

　しかし、彼が盾となり、いち早く動いていなければ、東と西の両方から挟み撃ちを受け、十朱を含めて全員が討ち取られていただろう。

　兼高と室岡は拳銃を構えたまま警戒に当たった。見せかけの撤退に過ぎない可能性があった。すでに連中の罠には一度嵌まっている。二度は許されない。

　十朱は熊沢の傍に跪《ひざまず》き、彼の手首を取って脈を調べ、瞳孔《どうこう》をチェックした。そして首を横に振った。即死状態にあるのは誰の目にも明らかだった。

　熊沢は刺青《いれずみ》の武蔵坊弁慶と同じく、身体を張って主人を守った。エネルギーの塊のような男だっただけに、突然の死を受け入れられなかった。子分である海老原は、護衛の任務中にさんざん頭を叩かれていたというのに、全身を震わせて涙を流していた。

「すまない」

　十朱は、血に濡れた熊沢を抱擁した。彼の顔までが血に染まった。頬に一条の赤い筋ができ、まるで血の涙を流しているように見える。

「応援が来ました」

室岡が外を見下ろして告げた。派手なスキッド音を立てながら、複数の車が敷地に入ってくるのが確認できた。

熊沢の隣で、裸の女と目出し帽の襲撃者がくたばっていた。ただのギャングや腕自慢などではない。ヤクザ者とはあまりに異なるやり口に戦慄《せんりつ》した。

兼高たちは、弁当を黙々と食べた。

全員が、ブラックフォーマルのスーツに身を包み、黒無地のネクタイを締めている。靴下もブラックだ。

東鞘会本部には十朱を始め、幹部たちが集結した。熊沢の密葬に参列するためだ。彼の臨終を見届けた兼高ら護衛も同席を許されていた。

喪主を務めるのは、熊沢の古女房である佐代子《さよこ》だ。女房とはいえ、正式に籍を入れているわけではなかったが、熊沢が力士だったころからの仲であり、熊沢組内では姐《あね》として慕われていた。

熊沢よりも三歳上の、しっかりした姉さん女房で、熊沢が懲役を喰《く》らっている間は、夫に代わって熊沢組を支え、シャバにいる子分たちの面倒を見るなど、組織維持に努めた。

現在食べている精進落としの弁当にしても、熊沢組系列の割烹《かっぽう》店が作ったもので、店のオーナーは佐代子だった。刺身や天ぷらといった料理に加えて、故人がカラオケと同じく愛していた国産和牛のフィレのカットステーキが容器のなかに収まっていた。

熊沢は、十朱の右腕として活躍していた東鞘会の大幹部だ。交友関係の広い彼の葬式ともなれば、日本最大の暴力団である華岡組関係者はもちろん、全国の極道関係者や一般人まで、数千人規模の葬儀となるはずだった。

しかし熊沢は、表沙汰《おもてざた》にはとてもできない襲撃事件によって死亡している。警察にも知られぬよう、十数人程度の密葬を余儀なくされた。サブマシンガンの銃弾をたらふく受けて死んだ熊沢は、都内某所の火葬場で密《ひそ》かに焼かれた。お骨には複数の弾丸が交じっていたらしい。

密葬にならざるを得ないのは、佐代子も承知している。愛する者の突然の死にショックを受けているはずだが、事件の顚末《てんまつ》を知らされた彼女は、密葬は当然と考え、親分の盾として散った彼を極道の鑑《かがみ》として褒め称《たた》えた。その一方で、厳しい箝口令《かんこうれい》を敷き、子分たちには軽挙妄動を慎むように命じた。

熊沢の死を知るのは身内のみだ。葬儀の参加者は、会場である東鞘会本部に、カジュアルな姿で現れ、本部内の一室で喪服に着替えた。

それは事情を知る元極道の僧侶《そうりょ》たちも同様だった。彼らは窓にスモークが貼られた東鞘会のミニバンで送迎されている。法衣《ほうえ》や仏具は前もって運ばれた。葬儀自体を、外部に知られるわけにはいかなかったからだ。

熊沢伸雄は謎の失踪《しっそう》を遂げた……ということになっている。佐代子は所轄署に捜索願いを出し、東鞘会は急に職務を放り出し、姿を消してしまった熊沢を破門にした。

熊沢組は解散。同組の若頭である門馬秀一《もんましゅういち》が、旧熊沢組の組員たちを率いて、新しい組織を立ち上げることが決定した。門馬は、東鞘会の直系若衆として取り上げられる予定だ。

刑務所暮らしが長かった熊沢には、外兄弟や交流のある親分衆が多くいる。彼の失踪の知らせを耳にし、全国の指定暴力団から、東鞘会に問い合わせがあった。誰もが、熊沢失踪には裏があると睨《にら》んでいるようだった。

ボスの忠臣として知られている熊沢が自らの意志で、黙って姿を消すはずがない。かつて和鞘連合の応援に回った華岡組主流派の中京勢が、情報を得ようと東鞘会の内情を探っているとの噂もある。

警察組織も黙ってはいなかった。警視庁を始めとして、関東一円の県警の捜査員らは、情報を得ようと必死に動いた。東鞘会本部には、本庁組対部のマル暴刑事らが何人も張りついている。

とくに警視庁は、十朱の片腕だった熊沢の蒸発に不審を抱き、彼の行方を追っているという。彼の身体は荼毘《だび》に付され、骨のみが大広間の祭壇に飾られたのだが。

警官らがなんらかの罪状をこしらえては、捜査令状を持って、ドヤドヤと家宅捜索をしてくるおそれはあった。しかし、この銀座を支配しているのは、警察ではなく東鞘会だ。本部へのガサ入れともなれば、地元の築地《つきじ》署が事前に知らせてくれる。また、東鞘会本部で極秘の行事が執り行われることはしばしばあった。

親である十朱を守って命を落としたうえ、死んでからも極道界の英雄になれる日は来ない。

――汚名を背負いこんだまま、冥土《めいど》へと旅立つ羽目になる。

熊沢は生前から、佐代子や近しい子分たちに語っていたという。なんらかの事情で汚名を着る覚悟さえも出来ていると。極道になったときから、世間の評価など気にはしていないとも。

東鞘会は数々の闘争を繰り広げてきた。幹部たちの多くは、畳のうえでは死ねないだろうと肚《はら》をくくっている。熊沢も同じくそうした死生観の持ち主であり、佐代子との間に子供もいなかった。

彼女によれば、つねに抗争の最前線に立ち続けたため、会長秘書という要職に就きながらも、熊沢自身はろくに財産や貯金はないらしい。ケンカにはとにかく費用がかかるものであり、熊沢はカネに無頓着《むとんちゃく》な性格だった。

東鞘会は、慰労金や見舞金の名目で佐代子に、億単位のカネを用意しているという。

東鞘会の功労者に対し、大々的に弔ってやれず、不名誉な形であの世に送りださなければならないからだ。またカネには熊沢の死を表沙汰にせず、墓場まで秘密を持っていけという口止めの意味もあった。

　上座にはトップの十朱が座り、幹部たちが大広間の両脇に設けられた長机に沿い、ずらりと並んで食事をしていた。護衛の兼高らは末席に座り、黙々と弁当を食べた。精進落としとあって、ビールや日本酒、焼酎《しょうちゅう》の水割りセットなども長机に並んでいたが、手をつけようとする者はいなかった。急な訃《ふ》報《ほう》に接した高齢の幹部のなかには、料理にすら箸《はし》が伸びず、ただ弁当に目を落として悲しみと格闘している者もいる。

　今の兼高らにできるのは、熊沢が興した割烹料理店の弁当を嚙《か》みしめ、残さず平らげることだけだった。鮮度が落ちぬように冷やされた刺身に、食感のいい天ぷらのエビ。煮物の野菜もダシがよく染みている。

　舌の肥えた熊沢の店らしく、どの料理もしっかりとした仕事がされていた。ひたすら食べ続けてはいるが、思いは食べものが喉《のど》を通らない幹部らと同じだった。味自体はよくわからない。

　いつもは軽口を叩《たた》く室岡も、黙って料理を口に運んでいた。食欲がない親分衆がそっとよこす弁当を、兼高たちはひたすら胃袋につめこんだ。そうするのが熊沢への供養になるのではないかと思ったからだ。

　熊沢組出身の海老原は、泣きながら弁当に食らいついていた。兼高が知るかぎりでは、親分の熊沢に叱られてばかりいて、頭や背中をよくどやしつけられた。海老原は、反抗期の子供のようにむくれることもある。それでも親分を慕っていたらしく、熊沢の死後は任務のとき以外は泣いてばかりいる。

海老原が男泣きするのも理解できた。十朱がいるというのに、つねに彼の横にいるはずの愛すべき大男は、もうどこにもいないのだ。画《え》に描いたような豪傑であり、人情味と存在感の塊のような極道だった。

熊沢組の部屋住みや当番のきつさは、東鞘会でも随一と言われていた。あの元力士の大きな掌《てのひら》や拳《こぶし》が飛んで来るのだから、若い衆はさぞハードな目に遭っていただろう。その一方で、組織からケツを割って逃げ出す者は他と比べて少なかった。

家族が重病を患う子分がいれば、目を見張るほどの見舞金を黙って渡し、また子供たちが、親がヤクザであるために保育園や幼稚園に入園を拒まれて子分が苦しんでいるとわかれば、熊沢自身が弁護士や区会議員に頭を下げて回り、子分とその家族たちの窮状を救うために力を尽くした。

佐代子の話によれば、組員らはいつもどおりにシノギに精を出しながら、ひそかに親分の死に涙を流し、あるいは寺院や神社に出向き、故人をひっそりと悼んでいるという。東鞘会としても苦しい決断であり、真実を知る佐代子や海老原は忍従を強いられる形となった。海老原の涙には、親分を失っただけでなく、半永久的に口を閉ざして生きなければならないという無念もこめられていた。

大広間にまた新たな最高幹部が顔を出した。頭をつるつるに剃《そ》った五十男で、マハトマ・ガンジーのように痩《や》せている。和装の喪服姿で、黒の紋羽織を着こんでいるが、肉付きがやけによかった僧侶たちよりも徳の高そうな坊さんに映る。

「あ……社長《オヤジ》」

本並が箸を置いて直立不動の姿勢を取る。兼高や幹部たちも一斉に立ち上がって出迎えた。

本並の親分であり、鞘盛《しょうせい》産業の社長である大前田忠治《おおまえだちゅうじ》だ。東鞘会三羽ガラスのひとりで、今は理事長の座に就いている。

同社は、東鞘会の暗い秘密がつまっている湾岸の〝処理場〟を管理していた。和鞘連合との抗争では、十朱と土岐が最高幹部の拉致《らち》計画を立案、熊沢は実行部隊を組織して身柄をさらい、大前田が〝処理場〟で極秘に存在を消し去った。十朱や熊沢が東鞘会の〝陽〟とするなら、拷問部屋の提供から死体処理まで手がける大前田は〝陰〟といえた。

熊沢のような豪傑タイプではなく、人の話にじっと耳を傾ける物静かな性格だったが、決して控えめというわけではない。鋭く研いだ鎌を持った死神のような危うい気配をまとわりつかせている。気風《きっぷ》のよさや豪快さをやたらアピールしたがる極道たちと違って、幽霊じみた暗さを持ち合わせていた。そんな彼が、裏のシノギとして死体の処分を手がけるのは必然といえた。

大前田は肝炎と胃癌を患い、身体はずいぶんと痩せ細った。東鞘会が十朱体制になってからは、もっぱら自身の病魔と闘う日々が続いている。入退院を繰り返し、定例会や義理事には代理を立てるなどしているが、別格の存在感があった。

「会長、ご無沙汰しております。遅れて申し訳ありません」

大前田は座布団《ざぶとん》を横にずらし、畳のうえに正座すると、親分にあたる十朱に深々と頭を下げた。

「まずは弔ってくれ」

彼はうなずいた。喪主である佐代子に挨拶《あいさつ》をし、祭壇で焼香をすると、手を合わせた。

葬式の時間に間に合わなかったのは、なにも大前田だけではなかった。土岐もまだ、姿を現してはいない。盟友の式に加わりたいと願いながらも、東鞘会本部からは、急にスケジュールを変更して本部に駆けつけたりはせず、現状の予定を優先させるように指示が出されていた。それもまた、当局や他団体に密葬を知られるのをふせぐためだ。

土岐は昨日から赤坂の実業家や経営コンサルタントらと、熱海《あたみ》に温泉旅行に繰り出していた。ともに戦ってきた戦友の葬式に参列するのを心のなかで望みながらも、熊沢の死を隠すため、前々から予定に入っていた温泉旅行に繰り出し、平静を装いながら実業家とドンチャン騒ぎをし、コンパニオンの尻《しり》をなでて、カラオケに興じたらしい。現地で実業家たちと別れ、今は銀座の東鞘会本部に向かっている。

大前田は小さく念仏を唱えながら、長いこと瞑目《めいもく》して合掌していた。故人の遺影を見上げると、ぽつりと呟《つぶや》いた。

「まさか、熊沢《クマ》がおれより先に逝っちまうとは。何度も殴り合いをしたが、半殺しの目に遭うのは、いつもおれのほうだったというのに」

「忠《ちゅう》さん、身体の具合は」

十朱が尋ねた。

「良好です。ときどきじんましんや微熱が出るくらいで。会長のように電光石火の蹴《け》りを放てるほどじゃありませんが」

大前田は和彫りの入った前腕をなでた。

長い闘病生活で肉が削《そ》げ落ちたためか皮膚がたるんでいる。一時は危篤説が流れたものだが、今日の大前田は顔色も悪くないうえ、ひとりで歩けるところを見ると、虚勢ではないらしい。

十朱が苦笑した。

「〝人斬り忠治〟がなにを言う。今ごろ、あっちにいる熊沢も呆《あき》れてる」

佐代子が相槌《あいづち》を打った。

「そうですよ。あの人、冬になるたびに古傷が痛むって騒ぐし、ずっとぶつくさこぼしてたんですからね」

「古傷ですか」

室岡が目を見開いた。

幹部連の間から笑い声が起きる。この大広間が笑いに包まれるのは、今日初めてだった。佐代子がハンカチで口を押さえながら笑った。彼女は小指を立てる。

「若いころに女《レコ》の取り合いになって、ケンカでお腹を刺されちゃったの。忠治さんのナイフでね。たっぷり脂肪がついてたから、刺し傷は内臓まで届かなかったけど、あの人、腹をまっ赤にして、ひいひい言いながら家に駆けこんできたのよ」

「佐代子さん」

大前田は恥ずかしそうに顔を赤らめた。

兼高は海老原や本並を見やった。ふたりとも意外そうな顔をするところを見ると、子分たちも初めて耳にする話のようだった。

佐代子も遺影を見上げる。

「男の人って不思議よね。ケンカしたら逆に仲良くなったりするんだから。腹を刺されたからには、それこそ殺し合いになるんじゃないかと思ったけど、次の日には大ケガしたのに一緒にお酒飲んで、肩まで組んで『兄弟、兄弟』っていちゃつくし」

「勘弁してください。とにかくそのへんは、若気のいたりで」

大前田は首をすくめた。熊沢と違って、彼には人を容易に寄せつけない人斬りじみた雰囲気がある。しかし、今は居心地悪そうに禿頭《とくとう》を掻《か》いていた。

「もしかして、そのときの女《レコ》というのは——」

室岡が持ち前の無神経さを発揮して訊《き》いた。兼高はすかさず彼の腕を肘《ひじ》で突く。

「さあ、どうでしょうね」

佐代子は軽く笑って受け流した。

大前田が兼高らを見やった。叱り飛ばされると思ったが、彼の視線はもっぱら兼高らが平らげた弁当に向けられていた。長机には、空になった弁当の容器がいくつも重ねられてある。室岡にいたっては四人分を平らげていた。食欲のない幹部から、代わりに食べるように渡されたものだ。

「若いころは、おれたちもあれぐらいペロッと食べたもんですが、おれはこのとおりの身体ですし、土岐《ツトム》も歩くのにステッキが必要になった。三羽ガラスのなかじゃ、熊《クマ》沢だけがぴんぴんしていたんですがね」

大前田は遠い目をしながら骨壺《こつつぼ》を見やった。再びしんみりとした空気に戻る。幹部のひとりが声をかけた。

「理事長、元気出してください。土岐の兄貴は、相変わらずの大食漢だし、足こそ悪いかもしれないが、拳法《けんぽう》の腕は落ちちゃいないらしいぜ。なあ」

幹部は兼高らに話を振った。兼高はうなずいた。

「土岐《オヤジ》は元自衛官ですから。ステッキを銃剣のように使いこなすし、今も格闘術の達人です。ゴルフも草野球もやりますが、たまにボディガードの目を盗んでは、自分の腕を試すために渋谷や六本木に繰り出すくらいで。若い半グレや不良外人にケンカを吹っかけてますよ」

「相変わらず、エネルギーがありあまってるな」

十朱が大前田の肩に手を置いた。

「忠さん、病み上がりでしんどいだろうが、力を貸してくれ」

「貸すもなにも……理事長職にあるものとして、この身が砕けるまで働かせてもらいます。このままじゃ、あっちで熊沢《クマ》に顔向けもできません。ここに火の粉が降りかかってくるのを知りながら、ひたすらベッドで過ごしていたのを悔やんでます」

「ただし、健康を最優先にしてくれよ」

十朱が命じると、佐代子もうなずいた。

「私からもお願いします。あの人もきっと『こっちに来るのはまだ早い』って怒るでしょうから」

「ええ」

大前田は和やかな声で答えたが、その眼光は、もはや大病を患った者のそれではなかった。三羽ガラスと呼ばれた極道らしい、刃物のような鋭さを秘めている。大広間の室温が一度ぐらい下がった気がした。

健康を害している大前田が、いつまでも理事長の座にいるのは、いかがなものか。東鞘会内部にはそんな意見がある。同会の理事長とは、ヤクザ組織のなかではナンバー2の地位にあたるからだ。

本来なら理事長の大前田が、トップの十朱の名代として義理事を行い、他団体との交渉や、抗争の陣頭指揮を執らねばならないはずだった。

しかし十朱には、大前田を更迭しようという考えはなかった。大前田も自ら理事長を辞める気はないという。以前、酒に酔った土岐が口を滑らせている。

東鞘会は熾烈《しれつ》な分裂抗争を経てきている。六代目会長を失い、土岐もステッキなしでは歩行困難な身体になった。和鞘連合側による銃撃で、流れ弾が一般人に当たるという事件も起き、警察が頂上作戦を展開。双方の団体の親分衆が勾留《こうりゅう》、もしくは刑務所送りになっている。和鞘連合との抗争が終結したのは約四年前だったが、今も刑務所には、当時の事件で臭いメシを食い続けている者がまだまだいた。

東鞘会の三羽ガラスは、十朱から絶大な信頼を得ている。二度と分裂抗争など起きないように、理事長にそのひとりである大前田を就けたのは、トップとナンバー2が争うような愚は起こすまいという、東鞘会七代目の誓いの表れでもあった。

大前田は健康問題を抱えているからこそ、かえって理事長職を続けていられるともいえた。ナンバー2が組織の舵《かじ》取りを担えば、義理事や外交で顔が売れていくうち、自然とトップがないがしろにされ、権力がナンバー2に集中するようになってしまう。ナンバー2が有能であればあるほど、もしくは本人同士が望まなくとも、下の者が勝手に神輿《みこし》を担ぐことで、のっぴきならない骨肉の争いへと発展していく――極道社会ではよく起こるものだ。病に身体を蝕《むしば》まれている大前田であれば、彼に権力が集中することはなく、神輿に担ごうとする者はいない。それゆえに適任といえた。大前田もそれを承知で理事長職を他に譲らずにいる。

満足に職務を果たせずにいる大前田への風当たりは強いが、弱い理事長であり続けることで、十朱のカリスマ性や絶対性を強めるという計算があった。三羽ガラスには、十朱になり代わってトップになろうという野心はない。彼らは十朱の実力を認めているのと同時に、かつての身内と戦わなければならなかった分裂抗争の苦しさを思い知っているからだ。

　親分の盾となって死んだ熊沢も、理不尽を背負って冥土《めいど》へと旅立った。大前田も本来なら病気療養に専念し、極道から足を洗いたいのが本音だったかもしれない――もっとも、それも刺客が十朱を襲い、熊沢が死亡するまでの話だろう。痩せ細った身体から放たれる殺気に、幹部や護衛たちは慄《おのの》いていた。

　大前田も長机の前に座り、精進落としの弁当のフタを開けた。刺身を一切れ口に入れる。

「会長、それでは秘書の後任は」

　幹部たちの目が一斉に十朱に集まった。

　会長秘書は、ほぼ二十四時間態勢で働かねばならないハードな仕事だ。つねに十朱と行動をともにしなければならないため、自分のシノギも信頼できる子分に任せる必要がある。気力体力はもちろん、組織力も試される。

　だが、東鞘会の機密情報にタッチでき、その仕事ぶりは嫌でも十朱の目に留まる。野心あふれる幹部のなかには、喉から手が出るほど会長秘書の地位を欲しがる者もいる。

誰が熊沢の後任に就くのかは、幹部らにとって最大の関心事でもある。

ましてや、今は得体の知れない刺客が襲撃して来るおそれがある。会長の身を守ったとなれば、出世は間違いなしだった。ただし、死亡したときは熊沢のように破門処分となり、失踪人扱いされる可能性もある。

十朱はウーロン茶を飲んで答えた。

「当面は赤坂にやってもらうつもりだ」

大前田は納得したように首を縦に振った。

幹部たちも誰ひとり驚きはしない。兼高は室岡と目で合図し合った――やはりな、と。赤坂とは土岐を指す。サプライズ人事はなかった。過去に秘書経験のある、三羽ガラスのひとりに、白羽の矢が立ったわけだ。

そのときだった。大広間の外から床をステッキで突く音がした。大前田が呟く。

「噂をすればなんとやらだ」

土岐が大広間に入って来た。

疲れている様子は見られない。ライオンの鬣《たてがみ》のような灰色の長い髪をオールバックにし、ブラックのスーツを着こなしている。ステッキも黒檀《こくたん》のフォーマルなものだ。手には数珠《じゅず》を持っている。

土岐の後ろには、兼高らの兄貴分である三國も加わっていた。険しい顔で兼高を見下ろした。

土岐は大前田と同じく、十朱と佐代子に挨拶を済ませると、祭壇に手を合わせた。大前田とは違い、どこか淡々とした行為に映る。

焼香を済ませると、土岐は十朱に語りかけた。

「会長、ご準備のほうは」

「いつでもかまわない」

「では……」

土岐と十朱は立ち上がり、大広間を出て行った。

幹部たちがざわざわと騒ぎ出し、佐代子もまた戸惑った様子でふたりを見送った。護衛たちもお互いに顔を見合わせる。

「何事ですか」

本並に訊かれたが、兼高にもわからなかった。少なくとも、弁当を食っている場合ではなさそうだった。

ドスンという重い音がした。神津組の者にとってはおなじみの音だった。

「まさか」

室岡と顔を見合わせ、大広間から廊下へと出た。

「土岐《オヤジ》」

兼高は目を疑った。

十朱が片膝《かたひざ》をついて腹を押さえていた。土岐は拳を固めて、親分を冷たく見下ろしている。必殺の直《じか》突きを十朱に見舞ったのだ。内臓を破りかねない砲弾のような一撃を。

「会長、あなたが立場を忘れて、最前線まで出しゃばったせいで熊沢は死んだ。そのことを自覚してらっしゃいますか」

「わかっている」

「トップ自らが拷問部屋に赴くなど言語道断です。慎んでもらわなければ、子分は命がいくつあっても足りやしません」

土岐は黒檀のステッキで、十朱の鳩尾《みぞおち》を突いた。止める暇もない速度だった。

「土岐《オヤジ》、止《や》めてください！」

兼高と室岡は止めに入った。

言語道断なのは、絶対的な王を殴りつける土岐のほうだ。幹部らも大広間から出てきたため、廊下は騒然となる。

「赤坂の！」「兄弟、てめえなにを！」

親分を殴るという暴挙に、幹部たちは目を剝《む》き、土岐に対して怒号を浴びせる。

黒檀のステッキで突かれた十朱は、床のうえでダンゴ虫のごとく身体を丸めた。優れた身体能力を持つ男だが、土岐の直突きやステッキ攻撃を耐え抜ける者はいない。十朱は、苦痛に顔を歪《ゆが》める。

「てめえ……とち狂いやがったか」

幹部のひとりが土岐に摑《つか》みかかろうとした。しかし、突かれた十朱が手をあげる。

「手出し無用だ。黙ってろ」

「しかし……」

十朱は嘔吐《おうと》した。板張りの廊下に、胃液と未消化の弁当がぶちまけられる。

拳とステッキによる突きは、十朱の胃袋にダメージを負わせたらしい。だが、口の周りを胃液で汚しながらも、十朱は鋭い視線で幹部たちを制止する。最初に駆けつけた兼高らにも、手を出すなと目で命じている。

土岐は、喪服姿の若い衆に声をかけた。嘔吐物を指さす。

「ここをきれいに掃除して、十朱《オヤジ》のために新しい衣服を用意しろ。それとまな板だ」

「まな板？」

室岡が不思議そうに呟いた。

土岐は白いハンカチを取り出すと、犬歯でビリビリと引き裂いた。切れ端を小指にきつく巻きつけ、口を使って固く結んだ。

幹部らが息を呑《の》んだ。若い衆がモップや雑巾《ぞうきん》、バケツなどの清掃用具と一緒に、まな板を運んできた。ひとつだけ台所用品が交ざっているため、ことさら浮いて見える。

兼高はうなった。

「まさか」

土岐は、若い衆からまな板を受け取って床に置いた。

彼が黒檀のステッキの柄をひねると、ステッキのなかから刃物が姿を現した。刃渡り約十五センチの細身のドスだ。兼高や幹部たちがどよめく。

「座《ざ》頭市《とういち》みたいだ」

室岡が口をポカンと開ける。土岐は、黒檀のステッキを何本も所有している。そのうちの一本は護身用の仕込み杖《づえ》だ。噂には聞いていたが、兼高も初めて見る代物だった。

土岐は左足を投げ出して床に腰を下ろした。左膝に障害があるために正座はできない。彼は小指をまな板のうえに載せた。まるで野菜や小魚でも扱うかのような態度だ。切れ端で固く縛られた小指は、すでに紫色に鬱血《うっけつ》していた。ステッキから抜いたドスを、小指のうえにあてがう。

「兼高」

「はい」

「おれの指の骨は太い。上から踏んづけてくれ」

「よせ」

返事に窮しているところで、腹を押さえていた十朱が、息を荒くつきながら止めに入る。

「今のおれに一番必要なことを……お前はやってくれた。みすみす忠臣を死なせたうえに、組を挙げて弔ってもやれねえ。ここで誰かがシメてくれなきゃ、おれは熊沢に合わせる顔がない。それに、今どき小指《エンコ》ヅメなんて流行《はや》らねえ」

「親分を満座の席で殴った挙句、ゲロまで吐かせちまったんです。おれのほうこそケジメをつけなけりゃ、それこそ道理が通りませんよ」

十朱の制止を聞かずに、土岐は無表情でドスの刃《やいば》を小指に押し当てた。皮膚が切れて血が流れ、兼高を厳しい目つきで見上げる。

「早く踏め」

十朱がため息をついた。

「強情なやつだ。親のおれが止めろと言ってる。言うことが聞けないのか」

「組織の規律を維持するためです。あなたもおれもケジメをつけなけりゃいかんでしょう」

土岐はドスに力を加えた。

刃が小指に深く食いこむが、骨に邪魔されて切り落とせずにいる。だからこそ、兼高にドスの峰を踏めと無《む》茶《ちゃ》な命令をしてくるのだ。

兼高もまた親の命令が聞けずに動けずにいた。ドスを踏んづけることなどできるわけがない。問答無用の、非情な儀式に立ち会わされて当惑する。他の幹部たちも立ちすくんだままだ。

「なにをしてる」

幹部たちを押しのけて、理事長の大前田が入ってきた。病人とあって足取りは頼りなかったが、険しい表情でトップたちを見下ろした。

大前田は、小指《エンコ》ヅメの最《さ》中《なか》だった土岐に近づき、ドスの刃をためらわずに握りしめた。

土岐はドスから手を離さざるを得なかった。かりに摑み合いともなれば、大前田の掌に傷がつく。ドスの刃には血が付着しており、まな板はまっ赤に濡《ぬ》れている。

土岐は不満そうに顔を曇らせた。大前田はしげしげとステッキに仕込まれたドスを見つめる。

「面白いおもちゃを持ってるな。赤坂の」

「いいだろう。だが、やらねえよ。理事長、そいつを返しちゃくれないか。このままじゃケジメをつけられねえ」

「わかった」

大前田は、ドスを持った手を振り下ろした。

彼は腕をムチのようにしならせると、ステッキ状の柄で土岐の顎《あご》を打った。ゴンと硬い音が鳴り、土岐は前のめりになって倒れる。五十を過ぎても、土岐は格闘家顔負けの実力を誇るが、大前田もただ者ではなかった。顎を突くことで脳を揺さぶり、兄弟分を一撃で脳震盪《のうしんとう》に追いやっていた。土岐が、自らの血で濡れたまな板に顔をつける。

大前田は世話役の若い衆に声をかけた。血に塗《まみ》れたドスを預ける。

「手当をしてやれ。必要なら医者もだ」

彼は長い闘病生活で痩せ細り、東鞘会内部の人間からも、名ばかり理事長などと陰口を叩かれている。

しかし、兼高や幹部たちがまごついているなか、ためらいなく土岐を諫《いさ》めた。また、かつては名の知られたナイフ遣いだっただけに、急所を速く巧みに小突いた点も見逃せなかった。七代目東鞘会を支えるナンバー2だけあって、強情な男たちの捌《さば》き方を心得ている。同時に、大前田や土岐たち〝三羽ガラス〟たちの結束の強さを思い知らされた。

筋目も情もない世界にありながら、十朱と最高幹部らの結束は、ひじょうに固そうだった。子分が親分に制裁を加えるという掟《おきて》破りが敢《あ》えて行われたのも、厚い信頼関係が築かれているからこそといえた。

「見てのとおり、親のどてっ腹をどついた不届き者は、理事長であるおれが一発喰《く》らわしてやった。これでケジメはついただろう。土岐《ツトム》についてあれこれ言いたいやつは、理事長であるおれが聞こうじゃねえか。わかったな」

幹部たちは神妙にうなずいた。大前田の登場に、一様に安堵《あんど》の表情を見せる。

大前田は幹部連中のなかから、土岐の右腕である三國を見つけた。彼に近づいて肩を叩く。

「赤坂はとりわけ強情な男だ。目が覚めたら、再びまな板を用意しろと言いだすかもしれねえ。包丁や大工道具はみんな隠しちまうんだ。いいな」

「は、はいっ」

三國は最敬礼して答えた。

嘔吐した十朱がゆっくりと立ち上がった。土岐は加減なく殴ったらしく、足がガクガクと揺れている。

「おれからも言っておくぞ。熊沢の死の責任はおれにある。土岐は子分たちを代表して、おれに落とし前をつける機会を与えてくれたんだ。命を張ってくれたあいつのためにも、どうか力を貸してほしい。おめおめと生き残った親分からの願いでもある」

幹部たちは声をあげてうなずいた。

十朱のダークスーツが嘔吐物で汚れていたが、ボスとしての威厳を損なうことはなかった。むしろ、土岐が殴打したおかげで、子分たちのわだかまりも消えた。銀座で女の刺客が現れた時点で、組織の頂点にいる者ならば、身柄を即座にかわすべきであり、拷問に加わるなど、あってはならないことだった。十朱の苛烈《かれつ》な攻撃性が仇《あだ》となり、敵の計略にまんまとしてやられた。

大前田は幹部らをうながした。

「大広間に戻ろう。弔いはまだ終わっていない」

十朱が汚れたダークスーツを脱いだ。傍にいた兼高が受け取り、廊下にいた若い衆に渡して、クリーニングに出すように指示を出す。

幹部らがぞろぞろと大広間へと引き上げていくなか、兄貴分である三國だけが兼高の横に留《とど》まった。いかつい極道たちがひしめくなか、証券マンみたいなツラがかえって目立った。経済ヤクザの顔を精いっぱいに歪ませて兼高を睨んでいる。

兼高は一礼した。

「三國《カシラ》も駆けつけたばかりで、まだ焼香も済んでないでしょう。熊沢の叔父貴のために弔ってやってください」

爪先《つまさき》に痛みが走った。三國が踵《かかと》で踏んづけていた。彼は声を殺しながら、早口でまくしたてた。

「よくも会長や土岐《オヤジ》に恥掻かせやがったな。理事長はああ仰《おつしや》っているがな、天下の東鞘会のトップを汚《きたね》え拷問部屋なんぞに連れてったお前ら護衛が、もっとも責任重大に決まってるだろう。まっ先に小指《エンコ》ツメなきゃならねえのは、お前らじゃねえのか、このクソボケどもが。暴力が唯一の取り柄のくせに、熊沢の叔父貴までみすみす死なせやがって。たとえ会長や土岐《オヤジ》が許しても、このおれが許さねえからな」

「すみませんでした」

「護衛が終わったら、首洗って待ってろや。お前が帰る場所なんざありゃしね――」

三國は途中で声をつまらせた。顔を歪ませ、背中をそらす。

三國の後ろに、室岡がいつの間にかぴったりとついていた。彼の背後に目をちらりと向けると、室岡は兄貴分の尻の穴に小指を突っこんでいた。

室岡は悪戯《いたずら》小僧じみた笑みを浮かべて尻から小指を抜き、くんくんと臭いを嗅《か》いでから語りかけた。

「暴力しか取り柄がなくてすみません。こんな小指《エンコ》でよかったらいつでもくれてやりますよ。それより若頭《カシラ》、東鞘会随一の武闘派で知られる神津《うち》組のナンバー2が、こうも簡単に後ろ取られちまうようじゃ、よそから舐《な》められちまいます。若頭《カシラ》のほうこそ、おれたちのようなボンクラじゃなく、ビッとした護衛を揃えたほうがよさそうだ」

三國は内股《うちまた》になって尻を押さえた。急に腹を下して便所に駆けこみたがっているようにも見えた。その姿は滑稽《こっけい》だったが、目を血走らせる三國の憤怒《ふんぬ》の表情を見ると、とても笑う気にはなれない。視線の鋭さにメガネのレンズが砕けそうだ。

「……三下のサイコ野郎が、イキってくれるじゃねえか」

「三國《カシラ》想いの舎弟からの、身体を張った助言だと思ってください。さっき土岐《オヤジ》がやってみせたのと似たようなアドバイスです。あんまり金儲《もう》けにばかり熱中して、鍛錬をおろそかにしていると、いざ懲役となったときに苦労しますよ。あっという間にケツを掘られて女役《アンコ》にされちまう。そんときゃ、こんな小指程度じゃ済みません。バットみたいなぶっ太《と》いのをぶちこまれることになる」

「お前ら……見とけよ。土岐《オヤジ》に気に入られてると思って、調子に乗りやがって」

大広間に戻ろうとする大前田が、兼高らを見咎《みとが》めた。

「なにをしてる。三國、早く焼香をしろ」

三國は、軍人のごとく直立不動の姿勢になってお辞儀をした。早足で大広間へと向かう。ただし、振り返って兼高らを睨む姿はヤクザそのものだった。瞳《ひとみ》には怒りの炎が燃え盛っている。

兼高は室岡の腰を叩いた。

「煽《あお》るやつがあるか」

「最初に煽ってきたのは、若頭《カシラ》のほうじゃないですか。小指一本でおたつく臆病者《おくびょうもの》のくせに。マジで懲役行って、がっつりカマを掘られりゃいいんだ。おれらの汚れ仕事のおかげで、安心して金儲けに励めてるってのに、舐めるのも大概にしろってんですよ」

室岡はいつになく苛立《いらだ》ちを露《あらわ》にした。

殺し屋どもの急襲によって熊沢が死に、十朱もろとも全滅の憂き目に遭うところだったのだ。相手は軍事訓練を受け、サブマシンガンまで所持していた。ピストルごときで追っ払えたこと自体、奇跡のようなものだ。

三國は、つねに他人のミスをあげつらうヤクザの鑑のような男だったが、復讐心《ふくしゅうしん》に燃えている今の兼高らを罵《ののし》れば、しっぺ返しを喰らって当然だった。神津組の若頭という地位になければ、室岡はもっとハードな悪戯を加えていただろう。

「お前の言うとおりではあるがな」

本並が近づいて耳打ちした。ふだんは物静かな元ボクサーだったが、大広間に消えた三國を冷やかに見やる。

「兼高《アニキ》、なにかやるのなら、自分も手伝います」

「気持ちだけはもらっておく。会長らが言ったとおり、おれたちの敵はあくまで、あの夜の襲撃者や勝一どもだ。怒りはあいつらに叩きつけろ」

兼高が囁《ささや》き返した。本並はうなずいた。

先日の襲撃では失ったものもあれば、得られたものもあった。組織の違う本並や海老原とは、兄弟分の盃《さかずき》を交わして外兄弟となった。東鞘会本部の宿直室にて、寝酒用のウイスキーを御神酒《おみき》に見立て、グラスで盃を交わしている。そして、親分の死を悲しむ海老原を慰めた。

百万言費やすよりも、ひとつの修羅場をともに潜り抜けることで、肝胆相照らす仲となることもある。ギリギリの死線を越えることで、若い護衛たちとも距離が縮まった。小便を漏らして逃げ出したくなる状況にありながら、勇敢にも全員が、装備で上回る敵を撃退した。

兼高らの結束力は、土岐たち〝三羽ガラス〟にも劣らないだろう。十朱が元潜入捜査官であるのと同じく、兼高が現役のスパイであるところまで、その関係性は皮肉なまでによく似ていた。新たな兄弟たちから、兄貴と呼ばれるたびに胸に痛みが走った。

兼高は不忍池周辺をぶらぶら歩いた。

ひさびさに自由時間を与えられた。無事に熊沢の葬式を終えたため、十朱に対する護衛も、再び交替制で行われることとなった。三日前の襲撃以来、十朱を自宅マンションまで連れ帰ってからは、二十四時間態勢で警備し続けた。

敵はただのヤクザ者と異なり、安物の拳銃《けんじゅう》を手にガラス割りをするようなチンケな輩《やから》ではない。サブマシンガンやアサルトライフルによる襲撃、あるいは爆発物や遠距離からの狙撃《そげき》など、第二波に備えるために拳銃を懐に入れて警戒に当たった。守りを固めるため、若い衆を大量動員したいところだったが、当局に騒動を感知されるわけにもいかず、部屋住みの若い衆と護衛たちは緊張を強いられながら任務を遂行した。

　休暇と外出許可を与えられはしたが、酒も女もとくに欲しくはなかった。三日前に突如姿を現した女の刺客や、目出し帽にサブマシンガンを持った特殊部隊風の男たちを考えると、とても呑気《のんき》に酔っぱらう気にはなれない。神津組の幹部である自分もまた、相手の標的にされていてもおかしくはないのだ。

　おまけに、兄貴分である三國との関係も悪化の一途をたどっている。前方から難敵が迫っているというのに、後ろからブスリとやられかねない。さらに、いつ何どき警官と見抜かれるのではないかという不安にもつきまとわれている。あの襲撃以来、寝酒と睡眠薬の量も増えていた。

　上野二丁目の飲食街には、大量のキャッチや呼びこみが行く手を遮るように立っていたが、兼高の表情がよほど不機嫌そうに見えたのか、誰も彼もが目をそらし、あるいは道を譲った。

　熊沢の葬式を終えた直後、臨時の最高幹部会が開かれた。話し合われたのは、むろん氏家勝一の行方だ。それに勝一のために動いたとされるレバノン系アメリカ人のブローカー、そして青海の倉庫で襲撃をかけてきた殺し屋たちについてだった。

殺し屋たちの身のこなしや装備を考えると、どこぞの傭兵《ようへい》崩れと思われた。警察や軍隊の特殊部隊出身の可能性が高い。襲撃者たちはトップの十朱を逃したものの、彼の右腕である熊沢の命を奪って、現場から逃走している。日本国内から脱出したかもしれないという。

ただし、青海には貴重な物証が残された。ふたりの殺し屋の死体だ。『天童』のホステスに化け、毒殺を目論《もくろ》んだ女殺し屋と、熊沢が無数の銃弾を喰《く》らいながらも首をへし折った襲撃者の死体だ。

襲撃者のほうも黒い髪をした黄色人種のアジア系だったが、国籍も名前も不明のままだった。ふたりの死体は燃やさず、湾岸の冷凍倉庫で保管しているという。指紋や血液を採取し、鼻薬を利かせた警察の鑑識係に身元を洗わせている最中だった。

最高幹部による極秘の会合とあって、護衛である兼高や、下部組織に属する三國は参加できなかった。しかし会合後に発表があり、東鞘会としては、海外にトンズラした外国人だろうと、バックに日本最大の暴力団である華岡組がついていようと、十朱らを襲った人間全員に鉄槌《てっつい》を下すという方針が、中堅幹部や下部組織にも伝えられた。

十朱は、そのためなら東鞘会の金庫がカラになっても構わないと宣言している。ロサンゼルスの華僑《かきょう》や日系人社会、韓国系マフィア、イラン系組織に協力を要請し、勝一と接触したユフスの身柄を拉致《らち》。勝一の居所を見つけ、襲撃者の正体を割り出し、連中の首を討ち取ったものには、多額の褒賞金と出世を約束するとの意向を示している。

肩がずしりと重かった。

――お前が七代目の直参だと。冗談じゃねえ、おれは絶対に認めねえ。

ふいに三國の声が蘇《よみがえ》る。彼は東鞘会本部を後にするさい、再び兼高につっかかってきた。寝耳に水の言いがかりだった。

――おれが……直参ですって？　若頭《カシラ》、与太を飛ばすのも大概にしてくださいよ。一家も構えてないおれが、どうして直参になれるっていうんです。

――うるせえ、うるせえ。人殺しの男芸者が。土岐《オヤジ》だけじゃなく、早くも会長のお気に入りか。冗談じゃねえぞ……おれが神津の若頭《カシラ》の地位に就くのに、どれだけのカネと年月を費やしたと思う。この世界にゲソつけてから、四年も経ってねえてめえが……財力も子分もねえってのに、なんだってそんなに出世できる……どう考えたっておかしいだろうが。今に見てろよ、化けの皮を剝《は》がしてやるからな。

三國は一方的にまくしたてて東鞘会本部を後にした。

直参の件について、土岐に確認したところ、会長の命を守ったのだから、出世は当然だという答えが返ってきた。

十朱は会合の場で、兼高がいなければ、熊沢だけでなく自分もお陀仏《だぶつ》にされていたと振り返った。たしかにホステスに化けた女殺し屋の企《たくら》みを防ぎ、青海の倉庫でも圧倒的な火力を有した襲撃者を追っ払ってみせた。

なによりも武を重んじる十朱は、兼高を直参として遇し、室岡のようなキラーや強者《つわもの》を抱えさせる気でいた。ただし、東鞘会の直参ともなれば、いやでも警察の目につく。兼高ら武闘派を偽装破門にしたうえ、ひそかに一家を構えさせるという。裏盃《うらさかずき》というやつだ。

　重要度の高いシノギを任されている者や、ダーティワークをこなしている者ほど、お上の監視をかわすためにカタギにさせるなど、どこの団体もマフィア化を推し進めている。立派な肩書きを持っている構成員ほど有名無実で、企業舎弟や準構成員のほうが、真の実力者であるケースは珍しくない。

　土岐は教えてくれた。

――言ってみりゃ、東鞘会版の江戸《えど》柳生《やぎゅう》みたいなもんだ。

――はい？

――時代劇でもあるだろう。東鞘会に仇《あだ》なす連中を見つけて排除する。柳生十兵衛《じゅうべえ》みたいな仕事だ。今までと同じく、危険な仕事を任せることになるが、待遇は大きく変わるだろう。勝一とのカタがついたら、お前らを会長直属の部隊として抱えたいとのことだ。部隊長はお前だ。偽装破門で肩書きこそ消えちまうが、こんな時代じゃ看板なんて邪魔になるだけだからな。実質は大出世だ。東鞘会の中枢に深く関わることになる。熊沢の兄弟がいなくなったうえに、理事長も長いとはいえねえ。組織の若返りが必要になったってわけだ。なあ、兄弟。

　土岐はねぎらうように兼高の肩を叩《たた》いた。もし直参となるようであれば、土岐とは親子ではなく兄弟分となる。

――そんな話になっていたなんて。

――そのためには、会長をなにがなんでも守り通す。勝一のような落ち武者ごときが、あんな腕利きの殺し屋どもを雇えるとは思えねえ。あいつの背後には、華岡組か外国人マフィアでもついているんだろう。間違っても、十朱《オヤジ》を戦いに巻き込んだりするな。生粋の暴れん坊だが、あの人には神輿《みこし》に徹してもらわなきゃならん。拳銃持たせるなんてもってのほかだ。

土岐の手の小指には包帯が巻かれていた。大前田の機転で指ヅメは回避されたが、この状況下で十朱の秘書となる以上、身の危険は避けられそうにない。

――熊沢の死を無駄にしないでやってくれ。

――わかりました。

兼高は神妙にうなずいてみせた。東鞘会内で、兼高と室岡のコンビはすでに名が知られている。殺しにも動じない腹の据わったキラーであると。

しかし、内心では戦々恐々としていた。東鞘会トップの側近として、十朱から厚い信頼を勝ち得ることになるが、それはひたすら組織のため、暗殺やリンチに手を染め続けなければならないことを意味している。

また、東鞘会のなかでも、三國のように嫉妬《しっと》や敵意を向ける者もいる一方で、室岡らのようにともに死線を潜り抜けた仲間たちもいる。彼らを騙《だま》し続けるのが苦しい。

いつまで人を殺し、いつまで自分を偽らなければならないのか。警官として復帰する自身の姿を、もはや思い描けずにいる。なにより怖ろしいのは、東鞘会に居場所を見出《みいだ》しつつあることだった。

ふたり組の制服警官が飲食街をパトロールしていた。呼びこみたちが、コンビニや路地へと姿を消す。兼高は横目で制服警官らを見やった。知らない顔でとくに職務質問をされることもなかった。

以前は、警官の制服姿にジェラシーを覚えたものだった。自分はヤクザ者などではない、誰よりも志の高い警官なのだと。叫びたい衝動によく駆られたものだが、今はそんな気にもなれない。

歌舞伎町やこの上野といった都内有数の繁華街で、数えきれないほどのヤク中やコソ泥、チンピラや痴漢を逮捕してきたが、そんな日々がもうはるか遠い昔のように思えてならなかった。もしくは夢や妄想だったのではないかと。

ウナギ屋から甘いタレの香りが漂ってきた。いい匂いだったが、食欲はまったくない。胃袋には精進落としの弁当がぎっしりつめこまれている。けっきょく、兼高は五人前を平らげた。相棒の室岡は七人前を空にしていたが。

緑色の看板が見えてきた。マッサージ店の『池之端リラクゼーションサロン』だ。すぐには入らず、尾行や不審者の有無を確かめつつ、ビルを一周してからマッサージ店を目指した。

階段を上りながら、頬を掌《てのひら》でほぐし、店員に不審がられるのを防いだ。無理に笑顔を作り、受付の女性店員に軽く挨拶《あいさつ》をした。

マッサージ店は相変わらず盛況ではあった。靴棚には客のものと思《おぼ》しきパンプスやヒールがしまわれてある。すぐに奥の個室へと案内された。

ダークスーツを脱いで、Tシャツとハーフパンツに着替えた。二の腕の不動明王の刺《いれ》青《ずみ》をさする。

「おやおや。まるでその不動明王みたいだね。怒りで部屋の温度まで上がりそうだわ」

典子《のりこ》は個室に入るなり言った。

「阿内《あない》隊長は」

「今夜は用があってこっちに来られないって。さっき電話があった」

彼女からいつもの紙切れを受け取った。自分が警官であるのを思い出させてくれるのは、典子と阿内のふたりだけだ。

「来られないだと」

紙切れには、彼と連絡を取るためのパスワードが記されている。パスワードを頭に叩きこむと、紙切れを口に放り込んでクチャクチャと噛《か》んだ。

典子は咎《とが》めるように口をへの字に曲げた。しかし、文句は言わせない。文句を言いたいのは、兼高こと出月《いでづき》のほうだ。

「気軽に言ってくれるじゃないか。会おうと言ったのは、あっちのほうだぞ」

「梧郎《ごろう》。あんただって急な用事でドタキャンしたことは、これまで何度もあったじゃないか。それに、あんたが沖縄に出張していたころは、一年以上も会ってなかっただろう。マサヤンの顔を拝みたいのかい」

「あのころとは状況がなにもかも違う。姐《ねえ》さん、あんたも聞いているだろう。東鞘会はすでに戦争状態に突入しているんだ。東京中の組織が情報収集に明け暮れているんだよ。あんたが警察の情報提供者《エス》だってことも知られるかもしれないんだぞ。それだってのに、あの大将は危険な仕事を、みんなおれたちに押しつけて、自分はぬくぬくと安全なところでデスクワークか。それとも家に帰って家族サービスでもしてるんじゃないだろうな」

「あの人に家族はいない。あたしと同じでね。失ったのさ」

「なに？」

「考えてもごらんよ。あんたの組織のボスは元警官だったんだ。優れた頭のなかには、警官の個人情報がぎっしりつまっているし、仲間を平気で売るクズ警官だって知ってる。厄介なマル暴捜査官は潰《つぶ》すにかぎると考えるに決まってるじゃないか。マサヤンには妻と娘がいて、ふたりとも官舎生活を嫌がったから、大枚はたいて浦安《うらやす》にマンションを買って暮らしてたのさ。だけど、あの十朱が警察を裏切った四年前から、マンションでは不審火が起きたり、ベランダに猫や犬の死体が放りこまれたり、挙句の果てに自家用車が燃やされたりして、マサヤンの神経がいくら図太くても、家族まではそうじゃなかった」

「犯人《ホシ》は東鞘会系の人間か？」

「かもしれないけど、捕まらなかった。狙われたのが警視庁のマル暴捜査官だと知って、千葉県警は家族に身辺警戒員をつけて、嫌がらせから守ろうとしたけど、奥さんと子供のほうがストレスで参っちゃったらしいわ。浦安の自宅マンションに厳重な警備が敷かれると、今度は北陸の奥さんの実家に猫の首が送りつけられたくらいだからね」

　典子の話を聞いているうちに、自然と顔がうつむいていく。彼女は、マッサージベッドに寝そべるようにうながしながら続けた。

「それこそマサヤンがマル暴畑から離れて、総務部や交通部あたりに異動すれば、嫌がらせは収まっただろうさ。奥さんもそれを望んだらしいけど、あの人はマル暴から離れようとはしなかった。代わりに家族のほうは失ったけれどね。ついでに浦安のマンションも手放して、今はどこに住んでるのかあたしも知らない。官舎かもしれないし、警察の組合がやってる半蔵門《はんぞうもん》の保養所っていう話もあるけど。十朱に殺されないよう、居場所を転々と変えてるらしいわ」

「親友だった木羽《きば》さんの仇を討つためか」

「さあね。とにかく、あたしが言いたいのは、あの人がぬくぬくと安全なところにいるわけじゃないってことさ。十朱がその気になれば、警官やその家族の弱みをいつでも握れる。今夜、ここに来られないのも、東鞘会がカッカしているときに、あんたと接触するのは危険と判断したからかもしれないね」

フェイスマットに顔をつけ、典子に首筋を揉《も》んでもらった。

「……姐さんは恐くないのか」

「充分長生きさせてもらったからね。拷問されて死ぬのはまっぴらだけどさ」

老婆のものとは思えない力が親指に宿り、岩のように固まった兼高の筋肉をほぐす。

「あんた、両親には」

「潜る前に一度会った」

「それっきりかい？　じゃあ、四年近く会ってないってことじゃないか」

「会えるはずがないだろう。潜るさいにツラを変えてる。親だって見分けがつかない」

両親とは、東鞘会の極道者として潜る直前に、埼玉県浦和《うらわ》にある警察共済組合の保養施設で会っている。当時の上司だった上野署署長や組対部長の岩倉俊太郎《いわくらしゅんたろう》、それに阿内らを伴って。

両親は、子供のころから息子が警察官になりたがっているのを知っており、堅い公務に就くのを素直に喜び、なにかと応援してくれた。

自分たちの息子が警官として採用されると、我が事のようにはしゃいだものだ。まじめに勤めてさえいれば、給料に恵まれているうえ、つぶれる心配がないと安堵《あんど》した。公安関係で極秘の任務に就かなければならず、しばらく連絡が取れなくなると、保養施設で食事を摂《と》りながら伝えた。

ふたりは多少不安な顔を見せたものの、親方日の丸での仕事なのだから心配ないだろうと楽観視していた。警視庁のなかでもきわめて優秀な成績を誇っているという、幹部たちの称賛を嬉《うれ》しそうに聞きつつ、仕事同様に婚活にも励めと息子にアドバイスをした。孫の顔も見たいものだとも。

その自慢の息子が、日本の闇社会に紛れて、数えきれないほどの人間を殺害し、死体を処理していたと知ったら、果たしてどんな顔をするだろう。制服警官時代の自分と同じく、両親の顔まで思い出せなくなりつつある。

「この仕事が終わったら、まっ先に会ってあげな」

その終わりが見えてこないから苛立《いらだ》っているんだ。憎まれ口を叩きたかったが、マッサージを受けるうちに落ち着きを取り戻しつつある。

彼女の愛息はヤクザ社会に足を突っこみ、シャブ中のクズによって惨殺された。自分の身よりも、兼高が息子の二の舞となるのを恐れているように思えた。

「あんたは立派な警官なんだから」

「ああ」

典子は、マッサージの相手から感情を読み取る。緊張や悲嘆、憤怒《ふんぬ》など。出月梧郎であるのを忘れ、東鞘会の兼高昭吾に染まりつつあるのを感じたのだろう。彼女は、いつになく里心を刺激するような話題を投げかけてきた。

凝り固まっていた肉体が解《ほぐ》れていった。くつろげる場所は酒場や自宅ではない。本心を吐きだせるこの場所しかなかった。

ただし、心のなかに立ちこめた暗雲が晴れることはない。ここに足を運べば、自分が警官であるのを思い出せる。同時に、警官であるにもかかわらず、何人もの人間を葬り去った鬼畜であることも。

兼高昭吾の仮面をかぶっているときは、この男を演じるのに忙しく、罪の意識を感じている暇はない。だがこの場所は、自分の手が血で汚れているのをいやでも思い出させる。正気の沙汰《さた》とは思えない任務を引き受け、裏仕事をこなし続けた自分は、十三階段を上るべきではないかと。この仕事に正義があるのかと。出月梧郎に戻れる安らぎの場であると同時に、己が犯した罪と向き合わざるを得ない拷問部屋でもあった。

典子はマッサージを終えると、兼高の肩をポンと叩いた。

「少しは落ち着いたかい」

「ああ、楽になった」

両腕を伸ばしてストレッチをしてみせた。

「ヤー公のところに潜ってるわりには、嘘をつくのが下手だね。いくら身体のコリが解れても、心のなかはガチガチのまんまだ」

彼女は、個室の隅にあった籐《とう》カゴから、タブレット端末を取り出した。電源を入れて起ち上げた。

「なんだ」

「マサヤンさ。ここには来られないといったけど、話ができないわけじゃない」

典子は太い指でタブレット端末の液晶画面をタッチした。ビデオ通話のアプリを起動させた。兼高はため息をつく。

「人が悪いぜ、姐さん」

ディスプレイには阿内の顔が映った。先日はケーシージャケットを着て、セラピストに化けていたが、画面上の彼はふだんどおりの姿だった。グレーの頭髪は乱れ、無精ヒゲを生やしている。ワイシャツのボタンを三つも外し、景気の悪い地回りのヤクザのようだ。

〈よう、ちょっとはリフレッシュできたか〉

「隊長……」

阿内がいるのはオフィスではなかった。小さな机とデスクライト、それに液晶テレビ——その下にはVODシステムの機械が見える。ビジネスホテルの客室のようだった。

〈本来なら、シャンパンの栓でも抜いて祝いたいところだが、しばらくは直接接触するのは控えさせてもらう。理由は典子姐さんから聞いただろうが、お互いの身の安全のためだ。勘弁してくれ〉

タブレット端末を持つ手が震えた。

「祝いたい？」

〈熊沢伸雄が死に、十朱は重要な側近を失った。あいつの性格を考えれば、武闘派のお

前を重用するのは火を見るよりも明らかだ。お前は毒殺を企んだ女殺し屋を見破った功労者だからな。出世の話も出ただろう〉

思わず阿内から視線をそらした。

以前、彼とこの場で会ったさい、兼高は聞かされていた。氏家勝一がすでに日本国内に潜伏しており、あの男が率いている殺し屋のなかには女もいると。事前に聞かされていなければ、留華を名乗る女の仕事を見抜けたかどうか。

「勝一のケツを掻《か》いてるのは……あなたですよね。阿内隊長」

阿内は思わせぶりにニヤリと笑った。

「なぜ、はっきりと教えてくれなかったんです」

兼高はタブレット端末に向かって尋ねた。

やはり、氏家勝一のバックにいるのは警察組織だったか。阿内の笑みは肯定を意味していたが、戸惑いは隠しきれなかった。

何年も暴力団員として潜っていれば、裏社会の事情がそれなりにわかってくる。海外での逃亡生活を余儀なくされている氏家勝一本人に、軍隊じみた連中や、筋金入りの女殺し屋といった人物を雇う資金力はない。

東鞘会に対して孤軍奮闘し続けた喜納修三《きなしゅうぞう》が、勝一に逃亡資金を送り続けていたが、それはせいぜい勝一の生活面を支える程度のカネだった。その喜納にしても、東鞘会の切り崩しに遭い、ついには都内での居場所を失い、自分自身の身すらも守れなくなった。

かつて和鞘《わしょう》連合を支えた関西系暴力団の華岡組が、勝一に資金提供を行っているのでは――東鞘会内部にはそんな声が上がっている。現に華岡組は、元傭兵のヘンドリクソンなる外国人を客分として迎え、好きに遊ばせている。

しかし、その華岡組も関西勢と中京勢とに内部分裂を起こしかねない状況にあった。メディアや警察からの注目度も他の暴力団よりも高く、締めつけも格段に厳しい。同組織の組長たちは微罪で逮捕されては、事務所を家宅捜索されている。

東鞘会や他団体も、警察から嫌がらせをしょっちゅう受けるが、比較にならない。華岡組は構成員の数では日本一を誇る巨大組織だが、結束力に関しては往時の勢いはなく、トップの琢磨栄《たくまさかえ》組長は組織の引き締めに追われている。そのおかげで関西勢からそっぽを向かれたと、『天童』で西勘組の俵谷が打ち明けた。現在の華岡組に、わざわざ関東系暴力団に手を出す余裕があるとは思えなかった。他の広域暴力団に関しても同様だ。トップの十朱の暗殺など目論めば、東鞘会と全面戦争に陥るのは間違いない。大幹部である熊沢が殺《や》られた以上、すでに東鞘会は戦争をする準備を着々と進めている。

東鞘会は、襲撃者の捜索を行った。縄張りの関東はもちろんだが、関西の西勘組にも捜索を要請している。暴力団が日本の隅々にまで捜査網を広げたが、未《いま》だに発見したとの報告は上がって来ない。

トップに対する周到な襲撃、腹をくくった女殺し屋と謎の武装集団、そして広域暴力団の情報網にもかからないアジトの確保。それらをすべて可能にできる組織などそうはない。十朱抹殺を悲願とする警視庁だ。

阿内はタバコに火をつけた。焦るなと言わんばかりに、煙をゆっくりと吐きだす。

〈教えるとはなにをだ。女の殺し屋の正体か。その後の襲撃のことか。それとも氏家勝一の居所か〉

「すべてです。下手をすれば十朱は毒殺されて、護衛のおれたちは消されるかもしれなかったんだ。青海の〝処理場〟での戦いもそうだ。襲撃者はおれたちに発砲した。減音《サプレッ》器《サー》つきのサブマシンガンで、弾丸だって浴びた。防弾ベストを着ていなければ――」

阿内はカメラに向かって掌を向けた。画面が彼の掌で覆われる。

〈待て待て。その〝おれたち〟という言い方を止めろ。お前は他の暴力団《マルB》員たちとは違う〉

「揚げ足を取るのは止めてくれ」

〈いいや、こいつは重要なことだぞ。お前は極道じゃない。小さなころから警官《PM》になるのを夢見た筋金入りの正義漢だ。他のクズどもと自分を一緒にするな〉

ほんの一瞬だが、頭がカッと熱くなった。兄弟分たちをクズと罵《ののし》られ、腹を立てていると気づく。

兼高もまたカメラに掌を向けた。

「勝手なことを。そのクズたちと組んで、おれがこれまで何人殺《や》ったと思う」

〈クズどもを何人葬ろうと関係はねえし、いちいち罪悪感を抱く必要もない。それに犯罪は潜入前から織り込み済みだったはずだ。大事の前の小事ってやつだ。すべては東鞘会壊滅と、裏切り者の十朱を消すための手段に過ぎない。こいつは戦争だ。手が少しばかり血で汚れていようと、お前が偉大な英雄であることには変わりはない〉

「おれが言いたいのは、あんたが情報をろくに与えてくれなかったおかげで、そのクズどもと一緒に危うくくたばるところだったことだ。おれが英雄だと言うのなら、抱えている情報を余さずおれに伝えておくのは当然だろう。あんたは自分が焚《た》きつけた連中に、英雄をむざむざ殺させる気だったのか」

〈むろん、お前に実力がなければ、あの世行きとなる危険な任務なのは間違いなかった。しかし、おれの指示に従ってさえいれば、お前は他のクズどもと違って、きっちり生き残れる。現におれが与えた情報のおかげで、お前はこうして今も生きているうえに、直々にトップの目に留まって、異例の出世を果たそうとしている〉

「そんなのは――」

〈詭弁《きべん》だと言いたいか。ところが、そうじゃねえんだな。お前の腕っぷしは一流だが、おれの目からすれば、演技のほうはまだ二流だ。おれが握っている情報をすべて知ったら、お前は極道を演じ切れなくなる〉

「……人をコケにするのも大概にしろ。それであんたを無条件に信じろというのか」

阿内はタバコの煙をカメラに吹きかけてきた。

〈今までみたいに、枝の組織で殺し屋稼業をやっているうちはまだ二流でよかった。人殺しの仮面が外れて、便所でゲロを吐いても怪しむ者もいない。だが、今はもうステージが違う。十朱はつねに警戒してるぞ。自分と同じようなスパイを、警視庁《カイシャ》が送りこんでくるのを想定している〉

タブレット端末を握る手が震えた。

「なにが二流だ……あんたにはわからないだろう。前から勝一の兵隊が襲ってくるかと思えば、後ろには十朱たちの目がある。兵隊どもに蜂の巣にされるか、十朱にバレて語り草になるような拷問を受けてくたばるか。その板挟みがどんな感覚なのか。地獄の炎に絶え間なく焼かれているような痛みを」

阿内はタバコを持った手を振ってみせた。

〈わからないわけがないだろう。お前にとって正念場だということも。だからこそおれたちは、お前の背中に彫られた釈迦如来みたいに見守って、蜘蛛《くも》の糸みたいに情報を少しずつ与えざるを得ないんだ。そこを理解してもらわなきゃならない〉

「言っている意味がわかりませんよ」

阿内はボリボリと頭を掻いた。

〈たとえばだな……あのホステスに化けた女だ。おれはあいつの人相と立派なケツの持ち主だってことは摑《つか》んでいた。銀座の『天童』に潜りこんでいたことも。それをお前に全部伝えていたら、お前はあのVIPルームでどうしていた〉

「もっと楽に捕まえられた。指をツメる覚悟もせず、ストレスを抱えこまずに済んだはずだ」

〈それじゃアウトだ。お前にはストレスを抱えこんでもらわなきゃならないんだ。楽に捕まえちまったら、それこそ十朱に疑われて、爪を全部剥がされたうえに、チンポコをちょん切られて、今ごろ東京湾の魚のエサだ。関西の大幹部まで顔を揃えてるなか、小指《エンコ》ツメる覚悟で宴席ぶち壊して女を問いつめる。こうしてお前が出世できたのも、八百長なんかじゃ生み出せねえ本気の迫力を、あいつがお前から感じ取ったからだ。あいつは元公安刑事だぜ。目も肥えてやがるうえに、スパイ狩りはお手のものだ。あいつが東鞘会のトップになれたのは、当時の警察《カイシャ》の後押しがあったからだけじゃねえ。東鞘会に忠誠を誓うフリをして、和鞘連合にも尻尾《しっぽ》を振る裏切り者を独自に見つけてみせた。十朱自身が潜入捜査官であるにもかかわらずな。お前はそこまで厚顔に振る舞える役者じゃねえ。そうだろうが〉

　兼高は黙らざるを得なかった。

　留華を名乗るホステスが、最初から刺客だとわかっていたら、たしかに十朱や熊沢から疑いの目を向けられていたかもしれない。

　阿内はタバコの煙を吐いた。

〈もうひとつ、種明かしをしてやる。あの夜、勝一の兵隊が目標としたのは十朱じゃねえ。秘書の熊沢伸雄だ〉

「なんですって……」

〈おかしなやつだな。勝一の後ろにおれがいるとまでわかっていながら、そこには気づかなかったというのか？　だったら、誰をマトにかけたと思ってる。十朱にはうかつに手が出せねえんだ。あいつには、まだくたばってもらうわけにはいかねえ〉

額から汗がにじみ出てきた。目に汗が入りかけて、バスタオルで拭《ふ》き取る。

阿内が小さく笑った。

〈もし、熊沢が標的だと知っていたなら、お前はどんな行動を取っていた〉

「……どうもしませんよ」

〈熊沢は、暴力団員《マルB》のクズ野郎とはいっても、なかなかいい男だ。豪放磊落《らいらく》で人間味もある。ああいうのを侠客《きょうかく》というんだろう。あいつが殺されるのを黙認できても、素知らぬフリはできたか？　熊沢はもろに〝おれたち〟の一員じゃねえのか〉

液晶画面の阿内が人差し指を突きつけてきた。兼高は思わず視線をそらす。

これまで喜納やアウトローたちを始末してきたのと同じように、熊沢を見殺しにすることはできたと思う。ただし、彼の子分である海老原に慰めの言葉をかけられたか。本並や海老原と臆面《おくめん》もなく、兄弟分の盃を交わせただろうか。

――すまない。

十朱は、無数の銃弾を喰らって斃《たお》れた熊沢を抱擁してみせた。忠臣の血を顔に浴びつつ。潜入捜査官でありながら、警察と極道の両方を欺いた十朱は、究極の役者といえた。あの男に比べれば、たしかに自分は二流かもしれない。

阿内が畳みかけてきた。

〈なんでもありの殺し合いとなれば、お前に勝てるやつはそういねえ。警視庁の柔道家や裏社会の喧嘩《けんか》師でもな。十朱にも勝てるだろう。とはいえ、あいつの高潔な魂はすっかりクズと化した。ハリウッド俳優以上のメソッド演技に力を入れすぎて、自分が極道界のキングと完全に思いこんでる。たとえ、海千山千の極道どもを欺けるほどの演技力を身につけちまっても、あれじゃすべてぶち壊しだ。お前も、自分とクズどもを一緒くたにしてると、元の出月梧郎には戻れなくなるぞ。少なくとも、おれや姐さんと会うときは〝おれたち〟と呼ぶのは止めろ〉

思わず後ろを振り返り、マッサージベッドに腰かけている典子を見やった。彼女は厳しい顔つきでうなずいた。阿内の言うとおりだと。

兼高は液晶画面に向かって首を横に振った。

「そんなことにはなりませんよ。あんたらは考え過ぎだ。おれは自分が警官であるのを一秒だって忘れたことはない」

〈そりゃ頼もしいな。だったら、次になにが起きるのかは、もう言わんでもわかるな〉

「まさか」

さらに汗が噴き出してきた。マッサージ店のTシャツがべったりと背中に張りつく。

〈とぼけるな。おれと情報を共有したいんだろう。次になにをするつもりなのかを教えてやる。自分が警官《PM》であるのも忘れていねえようだからな〉

「ま、待ってください」

阿内は、吸いかけのタバコを灰皿に押しつけた。

〈なんだ。知りたかったんじゃねえのか〉

タブレット端末を抱えてマッサージベッドから降りた。

発汗のせいか、喉《のど》がカラカラに渇いていた。典子が先に動き、水差しの冷水を紙コップに注ぎ、兼高に手渡した。冷水を一気に飲み干す。

勝一の襲撃者の狙いが、十朱ではなく熊沢だった。驚愕《きょうがく》のあまり思考が停まっていた。

「三羽ガラスを……みんな殺《や》る気ですか」

〈あと二羽しかいねえだろ。ひとりは病人で、もうひとりはステッキがなければ歩行困難な初老の男だ。油断はできないけどよ。熊沢と同じく、十朱に忠誠を誓っているうえに、無茶《むちゃ》な奇襲を仕かければ、勝一の兵隊が返り討ちに遭う〉

典子に紙コップを差し出し、もう一杯要求した。

紙コップに注がれた冷水を再び喉へ流しこんだ。それでも渇きは癒えない。紙コップを持つ手がガタガタと震える。情報を教えろと言ったことを後悔すらしつつあった。

阿内は構わずに告げた。

〈土岐はお前が殺《や》れ〉

兼高は反射的に手で耳を覆った。

タブレット端末がマッサージベッドに落ち、紙コップが床に落ちて、乾いた音を立てて転がった。典子がタブレット端末を拾い上げて、兼高に持たせる。しっかり阿内の話を聞けと言わんばかりに、彼女は兼高の手の甲に掌を添える。

液晶画面の阿内は、もはや笑ってはいなかった。射貫《いぬ》くような視線で兼高を見つめている。視線を合わせられない。

〈なんでそんなにびびる。ゴミを片づける。今までと同じようにやればいいんだ〉

情けないほど声が震えた。

「それこそ……まるで暴力団員《マルB》みたいな言い草だ。覚せい剤《シャブ》か拳銃《チャカ》でも愛人の家に置いて、適当にでっちあげて捕まえりゃいい。土岐のステッキのなかには仕込み杖《づえ》だってある。銃刀法違反と合わせて逮捕《パク》れば済むだろう」

〈ダメだな〉

阿内は次のタバコに火をつけた。灰皿にはすでに吸い殻が山をなしている。

〈最初からそんな茶番が通じるようなら、なにもお前を潜らせたりはしない。上も許可をしない。上層部は代々、十朱を核爆弾のように怖れてきた。せめて自分の任期中に爆発させないように先延ばしにしてきた歴史がある。あくまで警視庁は陰の存在に徹しなければならない〉

「だからと言って……二流のおれに、なぜあの人を殺《や》らせようとする」

阿内と視線が合った。瞳《ひとみ》には深い闇が広がっている。

警官というよりも、殺し屋や極道に似た目をしていた。この男は十朱を始末する気でいる。いくら手を汚してもかまわない――一線を越えた人間の目つきをしている。

阿内は苦笑した。目が笑ってはいない。

〈〝おれたち〟の次は〝あの人〟と来た。敬愛する組長《オヤジ》は殺《や》りにくいってか。お前が二流であることには変わりないが、土岐勉《つとむ》と築いた親子関係を利用しない手はないんでな。神津組内には王様の寵愛《ちょうあい》を受けているお前に、ハンカチを噛んで悔しがっているお姫様が山ほどいるぐらいだ。デキる子分として、危険な仕事をひたすらこなしてきたのは、このときのためだったようなもんだぜ。逃すわけにはいかねえ〉

典子が横から話しかけてきた。

「あんたは子分なんかじゃない。悪党をとっちめる英雄さ。気にしなくていいんだよ」

〈そのとおりだ。なにもお前自身がトルクレンチ握って、〝あの人〟の頭を叩き割れと言ってるわけじゃない。そのあたりの作戦は、おいおい伝える。むろん、もう一羽の病人にも消えてもらう。大前田はさして苦労せずに済むだろう。そうなりゃ必然的にお前の座布団《ざぶとん》は上がり、十朱の信頼を勝ち取れるって寸法だ。こうなれば、任務完了も同然だ〉

典子も阿内も説得するような口調だった。

しかし、ふたりの目は今までにないほど鋭く、そして有無を言わせなかった。典子は、その手で多くの人間の身体と心を揉みほぐしてリラックスさせてきたが、彼女自身は鉄のような決意を持って、息子の仇を討つために働いている。ヤクザどもを一匹でも多く駆逐しようと、阿内の情報提供者だけでなく、危険な連絡係さえ引き受けている。

阿内もまたヤクザを、とりわけ十朱を追いつめるためなら、手段を選ばない。先任で親友だった木羽のため、家族を失ってもなお東鞘会を葬る気でいる。極道の道を選んだ十朱がクレイジーなら、彼と対峙《たいじ》するふたりもイカレていた。

〈さて、この先の計画をきれいに打ち明けた。ムスッと黙りこくっていないで返事を聞かせてくれ〉

「返事もなにも……おれに拒否する権利などないでしょうが」

〈ああ、ないな。警官《PM》の魂を抱きながら、外道になりきってみせる。これがお前に課せられた使命であり、お前も自分の野望のために率先して潜った。今さら引き返せはしねえぞ。前に進むしかないんだ〉

阿内の口調にためらいはない。

妥協を許さぬ態度に、脅しにも似た気配を滲《にじ》ませていた。かりに極道の世界に染まり過ぎて、十朱の二の舞となるようなら、いっそ切り捨てて東鞘会側にリークする。暗い瞳にはそう書いてあった。

「あんたらはイカレてる……」

〈文句はたくさんだ。返事のほうを聞かせてくれ〉

阿内を睨《にら》みつけた。

「やるさ。おれがこれまでこしらえた死体は、この前の女をカウントすれば二ダースになる。ここで芋引いたら、おれはただの人殺しのままだ」

〈その意気だ〉

阿内は深々とうなずいてみせた。

「この任務が終われば……おれは晴れて刑事《デカ》ですね」

〈もちろんだ。昇進も赴任先も思いのままだ。警視庁《カイシャ》の救世主に道案内だの、酔っ払いの介抱だのをさせたりはしねえよ。お前を警視庁《うち》に導いたスーパー強殺事件の捜査資料も、埼玉《さいたま》県警から取り寄せてプレゼントしてやる〉

「もうひとつ、お願いがあります」

〈言ってみろ〉

「戻ったら、ぶん殴らせてください」

阿内はダッチワイフのように口を開くと、タバコの煙をリング状に吐きだしてみせた。

〈何発でもかまわねえ。トルクレンチでぶちのめされるのはごめんだがな〉

「ありがとうございます」

液晶画面に向かって頭を深々と下げた。最後は目を合わせずに通話を切った。

「梧郎」

典子が肩に触れてきた。それを振り払う。

「触らないでくれ」

着ていたTシャツを脱いだ。

絞れば汗がしたたり落ちそうなほど、ぐっしょりと濡《ぬ》れている。Tシャツを床に投げ捨て、背中に彫られた釈迦如来を彼女に見せつける。

「聞いただろう。おれはもう二ダースもの人間を殺《や》ってる。殺ったのは、あんたの忌み嫌うヤクザ者《もん》ばかりじゃない。ついこの前は、若い女に頭突きを叩きこんで、情け容赦もなく踏みつけた。あんたの息子と似たような立場の人間だって殺してる。あんたが憎んでる極道のなかでも、さらに道に外れた仕事をしてきたんだ。おれの身体を揉みほぐすどころか、絞め殺したくはならないのか？」

　口が意思に反して止まらなかった。ただの醜い八つ当たりだとわかっていながら、典子に暴言を浴びせずにいられなかった。彼女は憐《あわ》れむような顔つきになった。

「あんたは警官のなかの警官さ。なにをしようと変わらない」

「母親のような口を利くじゃないか。だが、おれが十朱の二の舞になったらどうする」

「そうさせないために、あたしがいるのさ。あんたの苦しみや痛みをすべて理解できはしないけど、順一のように思っている。息子を絞め殺したいと思う母親がいるもんかね。マサヤンを殴るには、もう少し時間がかかるかもしれないけど、あたしならいつでも殴ってかまわないよ。好きなだけ怒りをぶつけてくれて構わないさ。むしろ、あんたに絞め殺される覚悟もできてるんだ」

「けっこうだ」

　手早く着替えを済ませて個室を出た。

他のスタッフには、いざこざがバレないように、無理に笑顔を作って店舗を後にした。その間、典子の顔を一度も見たりはしなかった。

店の前を流していたタクシーを拾って乗りこんだ。深いため息をつきながら。

長い潜入生活で、この店と典子だけが安らぎを与えてくれた。しかし、今夜ほど荒れたのは初めてだった。

――土岐はお前が殺《や》れ。

阿内の声が蘇り、両手で顔を覆った。

東鞘会に潜る前から、親分や兄弟分をも裏切り、場合によっては死に追いやる行動を取らざるを得ない日が来るのはわかりきっていたはずだった。

それでも、いざ阿内から命じられると、心臓が停まりかけ、手にしていたコップを取り落とした。あまりに極道たちと濃密な時間を過ごし続けた。

親方日の丸だからと、これといった信念もなく警察の道を選んだ同期の連中などよりも、火花を散らして生きる極道たちのほうが敬意を払うに値する連中だった。なにかと因縁をふっかけてくる三國のような男も含めて。

「お客さん、大丈夫ですか」

運転手が不安げに訊《き》いてきた。

兼高は顔をうつむかせたまま、適当に道を流すように頼んだ。タクシーのなかで、典子のいるマッサージ店が、もはや安らぎの場ではなくなったことを悟った。

エレベーターのドアが開くと、スーツを着た当番の若者が立ち上がった。

「お疲れさまです」

若者は直立不動の姿勢を取って頭を下げた。

「大丈夫か」

「はい」

兼高は肩を叩《たた》いた。

若者は緊張していた。目は血走っており、パーマをかけた頭髪が汗で額に張りついている。彼がいるマンションの内廊下は、ある程度空調が利いているとはいえ、室温は三十度近くありそうだった。そこでスーツはいかにも暑苦しく、おまけに若者は防弾ベストを着用している。理事長の大前田の組織である鞘盛産業の社員だ。名前はわからないが、湾岸の産廃処理場で目にしたことがある。

兼高は、ぶら下げていたコンビニ袋から栄養ドリンクを取り出して若者に渡した。

「あと三時間で交替だ。頑張れよ」

「いただきます」

若者は両手で受け取った。

彼の拳《こぶし》にはごついタコが見受けられた。空手などの打撃系の格闘技を習得しているようだが、敵はサブマシンガンで武装した特殊部隊じみた連中だ。神経が張りつめるのは当然といえた。

「しんどいかもしれないが、コレに頼るんじゃねえぞ」

腕に注射を打つフリをしてみせると、若者の硬い表情が柔らかくなった。

兼高は内廊下を歩いた。床はグレーの絨毯《じゅうたん》が敷きつめられ、廊下の壁には額縁入りの画《え》が飾られている。訪れるたびにマンションというより、高級なシティホテルを訪れているような気分になる。もっとも、廊下にいるのはベルボーイなどではなく、屈強な暴力団員たちだったが。

兼高がいるのは、月島《つきしま》にある十五階建てのマンションだ。銀座の東鞘会本部から、二キロと離れていない位置にある。この建物の最上階こそが七代目東鞘会の本家にあたる。会長の十朱は最上階の奥のペントハウスで暮らしているが、ワンフロアを丸ごと所有しているため、最上階は東鞘会のアジトとなっていた。エレベーターも十五階には限られた者しか運ばない仕組みとなっている。

非常階段につながるスチール製のドアはかなり分厚く、スイスの銀行にも採用されているという、スイス製の錠前メーカーの製品が取りつけられていた。ピッキングはもちろん、ドリルやバールで破壊するのも難しい逸物《いちもつ》だった。また部屋の玄関ドアは鍵穴《かぎあな》のない電子キー対応の扉だ。

マンション自体の防犯システムもしっかりしており、一階には二十四時間コンシェルジュと門衛が常駐している。マンションの正面玄関の自動ドアはふたつ設けられ、住人が出入りする隙に部外者が忍びこめないような対策が取られてある。

建物の周囲には、まるで天まで届くようなタワーマンションがいくつもそびえているが、同マンションは堅牢な造りが気に入られており、宝石商のインド人や、大手芸能事務所のトップの愛人や芸能人、出会い系サイトの経営者など、プライベートや警備を重視する住人で部屋は埋まっている。

そもそも、マンションの管理会社が東鞘会の企業舎弟であり、建物内から敷地、周囲の公道を見張るために設置された無数の防犯カメラにより、十五階にいる十朱の護衛たちがいつでもチェックできた。

奥の角部屋が十朱の居住空間となっており、部屋住みの若者らと情婦が暮らしていた。十朱は、土岐や熊沢のようにひとりの女に夢中になるタイプではなく、三か月もしないうちに新しい女を招き入れる漁色家だ。

ペントハウスの玄関前には、やはり簡素な椅子に腰かけた当番の若者がおり、寝ずの番をしていた。アメリカ製の頑丈なＳＵＶみたいなごつい身体つきをしている。兼高の姿を確認すると、大きな声で挨拶《あいさつ》した。ゴジラのような迫力のある顔つきだが、みっともなく声を裏返らせた。エレベーター前の若者と同じで、ひどく緊張しているようだった。

勝一が、本格的な武装集団を雇って十朱を狙ったというニュースは、東鞘会内に衝撃を与えた。熊沢の死をひっそりと悼みつつ、それぞれ幹部たちは、自慢の子分を本家の警備に当たらせた。とはいえ組織を代表する腕自慢たちも、酒に毒を盛るような女や、サブマシンガンで大量に弾をバラ撒《ま》く軍人風などを相手にするのは初めてであり、内廊下もぴりぴりとした気配に包まれていた。兼高は、ＳＵＶにも栄養ドリンクを手渡し、言葉をかけて緊張を解かせた。

兼高はペントハウスの隣の部屋の前で足を止めた。電子キーで玄関の鍵を解錠してドアを開けた。十朱の隣室が兼高ら護衛たちの詰所だ。

十朱のペントハウスほどでないにしろ、やはり最上階の部屋とあって、高級ホテルのスイートルーム並みに豪華だった。二十畳ほどもあるリビングへと向かう。高さも三メートル以上はあるだろう。キャッチボールができそうなほどの広さだった。

隅には高価なマッサージチェアやビリヤード台が置かれてある。もともとは、十朱の客人や友人が来たときの宿泊所だ。小さいながらもバーカウンターも置かれ、バックバーにはブランデーやスコッチが並んでいる。リビングの中央には、大画面テレビとスピーカーといったＡＶ機器類と、ゆったりとした応接セットがあった。

応接セットのソファでは、室岡が寝そべりながら携帯端末をいじっていた。内廊下の若者とは対照的に、長い脚を投げ出してリラックスしていた。この弟分には栄養ドリンクも激励も無用のようだった。

彼は意外そうに目を丸くして、詰所に戻った兼高を見上げた。

「兄貴、お帰りなさい。早いお戻りで」

「吉原《よしわら》行ってやるだけやったら、あとはすることもとくにないんでな」

室岡はにやりと笑った。

「おれなら一晩かけて、三回戦ぐらいやりますよ。途中でウナギでも食って」

「そんな体力あるもんか。こんな非常時だ。キャバクラやガールズバーで騒ぐ気もないし、千鳥足で道を歩いていたら、勝一の兵隊に身柄《ガラ》をさらわれるかもしれんだろう。自宅《いえ》に戻ってもやることはない」

「兄貴は仕事中毒だもんな。ヤクザなのに」

肩をすくめてみせた。

壁の時計が四時を示していた。ボスの十朱はサラリーマンのように規則正しい生活を送っていたが、襲撃によって熊沢が殺されたのが応《こた》えたのか、外出するのをしばらく控えている。体調不良を理由に、予定されていたゴルフコンペや懇親会はキャンセルせざるを得なくなった。

「次はいつ休めるかもわからないですよ」

「ここで休ませてもらう。なにしろ、本部と本家が一番安全だ」

「それもそうですね。部屋住みの若者が毎日ピカピカにしてくれるし、部屋もデラックスだし、自分家《ち》に帰りたくなくなっちゃいます」

阿内や典子もクレイジーだが、室岡の頭もイカレている。この命知らずな弟分なら、たしかに女をさんざん抱いて、メシをたらふく食って、昼までゆっくり眠ってリフレッシュできたかもしれない。

兼高が詰所に戻ったのは、自宅でひとり苦悩するより、兼高昭吾になりきって仕事に励んでいたほうが、今の危うい自分の立場を忘れられたからだ。

土岐が不在なのも大きい。ボスの秘書になったからには、本家に泊まりこむときも出てくるだろう。もともと、子分らと酒を酌み交わすのが好きな男だ。この詰所をいつ訪れてもおかしくはなかった。今は彼と顔を合わせたくはなかった。

「海老原はどうしてる」

「和室のほうでくすぶっています。起きてはいるみたいでしたけど。あ、そういえば………」

室岡が跳ね起きて、キッチンのほうを見やった。

味噌《みそ》のいい香りがしていた。グツグツと鍋《なべ》が煮える音、何者かが野菜でも刻んでいるのか、包丁でトントンとまな板を叩く音がする。

「本並か」

「いや……それが」

室岡が困ったような顔つきになって頭を掻《か》いた。

キッチンに近寄ると、見覚えのある丸い腹をした大男の姿が見えた。兼高は思わず身構える。

「あんたは……」

　キッチンで料理をしていたのは、毘沙門《びしゃもん》TSUYOSHIこと、元プロレスラーの大村剛史だった。Tシャツのうえからエプロンをつけていた。東鞘会本部で顔を合わせ、兼高らに因縁をつけてきたため、室岡と本並に叩きのめされた経緯《いきさつ》がある。トドメに親分の熊沢からきつい張り手ももらっている。

「待ってくれ、待ってくれ」

　大村は包丁を置いた。両手を掲げて敵意がないのを示す。「佐代子姐《ねえ》さんから頼まれたんだ。勝手に上がりこんだわけじゃねえぞ。土岐の親分も知っている」

　コンロには土鍋が火にかけられていた。味噌仕立てのチャンコ鍋らしく、肉団子や鶏《とり》肉《にく》、野菜が煮えていた。まな板のうえには、ささがきゴボウやスライスされたニンジンがある。

　兼高はため息をついた。

「あんた、やっぱり三味線弾いてたんだな」

「あれは熊沢《オヤジ》の命令だったんだ。チンピラみたいに因縁つけて悪かったと思ってる。勘弁してくれ」

　大村は両手を合わせて頭を下げた。兼高は首を横に振る。

「勘弁するもしないもないさ。あんたは自分の仕事をしただけだろう。本並や熊沢の叔《お》父《じ》貴にぶん殴られても、次の日にはケロッとしていたという噂を耳にした。やっぱり頑丈なんだな」

「それだけが取り柄だ。熊沢《オヤジ》の張り手も慣れてる。死ぬほど痛かったがな」

大村は顔をうつむかせた。表情に影が差す。その張り手の主は、先日銃弾を浴びてこの世を去った。兼高はキッチンを見渡す。

「しかし……古参のあんたを台所に立たせるなんて」

ソファに寝そべる室岡を怒鳴りつけようとした。大村はそれを制止する。

「いいんだ。おれが頼みこんで勝手にやってる」

大村はまな板の野菜を土鍋に投入した。

「めそめそしてる弟分に活を入れてやりたくてな。それで、ちょっとお邪魔したのさ」

「鍋であいつが元気になるのか。精進落としの弁当だって、たいして食えなかった。食欲があるとは思えない」

「まあ、見てな」

大村は鍋をお玉でかき回した。

元レスラーとして下積み生活を送ってきたのか、料理の手つきはたいしたものだった。

熊沢組は、飲食店チェーンを経営している者が多い。武闘派組織は抗争の日々が続くため、事務所に待機中の組員は自炊生活を余儀なくされる。そのせいか自然と料理上手な人間が生まれやすく、熊沢自身も味にうるさいグルメで料理好きだった。

別室にいた当の海老原が姿を現した。度胸のある空手遣いなのは、〝処理場〟での戦いで証明済みだが、今は瞼《まぶた》を赤く腫《は》れ上がらせて、悲しみに暮れる青年でしかなかった。

兼高はコンビニ袋に手を入れた。栄養ドリンクを取り出した。

「調子はどうだ」

「大村《アニキ》……この匂い」

海老原は大村と鍋料理に目を奪われていた。兼高の声が届いていない。

「よう」

大村はお玉で鍋のスープを小皿によそった。海老原に小皿を手渡す。

海老原はスープをおそるおそるすすった。まるで盃事《さかずきごと》の御神酒《おみき》のように慎重に口をつける。

「これは……」

海老原はスープを飲み干して手を震わせた。大村は鼻を鳴らした。

「たとえ熊沢《オヤジ》がいなくてもだ。組や伝統はずっと受け継がれる。熊沢組の者がいつまでもしょげてんじゃねえ」

海老原は深くうなずいた。大村は兼高に笑いかける。

「熊沢組の者には、栄養ドリンクなんかより、このチャンコ鍋が一番効くんだ。熊沢《オヤジ》が得意としていた味噌味の肉団子鍋だ。これはスープが格別でな。門外不出の隠し味があるのさ」

「……ありがとうございます」

「礼なんかいらねえよ。めそめそしてねえで、キリッと仕事しろ。熊沢《オヤジ》が安心して成仏できねえだろう」

　ソファに寝そべっていた室岡が、炊飯器に近寄ってしゃもじを手にした。ドンブリに白米を盛る。

「早くメシにしましょう。限界っす」

「いい兄貴を持ったな」

　海老原の背中を叩いて微笑んだ。

　熊沢組の結束の強さを見せつけられた。海老原の目に輝きが戻る。親分をまっすぐに慕える海老原らが羨《うらや》ましい。

　――土岐はお前が殺《や》れ。

　親殺しを指示された兼高とは対照的な姿だ。微笑みを浮かべつつも、兄弟愛の強さに打ちのめされ、兼高は胸に痛みを覚えていた。

〈休暇は満喫できたか〉

　十朱から電話で尋ねられた。

「いい気分転換になりました。女でも抱こうと、外をぶらつきましたが……どうにも落ち着かないもので。けっきょく詰所に戻りました。大村の鍋《なべ》料理にありつけたんで」

〈毘沙門ＴＳＵＹＯＳＨＩだな。あいつは昔から、プロレスよりも料理のほうがうまいと評判だった。熊沢組のチャンコか。おれも呼ばれたかったな〉

「それは……申し訳ありません」

　十朱は小さく笑った。

〈冗談だ。休暇のときぐらい、おれのツラを忘れて遊びたいだろう〉

「とんでもない。忘れられずに戻ってきたぐらいですから」

　吐く息が少しアルコール臭い。

　昨夜《ゆうべ》は、大村がこしらえたチャンコ鍋をつつきながら、口当たりのいい吟醸酒を飲んだ。鍋は味噌《みそ》仕立てだったが、スープに独特のコクがあり、酒のツマミとしてもぴったりだった。コクの秘密は、熊沢組の者以外には教えられないという。

　室岡や本並といった全身凶器の兄弟たちが顔を揃えていたため、安心して酒を口にすることができた。もっとも、その兄弟たちと楽しく時を過ごせば過ごすほど、心の痛みは強くなるばかりだったが。その痛みをごまかすため、酒量はいつもより多くなった。朝日が顔を出してからも、酒盛りはしばらく続き、親分の死をいつまでも嘆く海老原を激励する会となった。

〈リフレッシュできてなによりだ。さっそく、おれのツラを拝みに来てくれるか。話が

ある〉

「わかりました」

詰所の寝室から出て、すばやく身支度を済ませた。窓からは、夕日の強い光が差しこんでくる。

詰所のリビングにはアルコールの臭いが漂っていた。カーテンを閉め切った部屋のなかで、大村が日本酒の瓶を枕にして、イビキをかいて眠っている。

キッチンでは、海老原が皿洗いをしていた。宴会で使われた食器や鍋を洗っている。

「おはようございます！　昨夜はありがとうございました！」

海老原は皿洗いの手を止めて、兼高に深々と頭を下げた。空手界に極道界と、強烈な縦社会に身を置いてきたこの若者は、暑苦しく思えるほど礼儀正しい体育会系の男だった。おそらく、優秀な警官にもなれただろう。

「もういいのか？」

「はいっ。大村の兄貴に言われたとおり、いつまでもめそめそしてられないっすから。この任務をやり遂げて、おれも男になりたいんです」

二日酔いで目が充血し、顔はパンパンにむくんでいたが、ふっきれたような爽《さわ》やかな笑顔を見せた。

「おれたちで取るんだ。熊沢《オジキ》の仇《かたき》を」

兼高が正拳《せいけん》突きを放ってみせると、海老原はスポンジを握りしめ、真剣な表情でうなずいた。一途《いちず》な想いが伝わってくる。そんな海老原が羨《うらや》ましくなり、思わず視線をそらしそうになる。

詰所を出て通路を見渡した。エレベーターの前には、やはり護衛役の若者が椅子に座っていた。兼高の姿を見るなり、直立して挨拶《あいさつ》をした。

ペントハウスのインターフォンを押した。部屋住みの若者がワイシャツ姿で出迎える。ペントハウスには、隅田《すみだ》川や勝鬨《かちどき》橋、築地などを一望できる巨大な窓があったが、それらはすべて厚手のカーテンやブラインドで覆われ、電灯が煌々《こうこう》と灯《とも》っている。周囲には、狙撃《そげき》が可能なタワーマンションやビルが、あちこちにそびえ立っているからだ。

二階には、大人数でのパーティが可能なバルコニー、それにジャグジーも設置されているが、今は利用不可となっており、ペントハウスの魅力を半減させていた。それでも、ため息が出るほどの豪華さを誇っている。

中央には高級クラブのＶＩＰルームのような大きな応接セットがあり、壁には巨大な絵画が飾られ、天井からはシャンデリアが下がっている。イタリア製の飾り棚には、各仁侠《にんきょう》団体から贈られたスイス製の時計や、ヴェネツィアン・グラスのオブジェなどが飾られていた。まさに東鞘会の王室ともいうべき豪奢《ごうしゃ》な雰囲気に満ちている。

「お疲れさまです」

兼高は一礼しつつ息を呑《の》んだ。

十人以上はゆうに座れるソファには、十朱を始めとして、ステッキを持った土岐と、理事長の大前田が腰かけていた。ポーカーフェイスを維持して、二人の最高幹部らにも頭を下げる。土岐や大前田は浴衣《ゆかた》姿で、十朱はアロハシャツにハーフパンツというラフな姿だった。

　服装こそ先日の密葬とは異なり、ゆったりとはしているが、最高幹部からにじみでる気配は鋭く、顔つきは険しい。十朱に促されてソファの下座に腰かけた。若衆がすかさず盆に載せた日本茶と和菓子を持ってくる。

　十朱はテーブル上のタブレット端末を手に取った。液晶画面にタッチしながら切り出した。

「話は他でもない。〝返し〟の件だ」

　兼高は反射的に背筋を伸ばした。

〝返し〟とは、今の東鞘会において、熊沢を殺害した勝一とその兵隊への仕返しを意味している。思わず尋ねた。

「勝一の居所や、あいつらの正体が割れたのですか？」

「ああ、だいぶ摑《つか》めてきた」

　土岐と大前田は、壁に設置された八十インチのテレビに目を移した。兼高も唾《つば》を呑んで、テレビを見やる。

　タブレット端末の液晶画面が、無線ＬＡＮルーターを通じて、テレビに映し出された。十朱は動画再生プレイヤーのアイコンをタッチして起動させた。ややあって映像が流れ始める。

打ちっぱなしのコンクリートの部屋だ。画面の中央には、大柄な白人が椅子に縛りつけられていた。頭や胸から出血し、身体はまっ赤に染まっている。

「この男は」

画像は鮮明とはいえなかったが、分厚い胸板と太い上腕のおかげで、白人の正体がオリバー・ヘンドリクソンとわかった。十朱らはすでに確認済みのようで、兼高だけがテレビに強く反応していた。

元特殊部隊員という経歴を持つ傭兵《ようへい》だが、画面に映る彼は頭にいくつものコブをこさえ、胸には刃物で傷つけられた痕《あと》があった。後ろ手に縛られて自由を奪われ、こっぴどく痛めつけられたためか、青い瞳《ひとみ》からは戦意が感じられない。

カメラマンはヘンドリクソンをアップで捉《とら》えた。マスクやバンダナで顔を隠した男たちが彼を取り囲んでいる。彼らの手にはナイフや自動拳銃がある。

「東鞘会《うち》の人間ですか？」

十朱におそるおそる尋ねた。

ヘンドリクソンは華岡組の客分だ。それゆえ、容易には手が出せないはずだ。十朱は肩をすくめた。

「華岡組の者さ」

しばし考えてから答えた。

「西勘組の俵谷ですか」

「関西には早めに動いてもらった。外兄弟の熊沢が殺《や》られて腹を立て、クーデターの時期を早めたんだ。東鞘会《うち》が渡した現金をバラ撒《ま》いて、華岡組幹部の引き抜きをすでに始めている。ついでに、ヘンドリクソンの拉致《らち》も喜んで請け負ってくれた」

俵谷は、銀座の『天童』にて宣言している。

――多少、手荒い方法使《つこ》てでも、連中の本音、探りだしてみせます。客分のオリバー君の腹んなかまで、きれいさっぱりお見せしますわ。

本格的に、華岡組を牛耳る中京派に弓を引く腹が決まったようだ。

ベースボールキャップとマスクで顔を隠したヤクザが、血だるまになったヘンドリクソンを尋問した。軍曹や食人鬼などと、物騒な渾名《あだな》がついているものの、画面上の外国人はすっかり怖気《おじけ》づき、小刻みに身体を震わせている。

〈氏家勝一の兵隊を動かしてるのは、オリバー君、あんたじゃねえのか。あいつらはどこに潜んでやがる〉

マスクのヤクザはヘンドリクソンの頬を張り、流暢《りゅうちょう》な英語で問いかけた。

それに対して、彼は必死に首を横に振って答えた――おれは勝一なんて野郎は知らねえし、東京ヤクザのボスなんか狙ってねえ！　本当だ！

ヘンドリクソンの弁解を、十朱が日本語に訳してくれた。

兼高は、繁華街の交番勤務で英会話や北京《ペキン》語を習得していたが、それは秘密の経歴だった。十朱の翻訳を耳にして、初めて理解したようにうなずいてみせる。

　マスクのヤクザは嘲笑《あざわら》った。

〈さすが軍曹《サージ》、これくらいの拷問は屁《へ》でもねえってことか〉

仲間のヤクザがカミソリの刃を手でつまみ、縮み上がったヘンドリクソンのペニスを摑んだ。

〈二の腕にご立派なタトゥーを入れちゃいるが、これじゃまだまだ甘いぜ。日本の極道は、神経が集中する亀頭《きとう》に彫るのを粋《いき》としてるのさ。せっかく来日したんだ。あんたの名前を刻んでやる〉

　亀頭をカミソリで傷つけられると、ヘンドリクソンは子供みたいに首を激しく振って泣き叫んだ。派手に放屁《ほうひ》もしたが、笑う気にはなれない。ときおり、椅子に縛《いまし》められているのが、ヘンドリクソンではなく自分の姿に見える。ヘンドリクソンは悲鳴をあげながら、「知らない」と繰り返して訴えた。

　凄惨《せいさん》な拷問動画が流れるなか、十朱は兼高に意見を訊《き》いた。

「どう思う。殺しと拷問のプロとしては」

「とぼけているというより、こいつは本当になにも知らんのでしょう」

　十朱は、画面上のヘンドリクソンを冷やかに見やる。

「おれも同感だ。ペニスに名前を刻まれたころには、糞《くそ》小便まで漏らして失神しちまった。もしそれで三味線弾いていたとなれば、アカデミー賞クラスの役者ということになる。じっさい、供もつけないまま、名古屋の盛り場で飲んだくれていたらしい。ナイフ一本持たずにな。おれたちを襲った暗殺部隊のメンバーなら、そんな度胸のある真似はできない。けっきょくオリバーは、あのレバノン系のユフスなる男にそそのかされただけのようだ」

「ただの目くらましとして利用されただけというわけですか」

　兼高が答えると、最高幹部らもうなずいた。

　ヘンドリクソンによれば、米国でブラブラしていたところ、ユフスからイージーな依頼を持ちかけられたという。中身は、ヤクザに拳銃の撃ち方と徒手格闘術を教えること。報酬は悪くなく、そのうえヤクザが用意した女は抱き放題で、仕事の合間には裏カジノでギャンブルも楽しめる。

　依頼主である華岡組には、本物の傭兵を招聘《しょうへい》して、組員に戦闘訓練をさせ、本家に対して謀反の動きを加速させつつある関西派への示威行為と、内部抗争に陥ったときの備えとしたいという思惑があった。華岡組は肥大した組織の引き締めに手いっぱいで、トップの琢磨栄の目は、やはりもっぱら関西に向いているようだった。

　ヘンドリクソン自身は、東鞘会の名前すらろくに知らず、関西と関東の暴力団がそれぞれ激しく火花を散らしているにもかかわらず、ひとりバカンス気分で飲み歩いていたが、関西ヤクザに身柄を拘束されて袋叩《ふくろだた》きに遭い、血だるまにされたうえに亀頭に名前を彫られる羽目となった。現在は解放されて、拷問を行った西勘組の息がかかった病院で治療を受けている。

十朱はタブレット端末にタッチして動画を消した。

「琢磨が今のところ東鞘会《うち》と構える気がないことは、ヘンドリクソンだけでなく、いくつかの情報筋からも耳に入っている。やつの出身母体である琢真会関係者や愛知県警からもだ。むしろ勝一に、熊沢殺しの片棒を担がされそうになって憤激しているとの話だ。恩を仇《あだ》で返すような真似をしやがったとな。子分たちのクーデターを抑えるため、わざわざ傭兵を呼んだというのに、それに乗じて東鞘会《うち》を刺激するような事件を起こしたのだからな」

中京派は、勝一率いる和鞘連合を後押しし、東鞘会の崩壊を目論《もくろ》んだ過去がある。琢真会の現会長は勝一と兄弟盃《さかずき》を交わしていた。

「そうなると、勝一は誰の援助で襲撃者を雇ったのでしょうか。あの男の面倒を見ていた喜納もいなくなり、中京派もシロだとなれば」

兼高は顎《あご》に手をやって考えこんだ。

すでに勝一の背後にいる組織の正体を知ってはいたが。出月梧郎として仕入れた情報はすべて封印した。東鞘会に忠誠を誓うキラーに徹する。

「ひとつだけある」

十朱が中空を睨《にら》んだ。不愉快そうに眉間《みけん》にシワを寄せる。

「不良外国人ですか、あるいは和鞘連合の残党——」

「違う違う。こいつさ」

十朱は指でマルのマークを作って額にあてた。

「警察《サツ》——」

兼高は言葉をつまらせた。演技をする必要はなかった。やはり十朱は気づいていたかと、心のなかに衝撃が走る。

「警察《サツ》がどうして、勝一のケツを持つんですか。おれたちを本気で潰《つぶ》す気でいるなら、でっちあげでも微罪逮捕でもやって長期勾留《こうりゅう》でもするか、刑務所にぶちこむのが連中のセオリーのはずです。それに警察《サツ》は、自分たちこそ日本全国を縄張りにしていると考えている勘違いしたクソ野郎どもです。自分の縄張りで、青海のときのようなドンパチをさせるとは思えません」

「たしかにそうだ」

十朱は深々とうなずいた。ただし、土岐も大前田も黙って茶をすするだけだった。兼高も茶に口をつけて続けた。

「勝一が連れてきた兵隊は、あまりに危険な集団です。『天童』のホステスに化けた女は、下手すりゃあの場にいた全員を毒殺したかもしれなかった。その後に現れた兵隊どもも、持っていたのは減音器《サプレッサー》付きのサブマシンガンです。いくら人気《ひとけ》のない倉庫街でも、あれだけ派手に弾丸《マメ》をバラ撒けば、カタギに流れ弾が当たってもおかしくない。まるでテロリストみたいなやつらだった。いくら警察《サツ》が、東鞘会《うち》を憎んでいるからといって、そんな荒っぽいやり方を選ぶとは――」

　慎重に言葉を選んだつもりだったが、口調が自然と熱を帯びてしまい、あやうく出月梧郎が表に出そうになる。

　兼高自身も勝一のバックに警察組織がいるのを見抜いていた。同じく警察出身者である十朱が気づかぬはずがない。

　それがわかっていても、十朱らには警視庁のほうに目を向けてほしくはなかった。そのために思わず熱弁を振るってしまい、あわてて口をつぐんだ。

「すみません。出しゃばりすぎました」

　十朱は微笑んだ。

「お前はなにひとつ間違ったことを言っていない。ふつうはそうだ。おまわりなんて組織は、偉そうにふんぞり返って睥睨《へいげい》していても、しょせん、ひとりひとりは目の前の職務を大過なく果たすことしか考えない小役人の集まりだ。本来なら、お前の言うとおり前例にならって、東鞘《うち》会とつき合いのあるカタギでも引っ張って、おれや理事長に脅迫されたと告訴しろと迫り、事件をでっちあげるだろう。華岡組のようにな」

　琢磨の右腕として知られる華岡組の若頭は、今は恐喝罪で刑務所暮らしを余儀なくされている。みかじめ料を華岡組に納めていた奈良県の産廃業者が、県警からヤクザとのつき合いを絶つように説得され、みかじめ料を受け取っていた傘下団体の組長や幹部が軒並み逮捕された。

琢磨栄を支える最重要人物の逮捕は、華岡組中京派の屋台骨を揺るがす事態となり、そしてついに関西派との内部抗争に陥ろうとしていた。下っ端の者や密接交際者を逮捕し、取引して上の人間を売るように仕向けるのは、当局側の常套《じょうとう》手段であり、頂上作戦のさいに用いられるやり方だ。

十朱は両腕を広げてみせた。

「しかし、ひるがえって東鞘会《うち》はどうだ。逮捕《パク》られるのは、枝の人間ばかりだ。せいぜい手が出せても座布団《ざぶとん》の低い直参程度に過ぎない。これは不思議なことだと思わないか。おれも三羽ガラスもシャバでぴんぴんしてたんだ。出身母体の神津組にしろ、若頭の三國は派手に稼いでいるうえに、お前らものびのび仕事をしてきた。華岡組のほうはといえば、ちんけな車庫飛ばしや名義貸しで、最高幹部までが逮捕《パク》られているのにな」

兼高は困惑してみせた。視線をさまよわせる。

「それは……内部がガタガタな華岡と違って、東鞘会の秘密主義が徹底しているからではないでしょうか」

「お前でも妙なことを言う。東鞘会が一枚岩だろうと、鉄の結束を誇ろうと、警察《サツ》には大して関係ない。逮捕《パク》りたいと思えば、いつでも逮捕《パク》れる。おれたちは警察《サツ》の手の内で泳がされてる。それが今の極道事情というやつだ」

兼高は茶で口内を湿らせた。

渋みの少ない嬉野《うれしの》産の高級な玉緑茶だったが、今は味がわからなかった。ただ、口がひどく渇く。

十朱だけでなく、大前田や土岐といった東鞘会の中枢が顔を揃えている時点で、十朱のいう〝話〟の内容が、ただ事ではないのは理解していたつもりだった。しかし、兼高が思う以上に、重要な話し合いなのだとわかった。

兼高はそれとなくカードを切った。おそるおそる十朱らの顔を上目遣いで見つめながら。

「東鞘会《うち》は……警察《サツ》に正面から手を出させない武器を持っているということですか。手っ取り早く言えば、連中の金玉を握っている」

「そのとおり。いくら警察庁長官が吠《ほ》えようとも、東京にいるおまわりさんたちは、容易に東鞘会《うち》には手が出せない」

訊《き》くべきか迷った。

「警視庁ですか……一体、どんな弱みを」

兼高はその金玉の隠し場所を探り当てるため、長い潜入生活を送り、流血沙汰《ざた》と殺人を繰り返してきた。慎重に尋ねるべき事項であり、会話の流れによっては兼高自身が疑われかねない。

十朱はニヤリと笑って、首を横に振る。

「残念ながら、そいつは最重要機密だ。詳しい中身までは教えられん。東鞘会《うち》が首都東京で大きな顔ができるのは、戦闘力や結束力、経済力がよそよりも図抜けているということもあるが、なにより警察《サツ》の秘密を握っているのが大きい」

「よほどなんでしょうね。木っ端役人の不祥事程度では済まないほどの」

「さっきも言ったとおり、警察組織はいくら巨大であっても、ひとりひとりは肝の小さな役人だ。泥をかぶる根性もなく、目の前の職務をミスなくこなすことしか考えない。面倒な宿題は、未来の人間に任せて先送りにする。おれや理事長に手を出せば、警視庁は大量の返り血を浴びることになる。歴代の警視総監は芋引き野郎ばかりで、東鞘会には攻め入るべからずと、ひそかに下々に命じてきた」

「会長」

大前田が静かな声で諫《いさ》めた。口調こそ穏やかだったが、十朱は咳払《せきばら》いをする。

「おっと、少し話し過ぎたな」

大前田は兼高を見つめた。〝人斬り〟なる異名のとおり、その目は刃物のように冷たい。

「赤坂の。悪く思わんでくれ。有能な男だろうが、まだ枝の人間なんでな」

「なにも気にしちゃいねえよ。兼高、これは東鞘会の最高幹部の間でしか共有できない類《たぐい》の話だ。会長から盃もらってる直参だって知らねえ。取扱い要注意の極秘情報だ」

土岐もまたステッキに体重を預け、前のめりになって兼高をまっすぐに見すえた。

実の子供を見るような親しげな眼差《まなざ》しではなく、今にも直《じか》突きを放ってきそうな、射《い》貫《ぬ》くような視線だった。不用意に漏らせば命はない。大前田と土岐は目で伝えてくる。

「承知しました」

兼高は神妙な態度で返事をした。

情報の重要性なら充分すぎるほど理解している。なにしろ、十朱自身が警視庁にとって急所そのものだ。東鞘会に潜りこんで、兼高と同じく、汚れ仕事をこなして出世した。極道だけでなく、カタギすらも葬っている。

十朱とタッグを組んだ組対部特捜隊の隊長だった木羽は、東鞘会壊滅を目論んで、十朱に対して極刑に値するであろう犯罪を容認した。それだけでなく、警視庁は十朱に裏切られるという大失態を演じている。

これが表沙汰になれば、組織犯罪対策部はもちろん、警視総監のクビも飛ぶ事態となるのは間違いなく、警察史に残る汚点として永遠に語り継がれるだろう。警視庁は、その十朱という汚点を消し去るため、さらに兼高を送りこんだのだ。

兼高は大物たちに睨まれて恐縮してみせた。ひとつの疑問を抱きながら。十朱の過去についてはあらかじめ知っている。しかし、このふたりや死んだ熊沢などは、その東鞘会最大のタブーについて、果たしてどこまで知っていたのか。

兼高とは違い、十朱が警官だったのを知っているわけがない。十朱が警視庁の急所を握っているのは間違いなかったが、他の最高幹部にはどのような形で伝わっているのか。不思議でならなかった。三羽ガラスは優れた頭脳と、修羅場を潜り抜けてきた者特有の眼力を併せ持っていた。

優れた子分たちを長年にわたって騙《だま》し抜き、一方で警察組織を脅迫してみせる。大胆不敵というよりも、もはや狂気と形容するしかない。

十朱は、再びタブレット端末の液晶画面に触れた。

「とにかく、おれたちと警察《サツ》はそんな関係にある。理解するには時間がかかるだろうが……」

「つまり……こちらが弱みを握っているため、警察《サツ》は正面から攻めいることができない。そのために、勝一を陰から支援するといった奇策を用いているわけですね」

「それだけじゃない。盗聴や盗撮はもちろん、メンツを維持するためなら、警官による潜入捜査もやるだろう。防犯カメラの顔認証システムに、構成員のＤＮＡの採取。ハイテク捜査も駆使して、東鞘会の外濠《そとぼり》を埋めるつもりだ。もはや一介の落ち武者に過ぎない勝一に、あれだけの兵隊を揃えて、こちらのアンテナに引っかからないだけの隠れ家も提供できる。そんな芸当ができるのは、警察以外にはありえない」

兼高は相槌《あいづち》を打った。

潜入捜査の言葉を耳にし、反射的に視線をそらしそうになった。湯呑みに手を伸ばしたくなる。しかし、落ち着きのない仕草が自分の首を絞めることになりかねないのを、この長い潜入生活で学んでいた。

テレビに、ある男の写真が映し出された。心臓がひときわ大きく鳴ったものの、冷静さを取り繕うのは忘れなかった。

「刑事《デコスケ》……ですね」

「警視庁で組対部特捜隊《ソトク》の隊長をしている。阿内将《あないまさる》という。それなりに名の知られた警《ポ》官《リ》で、華岡組の打ち出の小槌だった闇金グループを潰したのもこいつだ。東鞘会《うち》から金玉を取り戻そうと張り切っている。他の小役人どもと違って、極道顔負けのえぐい真似をする」

画面上の阿内は制服を着用し、散髪したてのように髪をきっちりと整えていた。無精ヒゲも生えていない。

身分証用に撮られた写真らしく、兼高が知る阿内とは違って見えた。しかし、腫《は》れぼったい瞼《まぶた》と温かみを感じさせない三白眼は、やはり阿内以外の何者でもない。

土岐や大前田は無表情でテレビの阿内を見つめていたが、ふたりの瞳には、怒りの炎が見え隠れしていた。ステッキを握る土岐の手がわずかに震えている。

「この男が、勝一を裏から操っている」

「警視庁内に飼ってる犬から聞きだした。東鞘会《うち》を潰すために水面下であれこれと画策している」

十朱はテレビに茶托《ちゃたく》を投げつけた。画面の阿内の眉間に当たり、茶托は床のうえを転がる。

「おれたちは勝一らの行方を未《いま》だに摑めずにいるが、幸いにして連中のケツを掻《か》いている黒幕の正体は、こうしてわかったわけだ。警察《サツ》が法も秩序もシカトして、無法者に機関銃《バリバリ》持たせて暴れさせた以上、こちらとしても手段を選ばずやるしかない。熊沢の仇を討つためにも」

　胃袋が痛みを訴えてきた。精神安定剤が欲しい。

「さらうんですか。この警官《ポリ》を」

「今日にでもそうしたいが、この阿内という男、自分の立場をよくわかっていて、あちこちと住処《ヤサ》を変えてる。桜田門《さくらだもん》の本部に規則正しく出勤しているわけでもなければ、かりに姿を現したとしても、まるで大臣のように拳銃《チャカ》を持った護衛たちに囲まれている。下手に手を出せば返り討ちに遭う」

　十朱は、タブレット端末の画面をスライドさせた。阿内のふてぶてしい顔写真が消え、新たな写真が画面に現れる。

　細いフレームのメガネをかけた中年女と、小学生くらいの少女が写った写真だった。ファミレスと思《おぼ》しき場で食事をしている。最近、撮影されたものらしく、ふたりとも半《はん》袖《そで》ブラウスやＴシャツといった夏服姿だ。

　小麦色に肌を焼き、大きく口を開けてハンバーグを頬張る少女とは対照的に、中年女のほうは気だるそうにアイスティーに目を落としている。メガネのおかげで知的な印象を覚えたが、色白な肌と相まって儚《はかな》げにも見える。兼高は目を凝らしたが、知らない人物だった。

十朱はさらに液晶画面をスライドさせた。

「警察《サツ》にも弱みがあるように、曲者《くせもの》の警官《ポリ》にも同じく弱みがあるということだ」

テレビに映った写真が切り替わった。

その写真には、浦安《うらやす》の巨大テーマパークをバックに、阿内と中年女が一緒に写っていた。阿内は、さきほどの少女らしき子供を肩車している。撮影した時期は、ファミレスの写真のときよりずっと古く、子供はまだ幼く小さい。二、三歳くらいだろう。

十朱がタブレット端末に目を落としたまま言った。

「阿内の別れた女房と娘だ」

典子の言葉が脳裏をよぎった。

——あの人に家族はいない。あたしと同じでね。失ったのさ。

娘を肩車している男は、兼高が知る阿内とは違って見えた。頭髪はすっきりと短く刈られ、いかにもタフな刑事らしく、肉体は逆三角形に引き締まっている。妻と思しき中年女の瞳には、若々しい輝きが見られた。肌にも張りがあり、中年と呼ぶにはためらいを覚えるほど若い。

写真の阿内は笑っていた。いつもの嫌みったらしいシニカルな笑みとは違って、少年みたいな屈託のない笑顔だった。一度も目にしたことのない表情だ。

土岐がステッキをテレビに向け、阿内の元妻と娘を指し示した。兼高はうなずくしかなかった。

車内の空気はどこか重苦しかった。

任務遂行中ともなれば、つねにサブマシンガンを持った兵隊どもを警戒し、緊張でぴりぴりと張りつめたものになるが、今回はいつもと異なっていた。

運転席の海老原は、親分の死から立ち直り、肩に力が入っていた。助手席の本並も気合充分ではある。歯痛にでも悩まされているかのように、苦しそうな顔をしている。

兼高の隣にいる室岡は、ペンを回す浪人生のように、先を尖《とが》らせたマイナスドライバーをしきりにクルクルと回転させている。頼りになる相棒であり、相手が強者《つわもの》であればあるほど実力を発揮する筋金入りだが、むら気な性格でもある。

「おい」

室岡の膝《ひざ》を小突いた。

「はい？」

兼高が顎《あご》で彼の〝ペン回し〟を指摘した。

室岡は無意識にやっていたらしく、軽く頭を下げて、マイナスドライバーをポケットにしまった。

「あの、言い訳がましいんですけど……やる気ないわけじゃないですよ」

「わかってるよ」

兼高ら四人組は、東鞘会から選ばれた選抜隊だ。暴力のプロであり、対象者が警察官の元家族とあって、決して気の緩みなど許されない難易度の高い任務なのは、誰もが理解していた。

同じヤクザや半グレを痛めつけるミッションのほうがよほど楽だった――タフな相手ほど容赦せずに痛めつけられる。トルクレンチでぶん殴っても、簡単に死にはしない。対象者を破壊するのは簡単だが、手加減して適度なダメージを与えるほうが難しい。力を加減したがために、対象者から思わぬ反撃に遭い、腹を刺されたこともある。全力で襲撃できた沖縄のときよりも、今回は厄介な任務といえた。

兼高たちは川崎《かわさき》市麻生《あさお》区の栗平《くりひら》駅近くにいた。小田急《おだきゅう》多摩線の静かなベッドタウンで、駅付近は真新しいマンションが並び、いくつかのショッピングセンターが夜に入ってからも、灯《あか》りをつけて営業している。人工的な街並みが整備されている一方で、手つかずの自然も残っていた。銀座や赤坂をホームグラウンドにしている兼高らにとっては、ひどくのどかな地域だった。

下りの電車が駅に停まるたびに、都心で働き終えたサラリーマンやＯＬらが大量に降りては、スーパーやコンビニへと足早に向かっていた。パチンコ店やキャバクラといった店舗は見当たらず、ヤクザ者にとっては退屈なエリアだ。

兼高らはハイエースに乗り、約百メートル先にあるビルを見張っていた。ビルの四階には英語塾が入っており、阿内の娘である北里梨帆《きたざとりほ》が通っている。

腕時計に目を落とした。あと三分で夜八時半を迎えようとしている。塾の授業が終わる時間で、ビルの前には塾に通う子供たちを迎えるための車の行列ができていた。そのなかには、母親の北里真由子《まゆこ》の車はなかった。

十朱から命令を受けてから二日。襲撃や拉致《らち》を実行するには、周到な準備と対象者の調査が欠かせなかったが、北里母娘《おやこ》に対する調査はすでに完了していた。彼女らの自宅や職場、学校、行動パターンはもちろん、母娘の交友関係や立ち寄ることが多いスーパーやコンビニ、真由子が四週間に一度、神経科で睡眠薬を処方してもらっていることまでが詳細に綴《つづ》られていた。

兼高は北里母娘の存在を二日前に知らされたが、十朱は以前からマークしていたらしく、東鞘会の息がかかった警察ＯＢの探偵に詳しく調べさせていた。母娘が暮らすのは麻生警察署管内だが、その人員や交番などの位置、襲撃に適した人気《ひとけ》のないポイントまで記されており、人違いを起こさぬよう、兼高らのもとには、最新の母娘の姿を撮った写真数十枚と、ふたりを盗撮した動画ファイルが一ダースも送られていた。

四年前、阿内と別れて、旧姓に戻った北里真由子は、娘とともに栗平駅から徒歩五分ほどの場所にあるアパートに引っ越した。実家は北陸だったが、同じ麻生区に兄夫婦と子供が暮らしており、母娘ふたりでアパート暮らしをしている。離婚するまでは専業主婦だったが、今は町田《まちだ》の高齢者施設で事務員をしている。

施設の給料だけでは、とても娘を養ってはいけないが、阿内が毎月送る養育費と合わせて、人並みの生活が送れているという。娘も週二回の英語塾に通わせている。ただし、父親の阿内とは盆と正月の年二回程度しか会えずにいると、探偵の報告書には記されてあった。また、とくに警察による身辺警護はないとも。

いくら仕事は有能でも、家庭のほうはうまくいかない警察官は山ほどいる。突然の事件や災害で休みが潰《つぶ》れるのは当然として、大きな事件が発生すれば、亭主不在の日々が長く続く。警察社会独特の濃密な人間関係は、否応《いやおう》なく家族をも巻きこみ、亭主の地位がそのまま家族にも反映され、家族までもが上層部の夫人や子供にへりくだらなければならないこともある。

阿内が組対部特捜隊の隊長となってからは、浦安の自宅マンションで謎の不審火が起き、嫌がらせも続発した。真由子は阿内に異動願いを出すように頼んだが、阿内は聞き入れないまま、隊長の座に留《とど》まり続けて今日に至っている。家族よりも東鞘会との戦いを選んだのだ……。

ビルの出入口が賑《にぎ》やかになった。塾の授業が終わったらしく、子供たちが外に出てきた。四階の窓から手を振る子供もいる。塾の講師と思《おぼ》しき女性が、迎えに来た親たちに挨拶《あいさつ》をし、帰宅する子供らに手を振る。

本並が夜間双眼鏡でビルの出入口を見つめた。

「北里梨帆が出てきました」

梨帆の姿は肉眼でも確認できた。

学校は夏休み中だったが、水泳や運動が好きらしく、学校の屋外プールに毎日のように通っている。下町育ちのヤンチャ坊主だった父親に似て、活発で運動神経のいい少女だった。

写真や動画で確認したが、小学四年のわりには、母親よりも食欲旺盛《おうせい》で明るい性格だった。長く伸ばした黒髪をピンクのリボンでポニーテールにし、デニムのショートパンツを穿《は》いていた。学校でも塾でも人気者らしく、多くの友達に手を振って別れを告げる。

室岡が梨帆を見つめながら、ぼそっと呟《つぶや》いた。

「場合によっちゃ、あの娘《こ》の指、手羽先みたいにポキポキ折らなきゃならないんですよね」

海老原と本並が口を曲げた。

海老原らが苦々しい顔をしているのも、標的が女子供だからだ。阿内を追いつめるための布石とはいえ、士気が上がるミッションとは言いかねた。やる気を削《そ》ぐような発言はご法度だが、暗黙の了解という言葉が、室岡には通じなかった。

兼高は首を横に振った。

「ポキポキ折るんじゃない。スパスパ切り落として、父親や親族に指を送りつけるのさ。もっとも、場面によっちゃポキッと折る必要もあるかもしれないな。首の骨を」

「なかなかしんどいっすね」

　室岡は頭を掻《か》きむしる。

「さすがのお前も厳しいか」

「いや……ふつうにやれますけど、どうやったらモチベーションを上げてやれるかなって」

　室岡が顔を曇らせて答えた。

　彼はとくに虚勢を張っているのではない。急な残業を命じられた会社員みたいな表情だった。おそらく命令が下れば、女子供相手でも容赦ない拷問をしてみせるだろう。

「モチベーションなんぞどうでもいい。ふつうにやれば、それでいいんだ」

　室岡は心配いらなかった。ヤクザのくせに根が真面目な海老原や本並は、湧き上がる良心をねじ伏せるため、何度も深呼吸を繰り返している。室岡との会話のせいで、ふたりはますます全身を強張《こわば》らせた。

「安心しろよ。汚れ仕事はおれと室岡でやる」

　ふたりをなだめた。

　塾の生徒たちが家路につくなか、梨帆は隣のコンビニに入り、雑誌コーナーで立ち読みをした。夜間双眼鏡を覗《のぞ》いていた本並が、声をあげた。

「母親が来ました」

　駅に電車が到着し、また大量の利用客が出入口からぞろぞろと姿を現した。

　そのなかに白のワイシャツ姿の中年女がいた。母親の真由子だ。娘と比べ特徴に欠けるため、兼高も夜間双眼鏡を覗いて、人相を確かめた。

モノクロではあるが、視界が昼のように明るくなり、中年女の姿がはっきりと確認できた。ショートボブにした頭髪は美容院に行ったばかりのように整っていたが、顔には疲労の色がありありとにじんでいた。職場での残業は日常化しており、家に仕事を持ち帰るときもあるという。彼女の肩には大きなトートバッグがあったが、書類やファイルがつまっているのか、バッグの底は重たそうにたわんでおり、駅からコンビニに行くまでに、何度も担ぎ直している。

彼女の横顔には、疲労だけではなく、暗い陰が見てとれた。職務にのめりこむ阿内についていけず、浦安で暮らしていたころは、度重なる不審者からの嫌がらせに堪えかね、鬱病《うつびょう》と診断され、三か月間北陸の実家で療養生活を送っている。

阿内もまたクレイジーな世界の住人であり、部下の兼高こと出月にしても、すべてを投げ出して逃げたくなったことは一度や二度ではない。阿内に人生を狂わされた者同士とあって、気を抜くと真由子に同情しそうになる。

梨帆は真由子の姿を見つけると、読んでいた雑誌を置いて、大きく手を振りながらコンビニの外へ出た。母親のトートバッグをひったくって両手で抱える。真由子はトートバッグを取り戻そうとしたが、梨帆は頑《かたく》なに拒んで母親の荷物を担いで歩き出した。

「健気《けなげ》っすね」

室岡の目が猛禽《もうきん》類のように鋭くなった。獲物を狙うハンターの目つきに変わる。発言は相変わらず、襲う者のやる気を萎《な》えさせるものだったが。

歩く北里母娘の姿を目で追い続けた。栗平駅北口の前を横切り、駅の北西に位置する住宅街へと歩む。

梨帆は母親の荷物を持ちながら、あれこれと母親に話しかけていた。両手が自由になった真由子はストレッチをしつつ、娘の話に耳を傾けていた。あれこれと悩みを抱え、苦労もしているだろうが、今は平穏な生活を送っているようだ。真由子らにとって、兼高らの存在は悪夢の再来以外の何物でもないだろう。

兼高はひっそりと息を吐いた。刑事になりたかった。罪を犯しながらも、シャバでのうのうと生きている犯罪者が許せなかった。実家近くの小さなスーパーで発生した強盗殺人事件。あの犯人のような連中が。なんの罪もなかった比呂美《ひろみ》やアルバイト店員らを、無慈悲に射殺するような外道たちに手錠をかけるのが夢だった。

ふいに目まいを覚え、夜間双眼鏡から目を離した。瞬《まばた》きを繰り返す。その夢を実現するために走ってきた自分が、なぜ罪のない女子供を襲おうとしているのか。悪い夢を見ているような気がしてならない。

「外食の日かな」

本並が夜間双眼鏡を覗きながら呟いた。

栗平駅前には、母娘がふだん利用するスーパーがある。しかし、彼女らは店舗の前を素通りした。

「ああ」

兼高の声が裏返った。

目まいと同時に胃袋がうごめき、喉元《のどもと》まで胃液がこみ上げていた。飲み下すのに手間がかかった。室岡が眉《まゆ》をひそめる。

「兄貴、大丈夫ですか」

「なんでもない」

咳払《せきばら》いをしてごまかした。喉が胃液で焼けるように痛んだが、ハンドルを握る海老原に告げた。

「例の店まで先に行っていろ。周囲の警戒を怠るな」

「了解」

兼高はスライドドアを開けて、ハイエースから降り立った。後に室岡が続く。

粘ついた熱気に襲われる。夜とはいえ、気温は三十度はありそうだった。スーツジャケットを着用しているため、降り立った瞬間に汗が噴き出した。防弾ベストも着け、ショルダーホルスターには拳銃《けんじゅう》もぶら下げている。

警察にしょっ引かれるのを避けるため、襲撃のさいにはもっぱら工具類を用いるが、勝一の兵隊のようにサブマシンガンまで持った輩《やから》が潜んでいる以上、武装して警戒する必要があった。

兼高はブラックのビジネスバッグを、室岡はボストンバッグを担いで、帰宅するサラリーマンに扮《ふん》した。充分に距離を取って、母娘を尾行する。海老原と本並を乗せたハイエースは歩道を歩く母娘の横を通り過ぎる。駅前には交番があるものの、建物内に警官の姿はない。

例の店とは、住宅街のなかにある小さなイタリアンレストランだった。手頃な値段で、パスタやピザが食べられる。母娘の帰り道に店があることもあって、彼女らは十日に一度の割合で訪れている。ふだんは梨帆が自分で料理を作って別々に夕食を摂《と》るか、真由子がスーパーに立ち寄り、食材を購入して遅めの夕食を作るかのどちらかだが、梨帆が英語塾に通う日は、真由子と帰宅時間が重なるため、外食で済ませることが多い。

栗平駅周辺は、小田急電鉄による大規模な土地開発と、利便性がよくなった多摩線のおかげで、ベッドタウンとして急速に人口を増やしている。ただし、同じ麻生区の新百《しんゆ》合ヶ《りが》丘《おか》駅周辺とは違い、飲食店や酒場の数は少なく、夜遅くまで営業している店舗はまだわずかだった。駅を離れると、闇が濃度を増していき、街灯と住宅から漏れる灯りだけになる。人の姿も徐々にまばらになった。

母娘の背中は無防備だった。レストランは手頃な値段で食事ができるものの、舌の肥えたヤクザたちには平凡な味にしか思えなかった。その店のカルボナーラを愛する梨帆は、母親の重たい荷物を抱えているにもかかわらず、その足取りは軽く、母親を促すように早足で歩いた。

室岡は無表情になり、鋭かった視線は柔和なものへと変わった。敵意を気取られないように擬装していた。ボストンバッグのファスナーを開ける。いつでも身柄をさらえるという合図だ。

　兼高は奥歯を嚙《か》みしめた――一体、阿内はなにをしているのかと。

　阿内の元女房と娘を狙え。十朱から命令を受け、即座に準備に取りかかった。つねに室岡らと行動をともにしていたため、ひとりで外出する暇はなく、周囲の目もあり、電話はかけられなかった。隙を見てトイレの個室にこもり、携帯端末を使って、阿内と兼高だけがたどり着ける会員制の掲示板サイトにログインした。

『家族に注意しろ』とメッセージを記したが、阿内からはなんの反応もなかった。また、いつものように兼高にはなにも伝える気はないらしい。あるいは……兼高の警告が伝わっていないかのどちらかだ。

　阿内に限ってそのようなチョンボはないと信じたい。だが交番勤務時代、つまらない連絡ミスが原因で、事件現場に駆けつけるのが遅れ、犯人を取り逃がす羽目になったのは一度や二度ではなかった。

　母娘は阿内のアキレス腱《けん》だった。別れて暮らし、顔を合わせる機会も少ないが、探偵の調べでは、阿内は毎月の給料から多額の養育費を真由子に送っているという。彼本人の貯蓄はゼロに近く、浦安のマンションを購入したさいのローンも、ひとりで払い続けている。

　その愛する者に魔の手が迫っているというのに、阿内はなにも手を打っていないのかと、栗平に現地入りした兼高は呆《あき》れ返ったものだった。警察が母娘を警護している様子はなく、彼女らを泳がせているわけでもないようだ。

この地の管轄は神奈川県警だ。東鞘会に鼻薬を嗅《か》がされた者の数は警視庁以上に多く、急激に土地開発が進む麻生区には警官だけでなく、議員や役人にも東鞘会の犬がいる。阿内の手下や勝一の兵隊がうろついているとの情報は入っておらず、兼高らの警戒網にも引っかかっていない。

阿内が東鞘会に弱みを握られたとすれば、自分や典子は果たしてどうなる。母娘への襲撃は、兼高自身の首を絞めるにも等しい行為だった。

兼高らは徐々に歩みを速めて、母娘との距離を縮めていた。室岡が鷹《たか》のような目で周囲を確かめる。駅から離れて住宅街に入り、人気がなくなっている。

レストランの手前約三十メートルにハイエースが停まっているが、母娘はまったくの無警戒だった。路肩に停車しているヴァンに注意を払おうともしない。

作業着姿の海老原と本並が、ハイエースから降り立った。ふたりとも目深に作業帽をかぶり、顔にはマスクをつけていた。さすがに母娘も驚いたように歩道の端に寄る。

海老原らは母娘を見ず、後部座席のスライドドアやバックドアを開け放った。母娘は気味悪そうに海老原らを見やりながら、ハイエースの横を通り過ぎようとする。

兼高らが後ろから忍び寄った。ビジネスバッグから目出し帽をふたつ取り出し、ひとつを室岡に渡した。目出し帽をかぶると、靴音に気をつけながら、小走りになる。

背後が無防備なままの母娘を襲った。室岡が慣れた手つきで、梨帆の頭にボストンバッグをかぶせる。ボストンバッグの中身は空だ。

「ひっ」

真由子の背中にスタンガンの電流を流した。

彼女の膝ががくりと落ち、受身を取ることなく、アスファルトに頭を打ちつけようとする。本並と兼高が、真由子の身体を支えて転倒をふせぐ。

「お母さん！」

梨帆が叫んだ。

しかし、頭にボストンバッグをかぶせられ、減音器をつけた銃のように、声はくぐもっていた。梨帆を抱えあげた室岡は、無駄のない動きで、ハイエースのバックドアから荷室へと乗りこんだ。

海老原がすかさずバックドアを閉め、梨帆が持っていた母親のトートバッグを拾い上げる。

兼高と本並が真由子を担いだ。ひとりでも間に合うくらいに、真由子の身体は軽い。開いているスライドドアから、真由子を後部座席に押し込み、ドアを閉める。

海老原が運転席に戻り、助手席に座った本並にトートバッグを手渡した。ハイエースが現場から急発進で走り去る。

母娘の身柄をさらうのに、かかった時間は約三十秒。手際は悪くない。兼高は周囲を見回した。人気はなく、落とした物もない。

「放して！　誰か！」

荷室では梨帆が、室岡相手に暴れていた。

彼を必死に蹴《け》りつけていたが、室岡は意に介さなかった。結束バンドで手足の自由を奪う。

兼高は真由子の手首に触れて脈を確認した。心臓疾患があるとの報告はないが、念を入れて容体を確かめなければならない。彼女には無事でいてもらわなければならなかった。脈があるとわかり、息があるのを見極めると、娘と同じく手足を結束バンドで縛《いまし》めた。

夜間双眼鏡を覗いていた本並が、兼高らに向かって首を横に振った——追っ手の姿はない。

拉致はスムーズに進んでいる。しかし、兼高の心が晴れることはなかった。

ハイエースでのドライブは短かった。

法定速度を守って川崎市内を東に走った。県道を走行中に、二度パトカーとすれ違ったが、呼び止められはしなかった。拉致《らち》を済ませると、兼高らは目出し帽を脱いでいる。

かわりに北里母娘《おやこ》の手足を拘束したうえで、目にアイマスクをつけ、耳にはヘッドフォンをつけさせた。

北里母娘の頭にはショッピングバッグもかぶせた。万が一、顔を見られるような事態になれば、生きて解放するのが難しくなる。自由を奪うと同時に、視覚と聴覚も支配する。それは母娘のためでもあった。ヘッドフォンからは、途切れなく古いディスコミュージックを大音量で流し続けている。

栗平から約十キロの距離を走行した。目的地は東名川崎インターチェンジ付近だ。ピンクやブルーといった、けばけばしいネオンがきらめくラブホテル街がある。

ハイエースはそのなかの一軒に入った。モーテルのような造りになっており、他の客とは顔を合わせずに済む。彼らが入ったラブホテルは、神津組の幹部が経営している。ラブホテル自体は、ふだんどおりに営業しており、駐車場は九割がた埋まっている。

ハイエースが出入口を潜ると、スタッフルームからワイシャツ姿の神津組系の組員らがすばやく現れ、赤い誘導棒を振って、駐車場へと案内した。他の客が部屋から出てこないのを確かめて、ハイエースを降りると、ショッピングバッグをかぶせられた真由子と梨帆の手を引いて、二階の客室へと連行する。

「お願いです……私たちはもう関係ないんです」

真由子は憐《あわ》れなほど声を震わせていた。KO寸前のボクサーみたいに膝《ひざ》がガクガクと揺れており、階段を一段一段上らせるのにも骨が折れた。

「娘には手を出さないで……」

真由子が声を出すたびに、室岡がマイナスドライバーで軽く背中を突《つつ》いた。娘の梨帆は声をあげて泣いたため、手ぬぐいの猿ぐつわをして、海老原が肩に担いで二階に運ぶ。ふたりを客室に運び、キングサイズのベッドに横たわらせた。ラブホテルで待機していた組員らは、外に異変がないのをチェックし、指でOKサインを作った。

ラブホテルには、もともと防犯カメラがいくつも仕かけられてある。悪質な宿のなかには、室内にもカメラを仕かけ、男女の情交を映像に収めたデータを映像会社に売り飛ばすところもあった。建物の内部にも防犯カメラが山ほど取りつけてあったが、さらに敷地外や近くの市道にも設け、不審人物や不審車の有無を逐一確かめていた。

任務の第一段階をクリアし、兼高は深いため息をついた。前の沖縄みたいに、今回は命のやり取りをするわけではないが、精神的な疲労の大きな仕事ではある。入室する前から、部屋のエアコンは利いていたが、真夏にスーツと防弾ベストを着用していたため、身体は汗にまみれていた。本並にエアコンをもっとガンガン利かせるようにと手で命じる。

獰猛《どうもう》さや腕力よりも、壊れやすい国宝級の壺《つぼ》をきちんと運べる繊細さや正確さが求められる。勝一の放った刺客に奇襲されて戦ったときとは異なり、メンバーたちにも昂揚《こうよう》は見られず、疲れたような表情を見せていた。

部屋は、タイやバリ島などの南国リゾートをイメージしたような造りで、フローリングの床の上に天蓋《てんがい》付きのベッドがあった。窓の外は、ゴーヤや朝顔のようなツル性の植物を使ってグリーンカーテンをこしらえている。落ち着いた雰囲気であって、どうせならプライベートで訪れたかった。高級なマッサージチェアも置かれてあり、それで強張《こわば》った身体をほぐしたかった。

「はあ……風呂《ふろ》入って汗流したいっす。入浴剤もあるし」

風呂場を確認した室岡が呟《つぶや》いた。

「なんなら、マット洗いと潜望鏡をやってやろうか。うまいって評判なんだ」

ジョークを口にしたが、乾いた笑い声が返ってくるのみだった。本並と海老原も愛想笑いを浮かべるだけだ。酒でも呑《の》んでいたら、それなりに受けただろうが。

「主任」

海老原が不安そうな顔で兼高に声をかけた。

主任とは現場指揮官である兼高を指す。北里母娘の聴覚を奪っているとはいえ、ふたりの前で名前を呼び合うわけにはいかない。

梨帆はベソを掻《か》いていたが、ときおり大きなしゃっくりを繰り返した。泣いたために鼻がつまっているらしく、呼吸もつらそうだった。

猿ぐつわを外すように命じると、海老原は本並と競うようにして、彼女の口をまっ先に解放させた。ふたりとも空手やボクシングといった格闘の名人であり、肝もでかいのは、勝一の兵隊とぶつかり合ったときに証明済みだ。しかし、女子供に危害を加えるのは苦手のようだった。彼らは、格闘家としては一流だが、極道としてはまだ二流だ。タイで勢力を拡大させている三神《みかみ》組などは、ロリコンの日本人相手にタイの美少女や幼児を斡旋《あっせん》しており、女たちを管理しやすくするため、シャブ漬けにしている。そういった意味では、外道になりきれない海老原らは、ヤクザに向いていないとも言えた。室岡も弱い者をいたぶって喜ぶ変態ではない。

　息がつらそうなのは、梨帆だけではなかった。母親の真由子も浅い呼吸を繰り返していた。頭からショッピングバッグをかぶらされているため、余計に苦しげだった。

　兼高は目出し帽を掲げ、他のメンバーにかぶるように命じた。全員が顔を隠したのを確かめると、ショッピングバッグを彼女の頭から取り去る。

　真由子の呼吸は速すぎた。ショッピングバッグを取ったというのに、息を吸うのに苦労していた。極度の恐怖や不安によって、過呼吸に陥っているようだった。

　彼女は、自分が布団《ふとん》のうえに寝かされているのは理解していた。ヘッドフォンを外されると、強姦《ごうかん》でもされると思ったのか、短い悲鳴をあげる。部屋はラブホテルだ。どれほど叫んでも、防音設備がしっかりしているため、外に声が漏れたりはしない。結束バンドの縛《いまし》めを解《ほど》こうとしたあまり、手首には擦過傷がいくつもあった。皮膚が破れて血がにじんでいる。彼女の顔からアイマスクも取り去る。

　できるだけ優しく声をかけた。

「ゆっくり深呼吸を。過呼吸症候群になる。息を吐くことを意識して、少しずつ息を吐いてください。これ以上、あなたに危害を加えることはありません」
丁寧語を使ったところで、真由子の心を解きほぐすには、かなりの時間が必要だった。たとえ彼女の視界が開けても、目の前には目出し帽をかぶった屈強な男たちがおり、自分と娘が連行されたのは明らかにラブホテルだ。落ち着けというほうが無理だった。傷つける意図がないのを繰り返し告げ、血中の二酸化炭素を増やすように呼吸法を指導した。

しかし、過呼吸に陥りそうなのは兼高のほうだった。阿内は自分だけでなく、別れた家族にもやはりなにも告げてはいないらしい。兼高からの連絡が伝わっていないのか。背筋がぞくぞくとする。

妻子さえもエサとして利用する気か。だとすれば、自分も阿内の捨て駒として使われるだけなのではないか。真由子を介抱しながら、心が激しく揺れる。

そもそも、家族を人質に取られた阿内の考えがわからない。ときおり、目まいさえ覚えた。内通者が飼い主の妻子をさらうことになるとは。悪い冗談としか思えない。

真由子に危害を加えないとは伝えたが、それは阿内の態度次第だ。あの男が吐けば真由子が痛い目を見ることはない——痛い目を見るのは兼高になるのかもしれないのだ。阿内は異常だ。その阿内を放置しておく警視庁もどうかしている。家族まで巻きこむ外道に、黙って従っていていいのか。策があるのなら、この体たらくはなんなのか。

兼高自身の声が聞こえた——お前も捨て駒に過ぎない。

深呼吸と説明が功を奏して真由子が冷静さを取り戻すのに、二十分はかかった。もっとも、それでも身体の震えは収まらず、寒中水泳を終えた後のように歯をガチガチと鳴らしていた。彼女は、縛められた両腕で梨帆を抱きしめる。

真由子はか細い声で訴えた。

「もう、あの人とは別れて何年も経つんです。それに、なにも知りません」

「あなたに訊《き》きたいことはとくにありません。黙ってここにいてさえくれればいい。腹が減ったら、なんでも持ってこさせるし、トイレも入浴も自由です」

梨帆がきっと睨《にら》みつけてきた。この娘のヘッドフォンもアイマスクも外してある。

「おうちに帰して！」

兼高は無視して携帯端末を向けた。涙と鼻水で濡《ぬ》れたふたりの顔をカメラで撮る。

「頼んだぞ」

室岡らに声をかけ、兼高は客室を出た。

階段を下りるさい、目がくらんで転倒しそうになった。あわてて手すりに掴《つか》まって慎重に外へと出た。いっそハイエースに乗りこんで、どこか遠い世界に逃げたくなった。運転席のドアハンドルに触れたが、逃走するわけにはいかないと己に言い聞かせ、隣の客室の階段を上った。一階の駐車場には、ブラックのプリウスがひっそり停まっている。

隣の客室は同じ造りで、やはり南国リゾートをイメージした内装だった。ただし、ここもカップルや風俗嬢がいるわけではなく、タバコの煙や男たちの汗や香水の匂いがした。床にはケーブルがいくつも伸び、五十インチのモニターには、室岡らがいる隣室の様子が映っている。兼高は目出し帽を取って、室内の人物らに一礼をした。

　マッサージチェアが作動しており、土岐がローラーで肩を揉《も》まれていた。彼はテレビに目をやっていたが、兼高に笑いかけた。

「よくやった」

「ありがとうございます」

「神奈川県警が通報を受けたという知らせも、今のところは入っていない」

　室内の空気は、母娘が監禁された隣室と同じで張りつめていた。ソファには神津組の舎弟頭である宮内が背筋をピンと伸ばして腰かけ、お歯黒こと白川《しらかわ》ら若い衆が、緊張した表情でその脇に詰めていた。

　兼高が現場指揮官なら、土岐は司令官といった役割だ。隣室で兼高の仕事ぶりや北里母娘の様子をチェックしている。カメラとともにマイクも設置されているため、母娘がティッシュで洟《はな》をかむ音が聞こえた。

　この部屋のテレビは、隣室だけでなく、ラブホテルに仕かけられたカメラ映像すべてをチェックできる。もし、不審者が侵入して来れば、すぐに迎撃態勢が取れるようになっている。今の宮内は、所持を固く禁じられている拳銃《けんじゅう》を、しっかり持っているようだった。風呂場にはもっと物騒な武器がある。

　本来なら、東鞘会の最高幹部である土岐本人が、犯罪の現場にいることなどあってはならないはずだった。企業舎弟が経営する中華料理店や料亭など、アリバイが証明できる場所を司令部にすべきであり、現場から遠いところにいるべきだった。

　ましてや、手を出したのは警察組織の構成員の家族だ。作戦が失敗したときは、いくらトップの十朱が警視庁の急所を摑んでいるとしても、全面対決は避けられなくなるだろう。

　今も警視庁は東鞘会に対し、兼高を潜らせるだけでなく、勝一を裏で操るなどして、狡猾《こうかつ》な攻撃を仕かけてはいるが、返り血を浴びる覚悟で十朱の逮捕まで踏み切るかもしれない。警察は暴力団以上に気が短い。メンツを傷つけられたら、警察はヤクザ顔負けの手段に出る。

　少なくともはっきりしているのは、失敗すれば土岐は残りの人生を刑務所で過ごす羽目になるということだ。あるいは死さえも待ち受けている。兼高は、彼が最前線にまで出てくるのに反対したが、土岐は笑って退けた。

――どのみち失敗したら、警察《サツ》は、おれが北海道にいようが沖縄にいようが、手錠《ワッパ》をかけに来るだろうよ。お前ら子分の罪がめくれりゃ、親まで刑事責任を問われるご時世なんだ。裁判所がヤクザに肩入れするわけがねえしな。どこにいたって、ミスっちまえば、長期刑《ナガムシ》か死が待ってる。毒を食らわば皿までってやつだ。どうせなら、おれもきっちり食っていきてえのさ。

　好戦的な土岐らしい理屈だった。

マッサージチェアでくつろいでいるが、脇に立てかけてある黒檀《こくたん》のステッキは、おそらく仕込み杖《づえ》と思われた。東鞘会本部で指ヅメ用に使おうとしたものだ。今も左手の小指は包帯に包まれている。

「どれ」

土岐は手を差し出した。兼高は携帯端末を渡した。

土岐は、液晶画面に映る北里母娘の写真を見やった。写真の出来栄えに納得したのか、深くうなずくと、若い衆の白川を呼んだ。

「マエダにこの画像を送れ」

「うす」

白川は携帯端末を受け取ると、その場でメールを打ち、監禁された北里母娘の画像をマエダ宛てに送信した。

マエダというのは、横浜でＩＴコンサルタント業を営む二十代の男だった。

表ではサイバーセキュリティの専門家として、いくつもの企業の情報管理やシステム構築を手がけているが、裏ではサイバー犯罪に手を染めているクラッカーでもあった。アタリマエダなるバカバカしいハンドルネームを使っている。

彼は世界中のクラッカーとつるんでは、銀行や大企業のコンピューターシステムに侵入し、大量の個人情報を盗み取っていた。

そのアタリマエダに携帯端末のデータを送り、彼を経由して北里母娘の写真を阿内に見せる予定だ。

すでに東鞘会側は、阿内個人の電話番号やメールアドレスは把握していた。彼が、霞《かすみ》が関《せき》にある警察共済組合の施設に宿泊しているのも突き止めている。脅迫電話やメールはいつでも発信できる状況にあった。

ただし、阿内は警察組織の人間だ。ここから気軽にメールを送信すれば、たちどころに携帯端末から位置情報を知られ、警官隊が押し寄せる可能性がある。公衆電話も同様に使えない。必ず防犯カメラが仕かけられているからだ。

誘拐に成功してはいるが、交渉相手である警官とコンタクトを取るには、ＩＴに詳しい専門家を間に入れる必要がある。アタリマエダの手により、阿内は匿名の人間からメールを受け取ることになる——誘拐された元妻子の写真を添付されて。

白川の持っていた携帯端末が震えた。メールの返信が来たようだった。

「マエダからです。脅し文句はどうしますかって」

「簡潔でいいだろう。ナメた真似をした礼に、女房を中国の売春窟《くつ》に売り飛ばして、娘はタイで変態の相手をさせてやるってところか。写真だけで充分な気はするが……」

兼高がアドバイスをした。

「三分以内に返事をして、宿泊施設から出るようにとつけ加えたほうが」

「二分以内だな。一分遅れるごとに、娘の足の爪を剝《は》がすと伝えておけ。剝がすところを動画に撮って、それもメールで送りつけるといい」

「わかりました」

「いっそ指を切り落としちまうか……まあ、いい。とにかく野郎に考える時間を与えるな」

土岐は、若い衆にペンチを用意するように伝えた。

彼の口調はあくまで淡々としていた。大きく危険な仕事ほど冷静になるタイプであり、そして室岡らと違って根っからの極道だった。組織のためなら極悪非道な外道にもなる。

白川は今どきの若者らしく、すばやく文字を入力した。腹痛でも起こしたようにつらそうな表情を浮かべたが、それだけ内容がまがまがしくなった。送信し終えると深く息を吐いた。

すぐに返信がアタリマエダから来た。匿名化ソフトを使って、阿内に元家族の写真と脅迫文を送ったとの知らせだった。

土岐は温度のない目で腕時計を見つめた。若い衆がペンチを手にして、兼高に渡そうかどうか迷っていた。ひったくるようにして、ペンチを受け取る。

阿内がどう出るのかを待った。ペンチのグリップが汗でぬるぬると滑る。クレイジーなあの男なら、元妻だろうが、娘だろうが、危害を加えられるのをあえて見過ごすことぐらいは、やりそうな気がした。こちらの指示どおりに動かなければ、兼高が爪を剝がさなければならなくなる。

手下たちにやらせることもできるが、現場指揮官が率先して手を汚さなければ、下の人間の士気が下がりかねない。顔には出さないように努めたが、暗い気分に陥るばかりだった。

「二分だ」

　土岐が冷たく告げた。

　アタリマエダからの連絡はまだない。あの野郎は家族すら犠牲にする気か。兼高はペンチを持って客室を出ようとした。

　宮内の携帯端末が震えた。彼は電話に出ると、土岐に携帯端末を渡した。

　土岐は通話相手の声を耳にしながら、外に出ようとする兼高を手で制した。

「よし。やれ」

　土岐は通話相手に対し、それだけ告げて切った。兼高に微笑みかける。

「ひとまず、女房子供をいたぶらずに済みそうだ」

「阿内に動きがあったんですね」

　阿内がいる宿泊施設には、毘沙門ＴＳＵＹＯＳＨＩこと大村剛史が率いる熊沢組の組員が張りついている。

「かろうじてスラックスは穿《は》いてるが、上は下着姿だそうだ。おっとり刀で外に飛び出してきやがった。大村には阿内の身柄をさらうように命じた」

　白川の携帯端末が震えた。

　アタリマエダを通じて、阿内から返信があった。土岐は液晶画面を一瞥《いちべつ》すると、兼高にも内容を見せた。〝ようきゅうどおりにするまってくれ〟と記されてあり、文章は短かった。急いで入力したためか、すべてひらがなで句点もない。

　再び目まいがしそうだったが、笑顔を作ってみせた。

「正直ほっとしました。屈強な兵隊どもと戦うのは本望ですが、女子供の指だのを切断するのは、さすがに夢見が悪いですから」

「わかんねえぞ。阿内ってのは相当な狸野郎だ。大村らを尾《つ》け回す警察らしき車両を見つけたら、そのときはすみやかに、娘の爪を剝ぎ取る必要がある。しんどいようだったら、おれが代わってやってもいい」

　兼高はペンチをカチカチと鳴らした。

「バカ言わないでください。たしかに女子供は気の毒ですが、それもすべて狸野郎のせいですから。熊沢の叔父貴《おじき》の仇《かたき》を取るために、勝一を狩り出すためにも、こちらは粛々とやらせてもらいます」

　白川の携帯端末がまた震えた。

「マエダ経由で動画も届いた」

　液晶画面で動画が再生された。兼高が使用したのと似たようなヴァンの車内が映し出される。

　携帯端末のカメラは、下着姿の中年男を捉《とら》えていた。目出し帽をかぶった男たちに囲まれている。中年男の横にいるのは大村だ。顔を隠していても、異様に発達した僧帽筋や大胸筋でわかった。中年男は、目にアイマスクをつけられており、口には布きれを押しこまれている。

小さな画面ではあったが、中年男はまぎれもなく阿内だった。肥満気味の体型とボサボサに伸びた頭髪でわかった。整髪料でなんとか整えていたヘアスタイルも、あわてて外に飛び出したためか、派手に崩れている。酒でも呑んでいたのか、顔全体が赤らんでいた。下町の酒場あたりで呑んだくれている労務者のようだ。少なくとも、本庁のやり手捜査官には見えない。無精ヒゲの伸びた顎《あご》はヨダレで汚れていた。うーうーと苦しげにうなっている。

心のなかに冷風が吹きつけてくる。捕らえられた阿内は、あまりにも無防備でみっともなかった。彼は秘策を抱え、あえて捕まったのか。また兼高にも一杯喰わせて、ペテンにかけるつもりか——だとすれば、あまりに危険すぎる方法だ。なにを考えているのか、まったくわからない。

土岐が目を細めた。

「老眼のおれにはよくわからねえ。どうだ」

「阿内将《まさる》です。まちがいありません」

声が震えたりしないよう、慎重に返事をした。

「対面が楽しみだ」

土岐が阿内を見つめる顔は冷ややかだった。

彼は人間臭い親分だったが、東鞘会のためなら会長にすら鉄拳を見舞う戦闘的な組織人でもある。入念なマッサージは、阿内を痛めつけるための準備のように映る。

土岐は白川に携帯端末を渡した。

「阿内の持ち物はむろんだが、身体の隅々まで調べるように大村には伝えろ。ケツの穴までな。同じ失敗を繰り返すわけにはいかねえからよ」

阿内が発信機を隠し持っている確率は低い。同じ戦法が二度も通じる相手ではないのを、彼自身がよく知っているはずだ。拉致する大村側も心得ていた。身体検査をしっかり行ったうえで連行するように厳命されている。

東鞘会側には、大村らを尾ける人間や車両がないかを確かめる監視班もおり、警視庁内に飼いならされている汚職警官たちからも、徹底して情報を集めたうえで実行している。そして、東鞘会の監視班から、警察の姿が見えるとの報告はない。

阿内のピンチは、兼高の危機でもある。悲鳴が喉元《のどもと》までこみ上がるが、無理やり飲み下した。

東鞘会側の計画どおりに進めば、今夜はだいぶ血なまぐさくなる。阿内は無事では済まない。

どんなに口が堅い人間であっても、復讐《ふくしゅう》に燃える土岐や筋金入りのキラーである室岡の尋問からは逃れられない。

もし、兼高の名前を漏らすようなときは……彼の口を封じなければならない。兼高はペンチを握りしめた。

阿内を乗せたヴァンが、ラブホテルの出入口に入った。スタッフに化けた組員が粛々と誘導する。

本来であれば、霞が関からこの場所までは三十分程度でたどりつく。大村たち拉致《らち》グループは、その三倍もの時間をかけて、目的地であるラブホテルに着いた。

大村らは寄り道をした。大田区の自動車整備工場で、色違いのヴァンに乗り換え、高速道路を使わずに多摩川を越えて、川崎市に入った。尾行の有無を確かめるために、わざと遠回りするなど、過剰ともいえるほどに警戒した。

拉致した相手が、同じ極道であれば、これほど手間暇をかけない。だが、今回さらったのは警察組織の構成員だ。日本中に仕かけられた防犯カメラを確認でき、通信機器の使用履歴を洗い、顔認証システムで人相のみで個人情報を割り出せる。

兼高は土岐らとともに、客室のテレビで防犯カメラの映像をチェックし、ヴァンが到着するのを見届けた。テレビのモニターは半分に分割され、一方はラブホテルの出入口を映し出していたが、もう一方で隣室の様子を捉《とら》えている。

室岡が気を利かせて、ケーブルテレビのアニメチャンネルを梨帆に見せていた。エアコンの温度は母娘《おやこ》に合わせ、高めに設定しているらしい。防弾ベストを着用しているメンバーたちにとっては暑く感じられるのか、スポーツドリンクやミネラルウォーターを含んで水分を補給していた。

　北里母娘も食欲こそないものの、ペットボトルのドリンクを受け取っていた。それで緊張が解けるわけではなく、大きなベッドの隅で身を寄せ合っている。

　飲み終えたペットボトルや空き缶は、ひとつのゴミ袋に放りこんでいる。すべてを終えたときは清掃業者が、チリひとつ残さず部屋を掃除する予定でいる。

　ハイエースなどの車も同じだ。連絡用に使ったトバシの携帯端末は、全部叩《たた》き壊したうえで海に投げこんで、証拠を消す。最前線で動いた兼高や大村らは、水やすりで指紋を削り取っていた。

　細心の注意を払っているが、ひとつでもミスを犯せば足がつく。拉致に成功したとはいえ、薄氷を踏むような危うい立場に置かれているのを、極道たちはよく理解しているのか、誰も浮かれる者はいなかった。むしろ、マル暴刑事たちにガサ入れされたときのような硬い顔つきで、阿内を乗せたヴァンを迎えた。

　土岐も同じだった。それまではマッサージチェアやベッドに寝そべり、リラックスした様子で〝客〟がやって来るのを待っていた。だが、いよいよ到着となると、風呂《ふろ》場に隠していたサブマシンガンを手にし、兼高に伝えた。

「いくら時間がかかってもかまわねえ。ただし、逆さに振っても出ねえくらい、野郎から情報を徹底的に吐き出させるんだ。あやしいやつを見かけたら、おれたちがすっ飛んでとっ捕まえる。お前らは尋問に専念しろ。野郎がすっとぼけるようなら、野郎自身はもちろんだが……」

土岐は暗い目でテレビのモニターを見やった。

その視線の先には、ベッドのうえで身を縮める北里母娘がいた。阿内が口を割らなければ、北里母娘を痛めつけろと無言で命じている。

「わかっています」

「大村の手下に、頭のおかしなサディストがいてな。不法滞在の東南アジアの売春婦に、特別料金を払って指や肘《ひじ》の骨を折る野郎がいる。本番もおしゃぶりもなしで、ひたすら女子供をいたぶるのを大好物にしているヤクザの鑑《かがみ》だ。もしつらけりゃ、そいつに任せよう。阿内が見ている前で、喜んで母娘《おやこ》ドンブリもやるだろう」

「心配いりません。おれたちでケツを拭《ふ》きます」

ヒップポケットにペンチをねじ入れて、土岐らがいる客室を出た。目出し帽をかぶって階段を下りる。

土岐は無理をするなとばかりに優しく声をかけたが、額面どおりに受け取るわけにはいかなかった。いつでも強敵や腕自慢ばかりと戦えるわけではない。

ヤクザがふだんもっぱら相手にするのは、不法滞在の外国人であったり、多重債務者であったり、頼る者がいない家出少女や不良少年だ。脛《すね》に傷を持っている者、群れからはぐれた弱者を巧みに罠《わな》に嵌《は》め、骨までしゃぶらなければ、極道としては永遠に半人前だった。性に合わないからといって、いちいち他人に拷問を任せていたら、立派な極道を演じ切れない。隣室で土岐も逐一監視しているはずだった。

おまけに兼高には、獲物の阿内を他人に譲れない理由もある。足掻《あが》くだけ足掻いてみるしかない。阿内とふたりになれる機会をうかがうか……致命的なミスを犯した上司の口を封じるしかない。こめかみや後頭部を鈍器で殴殺する。勢い余って死に至らせたことにするしかない。

むろん、それで兼高はケジメをつけさせられるだろう。小指くらいで済むかどうか。しかし、北里母娘や自分を守るためには、阿内には永遠に口を閉じていてもらうしかない。おめおめと捕まった彼が許せなかった。

涙がこみ上げる。彼を救出する方法よりも、口封じをまっ先に考えるようになった——身も心も極道になってしまった気がする。

阿内を乗せたヴァンは、北里母娘のいる隣室の出入口に停まっていた。スライドドアが開き、ヴァンからは目出し帽をかぶった大村が出てきた。さすがにヘビー級の元プロレスラーだけあって、ウェイトのある肥満体型の中年男を、セメント袋のように肩に担いだ。

運ばれてきたのは、やはり阿内だった。なにかの間違いであってほしいと、わずかな希望を抱いて中年男を確かめたが、夜の闇のなかにあっても、はっきりと阿内と見分けがついた。

彼は北里母娘と同じく、結束バンドで両手を縛《いまし》められ、口には布きれが巻かれて喋《しゃべ》れずにいる。もごもごと唸《うな》りながら、陸に打ち上げられた魚のごとく、身体を揺らしてもがいていた。

「おとなしくしろ。往生際の悪い」

大村は阿内の頰を小突いた。

大村とともに車を降りた男がいた。ガッチリとした体型だが、背はだいぶ低い。他のメンバーと同じく目出し帽をかぶっているが、目が異様な興奮で濡《ぬ》れている。

「主任、お願いがあります。自分も尋問に加えていただけませんでしょうか。どんなやつも吐かせてみせます」

男は兼高にぐっと顔を近づけた。

ハアハアと荒い呼吸をしている。土岐の言っていたサディストだった。

兼高は、親しげに男の肩を叩くと、奥襟を摑《つか》んで膝蹴《ひざげ》りを腹に見舞った。

「遊びじゃねえんだ、変態野郎」

男は頽《くずお》れて地面を転がった。大村の肩でじたばたともがく阿内に目を走らせた。彼の喉に右アッパーを突き上げる。

「てめえも静かにしやがれ」

阿内の口を覆っていた布きれから、黄色い胃液があふれた。ヒキガエルの鳴き声みたいな音が漏れ、嘔吐《おうと》物の臭いに包まれる。

担いでいた大村が目を丸くした。彼の着ていた作業服が、阿内のゲロで肩から胸まで汚れる。

「兄弟」

「……すまない」

「しょうがねえよ。その変態も気にしなくていい。お前の言うとおり、こいつはてめえの欲望を満たしたいだけだからよ」

「おれも人のことは言えない」

「おれだってそうさ。とにかく運んじまおう。本当はこいつの背骨をへし折りたくてうずうずしてたんだ。じつはここに来るまでの間に、どさくさにまぎれて背中をけっこうどやしつけてる。腎臓《じんぞう》をさんざんぶん殴ったから、しばらく血尿が出るだろう。小便するたびに、ひどくチンポコが痛む」

大村は、自分を拾ってくれた親分の熊沢を、勝一の兵隊に殺されている。勝一の後ろに阿内がいるとわかり、彼も仇《かたき》を取りたいと願っているはずだった。

大村は、客室への階段を上りながら呟《つぶや》いた。

「生きているのを後悔したくなるほど、この野郎を徹底して痛めつけてやってくれ。おれの分までな」

「任せてくれ」

大村たちはラブホテルやその周囲に留《とど》まり、外部の襲撃者に備える予定でいた。

この拉致計画は、十朱や最高幹部、それに実行犯しか知らない極秘事項だ。阿内と家族の監禁場所も、突き止められはしないことになっている。

だが、青海では勝一の兵隊に奇襲されている。同じヘマを繰り返さないためにも、厳重な警戒態勢を取っていた。かりに警察の特殊部隊がやって来たとしても、逃げ道を確保できるだけの武力と監視網が敷かれている。

大村は客室に入るなり、阿内をフローリングの床に放った。プロレス技のボディスラムのように、阿内は背中から叩きつけられた。阿内は、両手を拘束されているため、満足に受身が取れず、苦痛に顔を歪《ゆが》めて転がった。

ボディスラムも苦しいだろうが、兼高の右アッパーもかなり応《こた》えた様子だ。事前に連絡したにもかかわらず、阿内は間抜けにもさらわれた。じかにこの目で見ていたら、制御できないほどの憤怒《ふんぬ》に心を支配され、全力でパンチを放っていた。

「期待してるぜ」

大村は阿内を置いて去った。同時に金切り声があがる。しばらく、おとなしくしていた北里母娘が、同じく拉致された阿内の姿を見て叫んだのだ。

阿内は、胃液を鼻からもあふれ出させた。窒息をふせぐために口の布きれを取り去ると、彼は身体をくねらせて大量に嘔吐した。床に胃液の池ができる。

兼高は、待機していた室岡らに目で命じた。室岡は、ベッドにいる北里母娘にヘッドフォンとアイマスクを見せつけた。再び騒ぐようなら、また視覚と聴覚を奪うと、無言で警告する。真由子が、泣き叫ぶ梨帆を抱きしめる。

　客室内には、各所にカメラが仕かけてあった。彼への尋問を取り仕切る者として、彼や母娘を逃がすのは無論だが、力を抜くわけにもいかない。隣室の土岐が見張っている。また、この場にはいなくとも、後で十朱も映像で視聴するだろう。彼の眼力は侮れない。

「天ぷらを肴《さかな》に、ビールで晩酌か」

　室岡が嘔吐物に目を落とした。

　ゲロのなかには、未消化の山菜やエビの尻尾《しっぽ》、天ぷらの衣らしきものが見られた。彼は犬みたいに鼻が利く。阿内から漂う体臭で、酒の種類も割り出した。本並に嘔吐物の始末を命じた。

　海老原から怒気が噴き出ていた。親分の仇と出会えて昂奮《こうふん》している。

「衣服を剝《は》ぎ取って素っ裸にしろ。抵抗するなら殴れ。急所以外をな」

「はい」

　海老原の声はかすれていた。顔はまっ赤だ。

　赤穂《あこう》浪士のごとく、忠孝に生きる男だが、それだけに殴り殺しかねない殺気をまとっている。空手で鍛えた鉄の拳を固く握りしめていた。

　海老原とふたりで阿内の衣服を脱がせた。

「き、貴様ら、おれを誰だと思ってやがる！　こんな真似してタダで済むと思ってんのか！」

阿内は息を弾ませて吠《ほ》えた。

口から唾《つば》やゲロが飛び散った。スラックスを摑んで抵抗する。海老原とは対照的に顔色はまっ白だ。全身の筋肉がガチガチに強張《こわば》っている。

兼高は呆《あき》れた。阿内の腹のうちがやはり読めない。棒立ちになりそうだったが、手を止めるわけにはいかない。

阿内の下着を剝ぎ取り、上半身を裸にした。贅肉《ぜいにく》のついた腹や胸毛が露《あらわ》になる。背中には大村が言ったとおり、殴打された痕《あと》があり、肌に青紫の痣《あざ》がいくつもある。

「おい、止めろ。なにしやがんだ」

阿内はベルトを摑んで抵抗した。

海老原の額に青筋が浮かび、鉄拳《てっけん》を脛に叩きつけた。ゴツッと岩がぶつかるような音がした。阿内は顔を歪める。海老原が前腕や太腿《ふともも》を殴ると、阿内は苦痛のうめきを漏らし、ベルトから手を離す。

海老原はベルトを外し、スラックスを脱がした。トランクスを奪い取って全裸にする。

兼高は、阿内の髪を摑んで顔を引き起こした。キラーの兼高昭吾になりきる。

「ご覧のとおり、家族は無事だ。それもあんた次第だがな」

元妻と娘の前で全裸にされ、恥ずかしそうに顔を背けた。室岡は北里母娘に語りかけた。

「せっかく目と耳を自由にしてやってるんだ。元旦那《だんな》のストリップを愉《たの》しむといい。見慣れた裸じゃないか」

海老原が阿内の脛に肘打ちをかました。

「女房とハメ撮りさせましょう。白黒ショーだ」

「ナイスアイディアだ」

兼高は弾んだ声をあげた。

本来の海老原は、下ネタも嫌う硬派な男だった。激怒が彼を嗜虐《しぎゃく》的な鬼に変えている。

「まずは、この刑事《デコスケ》の身体に訊《き》く。それでダメなら仲よく母娘ドンブリだ」

阿内の頭髪を摑んで浴室へと引きずった。

浴室はラブホテルだけあって、むやみに広かった。浴槽はジェットバス付きで、大人がふたりでゆったり入れるほどの大きさだ。洗い場もマットプレイが楽しめそうなほどだった。身体に訊くには申し分のない広さではある。蛇口をひねって浴槽に湯を流しこんだ。

海老原の鉄拳が効いたのか、阿内は仰向《あおむ》けの姿勢で、身体を丸めながら脛をさすっていた。股間《こかん》を隠す余裕もないのか、縮んだペニスが丸見えだ。頬を涙で濡らしている。

暗澹《あんたん》とした思いで、上司を見下ろした。

浴室の出入口に立つ室岡に、カメラの撮影役を命じた。浴室にも防犯カメラが設置されているが、手持ちカメラで鮮明かつ大胆に撮る必要があった。阿内の態度次第ではあったが、場合によっては北里母娘を裸にひん剝《む》かなければならない。

「おれっすか？」

撮影役を命じられた室岡は、きょとんとした様子で答えた。

「こんなゲロ臭いおっさんを触りたいのか？」

「いいえ」

「じゃあ、カメラを回せ」

「了解」

室岡は若干の戸惑いを見せながらも、客室に置いてあったハンディカメラを手に取って、レンズを浴室に向けた。

阿内の頭髪を摑んで上体を起こした。髪がちぎれそうなほど強く。彼は涙を流して悲鳴を上げた。兼高は阿内の目を直視したが、彼は目を合わせようとはしない。

奥歯を嚙《か》みしめた。阿内は演技をしていた。ようやくそれを悟る。兼高は目出し帽をかぶっているが、すでに声も発しているのだ。部下を判別できないはずはなく、阿内は知らんぷりを決めこんでいるのだとわかった。

少なくとも最大の疑問は解けた。兼高からの知らせを、この男は事前にきちんと目にしている。そのうえであえて捕まったのだと。かりになにも知らなかったとしたら、兼高に救いを求めるサインをなんらかの形で送ってきただろう。

目の前に家族や部下がいるにもかかわらず、この男は暴力団員から痛めつけられ、全裸でみっともなくベソを掻《か》く警官を、全力で演じていた。まるで、暴力団のボスになった十朱と張り合うかのように。阿内は、あえて家族と自分を拉致させたのだ。一体なにを考えているのか。おかげで兼高までが窮地に立たされる羽目になった。このまま首を絞めて、息の根を止めてしまいたい。海老原とは違った動機で、阿内を殺したかった。

怒りを押し殺し、海老原に指示を出す。

「スラッパーか電話帳を使え。お前の拳じゃ殺しかねない」

「お、押忍《オス》」

室岡を撮影役に選んだのは、彼が拷問のプロでもあるからだった。暗殺や拉致はもちろんだが、人の口をこじ開けるのも得意としている。どこに神経が集中し、どの道具を用いれば、もっとも苦痛を与えられるのかを知り尽くしている。

いくら阿内が自分の意志で、火中に飛びこんできたとはいえ、室岡の手にかかれば、兼高の正体まで喋る可能性がある。拷問に不慣れな海老原とタッグを組んだほうがマシといえた。海老原を焚《た》きつけ、阿内を殴殺させる方法も選べる。

阿内の頬を叩き、尋問を開始した。

「勝一をどこに匿《かくま》ってる」

本当は別の質問をぶつけたかった――家族やおれに黙って、なんで捕まったりした、貴様はどこまでイカレてやがるんだ。

「しょ、しょーいち。なんだそりゃ。知らねえぞ、そんなもん。貴様ら、東鞘会のクズどもなのはわかってるがな。サクラの代紋の者、さらって無事で済むと思うなよ。このゴキブリども。全員十三階段上らせてやらあ。腐れ極道どもが調子に乗りやがって」

兼高は後ろから阿内の首を摑み、湯でいっぱいになった浴槽に頭を浸《つ》けた。阿内は縛められた両手を振り、身体を振って暴れ回るが、強制的に彼の呼吸を停止させた。ゴボゴボと湯の表面にあぶくが浮く。湯がはねて兼高のシャツやスラックスが濡れる。

阿内の頭を湯に浸けつつ、海老原に顎《あご》で合図した。彼は、溺《おぼ》れて苦しむ阿内の尾てい骨や太腿を電話帳で殴った。浴室には派手な水音と肉を打つ音が轟《とどろ》く。客室にいる北里母娘に、やりとりがすべて聞こえるよう、浴室のドアを開けっ放しにしておく。

あぶくがなくなったところで、阿内の頭を浴槽から引き上げた。濡れた髪を顔にぺったりと張りつかせ、苦しげに咳《せ》きこんでは、鼻や口から湯を吐きだした。空気を求めて大きく呼吸をする。組対部特捜隊の隊長の威厳はなく、みっともない中年男のヌードだけがあった。

「女房と子供を連れてこい。勤勉なパパの姿を見せてやれ」

室岡に命じた。

阿内は充血した目で兼高を睨《にら》みつける。十朱にも負けない迫真の演技といえた。もしかすると、兼高だと未《いま》だに気づいていないのではと、疑いを抱きそうになるほどの。

「てめえ……その声覚えたぞ。必ず逮捕《パク》って、ケツに警棒突っこんでよがらせてやる！ナメやがって、クソッたれが！」

「娘がいるんだぞ。汚《きたね》え言葉は慎めよ」

兼高は阿内の首を摑むと、再び浴槽の湯に浸けた。呼吸を強制的に止められた阿内は、またも激しく身体を揺すって酸素を求めようとあがく。

阿内を水責めにしながら、果たしてどこまでやればいいのかと、戸惑いを覚えた。自分から捕まったからには、拷問によって痛めつけられるのも覚悟しているだろう。しかし、彼の口から自分の名が出るのではないかと危惧《きぐ》する。兼高の苦悩も知らずに、海老原が鬼の形相で電話帳を振るっては、阿内の腰やふくらはぎを滅多《めった》打ちにした。刃物や工具よりはダメージは少ないだろうが、阿内の筋肉や骨にまで衝撃を与えていた。

阿内の肺に酸素がなくなるのを見極めて、彼の頭を浴槽から引っ張り上げる。溺死《できし》寸前まで追い込まれた阿内は、空気を求めて喘《あえ》いだ。タイル張りの床に尻餅《しりもち》をつく。

阿内は口や鼻から水やヨダレ、鼻水を滴らせた。濡れたのは頭だけではない。アンモニアの臭いが鼻に届く。阿内は血尿を漏らしていた。タイルの床がブドウ色に汚れる。

「パパ！」

浴室の出入口で、北里母娘が床に座らされていた。

本並や室岡が無理やり北里母娘に、阿内の醜態を見せつけている。真由子が阿内から顔をそむけたが、室岡がハンディカメラを構えつつ、彼女の顎を摑んで元旦那の姿を見るように強いた。

　室岡が呟いた。

「お父さん、おしっこ漏らしちゃったな」

「サクラの代紋だの、警察官《サツカン》だのとふんぞり返っても、裸にひん剝きゃこんなもんだ。娘にお漏らし姿を見てもらう気分はどうだ」

　兼高は嘲笑《あざわら》ってみせた。

　しかし、当の阿内は呼吸をするので精いっぱいだった。阿内の髪を摑んで引き起こす。

「勝一をどこに匿ってる。お前が後ろで糸を引いてることも全部わかってるんだ。えげつない真似しやがって」

　阿内は荒い息をしながら口を動かした。水を含んだ唾を吐いた。兼高の目出し帽が濡れる。

「このクソ刑事《デカ》！」

　海老原が電話帳をフルスイングして、阿内の背中を叩いた。腎臓のあたりだ。兼高は苦痛にうめく阿内を摑んで、頭を浴槽に押しつけた。水責めをさらに三回繰り返す。

「止めて、パパが死んじゃう」

　梨帆が泣き叫んだ。

　兼高は目撃していた。阿内が唾を吐く瞬間、兼高と目を合わせた。それまでは火の出るような瞳《ひとみ》で、兼高らを睨みつけていたが、ほんの一瞬だけ目を和ませた。防犯カメラで監視している土岐や、ハンディカメラで撮影する室岡も気づかないだろう。阿内は顔をしかめるフリをして、ウィンクさえしてみせた。

　こんな崖《がけ》っぷちの状況で、娘らの前で血尿まで漏らしておきながら、なぜ余裕をかましているのか。兼高は顔を引き締めた。この男の秘密主義にはうんざりさせられる。北里母娘にもなにひとつ知らせていないだろう。

　阿内は手ぶらではなく、なにか策を持っている。だからといって安堵《あんど》などできるはずはなく、むしろ首を掴む力を強めた。

　浴槽の底にキスをさせるほどの勢いをこめ、阿内の顔を湯に沈めた。彼は血尿に続いて、盛大な屁《へ》を放つ。さっきはサディストの変態に出くわしたが、阿内は重度のマゾヒストなのではないかとさえ思う。

　水責めによって浴槽の湯は、入浴剤でも入れたように赤く染まった。手首が結束バンドで擦《こす》れ、傷からあふれた血が湯の色を変えていた。

　兼高は阿内を引き上げた。暴れる力はなく、血尿で濡れたタイルのうえに、ぐったりと横たわる。

　同じ質問を投げかけた。

「勝一はどこだ」

　阿内は強がりもせず、とぼけたりもせず、ただ苦しげに喘いでいた。ぜいぜいと激しく呼吸をするだけだ。

彼には策があって、わざと捕まったのだろうが、拷問自体は本物だ。手加減をできる状況にない。兼高以外の全員が、この男を八つ裂きにしたいと望んでいる。

それに阿内が演技をしているからといって、兼高までもがそれにつきあう必要はないのだ。彼が演じていると判明しても、兼高は殺意を抑えきれずにいた――阿内がなにをやりだす気なのか、まだわからない。勝一の居所でも打ち明けて、兼高に花を持たせる気なのか。それなら、なにも自分や北里母娘の身柄をさらわせる必要はないはずだ。

阿内が警察官の枠から大きく外れ、自分の立場さえも危うくするようなクレイジーな男であるのは、嫌というほど理解していた。自分の前任者である十朱も、その十朱を潜らせた木羽も……どいつもこいつも壊れている。

理解できる点があるとすれば、あの女殺し屋と同じく、阿内もまたタフだということぐらいだ。ふつうの人間なら音をあげてもおかしくないほどの責めを加えているのに、異様なしぶとさを見せている。阿内はやはり答えようとしない。

「仕方ねえ」

兼高は室岡を見やった。彼は軽くうなずくと、ハンディカメラを本並に渡した。

室岡の目は明らかにうんざりしていたが、右手は機械のごとくテキパキと動いていた。スラックスからフォールディングナイフを取り出し、片手で刃《やいば》を開いてみせた。

兼高はため息をついて北里母娘に告げた。

「あんたらはただの人質であって、危害を加えるつもりはなかった。だが、旦那がこのとおりだ。恨むのなら親父を恨んでくれ」

真由子が反射的に梨帆を抱きしめた。しかし、海老原と本並が母娘を引きはがす。

室岡は梨帆のTシャツの裾《すそ》を掴むと、刃を上方に振り上げた。彼が所有しているナイフは、どんなタイプであれ、カミソリのように鋭く研がれている。梨帆のTシャツを下から上まで切り裂いた。続いて両袖《りょうそで》を切断した。Tシャツが梨帆から剝がれ落ちそうになる。

「嫌っ！」

梨帆は、布きれと化したTシャツで胸を隠し、亀のように床のうえで丸まった。真由子が叫ぶ。

「娘には手を出さないで！　お願いだから！　私が身代わりになるから！　それだけは止めて！」

「文句は旦那に言ってくれ。あんたよりも大事な娘さんを責めたほうが効率的なんでな」

予想以上に阿内が抵抗するため、拷問に時間がかかっていた。無制限に時が与えられているわけではない。

阿内が事前に拉致を知っていたとはいえ、朝までちんたらとやっていれば、どのみち阿内と北里母娘が行方不明になっているのを、世間や警察に気づかれてしまう。

兼高は浴槽を指さした。

「親父さんと風呂に入るのはひさしぶりだろう」

室岡が梨帆を抱えた。じたばたともがくものの、室岡はなんなく担いで彼女を浴槽に沈める。

日に焼けた小麦色の背中と、水着の痕が見えた。父親の血でワイン色に染まった湯に浸ける。梨帆は、切れたＴシャツで身体を必死に隠していたが、呼吸をしようともがき、縛められた両腕を振った。Ｔシャツが湯に浮かび、デニムのショートパンツのみになる。

「止めろ！」

阿内が室岡の脚にしがみついた。

兼高はすかさず阿内のわき腹にサッカーボールキックを見舞った。阿内は息をつまらせてうずくまる。

「父親ぶってる場合か！　全部てめえのせいだろうが！」

湯気で湿った電話帳で、阿内の背中を滅多打ちにした。

彼がウィンクをしてきたところで、兼高の怒りは収まらなかった。娘までこんな目に遭わせやがって。この人でなしめ。人でなしの片棒なんぞ担がせやがって。電話帳による暴力を通じて、メッセージを伝える。

室岡が力を緩めた。梨帆が浴槽から顔を出した。ポニーテールの髪がずぶ濡れになり、父親と同じく顔を涙や鼻水で汚していた。違いがあるとすれば、暴力と死の恐怖にすっかり怯《おび》えきっている点ぐらいだった。

　梨帆は胸を隠すのも忘れて、両手を阿内に差しだした。

「パパ……助けて。死にたくない」

　阿内は固く目をつむった。唇を噛みしめて、口の端から血を流しているが、娘の懇願に応えようとしない。

　兼高は海老原に命じた。

「バイブだ」

「はい？」

「バイブレーターだ。ピンクローターでもなんでもいい。ラブホなんだ。いくらでもあるだろう。親父の血だけじゃ、すんなり答えが得られないようだ。娘にも血を流してもらうしかない」

　瞳に憤怒の炎を燃え上がらせていた海老原だったが、目つきが怯えに変わるのを見逃さなかった。

「突っこめる物《もん》ならなんだって構やしねえ。栄養ドリンクの小瓶でもいい」

「……わかりました」

「止めて！」

　真由子が男たちを押しのけて浴室に割って入ろうとした。

　出入口で男たちともみ合う。本並が力を加減しつつも、真由子にボディブローを喰《く》らわせた。その場に頽れて、元夫同様に身体を丸めてうずくまる。

浴室を出た海老原が持ってきたのは、ピンク色のバイブレーターだった。勃起《ぼっき》した男根そのものでグロテスクな形をしている。兼高は海老原から受け取る。浴槽の梨帆はバイブレーターを目にし、浴槽の隅に縮こまる。

室岡を見やった。彼は軽くうなずいて、フォールディングナイフを握ったまま梨帆に近づく。

「素っ裸にしろ」

室岡は浴槽に手を伸ばし、泣き叫ぶ梨帆のデニムパンツを摑んだ。真由子が這《は》いつくばって、浴室へと手を伸ばす。

「ま、待ってくれ……止めてくれ」

阿内が顔を上げた。口は血にまみれ、歯までがまっ赤に染まっている。

「待たねえよ。娘のあそこに突っこまれるのを、そこでおとなしく見ておけ。他人《ひと》事《ごと》だと思うな。無理やりにでも娘とまぐわらせてやる」

「……わかった。話す。話すから止めてくれ。娘には触れないでくれ。勘弁してくれ」

室岡と顔を見合わせた。彼は、すでに梨帆のデニムパンツを切り裂こうとしていた。

兼高は持っていたバイブレーターで、阿内の頬を殴りつけた。浴槽の壁に血が飛び散る。

「手遅れだ。娘のあそこにこいつをぶちこんで、お前の口に突っこんでやる」

阿内は根負けしたように首を横に振った。

「川崎砂子《いさご》の……タイパブ。『ディージャイ』の女たちが暮らしている寮だ。だから、勘弁してくれ。おれはどうなってもいい」

「『ディージャイ』って……それって」

室岡が目を丸くした。兼高のほうを見やる。

兼高もまた衝撃を受ける。阿内の考えをようやく理解した。タイパブの『ディージャイ』は、三神組が経営する店のひとつだった。


「失礼します」

兼高は隣室を再び訪れた。阿内が責めに屈したのを、土岐に報告するためだ。

すでに土岐は行動を起こしていた。五十インチのモニターの前にあるソファに腰かけ、携帯端末で誰かに電話をかけていた。

舎弟頭の宮内が口に人差し指をあて、兼高に向けて口を閉ざすように命じた。さっきまでは、部屋の熱気で顔を赤くしていたが、今は死人のようにまっ白だった。宮内に限らず、部屋に詰めている組員らはみんな顔面蒼白《そうはく》だ。

モニターには、湯気でレンズが曇っているものの、浴室でうつ伏せになったまま、泣きむせぶ阿内の姿が映っていた。今でこそ音声は消音となっているが、拷問部屋となった浴室にはマイクも設置されている。彼の証言は、隣室に詰めている土岐らにも届いたはずだ。

兼高の報告はもはや無用のようだった。阿内の証言が与えた衝撃は、すでに隣室にまで伝わっている。名うての捜査官から情報を引き出した喜びなど、組員たちの間にはなく、むしろ重苦しい雰囲気に包まれている。

当然ではあった。警視庁のマル暴捜査官が、神津組のナンバー2の三國と内通していると告白したのだから。しかも東鞘会にとって大罪人である氏家勝一を匿《かくま》い、彼の復《ふく》讐《しゅう》を支援していたという。三國はもちろんだが、親分である土岐の立場も危うい。

土岐は先日、小指をツメようとして止められたばかりだが、三國の裏切りが事実であると認定されれば、今度ばかりは小指に別れを告げなければならない。小指一本どころか、失脚に追いこまれてもおかしくはない。

鉄の団結を誇る東鞘会といえども、幹部らの間では、十朱から厚い信頼を得ている土岐ら三羽ガラスに対する嫉妬《しっと》も大きい。主流派だった神津組への風当たりも強くなるだろう。

「うん……おれは会長秘書の仕事でてんやわんやだ。ここらで、お前に組のほうを仕切ってもらいたくてな」

お通夜のような雰囲気のなか、電話で喋《しゃべ》る土岐の口調はあくまで平静だった。

「おれはそうだな……神津組の総裁って形にでもなるか。お前が四代目に就き、東鞘会の直系となってもらう……ああ、会長も承認済みの話だ」

土岐が電話をかけている相手は、会話の内容から察するに、内通者と名指しされた三國のようだ。

客室には、多くの組員らがひしめいていたが、誰も咳《せき》ひとつしない。息すらひそめて、会話の成り行きを見守っている。土岐の携帯端末からは、三國のかん高い声が耳に届いた。言葉までは聞き取れないが、かなり弾んだ調子なのはわかった。嬉《うれ》しくないはずはないだろう。

神津組組長の椅子は、三國の悲願だった。海外で獲得した多額の資金を、土岐に上納している。彼の三神組は神津組内で、圧倒的な資金力を誇り、東鞘会のなかでも経済通として一目置かれている。その功績は誰もが認めるところであり、それゆえに東鞘会の主流派である神津組の若頭の肩書きを得た。

関東ヤクザの首領になってみせると息巻く野心家でもあった。土岐から組長の座を譲りたいと打診され、天にも昇る気分でいるだろう。親分と会話をしながら、シャンパンファイト用にドンペリを用意させる姿が思い浮かんだ。

土岐は笑ってみせた。

「バカ、泣くやつがあるか。気持ちはわからないでもないがな。そうだ……お前とはもう親子じゃない。これからは兄弟分ってことになる」

ただし、カネを稼ぐ能力に長《た》けてはいたが、あの男の弱点は器の小ささにあった。すでに次期組長が約束された若頭の地位にありながら、汚れ仕事でスピード出世を果たす兼高に嫉妬心を丸出しにするなど、有望な舎弟や子分の擡頭《たいとう》をつねに怖れていた。なにより武力を貴ぶ神津組に籍を置きながら、自身は女のような手をしており、腕力のなさに対して根深いコンプレックスを抱いていた――高校時代に、凶暴な不良学生に目をつけられ、男子トイレで尺八を強要されるといった、むごいイジメに遭っていたという噂がある。

「お前、事務所にいるのか。だったら、今からちょっと寄らせてもらう……いやなに、ちょっと川崎で友人《ダチ》とメシ食う機会があったんでな。おれもお前も互いに忙しい身だ。次にいつ会えるかわからねえ。組の新体制について話し合おうや」

土岐は三國と話しながら、組員たちにジェスチャーで指示を出した。指で拳銃《けんじゅう》の形を作り、懐に入れるフリをすると、親指で客室の出入口を指し示した。三國を浮かれさせておきながら、その一方で三國を拘束する準備を進めろと命じていた。

三國の事務所は南蒲田にある。東鞘会は勝一との抗争中であるため、どの組織も警戒態勢を敷くように命じられていた。深夜二時を回っていたが、日ごろはシノギに精を出している若い衆が、刃物や拳銃を抱え、警備にあたっているものと思われた。土岐は、組長の椅子をダシにして、三國の警戒心を解かせたのだ。

「あと三十分ってところだ。夜遅くにすまねえな。ああ……おめでとうさん」

土岐は通話を終えると笑みを消した。

深々と息をつくと、彼は陰鬱《いんうつ》な表情を浮かべてうつむいた。急に老けこんだようにすら見える。

しかし、それも一瞬だった。すぐにステッキを摑《つか》んで立ち上がると、背筋を伸ばした。目に峻厳《しゅんげん》な輝きが戻る。

兼高の肩を叩《たた》いた。

「ご苦労だった」

「いえ……」

「あのクソ警官《ポリ》、ブタみてえに悲鳴あげる姿は最高だったな。キレ者だのカミソリだのと言われてたらしいが、いざ身柄《ガラ》をさらわれてひとりぼっちになりゃ、警官《ポリ》なんてのはあんなもんだ。お嬢ちゃんには気の毒だったが、こいつも運命だと思って割り切ってもらうしかねえ」

土岐は携帯端末を振ってみせた。

「一仕事終えたところで疲れてるだろうが、電話したとおりだ。もう少し踏ん張ってくれねえか」

「むろんです。ここからが本番かと」

「だな……」

土岐の顔に再び陰が落ちる。

筋の通らぬことがあれば、親分ですら殴りつけるなど、知勇兼備の侠客《きょうかく》ではあったが、それでも阿内の大がかりな罠《わな》に嵌《は》まっている。

あのクソ警官はイカレていた。わかっていたつもりだったが、まだまだ理解しきれていなかったのだ。

組対部特捜隊の隊長という立場にありながら、自らを囮《おとり》にしてまで、東鞘会の主流派である神津組の団結にヒビを入れるとは。いくら当局が叩かねばならぬ広域暴力団とはいえ、あえて自分や家族まで犠牲にする警察幹部など聞いたことがない。怒りに燃えるヤクザらに血尿が出るまで殴られ、水責めに遭い、なおかつ娘にまで危害を加えられた。

モニターには拷問部屋となった浴室が映っている。北里母娘《おやこ》までが裸にされ、浴槽の前に並ばされていた。それを室岡がハンディカメラで撮影していた。事件化をふせぎ、阿内を東鞘会潰《つぶ》しから退かせるためだった。

全裸の阿内は肌を血尿のブドウ色に染めながら、母娘の前に立ちはだかろうとし、撮影の邪魔をしては、海老原らから鉄拳や蹴《け》りを喰《く》らっていた。

彼は、潜入捜査官の兼高を上回るほどの役者だ。土岐を始めとして、海千山千のヤクザたちに対し、三國への疑念を植えつけるのに成功していた。

三國は、嫉妬や焦りを燃料にし、あらゆる知識や人脈を動員して、東南アジア各国に進出していった働き者だ。最近は、カンボジアやミャンマーの政治家や役人に賄賂《わいろ》をくばり、公共工事や土地買収に食いこんでは、建設コンサルタントとしてゼネコンとの橋渡し役にも成功している。

東鞘会が圧倒的な戦闘力を維持できるのも、彼のようなカネを生みだす才覚のある者がいるからこそといえた。いくら暴力に長けていようとも、カネがなければ戦争はできない。

兼高や室岡といったキラーを支えてきたのは、彼のような経済ヤクザだった。土岐もそれを評価しているからこそ、三國は若頭の地位に就けたのだ。兼高とは対立し合ってはいるが、彼もまた組織のために身を粉にして働き続けた功労者だ。

一方でハリネズミのように敵を作り、カネの作り方を知らない武闘派ヤクザを侮り、挑発してきた。結束という言葉は彼の辞書にはない。ときには親分である土岐を差し置いて、東鞘会の直系組長へのし上がろうと、理事長である大前田の鞘盛産業の幹部たちに根回しをし、会長秘書だった熊沢にもすり寄るといった政治工作を行っていたらしい。分をわきまえることなく、札束で盃《さかずき》を買おうとする態度は、かえって大前田と熊沢の不興を買ったとの噂もある。

土岐も、彼が頭越しに東鞘会幹部と接近したのを知っていただろう。阿内は絶妙な一手を打ったといえる。東鞘会の人物たちをじっくり選び、自分と家族をエサにした決死の囮作戦で、土岐と三國の関係にヒビを入れたのだ。

「組長《アニキ》、こっちはいつでも行けるぜ」

舎弟頭の宮内がコイーバをくわえながら、自動拳銃にサイレンサーをつけていた。

平時は金儲《かねもう》けの才覚に秀でた三國や、腕力に長けた兼高といった甥《おい》っ子たちに隠れがちだが、泣く子も黙る神津組の舎弟頭だ。堂に入った仕草でサイレンサーを装着した。すでに腹をくくったのか、引き締まった顔をしている。

他の組員もそれぞれ防弾バッグや武器を手にした。白川が何度も奥の浴室との間を行き来して、革製のカバンをいくつも運んできた。

革カバンのなかにはサブマシンガンとマガジンが入っている。勝一の兵隊もサブマシンガンで武装していたのだ。かりにドンパチになるようであれば、連中を上回る人数と武器、弾薬を抱えていなければ、返り討ちに遭う。

サブマシンガンだけではなく、ソードオフにした二連式の散弾銃、それにダイナマイトやスタン・グレネードといった爆発物もある。物騒な兵器を見つめつつ、兼高は携帯端末で、拷問部屋にいる室岡たちに、土岐に同行するように伝えた。

モニターに映る室岡たちも、客室を後にしようとしていた。無力な阿内一家を監禁するのなら、三下だけで充分だった。

兼高はモニターを顎《あご》で指し示した。

「クソ警官《ポリ》一家はどうしますか」

「あん？」

土岐は、阿内らをちらりと見やるだけだった。ステッキを突いて出入口へと歩む。

「魚のエサにしてやりてえが、警官《ポリ》なんぞ殺《や》ったところで面倒なことになるだけだ。

明日《あした》にはどっかに放り捨てる」

神妙にうなずきながら胸をなで下ろした。

土岐の性格を考えれば、その答えは想定内ではあった。しかし、血の気の多い極道であれば、怒りにまかせて殺害を命じかねない。果たして阿内はどこまで計算していたのか。

北里母娘は浴室を転がり出て、洗面所にあるバスタオルで身体を覆った。阿内ひとりが浴室のタイル床のうえにうずくまったまま、素っ裸で泣いていた。その姿を元妻と娘は、憤怒《ふんぬ》と憐憫《れんびん》が混じり合ったような目で見下ろすだけで、バスタオルひとつかけようとはしない。

こっぴどくヤクザにハメられて、脂肪のついた裸体をさらして泣く姿は、外見だけを見れば、憐《あわ》れみを覚えるほどみっともなかった。じっさい、組員らはモニターの阿内に侮蔑《ぶべつ》的な視線を投げかけている。しょせん、おまわりなどひとりにしてしまえば、大した相手ではないのだと。

しかし、兼高だけは違った。この男の恐ろしさを見せつけられた。長袖《ながそで》のシャツを着用しているため、鳥肌が立っているのを誰にも見られずに済んだ。警察組織を裏切った十朱も魔物めいていたが、それを討とうとする阿内もまた、理解を超えた怪物だと思い知らされる。

土岐にともなわれて客室を出た。外は湿気を含んだ熱気に包まれており、深夜にもかかわらず気温は三十度近くはありそうだった。外で見張りを続けている組員たちは汗だくだ。客室を出た男たちも暑さに顔をしかめる。

兼高はハンカチで額の汗を拭《ぬぐ》った。それをスーツの胸ポケットに押しこみながら、口を割ったときの阿内との会話を思い出す。

――川崎砂子《いさご》の……タイパブ。『ディージャイ』の女たちが暮らしている寮だ。だから、勘弁してくれ。おれはどうなってもいい。

三國の店の名が出て、兼高らは動揺したのだった。

阿内は兼高にすがりついて許しを願った。勘弁してくれ、娘には手を出さないでくれ。まるでうわ言のように繰り返しながら、兼高の二の腕まで這《は》い上がると、ふたりにしか聞こえない音量で呟《つぶや》いた。

――胸に白のハンカチを突っこんでおけ。

――離れろ。

兼高は返事の代わりに、手にしていたバイブレーターで、阿内の頬を殴り飛ばした。

彼が告げたのはそれのみで、その先はなにも教えてはくれなかった。

ただし、もはや充分だった。また、命のやり取りをしなければならない局面に差しかかろうとしていたが、阿内の描いた絵図は見通すことができた。ちょうど兼高が持っているハンカチは白だ。

隣室からは、目出し帽を取った室岡らが出てきた。みんな茹蛸《ゆでだこ》のように顔をまっ赤にし、水をかぶったように汗と浴室の蒸気で濡《ぬ》れている。

阿内の告白に狼狽《ろうばい》したものの、東鞘会選《え》り抜きの男たちはすでに戦士の顔つきに変わっていた。

三國といがみ合ってきた室岡は、うっすらと笑みを浮かべ、海老原は親分の仇《かたき》を討つために肩をいからせている。本並はリングへと向かうボクサーのごとく、虚空に向かってジャブやショートフックを放っている。その腕自慢の男たちに、〝お歯黒〟こと白川が、サブマシンガン入りの革カバンを渡した。

室岡ら三人がハイエースに乗り、残りの組員らは二台のプリウスに分乗した。兼高は、土岐とともにプリウスに座った。総勢十三名がラブホテルから移動を開始する。

プリウスには、神津組の若い衆が乗っていたが、車内には殺気が充満しつつあった。権力と財力を持つ三國だが、人望には欠けている。とくに今夜のような荒事に秀でた組員たちには。金儲けしか能のない軟弱なもやし野郎と、三國には以前からむかっ腹を立てていた。

土岐が、殺気に気づいたのか咳払いをした。

「お前ら、先走るんじゃねえ。おれはあいつに降りかかった疑惑を確かめに行くだけだぞ」

助手席のシートをステッキで突き、前に乗る若い衆に、周知徹底するように命じた。

若い衆はトランシーバーを使って、他の二台に土岐の指示を伝える。

「お前は室岡を見張っとけ。あの野郎、組の危機だってのに、今にもヨダレを垂らしそうなツラしてやがった。三國は神津組《うち》の長男だぞ。勝手な手出しは許さん」

「わかっています。なにかの間違いかもしれません。あのクソ警官《ポリ》が命欲しさにでまかせを言ったとしか」

「うむ」

土岐はうなずいた。兼高はおそるおそる尋ねた。

「ちなみに……十朱会長にこのことは」

「まだだ。おれたちヤクザに証拠はいらねえが、あのクソ警官《ポリ》ひとりの証言で、うちの若頭《カシラ》の名誉を傷つけるわけにはいかねえ。まずはかわいい我が長男と話をしてからだ」

土岐は首を横に振った。

しかし、その表情は冴《さ》えなかった。三國を若頭に選んだのは、他ならぬ彼だ。シロと信じたいだろうが、阿内の証言は、彼の心を確実に侵食している。

三台の車は深夜の川崎市を南東に走り、ガス橋を渡って東京都大田区に入った。約三十分のドライブだった。零細企業の工場や商店がひしめく南蒲田にたどり着く。

三國の城である三神組は、南蒲田の十一階建てのオフィスビルにあった。ビルの前には、街路樹とコンクリートの広場があり、昼時ともなれば弁当を食べるOLや、移動販売店の弁当を買い求める会社員たちでごった返す。

組長である三國自身が、ヤクザというより証券マンのような見た目であり、配下の者たちもヘアスタイルからファッションまで、一般の会社員と見分けがつかぬ恰好《かっこう》を義務づけられていた。いかにも輩《やから》じみたジャージや派手派手しいシャツなどはご法度だ。

三台の車は、お互いに連絡を取り合った。土岐を乗せたプリウスが広場の前に停まり、残り二台はプリウスから五十メートルほど離れた位置に停車する。

プリウスが到着すると、見計らったようにオフィスビルの玄関の自動ドアが開いた。若い衆を三人連れた三國が自ら、満面の笑みを浮かべて姿を現した。

土岐は眉《まゆ》をひそめた。

「あいつ……戦争中だってのに。なに考えてんだ?」

オフィスビルは、それ自体が堅牢《けんろう》な城だ。厳重なデータ管理を求められるIT企業やリサーチ会社が入っていた。警備員が一階に二十四時間常駐しており、出入口には駅の改札口のようなセキュリティゲートが設けられている。

無数の防犯カメラが設置され、たとえサブマシンガンを抱えた敵が襲撃したとしても、オフィス前には分厚いドアが立ちふさがり、すぐに通報されるのが関の山だ。

神津組のなかには、昭和時代に建てられたようなオンボロマンションや、大地震が来れば倒壊しかねない古い日本家屋を事務所にし、一家を構えている極道もいる。金回りが悪く、とてもセキュリティにまで気を配れない組織だ。それに比べれば、三神組の守りは難攻不落の要塞《ようさい》だった。

にも拘《かかわ》らず、三國はのこのこと城の外に出てきた。

若い衆が持つトランシーバーを通じて、別のプリウスに乗る宮内のうなり声が聞こえた。

〈人一倍臆病《おくびょう》なくせに、余裕こいてやがる。組長《アニキ》、やっぱり、あの野郎は勝一とつるんでるんじゃ〉

「早まるな」

土岐は弟分を諫《いさ》めた。

しかし、子分を見る目はいっそう鋭くなる。プリウスの窓にはスモークが貼られ、外にいる三國からは、親分の張りつめた表情は見えない。

兼高だけが真実を把握していた。三國は単に嬉しさのあまり、飛び出してきただけなのだ。兼高とはなにかと火花を散らし合ってきたが、かすかな憐れみを覚えた。彼の行動は、仲間たちから悪いほうへ、悪いほうへと受け取られる。

トランシーバーからは、室岡の声も耳に届いた。

〈夜間双眼鏡《ナイトスコープ》で周囲を確認してますが、今のところ、不審者や車は見当たりません〉

「そんじゃ、ひとつやるとするか」

助手席と運転席の若い衆がすばやく降り、防弾バッグで左右に盾を作った。土岐がプリウスから降り立つ。

「土岐《オヤジ》」

三國は広場を横切り、小走りになって、土岐へと近づいてくる。飼い主のもとに駆け寄るペット犬のように。

「なんだってこんなエコカーなんかに。いつものベントレーは――」

しかし、三國は兼高が降りると急に顔を凍《い》てつかせた。いつでもサブマシンガンを抜き出せるようにグリップを握っている。

「兼高、なんだってお前が」

三國は息を呑《の》んだ。メガネの奥の瞳《ひとみ》に驚きの色が浮かぶ。

彼は改めて土岐や若い衆を見回し、彼らが放つ気配を察知したようだった。喜色満面の笑みから一転して、悲嘆と苦悶《くもん》が入り混じった顔つきに変わる。まるで、きついボディブローを喰らったかのような。

「土岐《オヤジ》……これはどういうことですか」

三國は声を震わせた。三神組の若衆たちが、予想外の成り行きに顔を見合わせる。

「膝《ひざ》を交えて話がしたい」

土岐はプリウスを指した。

三國はうなり声をあげながら頭を掻《か》きむしった。頭皮まで傷つきそうな、バリバリという嫌な音が鳴り、整髪料できっちり固めていたオールバックの髪が乱れる。

「おれを嵌めたんですか。跡目を譲る云々《うんぬん》ってのは、嘘っぱちだったんですか。土岐《オヤジ》……それはあんまりじゃねえか」

「嘘じゃねえよ。お前は若頭《カシラ》だぜ。でんと座ってりゃ、四代目はお前なんだ。それに、お前と話がしたいのは本当さ」

「兼高ぁ！」

三國は吠《ほ》えた。夜空にまで響き渡るような音量だ。

彼は、騙《だま》されたのがよほど悔しかったのか、親分の言葉すら耳に届いていない様子だ。レーザーのような視線が、兼高の顔に向けられた。土岐の左右にいた護衛らが、とっさに防弾バッグを三國のほうに向け、ディフェンスの構えを取る。

三國は兼高を指さした。

「てめえだろう！　土岐《オヤジ》を誑《たぶら》かしやがったのは！　おれは知ってるぞ、てめえが――」

土岐が、ステッキを三國に突きつけた。

「今はお前の話をしている。誰かにケツを掻かれたわけでもねえ。お前こそ戦争中だってのに、こんな広場で大声だすとは、どういう料簡《りょうけん》なんだ」

兼高は無表情で三國の怒号を受け止めた。

彼がなにを知っているというのか。心が揺らぎかけたが、形勢は三國が圧倒的に不利な状況にある。

プリウスとハイエースが、広場の前で停止した。宮内や室岡が車から降り立った。三國は呆然《ぼうぜん》と口を開ける。

土岐は息を吐いた。

「静かに話がしてぇのさ。こんな撃ち殺してくれといわんばかりの場所じゃなくてよ」

「ぞろぞろと集まりやがって……まさか、おれを疑ってるんですか。勝一なんかとつるんでいると思っているんですか」

土岐はなにも答えなかった。肯定もしなければ否定もしない。

「馬鹿な！」

三國の目はまっ赤だった。

土岐から神津組四代目の座を譲ると電話で聞かされ、そのさいに男泣きしたらしいが、今は目から血の涙を流しそうだった。

三國の憤怒は理解できた。こうして兼高らが事務所へやって来るまでは、天にも昇るような気持ちでいたはずだ。

東鞘会の主流派である神津組の組長ともなれば、東鞘会会長の椅子をも狙える位置にいることを指す。関東ヤクザ最大級の首領として君臨できる——三國にそれだけの器量があるとは思えないが、本人はすっかりそのつもりでいた。

それが一転して、身に覚えのない罪を着せられたのだ。奈落《ならく》の底に突き落とされたような気分だろう。

「こんなところでジタバタしていてもラチが明かねえ。お前には会長暗殺未遂と熊沢組長殺害の疑いがかけられてる。たしかな筋からお前が、勝一のケツを掻いているとの情報もあがってる。さっさと乗れ」

宮内が右手を太腿《ふともも》の裏に隠しながら告げた。右手にはサイレンサー付きの自動拳銃が握られている。

室岡が語りかけた。

「三國《カシラ》が腹を立てるのは当然だとは思いますよ。だけど、このことを知ってるのはまだおれたちだけだし、会長や他の親分衆も摑んでないんです。土岐《オヤジ》が食い止めてるうちに、申し開きをしたほうがよくないすか」

「人殺しが、いっぱしの口利くんじゃねえ――」

「俊也」

土岐がステッキでアスファルトの地面を突いた。

声の音量は大きくないものの、有無を言わせぬ迫力がある。三國も気圧《けお》されたように押し黙る。土岐は静かに続ける。

「これ以上、ここでわあわあ騒ぐようなら、てめえを殺《や》って、おれも腹を切る。お前がシロなら、約束通り跡目は譲る。だから、少しばかりつきあってくれ」

「土岐《オヤジ》……」

三國は深呼吸を繰り返した。激しい運動を終えた直後のように、肩で息をする。

彼は内ポケットに手をやった。その場にいる全員に緊張が走る。宮内が自動拳銃を構え、防弾バッグを持った護衛らが、土岐の前に立ちふさがった。兼高もまた、革カバンからサブマシンガンを抜き出す。

三國が取り出したのは、折り畳み式の櫛《くし》だった。まるでフォールディングナイフのように櫛を広げてみせると、乱れた髪型を整えだした。脇にいた若い衆が、すかさずコンパクトミラーを取り出し、三國に鏡を見せた。

わずかに緊張が緩むものの、宮内は自動拳銃の狙いを定めたままだった。一度向けてしまったからには、やすやすと下ろすわけにもいかない。兼高も銃口こそ向けなかったが、サブマシンガンを握ったまま、三國らの動向を見守る。

三國の若い衆が持つコンパクトミラーは、小刻みに震えていた。他の子分たちもすっかり色を失っている。

三神組の連中は総じて荒事を経験していない。懲役を喰らう者は少なからずいるが、詐欺や出資法違反、管理売春などのションベン刑ばかりだ。

三國も暴力慣れはしていない。土岐による直《じか》突きやステッキによる制裁にのたうち回り、神津組の定期的な肉体訓練は、なにかと理由をつけてサボってきた。部屋住みだったころは、おもちゃと実銃の区別もつかず、宮内ら古株からエアガンを向けられ、腰を抜かしたことさえあったという。

しかし、三國は落ち着きを取り戻そうとしていた。まるで自分に冷静になれと言い聞かせるかのように、乱れた髪をセットし直す。

彼の前頭部から一筋の血が流れ、額から鼻筋へと伝った。激しく掻きむしったために、頭皮が破れて出血したらしい。若い衆が差し出したフェイスタオルで、顔の血を拭い取ると、若い衆に投げ返した。

　三國は土岐に深々と頭を下げた。

「みっともなく、取り乱しちまいました。気の済むようにやってください」

「うむ」

　彼は、組の若い衆にカードキーを渡すように命じた。若い衆が室岡に事務所の鍵《かぎ》を渡す。

「好きに調べるといい」

「え、ええ」

　室岡が、拍子抜けしたようにカードキーを受け取った。

　三國は両手を挙げて、土岐のプリウスへと歩み寄った。土岐の護衛たちが動いて、ボディチェックをする。

　三國は腹をくくったらしかった。ゴネたところで不利にしかならないと、すばやく計算が働いたのだろう。奥歯を噛《か》みしめているのか、顎の筋肉に力が入っている。冷静さを取り戻し、ボディチェックを受ける。

　彼は兼高を一瞥《いちべつ》した——おれだって神津の男だと、無言で主張する。殊勝な態度を取ってはいるが、その瞳には依然として激しい炎が宿っていた。兼高は視線を正面から受け止める。

　土壇場が人を変えるときがある。大人に思えた人物のメッキが剝《は》がれ、急にちっぽけで情けない人間に成り下がる――阿内はまさにそれを演じてみせた。大抵は崖《がけ》っぷちに追いつめられれば、人間は馬脚を露《あら》わすものだ。

だが、まれに土壇場で踏みとどまる者もいる。意外にも三國はそのタイプのようだった。屈辱に堪えかねて、そのまま暴挙に出てくれれば、土岐らはこの男に愛想を尽かしただろう。

兼高はひそかに舌打ちした。三國には最後までクソ野郎でいてほしかった。そのほうが、さして良心も痛まずに済む。もう賽《さい》は投げられたのだ。止まるわけにはいかない。

土岐は、兼高にハンドルを握るように命じて、三國とともに後部座席に乗りこんだ。

プリウスのなかは三人だけになった。室岡が組員ふたりを連れ、カードキーを持ち、三神組の若い衆に案内させて、オフィスビルへと入っていく。若い衆は青い顔をしたまま従う。

室岡の腕は、神津組の者なら誰でも嫌というほど知っている。たとえ三神組の事務所に、宿直当番の組員が他にいたとしても、サブマシンガンを持ち防弾ベストを着た室岡に抵抗しようと考える者はいないだろう。

土岐は、隣に座った三國の肩を叩いた。

「済まねえな」

三國は、メガネのブリッジを押し上げた。顔には拭いきれなかった血が付着していたが、落ちこんでもいなければ、怒っているようでもない。運転席にいる兼高は、バックミラーに目をやり、ふたりに注意を払う。

「とんでもないことです。出来の悪い子を持ったと、さぞお嘆きのことでしょう。申し訳ありませんでした」

　バックミラー越しに三國と目が合った。

「兼高《きょうだい》、すまなかった」

「いえ」

　三國の声は力強かった。ピンチをチャンスに変えてやろうという強い意志を感じる。

──土岐《オヤジ》を誑かしやがったのは！　おれは知ってるぞ、てめえが──。

激昂《げきこう》した三國は、兼高になにを言おうとしたのか。冷静さを取り戻し、詫《わ》びを口にしたときの三國の視線は、なにか意味ありげに見えた。嫌な予感がする。

　三國は土岐の目を見て言った。

「それに、やましいことはなにもありません。潔白を証明してみせます」

「川崎砂子に『ディージャイ』って店があるだろう。その女どもが暮らしている寮に案内してくれ」

「寮……ですか」

　三國は一瞬、怪《け》訝《げん》そうな表情を見せたが、すぐにうなずいてみせた。

「わかりました」

　三國はスーツのポケットに手を入れ、分厚いカードケースを取り出した。

なかから一枚のカードを抜き、それを兼高に渡した。磁気式のカードキーだ。

「ここから目と鼻の先のマンションだ」

三國から場所を教えてもらった。三神組のビルから二百メートルほど離れた位置にあるという。

「川崎じゃないんですね」

「『ディージャイ』の女どもに限らず、蒲田の韓国エステやフィリピンパブで働いている女たちを、マンション一棟丸ごと借りきって一カ所に住まわせている。そのほうが管理しやすい」

兼高は土岐に目で合図した。三國は嘘をついていないと。

寮の場所については、すでに阿内から聞き出していた。三神組は、大田区や川崎市の外国人パブや風俗店を多く抱えていた。アジアの貧しい農村に女衒《ぜげん》を派遣しては、純朴な美女を日本に送りこんでいた。一カ所に女たちを住まわせているのは、少ない組員で女たちを管理するためと思われた。

兼高はプリウスを走らせた。後からハイエースと別のプリウスがついてくる。

「土岐《オヤジ》……一体、情報源《ネタモト》は」

三國の視線が背中に突き刺さる。

「教えてやるよ。カタがついたらな」

マンションまでは一分とかからなかった。

車線のない狭い道で、対向車とギリギリすれ違える程度の幅しかない。空は網の目のように電線が張りめぐらされ、雑然とした感じがする。

女たちを住まわせている寮は、南蒲田三丁目の住宅街にあった。五階建ての新しめの建物で、グレーの外壁が無機的な印象を与えている。階段や共用通路に設けられた蛍光灯が、冷たい光で闇を照らしている。

周囲のアパートや一戸建てと違和感なく溶けこんでいた。辺りには、似たような高さのマンションが林立している。コンビニや酒場といった店舗はないものの、街灯やマンションの灯《あか》りのおかげで、ある程度の視界は確保されている。

三台の車がマンションの前に停まり、兼高や土岐らが正面玄関前に降り立った。宮内や組員らも降車する。兼高が先頭を進み、カードキーを使って自動ドアを開ける。土岐たちが後にぞろぞろと続く。

一階には小さいながらもラウンジがあり、簡素な椅子とテーブルが置かれている。なんの変哲もない集合住宅に見えるが、正面玄関やラウンジ、エレベーターホールにはそれぞれドーム形の防犯カメラが仕かけられており、正面玄関の自動ドアはオートロック式になっている。

一階は管理人室になっており、深夜にもかかわらず灯りがついている。三神組の関係者が常駐しているらしい。

それなりにセキュリティがしっかりしているのは、おもに女たちの脱走をふせぐためだろうが、商品である女たちはしばしば強盗の対象となる。入国管理局の職員だけでなく、強奪を目論《もくろ》む外国人マフィアをも警戒しなければならない。

「三國《しゃちょう》。こんな時間に、な、なにごとですか」

管理人室から初老の男が、泡を食ったように飛びだしてきた。他の組員が思わず懐の拳銃に手を伸ばす。

初老の男は下着の半袖シャツ姿だった。下はハーフパンツを着用している。よほど慌てたらしく裸足《はだし》だった。ペタペタと音を立てて、兼高らのもとへと駆けてくる。初老の男の頭は、格安理髪店で済ませたような丸刈りで、前歯が一本欠けていた。就寝時のような姿と相まって貧相に映る。

管理人室からは、女のあえぎ声が聞こえた。男はアダルトビデオを視聴中のようだった。男の身体からは精液の臭いがした。

三國が顔をしかめた。

「なにも異変はねえな」

男は恥ずかしそうに手をハーフパンツに擦《こす》りつけた。ネバネバした液体がハーフパンツにべっとりとつく。

「え、ええ。もちろんです」

「『ディージャイ』の女たちも、もう戻ってるな?」

「は、はい……いつもどおりですが。一体なにが」

三國は、男の問いには答えずにエレベーターに乗り込んだ。

タイパブ『ディージャイ』の女たちが住んでいるのは、最上階である五階の一室だった。かご箱は六人乗りと小さいため、海老原などの体力自慢の若い組員は、正面玄関近くに設けられた階段を上った。

土岐が、エレベーターのなかで三國に尋ねた。

「あのせんずり親父、初めて見る顔だな」

「土岐《オヤジ》が知らなくて当然ですよ。見てのとおりのハンパもんですから。多村《たむら》って野郎で、三神《うち》組の者が刑務所《ムショ》で知り合ったようで。過去に群馬あたりの組にいたらしく、極道のしきたりはまあまあわかってるんで、振り込め詐欺の出し子やデリヘルの運転手をさせてます。だいたい一年くらいになりますかね」

「ふむ」

土岐は口ヒゲをいじり、考えこむようにうつむいた。三國は多村のみっともなさに呆《あき》れたのか、顔の筋肉を緩ませていた。

兼高は無表情を保った。ただし、革カバンのなかでサブマシンガンのグリップを握り続けた掌《てのひら》は、汗でべっとりと濡れていた。

兼高も、多村なる初老の男を見るのは初めてだ。得体の知れない男ではあったが、阿内の息がかかっているのはわかった。彼の視線が、ときおり兼高の胸ポケットにつっこまれた白ハンカチに向けられていたからだ。

目的の部屋は五階の角部屋だった。１ＬＤＫの部屋に四人の女が暮らしているという。

「先に参ります」

兼高は、声をひそめて土岐らに断りを入れた。

通路は外廊下型だった。胸ほどの高さの外壁があり、下を覗《のぞ》くと兼高らが乗ってきた車の屋根と狭い道路が見える。

兼高は耳をすました。新聞配達のスーパーカブのエンジン音が聞こえるくらいで、とくにこれといった物音はしない。不審者の姿も今のところは目に入らない。

毘沙門ＴＳＵＹＯＳＨＩこと大村剛史を手招きする。元プロレスラーの大男の手には、長さ四十センチにもなるごつい手斧《ちょうな》が握られていた。

ドアのロックを解くカードキーは持っているものの、侵入を食い止めるためのドアガードがかかっている可能性が高かった。大村の腕力であれば、ドアガードを数秒で破壊できるだろう。

兼高と大村が先を行き、続いて土岐と三國が進んだ。その後を宮内や海老原といった組員らが続く。

下の道路と同じで、マンションの外廊下もまた狭く、人ひとりがすれ違う程度の幅しかない。大男の大村と並んで進んでいるため、二の腕同士がぶつかる。ここで襲われれば、ひとたまりもない。

コロンと汗が混じり合った男たちの匂いがした。土岐が愛用している古風なヘアリキッドの柑橘《かんきつ》系の香り。洒落《しゃれ》者である三國は、今夜もブルガリの香水をつけていた。甘さだけでなく、ジンジャーやガランガムの成分が入ったスパイシーな芳香が鼻に届く。

　ふたりから漂う香りが、記憶を呼び起こした。事務所の広間で、土岐と盃を交わしたときの御神酒《おみき》の味。ただの下っ端だったころ、三國から振る舞われたリシャールの、キャラメルや無数の果実を凝縮したような香《こうば》しさが蘇《よみがえ》る。

「どうした」

　後ろの土岐から尋ねられた。振り向いて目で問い返す。

「背中の筋肉が強張《こわば》ってるぜ。肩に力が入り過ぎてる」

「……なにしろ情報源《ネタモト》が情報源《ネタモト》ですから」

　歩みながら小声で答えた。三國が鼻を鳴らす。

『ディージャイ』の女たちが暮らす部屋の前にたどりついた。玄関ドアの前で、兼高らはフォーメーションを組んだ。

　兼高はカードキーをドアのセンサーに近づけ、大村はドアガード対策のために、手斧を振り上げた。即座に室内へと突入できるよう、海老原がサブマシンガンを構えた。土岐と三國は後ろに下がる。

　カードキーをかざしてロックを解き、ドアノブに手をかけ、扉を開けようとする。

　だが、そのときだった。海老原の後ろにいた本並が叫ぶ。

「あっちです！」

　彼もまたサブマシンガンを構えて、突入の準備をしていたが、まるで正反対の方向を指さしていた。全員が本並が指したほうを見やる。

道路を挟んだ向かい側のマンションだった。十メートルほど離れた五階建ての建築物の屋上に人影が見えた。兼高らよりも高い位置から、ふたりの男が見下ろしている。

　ふたりの手には、兼高らと同じくサブマシンガンらしきものが見えた――銃口は土岐に向けられている。

「土岐《オヤジ》！」

　三國が土岐の前に立ちはだかった。

　同時に独特の発砲音が鳴り響いた。まるでエアガンのような軽い音だ。

　三國のスーツと肉体が爆《は》ぜた。胸や肩から血を噴き出させ、メガネが飛んだ。彼は防弾ベストを着けていない。

「俊也！」

　複数の銃弾を浴びた三國は、後方へと倒れ、土岐にもたれかかる。軟弱な経済ヤクザと揶揄《やゆ》された男が、とっさに親分をかばってみせていた。

　撃った二人組は目出し帽に戦闘服姿。サブマシンガンには減音器をつけていた。青海での襲撃者らと同一人物と思われた。

　本並や組員らがすかさず反撃した。サブマシンガンの作動音と発砲音が深夜の沈黙を打ち破った。大量の銃弾が二人組のいるマンションの外壁や鉄柵《てっさく》に当たり、真鍮《しんちゅう》製の空薬莢《やっきょう》が床に落ちて、キンキンとかん高い音を立てる。

　ただし、二人組のほうが二メートルほど高い位置にいるため、本並らが放った弾丸は命中するにはいたらない。たとえ命中しても、連中はボディアーマーを着用している。

　二人組はひるまずに発砲を繰り返した。反射神経の優れた本並は、すかさず屈《かが》んで外壁に隠れたものの、撃つのに夢中になっていた組員ふたりの首や後頭部が弾《はじ》け飛んだ。血と脳しょう、骨片をまき散らして倒れる。

「大村《きょうだい》！」

　兼高はドアノブを押し下げ、扉を開けようとした。わずかに開いたものの、やはりドアガードがかかっていた。

　大村は咆哮《ほうこう》とともに手斧を振り下ろした。すさまじい破壊力がドアガードにのしかかる。さらに、すばやく手斧を三度ドアガードに叩きつけると、ドアガードが砕けて、金属片が床に落ちる。

　兼高が扉を開け放つと同時に、海老原と大村が部屋のなかへと突入した。

「土岐《オヤジ》」

　兼高は土岐に室内へと手招きした。

　土岐はしゃがみ込んだまま動かない。血にまみれた三國を抱きかかえていた。悔しそうに歯を噛みしめ、赤く染まった〝長男〟の手を握りしめている。

　三國の命の火は消えようとしていた。トレードマークのメガネは吹き飛び、口や鼻から大量に出血している。メガネがなければ、歩行も満足にできないほどの近視の持ち主だが、目は兼高の顔に向けられていた。

彼は弱々しくも微笑を浮かべる――おれだって、身体ぐらい張れる。表情がそう語っていた。最期まで対抗心を露《あらわ》にしながら、瞳孔《どうこう》を開き、呼吸を止める。

「土岐《オヤジ》！」

兼高は再び呼びかけた。

土岐は、息絶えた三國の目を閉じてやった。悲痛な顔つきから戦う男のそれに変わる。着ていた高級スーツは、〝長男〟の血液をたっぷり吸い、重たそうにすら見えた。しかし、すばやくステッキを掴むと、床を匍匐《ほふく》前進して、玄関へと近づいた。

向かいのマンションからは、間断なく発砲が続いていた。サブマシンガンの弾丸をフルオートで吐き出してくる。マガジンの弾数にもよるが、休みなくトリガーを引き続ければ、一分も持たずに弾切れを起こす。

マンションの壁に穴が空き、鉄柵で覆われた窓ガラスが砕ける。コンクリートやガラスの欠片《かけら》が、兼高らの頭に降り注ぐ。

「痛《いで》えっ！」

宮内が吠えた。

彼は通路の外壁を遮蔽《しゃへい》物にし、減音器をつけたワルサーＰＰＫで応射したが、敵の火力に圧倒されていた。胸部に弾丸を喰らい、自慢の白スーツに穴が空く。鳩尾《みぞおち》のあたりを押さえて、その場でうずくまる。

兼高は、外壁に身を潜めていた本並と宮内に、アイコンタクトをした。ここで反撃していても勝てないと。ふたりはうなずいて、階段へと這って進む。一階まで下りて隣のマンションへと移動し始める。

残った若い衆ふたりには、屋上の敵を釘《くぎ》づけにするために、身を守りつつ踏みとどまって、サブマシンガンを撃ち続けるように指示した。

マンションの女たちが、何事かと扉をそっと開けては、あわてて扉を閉めて戸締りをする。しかし、『ディージャイ』の女たちが暮らすというこの部屋の中からは何の反応もない。

土岐は通路の床を叩いた。

「不覚を取っちまった。あのクソ警官め……やってくれたな。ケツにオスカー像を突っこんでやる」

「はい」

その機会は永遠に来ない。心のなかで呟きつつ、土岐とともに部屋のなかへと滑りこんだ。

玄関からリビングまでは、一本の廊下で繋《つな》がっている。リビングの扉には無数の弾痕《だんこん》がある。

廊下のまん中で、赤鬼のごとく血で顔を汚した大村が、戦闘を繰り広げていた。

刃《やいば》の欠けた手斧を、洗面所と思《おぼ》しき場所にいる敵に振るっていた。兼高のいる位置からは、敵の姿は見えなかったが、大村が手斧を振り下ろすたびに、肉を叩くような重い音が鳴り、血しぶきが上がった。大村と廊下を赤く染める。

ただし、大村も無事ではなかった。作業服はボロ切れと化し、防弾ベストのケブラー繊維が衣服からはみ出していた。

　左手首から先がなく、骨が飛び出ていた。切断された動脈からはホースの水のように血が噴き出ている。廊下には血の池があり、フローリングの床には指や肉片が散らばっている。左の太腿も撃たれているらしく、片足で踏ん張っていた。

　リビングからサブマシンガンの銃声が聞こえた。土足のまま廊下を駆け、スーツを脱いで、大村の手首を止血しようとした。しかし、彼は首を横に振った。

「それより海老原を……奥にいやがる」

　か細い声で答えると、大村は顎でリビングを指した。

　廊下の横の洗面所には、目出し帽に戦闘服の男が倒れていた。肩や頭には複数の傷がある。鎖骨を叩き折られているために肩には奇妙なへこみがあり、目出し帽ごと頭蓋骨《ずがいこつ》を手斧で割られ、灰色の脳みそをぶちまけている。

「兼高」

　後ろから土岐にうながされた。

　カランと乾いた音がした。彼はステッキ型の鞘《さや》を抜いて、刃渡り十五センチのドスを握っていた。目でリビングの扉を指し示した――早くぶち殺しちまおう。飢えた猛獣のような危うい輝きが宿っていた。向こう見ずな不良少年を思わせる。

覚悟を決めなければならないときが、ついにやって来たようだった。

兼高は革カバンに手を突っこむと、清涼飲料水の缶に似た物体を取り出した。スタン・グレネードだ。自衛隊では閃光《せんこう》発音筒と呼ばれる。使い方も威力も、神津組に潜りこんでから学んだ。

リビングの扉は半開きになっていた。灯りはともっておらず、室内は暗闇に包まれている。ピンを抜いてスタン・グレネードを扉の隙間から、リビングへと投げこんだ。両耳をふさいで、床に目を落とす。

内臓を揺さぶるほどの爆発音が鳴り響き、鼓膜が圧倒的な音の波に破られそうになった。飛行機のエンジン音を超える爆音により、キーンと耳鳴りがする。百万カンデラの光が室内を煌々《こうこう》と照らす。まともに閃光を見つめれば、網膜さえも傷つきかねない。殺傷能力こそないが、人を数十秒ほど無力化させる。

リビングの扉に前蹴りを叩きこんで突入した。広めのリビングとダイニングキッチンが目に入る。

部屋の中央には、横倒しにされた木製のキッチンテーブルがあった。海老原はそれを盾にして身を潜めていた。着ていた作業着は、銃弾を浴びてボロ布と化していた。肩や右腕を負傷したらしく、血で汚れた両手で耳をふさいでいる。

タイパブの従業員用の寮というが、部屋には女の姿は見当たらない。砕けた窓ガラスや液晶テレビ、綿を飛び散らせたクッションなどとともに、目出し帽をかぶったゴツい体格の男がふたりいる。

スタン・グレネードが効いたらしく、ひとりはフローリングの床に尻餅《しりもち》をつき、もうひとりは亀のようにうつ伏せになっている。

リビングに入った土岐が、うつ伏せの男との距離をつめた。片足に障害を持つ土岐だったが、ドスを口にくわえて、ネコ科の猛獣のように四つん這いで移動すると、うつ伏せの男の背中にドスを突き立てた。逆手で何度も刺し、男の背中から血を噴き出させる。男はサブマシンガンを取り落とし、苦しげに身体をくねらせた。

尻餅をついた男が、サブマシンガンを兼高に向けようとした。しかしその前に、身を起こした海老原が、左手でサブマシンガンのトリガーを引く。

目出し帽の男たちも、防弾ベストを身に着けてはいた。しかし、フルオートで発射された弾丸は、胸や腹だけでなく、頭部にも命中した。戦闘服や目出し帽が弾け、海老原に撃たれた男の眼窩《がんか》から目玉がこぼれ落ちる。

海老原は弾切れを起こすまで、男を蜂の巣にし続けた。土岐もまたドスをうつ伏せの男の延髄に突き刺し、トドメの一撃を加えていた。部屋は硝煙に包まれ、火薬の臭いで目鼻がツンと痛む。リビングの敵は片づけられた。

部屋の間取りは１ＬＤＫだ。リビング以外に寝室があった。兼高はサブマシンガンの銃口を、寝室へと続く扉へ向ける。発砲したうえ、スタン・グレネードまで炸裂《さくれつ》させた。警官がおっとり刀で駆けつけるだろう。のろのろしてはいられない。

申し合わせたかのように、寝室のほうから扉が蹴破られた。現れたのはやはり戦闘服を着た大男だ。元プロレスラーの大村にも負けないほどの筋肉の鎧《よろい》をまとっている。今にも戦闘服がはち切れそうだ。

大男は他のメンバーとは異なり、目出し帽をかぶっていなかった。白髪交じりのグレーの坊主頭で、額には深いシワが刻まれており、哲学者や文豪を思わせる顔つきをしていた。襲撃の首謀者である氏家勝一だった。

勝一の手にはサブマシンガンがあった。銃口を兼高に向けたが、胸ポケットの白いハンカチに目をやると、ターゲットを海老原へと変えた。海老原はマガジンを替え終えたばかりだ。

勝一がトリガーを引いた。無数の鉛弾が、海老原の若い肉体を穿《うが》つ。盾にしていたテーブルの木片が散らばり、海老原は衝撃で身体を回転させながら倒れた。顎を撃たれて、歯や骨片が部屋中に散らばる。

勝一の凶弾は、海老原の首をも貫いた。倒れた海老原の下の床に血だまりができ、彼はびくびくと痙攣《けいれん》した。親分である熊沢の敵討ちを悲願としていたが、それは叶《かな》わず返り討ちにあった。

兼高は海老原が撃たれるより先に勝一に狙いを定めていた。しかし、自分のほうからは撃たず、勝一に発砲を許した。

「兼高……」

土岐は、血染めのドスを持ったまま呆然とした様子だった。戦意にあふれていた顔が驚愕《きょうがく》へと変わる。一瞬で事態を悟ったのか、首をゆるゆると力なく振る。

「まさか……お前がな」

「ああ」

「あの阿内って野郎……どえらい三味線弾いてたわけか。警官《ポリ》のくせに……とんでもねえやつだ」

「土岐さん」

兼高は口を開いた。土岐をもうオヤジとは呼ばなかった。呼べなかった。

「とんでもない警官《ポリ》ならまだいる。十朱もおれと同じだ」

「待て待て。なにがなんだか」

土岐は苦笑した。兼高の裏切りに、土岐は驚きをも超えて諦《あきら》めすら漂わせた。しかし、それは一瞬でしかない。鬣《たてがみ》のような頭髪を逆立て、再び目に獰猛《どうもう》さを宿らせながら、兼高へと突っこんでくる。その踏みこみの速さには驚くしかない——両足が無事であれば、兼高ですらかわせなかっただろう。

兼高はトリガーを引いた。サブマシンガンが手で跳ね、作動音と発砲音とともに、弾丸が吐き出される。防弾ベストで守られていない下半身を撃つ。

土岐を支えている右脚が爆ぜた。太腿や膝が弾け、彼の身体がつんのめった。血に染まったドスが、兼高の下腹目がけて迫っていたが、被弾によって逸《そ》れていく。土岐が苦痛で顔を歪《ゆが》める。

土岐の身体を、ボクシングのクリンチのように抱えた。同時にドスを持つ右腕に、左腕を絡ませて肘《ひじ》関節を極《き》める。オヤジと呼んだ男の温かな血が、スラックスを通じて伝わる。

「イヌめ」

土岐が耳元で呟いた。耳に熱い息を感じる。

耳を齧《かじ》られる前に、左腕に力をこめた。土岐の身体を左腕一本で持ち上げ、彼の肘を壊しにかかった。鈍い音とともに肘関節が外れる手応《てごた》えを感じ、ドスが床に落ちる。土岐がうめく。

「そうまでして……メンツ守りてえか。貴様ら警察《ポリ》は」

「あんた、まさか十朱の正体を」

兼高は息を呑んだ――この男は十朱の正体を知っているのか？

すぐに気を取り直した。手足がもがれた程度で、土岐は戦意を失ったりはしない。兼高の動揺を誘うためのほのめかしだ。

土岐の左手が動いた。兼高の男性器を潰そうと、ローブローを叩きこんできた。

サブマシンガンのマガジンで、左手を叩いて払いのけた。同時に背中を反らし、土岐の鼻づらに頭突きを見舞う。鼻骨が砕けたような衝撃を額に感じた。生温かい鼻血を顔面に浴びる。

左腕を緩めて突き飛ばした。脚と肘、それに頭部を痛めつけられた土岐は、伐《き》られた大木のごとく、背中から床へと倒れていった。目の焦点は合わず、全身も血で濡れそぼっている。右肘はありえない角度に折れ曲がっていた。

兼高は勝一に目をやった。彼は満足そうにうなずく。

「警官《ポリ》のわりには、えぐい喧嘩《けんか》をやる」

胸ポケットのハンカチで、顔についた土岐の鼻血を拭う。

「阿内ほどじゃない」

勝一はリビング内を見渡した。室内の死体を見やる。

彼の兵隊ふたり、それに海老原もすでに動かなかった。廊下にいる大村も、壁に背を預けてしゃがみ込んだままだ。

「違いない。あの男はイカレてる」

勝一はブーツで土岐の顔を踏みつけた。「時間はかかったが、この日が来るのを夢見ていた」

土岐は抵抗しようとしなかった。できないというべきか。兼高が負わせた損傷は大きい。銃弾により太腿の動脈が傷ついたらしく、土岐の下半身は出血でぐしょ濡れだ。

兼高はドスを左手で拾い上げた。

「喜ぶのはまだ早い。兵隊はみんな殺《や》られちまったぞ」

「そんなもん、警察《サツ》がいくらでも用意する。東鞘会潰しのために、莫大《ばくだい》な予算を組んでるんだ。すぐに補充が来る」

勝一は鼻で笑い、土岐の顔に唾《つば》を吐きかけると、玄関へと歩きだした。

「さあ行くぞ。この勢いで十朱の首まで一気に獲《と》る」

「ああ」

勝一の岩石のような筋肉が盛り上がり、覇気が身体中からあふれ出している。

「東鞘会はおれのものだ。警察《サツ》だろうが、悪魔だろうが、使えるものはなんでも使う」

「その前に訊《き》きたいことがある。あんたも十朱の正体を知っているのか？」

兼高は銃を拾わず、土岐のドスを握り直した。勝一が兼高を怪訝そうに見やる。

「やつは簒奪者だ。警官《ポリ》のあいつをずっと狙っていた」

兼高はうなずいてみせた。

勝一は核心まで知っている。阿内に空気を入れられた操り人形かと思いきや、口を封じる必要がある危険人物だとわかった。

「だとすれば、お前はここまでってことだ」

勝一は顔を凍てつかせた。彼はサブマシンガンを構えたが、それよりも早く、ドスを下腹に突き立てた。そして横一文字に切り裂く。

防弾ベストのケブラー繊維は、ある程度の防刃効果はあるものの、鋭い刃物による刺突には弱い。土岐はドスの手入れを怠っていなかった。

「なっ……」

勝一はサブマシンガンを手放した。ストラップで肩から下げていたサブマシンガンがブラブラと宙吊《ちゅうづ》りになる。防弾ベストごと切断された下腹から、腸がこぼれ出す。室内は血や排泄物《はいせつぶつ》の臭いに包まれた。ドスは勝一の腹を深々と切り裂いた。こぼれた大腸をも傷つけていた。

「おれのボスはイカレてる」

思わず口走っていた。ボスとは阿内と十朱のふたりだ。

勝一はがくりと膝をついた。瞳に憎悪の炎をたぎらせながら。しかし、眼力は徐々に弱まり、自分の腸のうえに、うつ伏せに倒れる。

床に屈んだ。血の池に浸《つか》っている土岐を抱え起こす。

「十朱は……是安は、どこに秘密を隠してる。本部の金庫か。あんた、知っているんだろう。やつの正体を」

土岐は、口を半開きにしたまま反応しなかった。

「教えれば応急手当を施す」

耳元で告げた。

彼に訊きたいことは山ほどあった。十朱が潜入捜査官なのを知っていたのか、知っていて、なぜ従っているのか。十朱が管理している情報の在り処《か》はどこか。

しかし、土岐は土岐だった。死を恐れるような侠客ではない。咳《せ》きこみながら吐血する。震える左手を掲げた――兼高に中指を突きつける。

兼高はうなずいた。こんな男だからこそ、偽りとはいえ、今日まで仕えてきたのだ。彼の呼吸も停止し、左手が床に落ちる。

もうこの部屋に用はなかった。土岐を背負う。やはり息絶えた大村の身体をまたいで玄関を出る。外の銃声は止《や》んでいた。

玄関のドアを開けて通路に出た。まっ先に向かいのマンションの屋上を見やる。

勝一の兵隊ふたりが、サブマシンガンを乱射していたはずだが、今は連中の姿は見えなかった。立っているのは目出し帽で顔を隠した本並や宮内、それに室岡だった。室岡は、三國の事務所を調べていたが、銃声を耳にして駆けつけたものと思われた。

勝一の兵隊は見当たらなかった。彼は味方が駆けつけるものと信じていたようだが、阿内による支援はここまでであって、この場でくたばる運命にあったらしい。

室岡らは、制圧したのを知らせるかのように、サブマシンガンを掲げた。しかし、背負われた土岐の姿を見て棒立ちになる。

土岐の肘を破壊した左腕を大きく振り、室岡たちに撤収を呼びかけた。現場のマンションはもちろん、周囲の家々や部屋の電灯がついている。窓には人影がある。救急車とパトカーのサイレンが遠くから聞こえた。空が緊急車両のランプで赤く染まる。

ヒップポケットに突っこんでいた目出し帽を抜き、頭からかぶって顔を隠す。

通路には、若い衆がひとりだけ生存していた。耳を銃弾で吹き飛ばされ、苦しげに床を転がっている。激励の言葉をかけて、通路を小走りに駆けた。三國の死体の横を通り過ぎる。

土岐の身体の冷たさを背中に感じながら、兼高はエレベーターに乗りこんだ。

本堂は線香の煙に包まれていた。読経と法話を終えた僧侶《そうりょ》たちが、目を伏せて退場する。

東浅草の下町にある小さな寺院だ。施主である土岐の娘が、ぼそぼそと消え入りそうな声で、忌明け法要の挨拶《あいさつ》を述べた。

父親は生粋の極道だったが、娘夫婦はカタギの生活を送っている。参列者の大半が、顔を知らないヤクザであるためか、居心地の悪さを感じているようだった。

そもそも葬儀のさいにも、土岐の親族といえば、娘の関係者が参列したぐらいだ。

もともと土岐は、東浅草の革靴職人の息子として生まれた。地元では不良少年として暴れ回り、半ば強制的に自衛隊に放りこまれたものの、けっきょく更生する様子もなく、喧嘩《けんか》や盗みを繰り返して、親から縁を切られている。

彼は先々代の会長である氏家必勝に拾われ、ヤクザという疑似家族的な社会に身を置き、やがて自分の家族を作っていった。

土岐には浅見奈々子という内縁の妻がいた。彼女は葬儀には参列せず、この四十九日法要にも姿を見せていない。

十月に入っても残暑が厳しく、古い本堂の扉は開け放たれていた。冷房はなく、数台の扇風機が稼動している。

寺院の周囲も暑苦しい。敷地をぐるりと武装警官が囲み、あるいは防弾ベストを着た刑事たちが見守っている。参列者の人数は少なかったが、蟻の這《は》い出る隙もないほどの包囲網を敷いていた。

南蒲田で起きた銃撃戦は、メディアでも大きく取り上げられた。首都東京を牛耳る東鞘会が、五年前の激烈な内部抗争を思わせる派手な銃撃戦を演じたのだ。

警視庁は、和鞘連合を率いていた氏家勝一と、神津組若頭の三國のふたりが結託と発表した。クーデターを起こし、親分の土岐殺害を目論《もくろ》んだものと見ている。兵隊を引き連れた土岐と、傭兵《ようへい》を連れた勝一が鉢合わせし、双方ともに死傷者を出したと結論づけた。三國と勝一側は全滅、土岐側も深刻なダメージを受け、大将である土岐や、勇猛果敢で知られる兵隊たちの多くも死んだ。

三神組は解散となり、最高幹部には絶縁処分が下された。構成員の多くはカタギになるか、もしくは東鞘会内の組織に吸収された。

神津組は、トップとナンバー2が同士討ちでこの世から消え去るという、最悪の事態をたどることになった。土岐の死を知った組員らは、ラブホテルに監禁された阿内とその家族に、危害を加えようと動いた。東鞘会には、証拠を残さずに抹殺できる〝処理場〟がある。

　しかし、十朱は阿内一家を解放するように命じた。八つ裂きにしてやりたいところではあったが、これまで阿内は周到に罠《わな》を張り巡らせてきたのだ。阿内一家の殺害は、東鞘会にとっても致命的な一撃になりかねない。神津組は必ず報復すると脅しつつも、彼らを箱根《はこね》の田舎町で解放せざるを得なかった。阿内は大博奕《おおばくち》に勝利してみせたのだ……。

　土岐の娘の声は湿っぽくなり、最後は涙声になってよく聞こえなかった。兼高はなにも感じなかった。葬儀のときこそ、遺影に目を合わせられず、式場にいるのが地獄だった。しかし、時間の経過が兼高を開き直らせていた。神津組に拾われたそのときから、すでに裏切り者だったのだと、自分に幾度も言って聞かせた。

　挨拶が終わると、会食の場が設けられることもなく、法要はあっさりと終了した。最前列に座っていた十朱が席を立つと、土岐の兄弟分や子分たちも立ちあがる。

　菩提寺《ぼだいじ》の僧侶が気骨あふれる人間だったために、本堂での執行となったが、警察は寺院にも圧力をかけ、儀式の内容に文句をつけてきた。施主である娘は、のちに僧侶を交えての会食を開く気でいたが、警視庁はあらゆる仕出し料理店に受注しないように命じている。

　故人は人望が厚かったため、この四十九日法要にも参列したがる兄弟分や子分は数知れない。だが、警察との折衝の末に許されたのは、ごく近しい者のみとなった。

兼高は、正面玄関の下駄箱から十朱の革靴を取り出し、三和土《たたき》に置くと、彼に靴べらを渡した。勝一という災厄が取り除かれてからも、彼の傍らで任務をこなしていた。

十朱の頬はこけていた。最近は食事の量が減り、もともと痩《や》せ型だったために、計量前のボクサーのように細く見える。警察と暴力団の両方を手玉に取る強者の彼でさえも、右腕である土岐までもが殺害され、激しいショックを隠しきれてはいない。

——やりやがった。

土岐の死を電話で告げたとき、十朱は苦しげにうめいたものだった。

南蒲田での銃撃戦の結果を知り、十朱もまた阿内の狂気じみた戦法に驚愕《きょうがく》することとなった。理事長の大前田の病状も再び悪化し、ナンバー2としての仕事はおろか、再び入院生活を余儀なくされている。十朱の腹心である三羽ガラス全員が消えたことになる。

阿内の策略はこれだけではない。勝一を背後から操り、十朱の側近たちを消しつつ、兼高をさらに十朱に近づけた。警視庁のアキレス腱《けん》となっている〝十朱の秘密〟を奪取する。勝一はあくまで陽動であって、阿内の真の目的は兼高の出世にあった。

靴を履く十朱に、兼高は耳打ちした。

「先方が場所を指定してきました。浦和にある警察の共済組合が運営しているセレモニーホールです」

十朱は軽くうなずいた。兼高は顔を曇らせてみせる。

「会長、またも警察《サツ》はこちらを嵌《は》める気では」

「心配無用だ。おれを嵌める気なら、警察共済組合《けいきょう》の施設を選んだりはしない。クソを平らげるよりもつらい仕事だが、しぶとく生き抜くためにはやらなきゃならない」

十朱は微笑を浮かべて続けた。

「おれは無能なボスだ。警察《サツ》の罠を見抜けず、有能な子分たちをみすみす死なせた。お前が不安がるのは当然だが、今度ばかりは断言できる。問題ない」

「……とんでもない。わかりました」

兼高も革靴を履き、十朱の後を追う。

土岐亡き後は、秘書として使われるようになった。十朱のスケジュール管理や枝の組織への伝達、書類の管理など、肉体を駆使する仕事よりも、デスクワークが増えていった。

土岐の忌明け法要を行うにあたり、彼の親族と連絡を取り合い、引き出物を用意してくれる業者を探した。参列者には、故人が好んだ玉露を香典返しとして渡している。

外を歩く十朱は、ふいに天を指さした。

「あの世にいる土岐が、おれや東鞘会を守ってくれている」

「え？」

兼高はとっさに訊《き》き返した。しかし、十朱はそれ以上言わずに歩くだけだった。

彼の後ろ姿を見やりながら思った。ついに来たかと。

十朱の言葉を、額面通りに受け止めるわけにはいかない。しかし、死んだ土岐が守ってくれているとは。土岐は吐血しながら、兼高に中指を突きつけて逝った。

土岐は、おそらく十朱の正体を知っていた。側近だった彼が〝十朱の秘密〟を管理していたとしても、おかしくはない……。

ここまで来て焦るべきではないと、自分に言い聞かせ、十朱につき従った。

施主の娘夫婦に挨拶をし、寺院の駐車場へと向かった。駐車場との間には公道が通っており、重装備の警官らがずらりと並んでいる。誘導棒を持った警官が、公道を走行中の一般車両を停め、十朱らを駐車場へと渡らせた。

事件から七週間もの時間が経ち、あれ以降は東鞘会絡みの銃撃事件はぴたりと止《や》んだ。しかし、ボスである十朱が道路を横切ると、警官たちの間に緊張が走る。

合計十名を超す死者を出し、サブマシンガンの弾丸が飛び交った南蒲田の抗争事件は、海外でも取り上げられるほどの大ニュースとなった。

護衛としてついていた海老原が死に、今は本並や室岡が中心となり、機動隊員にも負けない肉体派をボディガードとして揃えている。

機動隊の後ろには、マスクや帽子で顔を隠した刑事らが、無遠慮にカメラのシャッターを切り、あるいはハンディカメラを構えていた。そのレンズは、ボスの十朱よりも兼高に向けられている。

三國に代わって神津組の若頭となり、二次団体の構成員にもかかわらず、十朱の傍にぴったりとつく三十男の存在は、警察社会だけでなく、極道界をも驚かせている。一家を持たない枝の組織の人間が、並み居る直系幹部らをも差し置いて、なぜ十朱の側近として動いているのか。事情を知らぬマル暴刑事たちは、急に表舞台へと出てきた兼高なる男の情報を、必死に漁《あさ》っているという。

土岐の葬儀には、警官の数にも負けないほどの記者らが会場に殺到したものだが、今日の法要に現れた数は少なかった。華岡組がついに関西派と中京派のふたつに大きく割れたためだ。西勘組の俵谷が中心となり、華岡組の組長に盃《さかずき》を返すと、関西派は六甲《ろっこう》華岡組を結成した。

現時点では、チンピラの小競り合いや事務所への自動車特攻など、大きな事件はまだ起きていない。しかし、一般社会では華岡組こそヤクザの代名詞的存在であり、親分衆の行動がこと細かに報道されている。

事件の規模からすれば、東鞘会のほうが死傷者多数の激烈な内部抗争を繰り広げたが、華岡組のブランド力は強い。よくも悪くも、関東ヤクザより注目されるのが常であった。テレビ番組や週刊誌は、熱心にふたつの華岡組を取り上げている。六甲華岡組の中心人物である俵谷の顔は、武闘派ヤクザになるために生まれてきたような凶相で、怖いもの見たさの視聴者や読者のやじ馬根性を日夜刺激している。

しかし、メディアや一般社会と違い、警察が東鞘会をもっとも危険視しているのは明らかだった。一握りの関係者しか知らないとはいえ、役人の集まりである警視庁が、家族まで巻きこんだ阿内の作戦を、よく許したものだと思う。

あるいはクレイジーなあの男が勝手にやったのか。そのわりには、阿内が左遷されたとの話は耳にしていない。現役警官を二度にわたって潜入させるだけでなく、勝一に傭兵をあてがい、東鞘会にぶつけさせるなど、威信を保つためならなりふり構わぬ警察組織の恐ろしさを見せつけられた。

その後の東鞘会側の調査で、勝一がユフス・アブ・ハリールを通じて雇った傭兵の正体も明らかになった。米国の民間軍事会社ブルーストーン・セキュリティー社の元社員たちだ。つまり阿内は、本物の戦争屋まで使って、十朱潰《つぶ》しに狂奔したのだ。そのために、果たしてどれほどの予算が組まれたのか。未《いま》だに想像すらできずにいる。

駐車場には、会長用のアルファードが停まっていた。その横には室岡が立っていた。彼は護衛兼運転手として、今も十朱の安全に気を配っている。

室岡がアルファードのリモコンキーを操作し、スライドドアを開けた。十朱が乗りこむ。

兼高は十朱の隣に座ろうとした。ステップに足をかけたところで、室岡から声をかけられた。

「兄貴」

室岡は手でコップの形を作り、ドリンクを飲むフリをした。仕事を終えたら、メシでも食おうという合図だ。

目でうなずいた。十朱も痩せたが、室岡もまた体重を大きく落とした。

　彼は激しいトレーニングを積み、暇を見ては新宿の『日本総合空手道協会』に顔を出し、組織の腕自慢や格闘家たちの鼻っ柱をへし折っている。兼高もデスクワークで腕がなまるのを避けるため、ちょくちょく室岡と稽古《けいこ》をともにしているが、彼の蹴《け》りや突きの威力はわずかに軽くなった。

　組織きっての大食漢であるが、食事の量が減っていた。以前は一ポンドのステーキを二枚は軽く平らげていた。今は一枚も喉《のど》を通らないらしい。兼高は十朱の秘書役として忙しく過ごしているため、彼とともに食事をする機会も減った。

　室岡は、人間を血まみれの肉塊に変えた直後に、平然と生肉を口に放るキリングマシーンだったが、土岐の死を知ったときは途方に暮れ、葬儀のさいには声をあげて泣いた。非情な軽薄さが、彼の強みだった。だが土岐が死んでからは、なにか暗い影のようなものを背負っていた。

　今の食事の誘いにしても、表情に妙な切実さが浮かんでいた。会長秘書は多忙を極める。おいそれと時間は取れない。ただし、彼の顔を見て、断るわけにはいかないと悟った。

　兼高らはアルファードに乗りこむと、警官らの指示に従って、ゆっくりと走らせた。機動隊に行く手を阻まれた極道らが、十朱を乗せた車に深々と頭を下げる。

　誘導棒を振るう警官が、やかましくホイッスルを鳴らした。後から護衛の高級ミニバンがついてきた――さらにその後ろには、警視庁のセダンがマークしてくる。

十朱に声をかけた。

「浦和に向かいます」

十朱はシートを倒し、背もたれに身体を預けた。大儀そうにうなずく。

土岐や熊沢らが健在だったころは、彼ら三羽ガラスをも圧倒する力強さを感じさせた。しかし、長年の側近たちを失い、心労が重なったためか、覇気が薄らいだように見える。もっとも阿内や十朱は、オスカー俳優にも劣らない演技力を備えている。どちらも部下や子分らを鮮やかに騙《だま》し抜く役者だ。憔悴《しょうすい》しきっているように見せながら、抜け目なく爪や牙《きば》を研いでいる可能性も充分考えられた。

ただし、土岐を失ってからというもの、彼の酒量がじわじわと増えつつあるという報告もある。

これまで自己管理が徹底していただけに、部屋住みの者たちはつねにロックアイスや高級酒を切らさぬように気をつけながらも、ボスの飲みっぷりに当惑しているという。健康や行動を諫《いさ》められる者は消え、尻《しり》を叩《たた》いてくれるような女房もいない。

土岐の死後も、誰よりも早くに東鞘会本部へと出勤しては、膨大な書類に目を通すなど、仕事も精力的にこなしてはいるが、熟柿《じゅくし》の臭いを漂わせながら、送迎車に乗りこむことがあった。

午前中はアメリカンコーヒーやビタミン剤を飲み、会長室でじっと時を過ごす場合もしばしばある。

今日もアルファードの車内にはわずかに酒の臭いが漂っていた。法要に向かう最中、運転手の室岡は、勘違いした警官にアルコールの呼気検査を受けている。

十朱は唐突に言った。

「忌明けだ。いつまでもシケた顔をしてると、あの世で土岐にどつかれるぞ」

「そうですね」

兼高は迎合の笑みを浮かべた。十朱は目をつむりながら淡々と告げる。

「三日後の定例会だが、計画通りに事を進める。お前は一家を構えて、おれの盃を受け取れ。会長秘書がいつまでも枝の者じゃ示しがつかない」

「私は偽装破門のうえで裏仕事《ウラ》に従事するはずでは……」

「土岐を失ってから、東鞘会《うち》の事情は大きく変わった。医者の見立てによれば、理事長も長くはないようだ。お前には正式に直参兼秘書室長として、おれの傍でまめまめしく働いてもらう。切った張ったはもう充分だろう」

「裏ではなく表の仕事をやれと」

「そうさ。今もやってるように、おれのカバンを持って歩いたり、スケジュールの調整やら、書類のチェックやらをするんだ。スリルに欠けるデスクワークと、つまらん会合に顔を出すのが、今後のお前の仕事だ。そのために兼高組でも兼高会でも、なんでも構わんから一家を構えろ。神津組にはお前を慕う若い者がいるだろう。宮内にはおれのほうからも言っておく」

「あ、ありがとうございます」

　兼高は困惑したような声を上げつつ、深々と頭を下げた。そんな人事になるものと、前から予想はしていたが。現在の神津組は舎弟頭の宮内が組長代行として、親分と若頭を一度に失った神津組をまとめ上げるために奮闘中だ。

　ボスである十朱のカバン持ちともなれば、警察組織や極道社会から、次代の東鞘会を背負う幹部候補とマークされる。もはや、工具や銃器を振り回して暗殺を行い、死体を埋めるための穴掘りをする立場ではなくなったということだ。

「室岡には、しばらく宮内の補佐をして、二度と内輪揉《も》めなんか起きねえように、ぴしゃっとまとめ上げてもらう」

　室岡は、ハンドルを握りながら小さくうなずいた。

　七週間前に起きた銃撃戦は、神津組内を大きく揺るがした。若頭である三國が、親分を罠に嵌めるとは——三國の配下のなかには、自分の親分がしでかしたことを、未だに納得できずにいる者がいる。いくら三國が野心家であり、神津組内部に敵が多かったとはいえ、そんな暴挙に出るはずがないと、必死に異論を唱えていた。そして、その説は正しかった。

　だが、阿内が仕かけたトラップは周到だった。拉致《らち》された警察幹部が、三國の裏切りを証言した。また、それを裏づけるように三神組が保有する寮に勝一が潜んでおり、土岐や兼高たちに襲いかかってきた。

　三國は土岐の盾となって死亡したが、その瞬間を目撃したのは兼高だけだった。現場には本並や宮内もいたが、彼らは敵を狙い撃つのに必死だった。

　三國は親分殺しの外道として、東鞘会から絶縁された。

「旧三神組の幹部には、不満を募らせている輩《やから》がいるようだが、室岡が睨《にら》みを利かせれば、バカな真似をしでかすようなことはない。そうだろう？」

　室岡は無言のままだった。前方を見る目はどこか虚《うつ》ろだ。

「室岡《きょうだい》」

　後ろから声をかけた。室岡が我に返る。

「え、ああ……はい。問題ありません」

　十朱が片目だけ開けた。不思議そうに室岡を見やる。

「どうした。道端にステーキでも落ちてたか？」

「すみません。ちょっとボヤッとしていました」

　十朱は苦笑した。

「そりゃまずいな。睨みを利かせるどころか、ボヤッとしてたか」

　兼高は顔をしかめた。室岡をたしなめる。

「頼んだぞ。勝一が消えたとはいえ、いつ関西の戦争がこっちに飛び火してくるかもわからないんだ。琢磨組長はカンカンだって話だぞ。華岡《ナゴヤ》組の分裂に、東鞘会《うち》が絡んでいるのを知っている」

「気をつけるよ」

室岡はハンドルを握り直した。十朱は軽く手をあげる。

「仕方ない。あいつの法要があった後じゃ、しんみりしちまうのも無理もない。弘法《こうぼう》にも筆の誤りってやつだ」

兼高は息を吐いた。秘書役として意見をする。

「その一瞬の気の緩みが命取りになるんです。万が一のことがあれば、あっちにいる土岐《オヤジ》に顔向けできません」

胸を叩いた。勝一との戦いが終わった後も、喪服用のダークスーツの下には、防弾ベストを着こんでいる。

まだ道を歩く人々が、Tシャツやクールビズの恰好《かっこう》でいるなか、兼高たちはスーツと防弾ベストを欠かさず着用し続けた。胸やわき腹に汗疹《あせも》ができ、激しい痒《かゆ》みと闘っている。

十朱は小さく笑った。

「秘書役が板についてきたじゃないか。もう親分の風格も備わってる」

「茶化《ちゃか》さんでください。会長にも意見したいことがあります」

「おれに？」

「酒の量をお控えください。いくら底無しといえど、今のままじゃ肝臓が悲鳴を上げちまいます。土岐《オヤジ》から聞いてました。もう一年半以上も、健康診断に行っていないと。こうもいい匂いをさせていたんじゃ、親分衆からも不安がられます」

真顔で諫言《かんげん》をした。

　室岡が、チラチラと兼高の顔を盗み見てくる。だが、十朱はただのイエスマンなど求めていない。土岐を二度も秘書として起用したことを考えれば明らかだった。

　土岐は、ボスですら過ちを犯せば、腹に直《じか》突きを喰《く》らわせた硬骨漢だった。十朱にしても、自分を支えてくれる軍師を必要としている。王の逆鱗《げきりん》に触れるおそれもあるが、意見を言える立場にあるのは、今や兼高ぐらいしかいない。

　三羽ガラスがいない現在では、東鞘会の直系組長や幹部の多くは、十朱を教祖のように信奉している者ばかりだ。彼の信頼を得るためには、信者でいてはならない。

「まるで女房気取りだな」

　十朱は不愉快そうに顔を曇らせ、むくりと倒したシートから起き上がった。車内は不穏な空気に包まれる。

　横から十朱の長い手が伸び、兼高の頬を軽くつねると、屈託なく笑う。

「だが、無能なおれにはふさわしい。当分、おれの傍を離れるな」

「はい」

　十朱は再びシートにもたれた。

「ただし、昨夜《ゆうべ》のウイスキーは大目に見ろ。なんたって、これからおぞましいクソの山を相手にしなきゃならない。とてもじゃないが、酒でも飲まなきゃやってられなかった。こうして仮眠を取るのも、クソの臭気に耐えられるだけの英気を養うためだ。そのへんは理解してくれ」

「心得ています」

「連中には償わせる」

十朱は再び目をつむった。

車は浦和のセレモニーホールへと向かっていた。そこのレストランでは極秘の会食が催される。相手は警視庁組対部長や、広域暴力団を相手にする組対四課長といった上層部たちだった。

南蒲田での戦闘では、目出し帽をかぶり、現場から逃走した男たちがいた——勝一の兵隊を片づけた兼高や室岡らだ。

警視庁は大規模な捜査本部を設置し、現場でサブマシンガンをぶっ放した者の絞りこみを進め、宮内らが犯行に加わったのをすでに把握している。

警視庁の縄張りで、機関銃《バリバリ》をフルオートでぶっ放した。連中のメンツをいたく傷つける事態となった。

無関係なカタギに犠牲者は出なかったものの、現場のマンションを中心に、一軒家やアパートの壁、自動車のフロントガラスに穴を空けて、都民を恐怖のどん底に叩きこんでいる。本来ならば、警視庁は報復として銃撃犯だけでなく、東鞘会の親分衆や組員を微罪で次々に引っ張り、罪をでっちあげてでも、組織を徹底的に懲らしめるはずだ。

しかし、銃撃犯の最前線に立ち、殺人を犯した兼高らは、警察から何度も取り調べを受けたが、手錠まではかけられず、こうしてシャバで生きている。

警視庁が手心を加えたのには訳があった。もともと、十朱自体がアンタッチャブルな存在だ。そのうえ、阿内とその家族を撮影した拷問動画がある。

警視庁にとって拷問動画は危険物だった。阿内や妻子の裸がまずいのではない。組対部の幹部が、氏家勝一を背後で操り、東鞘会を引っ掻《か》き回すように画策したのを告白したのだ。

拷問による自白で、証拠能力があるわけではなく、警視庁がそれを認めるはずはないが、世間一般に流出してしまえば面倒になる。

また、来月にはロシア大統領が来日するため、大量の警官がＶＩＰの警備に割かれることもあり、少なくとも都内ではドンパチを起こさぬよう、華岡組を割った俵谷に対して働きかけるのも、手打ちの条件のひとつだった。

東鞘会側は、阿内の動画データを渡すことを、南蒲田での銃撃戦に加わった者を見逃すための条件として提示した。また、他の組員を締め上げるような真似も許さぬと。警視庁に条件を呑《の》ませた。

警視庁こそが土岐殺しの黒幕——十朱はそれを銃撃戦後に見抜いた。仮眠を取りながらも、警視庁に報復するための作戦を思い描いていることだろう。一方の警視庁は、兼高を東鞘会の中枢へと深く潜りこませた。

　その兼高は、組織に命を捧《ささ》げる忠臣を装いながら、十朱の発言の意味を考えていた。

――あの世にいる土岐が、おれや東鞘会を守ってくれている。


　阿内は意地悪く笑ったものだった。

「どさくさにまぎれて、おれをあの世に送る気だっただろう」

　南蒲田の銃撃戦から三日後、兼高は蒲田署の取調室で、彼と会っている。

　阿内は腎臓《じんぞう》をしたたかに打たれ、身体中に痣《あざ》を作り、歩くのにも苦労をしていた。ラブホテルでの拷問で、唇を深々と切り、赤黒いカサブタもできていた。しかし、東鞘会に大ダメージを与えられて、満足そうでもある。

「馬鹿なことを。あんたはなにも教えない。とにかく必死に演じるしかなかった」

　ふたりはデスクを挟んで、パイプ椅子に座った。二人きりになると、兼高は出月梧郎に戻った。

「……家族は無事なのか」

　阿内に尋ねた。彼は唇の傷を指でなぞった。

「おかげさんでな。さんざん、いびられはしたし、一生会ってはくれねえだろうけどよ。

母娘《おやこ》ともども怯《おび》えきって、当分はカウンセリングと精神安定剤の世話になる。仕事も英語塾もお休み中だ。とはいえ、強姦《ごうかん》されたわけでもねえし、あの程度で済ませてくれて助かった」

阿内の言葉にぞっとさせられた。この男は、家族が犠牲になるのも織り込み済みで、計画を実行に移したのだ。

「どうかしてるよ」

「お互いさまだろう。お前だって大したタマだ。おれが見込んだ以上の大物だよ。ふつうの警官《ポリ》なら、全身に刺青《スミ》入れることすら尻込《しりご》みする。ましてや、何年も潜っていられるやつだっていない」

「いっしょにするな。おれは家族まで巻きこんだりしない」

「土岐《おや》を撃って、叩《たた》き潰《つぶ》した男が言うセリフかね」

兼高は顔を上げて睨《にら》んだ。阿内は両手を振る。

「なんにしろだ。おれについてよかっただろう。うまく勝一と土岐をぶつけ、お前を敵視していた三國も始末できた。十朱の城の濠《ほり》は埋められつつあるし、やっこさんの駒も確実に減った。十朱はますますお前を頼るだろうよ」

「あんたは、なんでそこまでして……十朱を追いつめる」

「今さら妙なことを言うな」

阿内は不思議そうに首を傾げてみせた。彼の瞳《ひとみ》には深い闇が広がっている。

「おれは警官として当然のことをやっているだけだ。悪党を放置してはおかない。それが裏切り者ならなおさらだ。お前が、スーパーの強盗殺人犯を許せねえのと同じさ。十朱のクソ野郎は、警視庁《うち》がメンツばかり気にして、うかつに手が出せないのをいいことにどんどんつけあがった。太い野郎さ」

兼高は、ふいに典子の話を思い出した。それは阿内の過去についてだ。

彼は、十朱を潜らせた木羽保明と親友だった。その木羽はといえば、潜入捜査官の十朱の裏切りによって家族をさらわれ、ついには死を選ばざるを得なかった。

阿内は十朱の手法を頭に入れていた。やはり彼も家族を誘拐されたが、それを逆手に取って偽情報を流し、土岐と三國を衝突させている。

兼高は頬を歪《ゆが》めた。

「木羽さんとは、デキてたのか」

阿内が鼻を鳴らした。

「週に二、三度はケツを掘り合う仲だった。それがどうした」

「なにが警官として当然のことだ。女房《バシタ》に淫売《いんばい》をさせるヒモだって怯《ひる》むやり口だ。私怨《しえん》を晴らしたいだけだろう」

「だからなんだ」

阿内は見つめ返してきた。洞穴のような暗い瞳で。

「こんな頭のおかしな計画、頭のネジを二、三本外してなきゃ、できるわけがねえ。誰も彼もが私情絡みだ。東鞘会をぶっ叩かなきゃ、自分の地位が危うくなる者、十朱をこの手でぶっ殺したいと恨む者、典子姐《ねえ》さんみたいに、ヤクザ者《もん》を抹殺したいと本気で考えてる危険思想を持った者もいる。お前だって刑事《デカ》に出世するために志願したんだろうが」

「おれは……」

「ご清潔な正義漢だとでも言いたいのか。氏家勝一や土岐勉の死体を見たぞ。どっちもぐちゃぐちゃだ。お前は治安を守るために警官になったんじゃねえ。お前を突き動かしてるのは、出世欲でもねえ。自分じゃ少しも自覚なんかねえだろうが、悪党どもをぶっ殺してやりてえという殺戮《さつりく》欲だ」

兼高は阿内を指さした。

「あんたが殺れと言ったからだろうが。誰が好きこのんでやるもんか。人を殺人鬼呼ばわりしやがって」

「心配いらねえよ。手をクソまみれにしてこそ、まっとうな警官ということだ。おれもお前も警官として、なにひとつ間違ったことはやっちゃいねえ」

頭が熱くなった。視野が急に狭まっていく。

ガキのころ、罪もない市民を無慈悲に殺す外道に遭遇した。まんまとシャバで生きる悪魔を捕らえるため、ひたすら刑事になるために努力してきた。組織に忠実であり続けた。

「おれは間違っちゃいない」

「そうさ。間違っちゃいないんだ」

阿内は微笑んだ。身体を乗り出し、顔をぐっと近づけてくる。

「そこで相談なんだが……十朱はお前を頼る。あと五年も演じ続けりゃ、お前が次のトップに立てるかもしれねえ。警官が二代続けて、関東ヤクザのボスになるんだ」

「冗談だろう」

「現実ができそこないの冗談みたいなもんだ。警視庁《うち》としちゃ関東ヤクザを管理できるうえに、お前は富も女も独占できる。カタギを殺《や》るような外道は、ボスの権力を使って始末すりゃいい。刑事《デカ》になんかなるより、よっぽど日本の治安維持に貢献できる」

「なるほどな。そいつはいい」

兼高は小さく笑った。

阿内も笑顔を見せた。タバコのヤニで黄色くなった歯を見せ、笑い声をあげる。煙たい口臭を嗅《か》ぎながら、兼高も大きく口を開けて笑う。

「くたばれ」

阿内の顔面に肘打《ひじう》ちを喰《く》らわせた。阿内は涙と鼻血を垂らし、椅子から転げ落ちる。

兼高はデスクを横へひっくり返すと、阿内の腹につま先で蹴《け》りを入れた。ラブホテルの風呂《ふろ》場で、さんざん殴打した箇所にキックを見舞う。激痛が走っているはずだが、彼は笑うのを止めない。

「なにをしてる！　このチンピラが！」

警官たちが取調室になだれこみ、後ろから喉元《のどもと》を締め上げられた。無数の拳《こぶし》や足が降り注ぎ、今度は兼高が滅多《めった》打ちにされた。袋叩きに遭いながら、まっとうな人間に戻ると心に誓った。


準備中の札がぶら下がっていたが、自動ドアが滑るように開いた。

兼高が訪れたのは、赤坂にある焼肉店『金天《きんてん》』だ。店のオーナーは神津組系の幹部で、店長や料理長も準構成員である。

午前二時を回り、とっくに閉店時間を過ぎていながらも、ひそかに営業を続けていた。店員はみんな帰宅しており、調理服姿の料理長がにこやかに出迎え、兼高を個室へと案内してくれた。冷房もしっかり利いている。

「遅くなってすまなかった」

六人はゆうに座れる広めの個室だ。下座にいる室岡が、トングを使ってカルビを炙《あぶ》っていた。

「誘ったのはおれだよ。無理言ってごめん」

室岡は頭を下げた。

料理長にノンアルコールビールを注文した。室岡は意外そうな顔を見せる。

「まだ仕事が残ってるのかい？」

「今日はもう終わりだ。急な呼び出しでもないかぎりは」

兼高はテーブルを見渡した。

個室に入り、すぐに弟分の異変を察知した。大食漢の室岡が、焼肉を喰《く》らうとなれば、本来は六人掛けのテーブルでさえも、皿が置き切れないほどの肉をオーダーするはずだ。

しかし、今夜のテーブルには余白がある。料理長が食い終わった皿を片づけたようにも見えなかった――肉や煙の匂いがさほどせず、テーブルも汚れていない。

「酒はお前の話を聞いてからだ。悩み事があるんだろう」

「わかるかい？」

「何年タッグを組んでると思ってる」

「だよな……」

いつもならすでに飯粒や肉の焦げ、タレや脂で網やテーブルはギトギトに汚れているはずだ。衣服の消臭剤も必須《ひっす》となる。

室岡はエプロンをつけていたが、今夜はシミひとつなく清潔なままだ。いくら土岐の死によって、食が細くなっているとはいえ、これは異常事態以外の何物でもない。

料理長がノンアルコールビールの瓶とグラスを持ってきた。室岡は瓶を持ち、兼高のグラスに神妙にビールテイスト飲料を注いだ。これも、らしくない行動といえた。殺しの仕事は丁寧だが、それ以外はなにかとがさつだからだ。

「仕事終えたばかりなら腹ペコだろ。食ってくれよ」

室岡はカルビを勧めた。

「話が気になって喉《のど》を通らない」

兼高は、注がれたビールテイスト飲料にも手をつけなかった。炙られたカルビが、肉汁を滴らせながら縮んでいく。

室岡は落ち着きなくおしぼりで手を拭《ぬぐ》った。一日の仕事を終えて、大好きな肉にありついているわりには、解放感はみじんも感じられない。仕事中よりも気が張っている様子だ。

会長の十朱を前にしても、また人を消すときですら、室岡は緊張とは無縁だった。彼はエプロンでせわしく口を拭う。こんな弟分を見るのは初めてだ。つまり——。

室岡の緊張が伝染し、兼高の心臓の鼓動までもが速まる。話を促したかったが、兼高のほうからは切り出さなかった。あくまで室岡が話すのを待つ。

彼の喉が何度も動いた。一皿五千円はするＡ５ランクの牛肉が、すっかり黒焦げと化す。

室岡はうつむいて言った。

「兄貴……ここから逃げろ」

「あん？」

背筋がひやりとした。

室岡は喉を鳴らしてウーロン茶を飲み干す。グラスを叩《たた》きつけるように置いた。兼高の問いには答えようとせず、氷だけ入ったグラスを握りしめている。

「なんだそりゃ」

兼高は金属製の箸《はし》を手に取った。

高級和牛だった炭の塊をつまんで口のなかに放った。口内に苦みが広がる。砂を嚙《か》んでいるようだ。

とぼけながらも、室岡の異変の真相にようやく気づいた。ここ最近、彼の食欲がずいぶんと落ち、物思いにふけるようになったのは、土岐の死だけが要因ではなかったのだ。

室岡のグラスがミシリと音を立てた。グラスにヒビが入る。

「言わせんのかよ……」

「このところ、お前の様子がおかしいとは思っていたが、妙な薬にでも手を出したんじゃないだろうな」

あきれた顔をしてみせた。

室岡は暗い顔をしながら、傍らに置いていたバッグに手を伸ばした。Ａ４サイズの茶封筒を取り出す。

封筒は無地でなにも記されてはいない。室岡から手渡される。

受け取って中身を確かめた。いくつかの書類と写真がクリップで留められてある。

写真を一瞥《いちべつ》した――目まいに襲われる。写っているのは、マッサージの名人で連絡員の典子だ。防犯カメラの映像をプリントアウトしたもので、ホテルの内廊下のような一角が写し出されていた。部屋番号が記された客室に入っていく彼女の姿があった。

彼女だけではなかった。客室のドアを内側から開け、スーツ姿の阿内が典子を招き入れている。

写真を見つめながら、ポーカーフェイスを保った。しかし、保てているかどうかはわからなかった。書類には典子や阿内の名前、ホテルの場所が記されていたが、目が翳《かす》んで文字がうまく読み取れない。

室岡がうめいた。

「いっそ薬《ヤク》でもやっているんだと思いたい。土岐《オヤジ》が死んでから……いや、その前からだ。勝一なんて亡霊がうろちょろするようになってから、ずっと悪い夢を見てるような気がしてた」

兼高は泡の抜けたビールテイスト飲料を口にした。

「どこで手に入れたんだ、こんなもん」

「三神組の事務所さ。兄貴や土岐《オヤジ》が、あの南蒲田のマンションに行ってるとき、三國《カシラ》のデスクのなかにあった。警官ＯＢの探偵使って、極秘に調べさせていたみたいだ。兄貴の弱みを握ろうとして、金に糸目をつけずに、チームを組ませて調べさせてたらしい。嫉妬《しっと》深いあの人がやりそうなことだろ」

三國を罠《わな》に嵌《は》めたときの夜を思い出した。

――てめえだろう！　土岐《オヤジ》を誑《たぶら》かしやがったのは！　おれは知ってるぞ、てめえが――。

兼高に噛みつく三國を、土岐がステッキを突きつけて止めている。

あのとき、三國はすでに探偵から情報を入手していたのだ。典子という連絡員を通じて、阿内と情報をやり取りしていたのを。三國にとって不幸だったのは、兼高を告発する前に、濡《ぬ》れ衣《ぎぬ》を着せられてしまったことだ。阿内の罠に嵌まって銃弾に斃《たお》れた。

三國は、絶命する寸前まで兼高に対抗意識をむき出しにしていた。微笑まで浮かべて。あの笑顔の意味を今になって悟る。

「なんで身体揉《も》んでもらうのに、いちいち上野《ノガミ》くんだりまで行くのか。よほど腕のいい按摩《あんま》なんだろうと、おれは疑いもしなかった」

室岡は両拳《こぶし》を固く握っていた。ひび割れたグラスで皮膚を切ったのか、握っていた右手から血があふれている。

室岡は非情な殺人鬼だった。だが、かけがえのない男だ。こいつには知られたくはなかった。

室岡にとっても受け入れがたい事実だっただろう。だからこそ、今夜まで言いだせずにいたうえ、始末もせずに見逃そうとしている。阿内の言葉が頭をよぎった――誰も彼もが私情絡みだ。

東鞘会が誇るキリングマシーンでさえも例外ではないらしい。テーブルの皿に目を落としたまま、小刻みに身体を震わせていた。右手から流れ出る血が、まるで涙のようにも見える。

「探偵からなにもかも聞いたよ。三國《カシラ》から、もっと決定的な証拠を摑《つか》むよう、うるさく命じられていたらしい。兄貴が言い逃れできないように。あの人らしいよな。この写真だけでも充分すぎる証拠だってのに」

兼高は首を横に振った。

「待てよ――」

室岡はうつむいたまま、血に濡れた右手を向けた。

「止めろ。言い訳なんて聞きたくねえ。誰にも言ってねえし、探偵には喋《しゃべ》るなと釘《くぎ》を刺しておいた。グズグズしてねえで早く海外にでも消えろ。そんだけのカネはあるだろう」

思わず声を漏らしてしまいそうになった。

室岡はすべてを知ったわけではないようだった。兼高が組織を裏切ったのは、警察に弱みでも握られたと勘違いしている。

阿内の言葉を再び思い出した。

――おれもお前も警官として、なにひとつ間違ったことはやっちゃいねえ。

目頭が熱くなった。ただし、いつでも戦いの準備はできている。

同時に室岡の右手首を摑むと、高熱のグリルに彼の右手を押しつける。流れ出た血が一瞬で蒸発し、生臭さをともなった水蒸気があがり、じゅうじゅうと肉の焼ける音がした。

右手首を摑む兼高の手までもが、グリルの熱気でじりじりと痛んだ。腕毛が焼けて縮む。

「兄貴」

右手を焼かれながらも、室岡はただ当惑気味の表情を浮かべるだけだった。彼の目を見て告げる。

「逃げる気はない。おれは留《とど》まる」

室岡は目を見開いた。

「まさか……あんた、警官――」

兼高は答えなかった。代わりに金属製の箸を左手で握り、眉間《みけん》を突こうとする。

室岡は頭を振った。現役の格闘家すら舌を巻く反射神経で、箸による突きをかわそうとした。箸の先端は、室岡の側頭部をかする。皮膚を削るのみで、たいしたダメージを与えられない。

思わず舌打ちした。生粋のキラーである室岡と、本気で殺《や》り合うのは初めてだ。できれば虚をついて、一瞬で片をつけたかった。

「あんたを信じてた」

室岡の右手はひどい火傷《やけど》を負い、掌《てのひら》の皮膚は水膨れすらできず、創面が白く乾燥していた。皮膚全層が壊死《えし》しているのを示している。

室岡の利き手を殺せた。そう思った瞬間、その彼の右手が動いていた。ウーロン茶入りの割れたグラスを、火傷を負った右手で平手打ちにした。

両腕をあげ、飛んでくるガラス片やウーロン茶をふせごうとした。それでも、目をつむらざるを得ない。一瞬の暗黒が訪れる。

次に目を開けたときには、室岡はすでに攻撃を仕かけていた。彼の左手から肉を載せていた陶器の大皿が兼高の頭めがけて振り下ろされる。

右腕でガードするが、大皿を右腕と側頭部に叩きつけられ、硬い衝撃に脳みそを揺さぶられた。頭蓋骨《ずがいこつ》と前腕の骨が痛みを訴え、大皿が砕ける音が鼓膜を震わせる。視界に火花が散る。

瞬《まばた》きを繰り返した。顔を血で染めた室岡が歯を剝《む》き、憤怒《ふんぬ》の表情で睨《にら》んでいる。長いこと行動をともにしたが、こんなツラを見るのは初めてだ。

室岡の攻撃は止まらなかった。砕けた皿の欠片《かけら》で顔面を突いてきた。兼高も左手の箸で室岡の目を狙う。ボクシングのクロスカウンターのごとく、ふたりの左腕が交差する。兼高の箸は空を切り、頬に鋭い痛みが走った。皿の欠片《かけら》は刃物のごとく、兼高のツラを裂いた。頬を生温かい液体が伝うのを感じる。

食が細くなったとはいえ、室岡は室岡だった。手近なものを無駄なく使い、相手を破壊する殺人機械だ。虚をついて利き手を潰《つぶ》したとはいえ、苦痛を物ともせずに、波状攻撃を仕かけてくる。

室岡が皿の欠片を投げつけてきた。利き手でもないのに、欠片はまっすぐに兼高の鼻に命中する。たいした痛みはないが、涙で視界がぼやける。

後ろに下がった。しかし、すぐに背中がパーティションにぶつかる。攻撃の嵐にさらされ、焼肉店の個室であるのを忘れる。

室岡も無事ではなかった。側頭部の傷から出血し、右目が赤く染まっている。重度の火傷で右手は物を握れないようだ。

彼は左手を背中に伸ばし、愛用のマイナスドライバーを抜き出した。シャフトが銀色の光を放っていた。死神が見せる死の輝きだ。

腰に左手をやった。ベルトホルスターから伸縮式の特殊警棒を抜き出し、ひと振りして伸ばす。室岡は汚物でも見るような目を向ける。唇が動く――マジでポリ公みてえだ。

室岡が左腕を繰り出した。獲物に噛みつくヘビのように、目では追い切れない速度だ。広めの個室とはいえ、周りには椅子やテーブルがあって動きが取りづらい。

ただし、室岡の行動は読めた。タッグを組んで手を汚してきた。実力も性格も嫌というほどわかっている。

マイナスドライバーが胸の中央を貫いた。室岡の顔つきが、憤怒から当惑に変わった。兼高がスーツの下に着こんでいるのは、強化ナイロンプラスチックでできた防刃ベストだ。室岡の様子のおかしさが引っかかっていたため、本家を後にすると、途中で自宅に寄り、防弾ベストから防刃ベストへと切り替えていた。

胸骨に鈍い痛みが走るものの、防刃ベストの表面には無数の凹凸があり、刃物の貫通力を弱らせる。室岡のマイナスドライバーも例外ではなく、強い衝撃は伝わってきたものの、兼高の肉体にまでは届かない。

戦いを長引かせたくはない。苦しませずに死なせてやりたい。お互いに考えていることは同じだった。心臓か首を狙うだろうと予測していた。

防刃ベストの存在に気づき、室岡は次に喉を狙ってきた。だが、その前に兼高の特殊警棒が、室岡の右側頭部を打っていた。

彼の右目は出血でふさがれている。片目が見えないのを悟り、特殊警棒を横薙《よこな》ぎに振っていた。室岡はガードもできずに、重量のある金属棒でこめかみを殴り払われた。持つ手が痺《しび》れるほどの衝撃が手に伝わる。

室岡の目が虚《うつ》ろになった。頭蓋骨にヒビが入ったかもしれない。脳震盪《のうしんとう》を起こして、身体をふらつかせた。大理石のテーブルで額を打ち、椅子をひっくり返して床に倒れる。

すかさず室岡の左手を踏みつけ、マイナスドライバーを踵《かかと》で蹴《け》り、武器を遠ざける。

「な、何事ですか！」

料理長が個室のドアを開けた。

彼の手には、刃渡り三十センチ近くの筋切り包丁があった。血みどろの男たちや、割れた皿やグラスに目を剥いている。

「今日はあんた、ひとりか？」

料理長に訊《き》き返した。彼はうなずいた。

「え、ええ……しかし、これは」

「なんでもねえよ」

特殊警棒を振り下ろし、料理長の手を打った。

彼は短く悲鳴をあげ、筋切り包丁を取り落とす。兼高はさらに右ボディを叩きこみ、料理長が身体をくの字に曲げたところで、後頭部を特殊警棒の柄で突いた。料理長も床に頽《くずお》れる。

兼高は筋切り包丁を拾い上げた。ドスにも似た形をした長大な刃物だ。倒れた室岡へと振り向く。

室岡は焦点の定まらない目をしながら、テーブルにしがみついていた。脚をガクガクと震わせつつも、ダウンを拒むボクサーのように立ち上がろうとする。特殊警棒で打たれた側頭部、それにテーブルにぶつけた額は、それぞれ鬼の角みたいに赤く盛り上がっている。

ノンアルコールビールの瓶を左手に取り、もたれかかるようにして、兼高の頭に小瓶を振り下ろしてきた。兼高の特殊警棒が効いたのか、雷光のような速度を誇った室岡の打撃は、大振りでのろかった。

兼高はかわさずに額で受けた。ビール瓶は立派な鈍器として使えるが、室岡が持っているのはあくまで小瓶だった。重みに欠け、厚みがあるわけでもない。兼高の額に負け、ビール瓶はかん高い音とともに砕け散る。

兼高はビール瓶を額で受け止めつつ、室岡の腹に筋切り包丁を突き立てた。

室岡は、防刃ベストも防弾ベストも着用していなかった。両刃で鋭利な筋切り包丁は、彼が着ていたシャツを裂き、鍛え上げられた肉体をも刺し貫いた。刃渡り三十センチにもなる刃は、不気味なくらいにシャープで、柄元までめりこんでいった。

兼高は、筋切り包丁でさらに何度も突いた。室岡のシャツがまっ赤に染まり、生温かな血液が兼高の右腕やスーツを汚した。室岡は顔を真っ青にさせながら、なおも虚ろな目で兼高を見つめ、割れたビール瓶を振ってくる。

攻撃力は比べものにならなかった。ビール瓶の欠片は、兼高の頬にかすり傷を負わせるのみだ。一方の筋切り包丁は、致命的な損傷を与えている。

血に混じって、排泄《はいせつ》物の臭いがした。室岡の裂かれた腹から、腸がこぼれ出していた。その腸も傷つき、大便が漏れている。室岡といえども助からない。

室岡は腹の惨状を無視し、床まで内臓をあふれ出させながらも、瓶の欠片を振るい、兼高を切り裂こうとする。その動きは緩慢で、もはや視力を失い、あさっての方角へと腕を振り回す。

「ポリ公！　どこにいやがる！」

室岡の手からビール瓶の欠片が滑り落ちた。彼自身も平衡感覚を失い、腸を踏んづけて転倒する。

左手の特殊警棒をベルトホルスターにしまった。右手に筋切り包丁を握り、仰向《あおむ》けに倒れた室岡を抱えた。彼は火傷を負った右手を振り上げようとする。しかし、その力も残されてはいないのか、右腕もダラリと床に落ちる。

　室岡は微笑を浮かべた。

「えげつねえケンカしやがって……ホントは嘘なんだろ。警官《ポリ》なんて」

「警官《ポリ》だよ」

「……名前教えろ」

　室岡は苦しげに咳《せ》きこんだ。口からドロッとした血の塊があふれ出す。

「出月梧郎。おれの名だ」

「警官《ポリ》らしい……クソみてえな名前だ……兼高昭吾のほうが、ずっと様になってる」

　室岡が息を止めた。

　動かなくなった相棒の目を閉じてやった。天井を見上げて歯を食いしばった。涙をこぼす権利などない。彼の頭をそっと床に置いて立ち上がる。

　粘つく血にまみれた両手を、二人分のおしぼりを使って拭う。

　照明の電気コードを用いて、失神した料理長を後ろ手に縛ると、携帯端末を取り出した。阿内との連絡用に使う会員制のサイトにつなぐ。

　パスワードを入力する指が震えた。うまく入力できずに、ログインに失敗する。目当てのサイトに書きこんだ。

〈おれは終わりだ。これから秘密を奪い取る〉

さらに、ある場所について記した。


タクシーで神楽坂へと向かった。

血をたっぷり浴びたスーツやワイシャツは、『金天』のコンロで焼き捨てた。筋切り包丁や箸《はし》など、触れたところをエプロンで拭《ふ》き取って掌紋を消し、救急箱のガーゼや絆《ばん》創膏《そうこう》で止血した。

止血に使ったおしぼりやガーゼも、コンロで黒焦げにした。室岡をそそのかした三國の土産もすべて燃やした。

たとえ、証拠を消したところで、無意味なのはわかっていた。料理長を始末せずに出てきたのだから。

東鞘会の人間でもある彼は、警察にはなにも言わないだろう。だが、サクラの代紋はごまかせたとしても、東鞘会の目はあざむけない——たとえ料理長の口を封じたとしても意味はない。

室岡を黙らせられる人間など限られているうえに、すぐに兼高による犯行だと判明する。いくら動機をひねり出したとしても、十朱や親分衆の目はごまかせやしない。

　タクシーの運転手がチラチラと、バックミラーで兼高の顔に目をやった。いくら応急手当を施したとはいえ、顔にはガーゼと絆創膏を貼り、側頭部には大きなコブをこさえている。目の奥がじんじんと痛む。おそらく白目は赤く染まっているだろう。

　衣服は料理長のものらしき私服を見つけた。ジーンズと長袖《ながそで》のシャツだ。血にまみれたスーツから、彼の私服へと替えたが、ジーンズの丈は短く、シャツもボタンがはち切れそうなほど小さかった。苦笑したくなるほど怪しい。

　神楽坂に到着すると、万札を放って、釣りを求めずに降りた。深夜三時を過ぎ、飲食店で賑《にぎ》わう通りは人影も少なく、二十四時間営業の牛丼屋やコンビニぐらいしか灯《あか》りはついていなかった。

　東京メトロの神楽坂駅近くに、土岐の内縁の妻である浅見《あさみ》奈々子《ななこ》が営んでいる小料理屋『あざみ亭』があった。彼女のマンションからもそう離れてはいない位置にある。住宅街にも近い一角に、ひっそりと店を構えていた。古い三階建てのビルの一階だ。

　テーブル席がひとつあるのみで、あとはカウンター席しかない小さな店だが、奈々子の人柄と料理のうまさのおかげで、若い独身サラリーマンから暇を持て余した老人まで、すぐにいっぱいになる人気店だ。

　兼高も何度か訪れては、彼女の家庭的な料理に心を癒《い》やされている。駆け出しのころは、店の食材の仕入れを土岐から命じられ、市場やスーパーに行かされたものだ。

土岐の非業の死にショックを受け、しばらくは失意で休業中だったのを、最近になって営業を再開していた。ただし今日はすでに営業を終え、暖簾《のれん》は店のなかにかけられていた。店の灯りも消えている。

周囲を見渡した。コンビニなどの灯りはなく、街灯が冷たく照らしているだけだ。人《ひと》気《け》はない。東鞘会の事務所や企業舎弟のオフィス、店舗などには警官がシケ張りや監視をしていたが、愛人の店までは来ていない様子だった。

店の裏側に回り、勝手口に向かった。ビールケースやポリバケツがあり、かすかにアルコールと生ゴミの臭いがした。ほっと息を吐いた。鼻がイカレたのか、ずっと室岡の血と内臓の臭いばかりがして、他の香りが一切嗅《か》ぎ取れずにいる。

ジーンズのポケットに手を突っこんだ。自宅で用意したのは防刃ベストだけではない。小型の懐中電灯とプラスチックケースを取り出す。

勝手口のドアは、スチール製で厚みこそあるが、肝心の錠前はふつうのシリンダー錠だ。

懐中電灯を口にくわえ、プラスチックケースを開けた。なかにはふたつの針金が入っている。まっすぐのものと、折れ曲がったものだ。

兼高は両手に一本ずつ持ち、ドアの前にしゃがみこんだ。錠前を懐中電灯で照らし、鍵穴《かぎあな》に針金を挿入し始めた。ピッキングを行う。

折れ曲がったほうの針金を、鍵を回す方向に力を入れ、まっすぐの針金を、シリンダー内部で前後に動かす――やり方を教えてくれたのは阿内だ。あの男は、ただのヘアピンだけで開錠してみせたものだ。

開錠には時間がかかった。室岡との戦いを経た後、手の震えが止まらない。

――あの世にいる土岐が、おれや東鞘会を守ってくれている。

ピッキングをしながら、十朱の言葉を何度も思い出していた。それが本当であれば、土岐の周囲に〝秘密〟が隠されている可能性が高い。

彼が信頼していたのは、子分や舎弟だけとは限らない。むしろ、警察からマークされている極道たちよりも、内縁の妻である彼女に託しているものと思われた。また、土岐の自宅には、拾われたばかりの部屋住みがいる。

五分以上かかった末に、折れ曲がったほうの針金が回転し、ドアの鍵が外れた。

深夜になって、冷気をともなった秋風が吹いていたが、身体中から汗がにじみ出ていた。頭や顔の傷に汗がしみる。しかし、汗疹《あせも》の痒《かゆ》みのほうが兼高を苦しめた。秋になってからも、藪蚊《やぶか》が生きているらしく、ふくらはぎを刺されていた。爪を立てて、わき腹や脚を掻《か》きむしり、勝手口のドアを開ける。

真っ暗な調理場に足を踏み入れた。灯りはつけなかった。暗闇に目が慣れている。懐中電灯を頼りに歩く。

何度か訪れてはいたが、調理場に入るのは初めてだった。奈々子は、妹とふたりで店を切り盛りしていた。調理場は想像以上の狭さだ。

大きな業務用冷蔵庫が場所を占め、ガスコンロの周りには、自転車のタイヤ並みに大きなフライパンや大鍋《おおなべ》を筆頭に、大小さまざまな調理器具が壁に立てかけられている。
雪平鍋や銅製の卵焼き器なども。

ガスコンロの横には、二升は炊けそうな業務用炊飯器がある。どれも使いこまれており、奈々子の店らしく清掃が行き届いていた。米粒ひとつ落ちてはいない。書類やデータ類を隠せるような場所でもない。

冷蔵庫を開けてみるものの、食材が保存された密閉容器やステンレスバット、ビニール袋がぎっしりつまっていた。冷凍庫も同様だ。

カウンターの内側に入った。懐中電灯の灯りを、端にある固定電話機に向ける。かりに書類関係があるとすれば、固定電話機の下の棚だ。受注書や請求書、客のツケを管理する帳簿類がある。棚の引き戸を開き、整然と並んだフォルダーを手にする。

「そんなところにはねえよ」

聞き覚えのある声がした。

反射的に立ち上がった。懐中電灯を声のするほうに向ける。心臓が凍りつく。

懐中電灯は、カウンターから離れたテーブル席を照らした。その椅子には、携帯端末を持った十朱がいた。液晶画面をいじりながら、さもおかしそうに兼高を見やっている。

「会長、これは……」

脳を必死に働かせた。

しかし、うまい言い訳など思いつくはずがない。痩《や》せた十朱の姿は、まるで幽霊のようだ。頭のなかが真っ白になる。ただし、すでに十朱に見抜かれたという点だけは理解できた。

――あの世にいる土岐が、おれや東鞘会を守ってくれている。

その言葉を耳にしたときから、彼の術中に嵌《は》まっていたのだ。

兼高はカウンターの壁に触れ、電灯のスイッチを入れた。店内の灯りが一斉につく。

奥歯を嚙《か》みしめた。やはり、テーブル席には十朱がいた。相棒をこの手で殺害した直後だ。自分でも精神がぐらついているのは、嫌というほど理解している。幻聴や幻影に悩まされたとしてもおかしくはなかったが、十朱はいつものように強い存在感を放っている。

十朱はじろじろと、兼高の恰好《かっこう》を見つめた。

「妙な恰好をしてる。ジーンズがつんつるてんじゃないか。シャツもピッチピチだ」

兼高はカウンター内に目を走らせた。

もはや交わす言葉はない。包丁といった刃物はないが、バックバーには、客がキープした酒のボトルが並んでいる。ベルトホルスターには特殊警棒も収まっている。

「今夜は弟分とメシじゃなかったか。ずいぶんと早く済ませたな。酒の臭いどころか、血の臭いがする」

彼は携帯端末に目を落とした。その隙に、バックバーのボトルに手を伸ばす。

「落ち着け」

十朱は制するように声をかけた。

彼の言葉を無視し、左手にウイスキーが充分につまったボトルを握り、右手でベルトホルスターの特殊警棒を握った。

「落ち着けませんよ。是安《これやす》さん」

「是安か……ひさびさな名だ」

是安こと十朱は、感慨深げに天井に目をやった。

兼高はボトルを、十朱の顔面目がけて投げつけた。しかし、彼は遠い目をしながら頭を傾け、楽々とボトルをかわした。

ボトルは壁に衝突し、けたたましい音を立てて砕けた。新たなウイスキーボトルを摑《つか》み、投げつけようとした。

同時に十朱が立ち上がり、テーブル席からカウンターへと移る。兼高の特殊警棒が届く距離まで。

「お前はよく化けていた。土岐の死後も、秘書に登用されるくらいだ。なぜバレたか、必死に考えてるところだろう」

「考えても仕方がない。どうやったら、あんたを叩《たた》きのめせて、口を割らせられるか。それだけを考えてる」

特殊警棒を上段に構えたが、十朱はカウンターから離れようとしない。

「まあ聞け。お前はいつもと変わらなかった。様子が違うのは室岡のほうだ。あのキリングマシーンが、おれと同じく食が進まないうえ、物憂げな顔をしてポカをやる。おまけに、時折お前にせつなげな視線を向ける。まるで、初恋の相手を見る女学生みたいな目で。あいつはなにも言わなかったが、行動や仕草は雄弁だ。それで、お前にカマをかけてみせただけだ」

「恐れ入ったよ。それで覚悟はできたか」

「本題はこれからだ。殺《や》る気でいるなら、ガチャガチャと錠前いじくってる間に、袋叩きにしているだろう」

「手短にお願いできるか」

十朱はうなずいた。

「おれのもとに来い。おまわりさん」

「……なんだと」

「ここに潜りこんでから、お前はどれほど罪を犯した。警察《サツ》の命令なのだからと、自分に言い訳して何人ぶっ殺した」

十朱は首を掻き切る真似をした。言葉の意味を悟り、兼高は目を見開く。

「極道になれというのか。あんたと同じく」

「すでに立派な極道だろう。何年も阿内の命令なんぞを聞いて、白いもんも黒いと言い聞かせて、切った張ったの人生を歩んできた。銃弾の嵐を潜り抜けちゃ、凶暴な腕自慢を葬ってきた」

首を小さく横に振った。

「ついでに親分も弟分も殺《や》っちまった。あんたの大事な側近たちを」

「赦《ゆる》す」

十朱は真顔で告げた。語気の強さに思わずたじろぐ。

十朱は携帯端末から、ＳＤカードを抜きだした。親指の爪程度の小さな記録装置だ。

「ここに来たのは正解だ。お前はいい勘をしている。奈々子はこの店に隠していた。お前らが、喉《のど》から手が出るほど欲しがっていたものだ。こいつを土岐に預けていた。木羽からのメールや音声記録、おれと木羽が物騒な会話をしている動画……是安が十朱として化けるための極秘計画書。警視庁のトップたちが、まとめて腹を切らなきゃならねえデータがここに詰まってる。さしずめ、東鞘会の守り神だ。これのおかげで、東鞘会はこんな時代でも勢力を拡大できた」

十朱は、警視庁が核爆弾のように恐れてきたＳＤカードを、無造作にカウンターに置いた。

「土岐がいない今、こいつの管理をお前に任せてもいい」

兼高はＳＤカードに目を落とした。

このためにヤクザになりきり、いくつもの凶悪犯罪に手を染めてきた。ただし、本物かどうかは怪しい。

十朱がSDカードを指さした。

「いらないのか。ずっと欲しがっていたものだろう」

「なぜだ」

兼高はゆっくりと距離を縮めながら訊《き》いた。

特殊警棒は振り上げたままだ。剣道で鍛えた腕力を使えば、十朱の頭蓋骨《ずがいこつ》をスイカみたいに粉砕できる。しかし、彼は怯《ひる》みもしない。

「単純なことだ。核爆弾は一発より二発あったほうがいい」

兼高は言葉を失った。十朱は続ける。

「阿内のことだ。お前をそそのかしたりもしただろう。いっそトップに立っちまえと。一警官で終わるより、裏社会から首都を守れとかなんとか、吹きこまれたんじゃないか」

「……ああ」

「阿内の憂さ晴らしにつき合っていれば、お前はいつまでも都合のいいように使い捨てにされる。こんな潜入なんて任務を承諾するぐらいだ。捜査一課《ソウイチ》だの公安《ハム》だの、お目当ての仕事がしたくて点数稼ぎに励んでいたんだろうが、一度潜った警官なんぞ、刑事《デカ》にすらなれない。いくらツラを変えたとしても、お前の声や仕草は多くの極道に覚えられている。そんな人間が、最前線で働けるわけもないだろう。上の連中はお前の冒険を褒め称《たた》えるだろうが、残りの警察人生はどこかの施設でデスクワークでもやるか、島送りにでもされるのが目に見えてる。危険物扱いされて、仲間に監視されるのが関の山だ。お前の新しい任務は、墓場まで口を閉ざすこと。それだけだ」

十朱の目的は見え透いていた。言葉巧みに兼高を寝返らせることで、さらに東鞘会は警視庁の暗黒を掌握できる。

警官である兼高がこれまで消した人数は、両手の指では数えきれない。とっさには思い出せないほどだ。何度も絞首刑にされなければならないほどの罪を犯した。また、十朱の言葉は騙《かた》りとは言い切れなかった。土岐の死後、彼は十朱と行動を共にして顔を売った。そんな人間が盛り場や犯罪地区で働けるはずもない。刑事はもちろん、交番勤務さえ勤まらないだろう。

十朱は再び笑いかけた。

「阿内の言うことすべてが、間違っているわけじゃない。ずっとこのまま潜り続けていれば、お前はいつまでも最前線で戦っていられる。警察《サツ》に戻って閑職に追いやられるぐらいなら、いっそ東鞘会のトップに立っちまえと、お前の本質を見抜いてアドバイスしたんだろう。お前には戦いが必要だ」

「うるせえ！」

特殊警棒を振り下ろした。

金属製の伸縮棒は、十朱の傍を通り過ぎて、カウンターの一枚板を叩いた。ミニサイズのこけしや人形が特殊警棒の一撃で砕け、破片が十朱の顔や胸にまで飛んだ。だが、彼はいっさい避《よ》けようとしない。

――お前を突き動かしてるのは、出世欲でもねえ。自分じゃ少しも自覚なんかねえだろうが、悪党どもをぶっ殺してやりてえという殺戮《さつりく》欲だ。

阿内の言葉が頭をよぎった。ふたりの怪物から、触れられたくないところまで、心を覗《のぞ》かれたような気がした。

「その手に乗るものか。土岐はあんたが警官《ポリ》なのを知っていた。口のうまいペテン師め」

「ペテンだと。的外れもいいところだ」

十朱は肩をすくめた。

「三羽ガラスの連中は、確かにおれが警官《ポリ》なのを知っている。勝一が幹部を引き連れて、東鞘会をふたつに割ったころだ。五代目がお上に殺られ、六代目が勝一に暗殺された。警察《サツ》に狙い撃ちされた東鞘会がてんやわんやになったころだ。おれは殺られる覚悟で土岐らに、自分の正体を打ち明け、警視庁《ホンチヨウ》を出し抜く方法を提示した」

十朱は打ち明けた。

三羽ガラスから私刑に遭うのを覚悟で打ち明け、警視庁と手を切ると宣言した。その証拠に東鞘会潰《つぶ》しの指揮を執り、十朱を操っていた木羽の家族を拉致《らち》した。彼の身柄をもさらい、自殺に見せかけて海に突き落とし、殺害している。木羽の首を土産に、十朱は東鞘会に骨を埋《うず》める覚悟を示したのだ。

裏切り者だった十朱が、殺される覚悟で素性を明かし、警察組織と和鞘連合というふたつの敵に打撃を与えたことで、意気に感じた土岐たちは、カリスマ性と暴力性に秀でた十朱を、神輿《みこし》として担ぐことに決めた。十朱をトップにしておけば、警察組織は東鞘会に手が出しにくくなるはずだと。その狙いは的中し、警視庁は同会に及び腰であり続けた。

十朱の口から出た物語だ。どこまでが真実かは不明だった。ただし、辻褄《つじつま》は合う。

特殊警棒を再び振り上げた。

「なぜ、警察《サツ》を裏切った」

十朱は兼高を見上げた。まっすぐな視線を受け止める。

「ただの私情だ。冷酷なサクラの代紋よりも、血の通った兄弟たちを助けたかった。たとえ極悪人の烙印《らくいん》を押されることになっても」

「私情……」

思わず呟《つぶや》いた。阿内の言葉がまたよぎる。

――誰も彼もが私情絡みだ。

十朱が砕けた人形の破片を払った。

「阿内がイカレた作戦で、自ら身体を張るのも、お前を酷使するのも、ただ正義の名を借りて、宿怨《しゅくえん》を晴らしたいだけに過ぎない。木羽は、あいつにとって実の兄のような存在だ。おれもあいつもクレイジーと思われがちだが、なんてことはない。ただの人間なんだよ。あの室岡でさえ、そうだっただろう」

　ぶつりと音を立てた。無意識に唇を噛み切っていた。血が顎《あご》を伝う。

　ここから逃げろと声を絞り出して言った室岡。親分の盾になって、銃弾を浴びながらも微笑を浮かべた三國。ある者は掟《おきて》に逆らい、ある者は敬愛する親のために生きた。そして、秘密を知りながらも、十朱を支えた三羽ガラスたち。自らの意志で動いた男たちの顔が次々に脳裏をよぎる。

　十朱はSDカードを持ち、掌《てのひら》に載せて差し出した。

「犬でいるのを止めろ。お前も解き放たれるべきだ。おれとお前が組めば、日本を牛耳るのも難しくない。自分の信じる道を進めばいい」

　唇の出血はひどく、顎から血が滴り落ち、口内に流れこんだ血を飲む。

「今さら進めやしない……」

　同時に視界がぼやけた。ずっとこらえていた涙があふれる。

「おれは殺しすぎた。親兄弟をも手にかけた。友やライバルも地獄に落とした。噛みつくことしか知らない狂犬で、最初から解き放たれていたんだ」

　兼高はうめいた。

　十朱は右手を差し出したまま、兼高の顔を見つめるだけだった。兼高は首を横に振る。

「おれに残っているのは、もう掟ぐらいしかねえ。その秘密を奪って、あんたも殺《や》る。任務を貫徹するしかねえんだ」

兼高は特殊警棒を振り下ろした。十朱の右腕めがけて。

特殊警棒は空を切った。十朱はすばやく右腕を引っこめると、カウンターの席から降りて、後方へと下がる。

兼高はカウンターを乗り越えようとした。しかし、その前に十朱はスーツの内側に手を伸ばし、小型の自動拳銃《けんじゅう》を抜き出していた。ワルサーPPK。もともとは、私服警官用に作られたドイツ製の拳銃だ。それを十朱が握るのは、なんとも皮肉な話だった。

「狂犬め」

十朱は自動拳銃を向け、吐き捨てるように言った。苛立《いらだ》ったように、眉間《みけん》にシワを寄せる。

兼高はボトルを投げつけ、カウンターを飛び越えた。しかし、十朱は半身になってボトルを避け、見事なフォームでワルサーを発砲した。

右肩に熱い衝撃が走った。肉に鉛弾が食いこみ、カウンターの外へと落下する。受身を取れたものの、特殊警棒を手放してしまう。

「シャツがピッチピチだ。防刃ベストしか着用していないことまでわかる」

十朱は右手にワルサーを握り、左手でポケットから携帯端末を取り出した。携帯端末に語りかける。

「迎えに来てくれ。ネズミを一匹捕まえた」

兼高は床を這《は》いつくばりながらも、十朱の股間《こかん》に向けて左アッパーを放った。

だが、その前に十朱の足が、兼高の横顔に当たる。ムチのような速さで頬を蹴《け》られ、痛みと衝撃が走り、床に血が飛散した。室岡との戦いで体力を消耗している。

　やたらと身体が重かった。右肩から血があふれ、上半身を濡《ぬ》らした。血が多く流れ出たせいか、妙な寒さまで感じる。

『あざみ亭』の前にアルファードが停まった。護衛らが降り、駆け足で勝手口へと回る音が聞こえる。

　本並が、ふたりの護衛を従えて店内に入ってきた。

「あ、兄貴！」

　本並は、血まみれで横たわる兼高と、ワルサーを向ける十朱を驚いた様子で交互に見やった。彼はなにも事情を知らされず、近くで待機するように命じられていたのだろう。

「ボス……ネズミってのはまさか」

　十朱は拳銃を振った。

「〝処理場〟に連れていくぞ」

　本並は呆然《ぼうぜん》と口を開けた。動かずにいる手下を、十朱は促すように怒鳴りつける。

「なにをしてる！　こいつは警官《ポリ》だ！　〝処理場〟で医者に治療させろ。決して死なせるな。この世に生まれたことを後悔させるほど痛めつける」

　本並らはボスの怒りに震え、弾《はじ》かれたように動きだした。彼は手下ふたりに救急箱を持ってくるように命じ、兼高のシャツと防刃ベストを剥《は》ぎ取った。手下が持参した消毒液を傷口にかけ、ガーゼを押し当てて包帯を巻く。

「兄貴……なんだってこんなことに」

本並は囁《ささや》いた。彼もまた戦いの猛者《もさ》だったが、ボスが警官と指摘したにもかかわらず、それを信じられずにいる。ともに死地を潜り抜けた兄弟だ。そう簡単に受け入れられないのは当然かもしれなかった。だが、そんな親兄弟たちを始末してきたのが兼高だった。ただ黙るしかなかった。

拳《こぶし》を振るうだけの体力は残っていたが、十朱や護衛らが抜け目なく自動拳銃を向けている。本並は勘のいい元ボクサーだ。叩きのめされるのが関の山だ。特殊警棒や携帯端末は当然ながら、ベルトや鍵束といった、武器になりそうな類《たぐい》も奪われる。

十朱はさらに指示を出した。

「それと赤坂の『金天』に掃除屋を向かわせろ。室岡の遺体があるはずだ。警察《サツ》に勘づかれる前に、遺体を運び出すんだ」

「室岡が――」

護衛たちがざわついた。本並は信じられないとでもいうように首を横に振り、兼高の襟首を摑む。

「あんたが……殺《や》ったのか」

「尋問は後にしろ」

十朱が割って入った。彼が止めなければ、本並から鉄拳をもらっていただろう。

半裸姿のままで、正面玄関から外へと連れ出された。アルファードに押しこまれる。ふたりの護衛が運転席と助手席に乗り、兼高は、本並と十朱に挟まれるようにして座らされた。

両サイドからだけでなく、助手席の護衛からも拳銃を突きつけられた。三人ともに油断はせず、トリガーに指がかかっている。

運転手がアクセルを踏みだし、住宅街の道から早稲田通りへと出た。

そのときだった。アルファードが交差点にさしかかると、赤信号にもかかわらず、横からワゴンが猛然と走ってくる。激しいエンジン音に気づき、全員の目がワゴンに釘《くぎ》づけとなる。

「阿内……」

十朱が声を漏らした。

ワゴンはアルファードのサイドに衝突した。猛スピードで突進してきたワゴンは、高級ミニバンの左側のスライドドアを大きくへこませ、防弾ガラスにヒビを入れた。アルファードの車内は、前方とサイドのエアバッグが作動し、白く粉まみれになる。

サイドのカーテンシールドエアバッグによって、ダメージは軽減されたものの、左側に座っていた本並は、ドア越しにワゴンの特攻を喰《く》らい、隣の兼高の膝《ひざ》のうえに倒れた。

突然の奇襲に、運転手や助手席の護衛は、ワゴンに目を奪われる。

兼高は機を逃さず、本並が握る拳銃に手を伸ばした。同時に撃たれた右肩に激痛が走る。右側の十朱に肘打《ひじう》ちを喰らった。全身が痺《しび》れて動かず、ただでさえ視界が濁っているなか、涙で目の前が見えなくなる。

十朱は、本並の拳銃を先に奪い取ると、スライドドアを開けた。二丁の拳銃を手にし、凄《すさ》まじい形相で、誰よりも早く車を降りる。

ワゴンのほうに目をやった。ひび割れた窓越しに、やはりワゴンから降りる阿内が見える。

ワゴンのフロントガラスは砕け、阿内は額から出血していたが、顔と全身はエアバッグの重炭酸ナトリウムの粉で、まっ白に染まっていた。ウィンドブレイカーを着た二名の部下が、やはり顔を白くさせながらワゴンから降り立つ。

阿内はリボルバーの拳銃を握っていた。目にしたことのない鬼のような顔をしながら十朱と対峙《たいじ》する。

「是安！」

阿内は十朱の本名を叫び、リボルバーを彼に向けた。車が揺らぎそうなほどの激情を迸《ほとばし》らせながら。

だが、先に構えていたのは十朱だった。右手でワルサーのトリガーを何度も引いた。乾いた発砲音とともに、阿内の腹がいくつも弾ける。

「隊長！」

阿内の部下らが、十朱を狙って発砲した。

十朱は隠れようともせず、むしろ阿内のワゴンへと歩み寄る。部下の弾丸は当たらなかった。衝突による衝撃で頭を揺さぶられたためか、狙いが定まっていない。

お返しとばかりに、十朱は左手の拳銃で撃った。ふたりの部下らが被弾した。下腹に銃弾を浴びた阿内の部下は、その場にしゃがみこんで嘔吐《おうと》する。

彼らも防弾ベストを着用しているが、十朱はそれを見越して下半身に弾を浴びせた。もうひとりの部下は、膝に弾を受けたらしく、膝頭を押さえてうずくまる。

兼高もじっとはしていなかった。傷ついた唇をさらに噛んで、無理やり身体を覚醒《かくせい》させた。

外に出ようとする助手席の護衛の襟を左手で掴み、思いきり引き寄せた。護衛の後頭部に額を突き出し、ヘッドバットを繰り出した。岩と岩がぶつかり合うような音がし、護衛の身体からぐにゃりと力が抜ける。失神した様子だった。

護衛の拳銃を奪い取ろうとしたが、運転手が銃口を向けていた。銃声が車内に響き渡った。頰に熱い痛みを感じるも、弾は直撃せずに通り過ぎた。銃声のおかげで、鼓膜が痛みを訴える。

運転手がさらにトリガーを引こうとした。兼高は、その前に拳銃の銃身を握って弾道をそらした。拳銃が火を噴き、サイドウィンドウに銃弾が食いこむ。

銃身ごと拳銃を左に回した。拳銃を握る運転手の右手首がねじれ、苦痛のうめきを漏らす。

拳銃をもぎ取った。狙いを定めて撃っている暇はない。ハンマーのように運転手の頭をグリップで殴りつけた。運転手は手の甲でふせいだが、手の骨ごと叩き折る。

何度も拳銃を振りおろし、頭頂部にヒットさせたときは、グリップパネルにヒビが入っていた。両手と頭を砕かれた運転手はシートのうえに倒れ伏す。

兼高は拳銃を握り直し、外に出ようとした。しかし、その前に左手首を掴まれた。

本並が身体をふらつかせながらも、兼高の左腕を強い力で引っ張った。

「兄貴……マジなのか」

「ああ」

本並は泣きそうな顔で左フックを放った。

彼は脳震盪《のうしんとう》から回復しきっておらず、シートに座ったままでフォームもへったくれもない。兼高は歯を食いしばり、左フックを避けずに受け止めた。頬に砲丸が当たったような重い痛みが走る。パンチを放った本並自身が驚愕《きょうがく》の表情を見せる。

兼高はうなずいてみせ、それから彼の鼻の下を銃身で突いた。人中《じんちゅう》と呼ばれる危険な急所だ。本並は白目を剝《む》いて、シートからフロアへと転げ落ちる。

十朱が開けたドアを潜って、兼高も外へ出た。派手な事故と銃撃戦に、通りかかったタクシー運転手が車の陰で震え上がっている。

外の銃撃戦は一方的だった。十朱もまた銃弾を受け、シャツやスーツには穴が空き、防弾ベストのケブラー繊維がはみ出していた。ただし、とくにケガを負った様子はなく、鋭い視線で阿内たちを睨《にら》みつけながら、歯を剥いて笑っていた。返り討ちを心底楽しんでいるようにも見える。

一方の阿内の部下は血にまみれていた。膝を負傷し、あるいは腕を撃たれている。阿内はリボルバーを握っていたが、股間と太腿《ふともも》を撃たれたらしく、青い顔をしたまま血の池に沈んでいた。十朱の銃の腕前は一流だ。

十朱が兼高に気づいた。彼はワルサーを振ってみせる。

「あの警官《ポリ》どもにトドメを刺せ。お前は極道が似合ってる」

答えを無視した。まだ弾薬が詰まっている拳銃を、十朱の顔に投げつける。

十朱は頭を振ってかわしたが、表情には当惑の色が浮かんだ。

素手の兼高はジグザグに駆けた。撃ち合いでは勝てないと、修羅場で培われた勘が告げる。

十朱はトリガーを引いた。銃弾による熱線が、兼高の腰をかすめる。

さらに距離を縮めた。十朱はさらに連射した。弾丸がこめかみの皮膚を削り、わき腹の脂肪を穿《うが》ったが、兼高は止まらずに駆け続ける。硝煙の臭いが鼻に届き、血で顔や肉体が濡れそぼる。

十朱の懐へと飛びこんだ。彼の長い脚は短所にもなる。体重は兼高のほうがずっと重い。彼の両脚にしがみつき、タックルを仕かける。

だが、十朱は倒れなかった。持ち上がりもしない。地面に根を張ったように、びくともしない。

「おれは約束した」

十朱はうなった。右手のワルサーを捨て、兼高のタックルを受け止める。

「約束したんだ」

十朱の左手にある拳銃が、兼高の頭に向けられた。トリガーに指がかかる。

しかし、兼高は動じなかった。視界の隅で、阿内がリボルバーを構えているのが見えていたからだ。

阿内がリボルバーを撃った。兼高の後頭部に滝のごとく血が降り落ちる。

顔をあげた。十朱の額に穴が空き、噴水のように血が噴き出しているのが見えた。拳銃を持つ左手がだらりと下がり、帝王の身体から力が抜け落ちていく。

十朱は背中から頽《くずお》れた。兼高は上に覆いかぶさる。十朱のポケットを漁《あさ》り、SDカードを奪い取る。

十朱は抗《あらが》わなかった。額を撃ち抜かれ、瞳孔《どうこう》が開いた目は、遠い天空を見つめている。

阿内は仇敵《きゅうてき》を仕留めたが、自身もまた血の池に沈んでいた。兼高は駆け寄る。

阿内は微笑んだ。顔色は死人のように白かったが。唇も紫色だった。

「どうだ……おれの腕もまんざらでもねえだろう」

兼高は彼のスーツを脱がした。

銃弾を浴びた太腿の出血がとりわけひどい。スーツの袖で太腿のつけ根をきつく縛った。兼高もまた右腕が使えないため、口と左手を使う。

阿内は小さく首を横に振った。

「よせよ……是安の野郎、おれのキンタマを吹き飛ばしやがった。これじゃ女も悦《よろこ》ばせられねえ」

「喋《しゃべ》らんでください」

阿内は汗まみれで呼吸も浅かった。大量出血によるショック状態が起きている。

「是安の秘密は回収したか」

「はい」

「よし。ついでにおれの頭を撃て。痛くてかなわん」

「冗談はよしてくれ」

阿内のスーツのポケットを漁った。携帯端末を取り出し、１１９番へとかけようとする。だが、阿内は兼高の手首を摑んで止めた。

「冗談なんかじゃねえ……マジだよ。すぐにわんさかと警官《ポリ》や救急隊員が来る……その前におれを殺《や》れ」

赤色灯の灯りが夜空を染め、遠くからサイレンの音がする。

「……おれの復讐《ふくしゅう》につきあわせた」

「刑事《デカ》にはなれない。もうわかってる」

阿内は呆《あき》れたように息を吐いた。のろのろと瞳《ひとみ》が動き、視線がぶつかり合う。兼高の意図を察したらしい。

阿内の携帯端末にＳＤカードを挿した。携帯端末を急いで操作する。

「この先……苦労するぞ」

兼高は首を小さく振った。

「覚悟のうえだ」

阿内の耳には、もう届いていないようだった。曖昧《あいまい》にうなずくだけで、瞳孔が開いている。彼は振り絞るように呟く。

「兄貴……命《タマ》は取ったぜ」

阿内は、微笑を浮かべたまま呼吸を止めた。彼の兄貴とは、十朱に裏切られた木羽だ。

「阿内隊長」

阿内は呼びかけに応《こた》えなかった。血に染まった携帯端末からＳＤカードを抜き、それをポケットにしまう。

交差点には複数の警察車両と救急車が停まった。拳銃を持った警官らがぞろぞろと警察車両から降り立つ。阿内の部下が、必死に警察手帳を掲げている。

兼高は、警官に取り押さえられるまで、阿内の身体を抱え続けた。

出月梧郎が、病院に搬送されて一週間が経った。

神楽坂での銃撃戦。出月こと兼高は、阿内と十朱の死を見とったが、彼自身も出血が激しく、身柄を拘束されたときには、意識を失っていた。

新宿区内にある病院に運ばれ、大量の輸血と弾の摘出手術、傷の縫合などが行われた。

二日後に意識を取り戻すと、銃撃戦に憤激した牛込《うしごめ》署の刑事たちが、医師や看護師を押しのけて事情聴取に現れた。

聴取とは名ばかりで、縫合したばかりの傷口を押され、鼻を摑《つか》まれるなどの暴行を受けた。ヤクザごときに同僚が殺害され、刑事らはひたすら頭に血を上らせていた。

牛込署の刑事のなかには、阿内と同じ釜《かま》の飯を食った者もいたらしく、そいつは涙を浮かべながら、出月の腹を殴りつけた——誰も彼もが私情絡みだ。痛めつけられるたびに、阿内の言葉を思い出した。

出月が警官だと知る人間は、死んだ阿内を始めとして、警視庁組対部の上層部だけだ。東鞘会の出世頭である兼高昭吾から、なんとしてでも情報を引き出そうと、医者らを振り払いながら、暴力と恫喝《どうかつ》を駆使して問いただしてきた。

——組対部長の岩倉俊太郎を呼べ。あいつにしか喋《しゃべ》らない。

出月は、激しい尋問を受けながらも、それ以外は発言せず、ベッドのうえで完全黙秘を貫いている。牛込署の刑事らの怒りをさらに買い、暴力は激しさを増したが、室岡や十朱との死闘を思えば、蚊に刺された程度に過ぎなかった。

岩倉が現れたのは、牛込署の捜査員が暴れた翌日のことだ。

彼は頭を下げて詫《わ》びた。

――申し訳ない。所轄への連絡が遅れた。警視庁を救った英雄に、とんでもない仕打ちをしてしまった。

――屁《へ》でもありません。それより……。

極道扱いされていたため、一切の情報を遮断されていた。岩倉は数紙の新聞を手渡し、入院中に起きた出来事を教えてくれた。

新聞の社会面は、東鞘会絡みの記事で埋め尽くされていた。広域暴力団のトップ自らが拳銃《けんじゅう》を握り、警官に向けて発砲するという、常軌を逸した暴力性は社会を震撼《しんかん》させた。東京都公安委員会は、東鞘会を特定危険指定暴力団に指定するため、同会から意見聴取をすると発表した。警察庁長官もまた、東鞘会壊滅のためにあらゆる手段を行使すると断言している。

警視庁は、東鞘会に対して、事務所だけでなく、企業舎弟と思《おぼ》しきオフィスや工場など関連施設へ家宅捜索に入った。

十朱の自宅はもちろん、直系幹部の自宅、三次団体や四次団体の事務所まで虱潰《しらみつぶ》しにあたり、土岐の愛人である浅見奈々子の自宅や、高級クラブ『天童』にも捜査員が入りこんだ。

同時に幹部たちの大量逮捕に踏み切った。これまで手が出せなかった分、警視庁はのしをつけて東鞘会へのお礼参りを開始したのだった。徹底した家宅捜索の裏には、十朱が隠した秘密のコピーの有無を確かめる目的もある。

神楽坂の銃撃戦については、事実は軌道修正されて報道されていた。東鞘会側のアルファードが暴走し、張り込んでいた阿内らのワゴンと衝突。なおも逃走を図るアルファードを制止しようとした結果、十朱が捜査官に拳銃を発砲して、警察側と派手な銃撃戦を繰り広げた末、死亡したことになっており、銃撃戦になった理由は一切伏せられた。

十朱は頭を銃弾に貫かれ、応戦して死んだ阿内は二階級特進となっている。

　岩倉は病院を訪れる前、阿内の葬式に参列していた。警視総監までもが焼香のために顔を見せるなど、弔いは盛大に執り行われたが、彼の元妻と娘は姿を見せなかったという。

　岩倉は言った。

——事故の瞬間を見た者がいなかった。それが幸いした。

十朱が乗るアルファードに特攻を仕かけたのは、阿内のほうであり、制止を呼びかけてもいない。護衛の本並たちは、神楽坂の現場で逮捕されている。

彼らは、警視庁の発表が虚偽まみれなのを知る生き証人だ。しかし、ヤクザの証言に耳を傾ける者などいない。どの新聞にも兼高の名はなかった。

　ボス自らが拳銃を手にして、警官を殺害した果てに、壮絶な討死にを遂げた——マスコミは華岡組の内部分裂にばかり注目していたが、今は東鞘会の常軌を逸した凶暴性が世間を賑《にぎ》わしている。

岩倉に尋ねた。

――マスコミに十朱の正体を知られるのでは？

――その心配はない。あの男も東鞘会では、進んで汚れ仕事をこなした。そのたびに顔をいじっている。親兄弟でも見分けがつかないほどだ。もっとも、あの男は少年時代に、両親と弟を事故でいっぺんに失っている。孤独の身だったからこそ、潜入捜査官に選ばれた。

――そんな過去が。

初耳だった。是安が警察を裏切った理由が、少しだけわかった気がした。ずっとひとりだったからこそ、はぐれ者たちのなかで、命を張るだけの家族を見つけたのかもしれないと。

岩倉は再び頭を下げた。

――是安は堕《お》ちた天使で、我々にとっては厄介な悪魔でもあった。阿内という優れた捜査官を失ったものの、あの男を排除できたのは、君の捨て身の奮闘のおかげだ。任務が任務ゆえに、賞状も勲章も授与できないが、警視庁は生涯にわたり、君の生活を保障するだろう。

――衣笠典子の安全もです。彼女も功労者だ。

──もちろんだ。しかし……。

岩倉は口ごもった。出月は眉《まゆ》をひそめた。

──どうしたんです。

──彼女は姿を消している。

──なんですって。

典子は、阿内と是安が死亡した夜、出張マッサージの仕事に出ている。客は仇敵《きゅうてき》である東鞘会系曳舟《ひきふね》連合の総長だ。いつものようにマッサージで総長の身体を揉《も》みほぐすと、部屋住みの若衆らに気づかれることなく、彼の頸椎《けいつい》をへし折って永遠の眠りにつかせた。総長の自宅を後にしたまま、それっきり行方をくらませている。

警視庁は機密保持のため、典子の行方を追っているが、未《いま》だに消息を摑めずにいた。

──私に捜させてください。見つけてみせます。

岩倉は首を横に振った。

──衣笠典子は、他の県警にも協力を要請している。全国の警察組織が捜索中だ。

──しかし──。

──むろん、当初の約束通り、君を刑事に登用する。とはいえ、二年は内勤に徹してもらわなければならない。東鞘会は君の命に懸賞金をかけたとの噂も流れている。関東だけではなく、友誼《ゆうぎ》団体でもある六甲華岡組も同様だ。ほとぼりが冷めるまでは、寮と職場以外は出歩かないほうが賢明だ。自分の身の安全を第一に考えてほしい。

――……仕方ありません。ここまできて、命を失いたくない。

出月がしぶしぶうなずくと、岩倉は安堵《あんど》の表情を見せた。

阿内や是安と違って、岩倉は嘘をつくのが下手だった。彼が組対部長に就いて四年が経つ。じきに栄転の辞令が下るだろう。次の役職に移ったころには、一兵卒との約束など忘れているはずだ。長い潜入捜査は勘を鋭敏にさせた……。

出月は出かける準備を始めた。パジャマ姿だったが、衣服を着替える必要はない。携帯端末と財布を持って病室のドアを開ける。

「新聞ですか」

廊下には、スーツ姿の私服警官が見張りとして立っていた。

暴力団の報復を警戒し、組対部特捜隊の人間が警備にあたってくれた。彼は、出月が警官であるのを知らされている。牛込署の刑事らは、岩倉の訪問以来、ぴたりと来なくなっていた。

「ああ、頼む」

出月は私服警官に笑いかけた。

財布から小銭を取り出し、右手で彼に渡そうとしたが、右肩の手術のせいでうまく上がらない。小銭をリノリウムの床に落とす。

「すまない」

「いいえ」

私服警官は身を屈《かが》め、床に落ちた小銭を拾う。

「すまない」

出月は再び詫びを口にした。

そして、隙だらけになった私服警官の首に、左腕を絡めて締め上げた。フロントチョークで頸動脈を圧迫する。

「なにを――」

誰にも見られないよう、私服警官を病室へと引きずりこんだ。

私服警官は必死に抵抗してきたが、東鞘会の男たちに比べれば、子供のように非力だった。彼を失神させると、下着などを入れたエコバッグを手にし、パジャマ姿のまま何食わぬ顔でエレベーターに乗った。

スリッパを履いたままで、一階のロビーを歩いた。一階は外来患者でごった返し、職員や看護師は忙しく自分の職務をこなしている。

出月はゆうゆうと病院の正面玄関を出た。客待ちをしていたタクシーに乗る。運転手はパジャマ姿の出月を胡散《うさん》くさそうに見やったが、キャッシュトレイに一万円札を置くと、ハンドルを握って行き先を訊《き》いてきた。

「どちらまで」

「とりあえず川口《かわぐち》市まで行ってくれ」

出月は東京都を出るよう告げ、携帯端末の画面をタッチした。ＵＲＬとパスワードを入力する。

潜入捜査時代に、阿内とやりとりした会員制の掲示板サイトにログインした。そこには、十朱が残した〝秘密〟がアップロードされている。阿内との別れのさい、SDカードの中身を、すべてコピーしていた。

運転手は、長距離の客に出会えたのが嬉《うれ》しかったのか、世間話をあれこれしてきた。

「黙ってろ」

〝秘密〟をダウンロードした。テレビ局、新聞社、出版社。マスコミ各社のサイトに、データを添付してメールを送った。阿内と兼高のやりとりもつけて。マスコミの反応が鈍いようであれば、ネットで情報を公開する気でいる。

――この先……苦労するぞ。

阿内の言葉を何度も思い出した。警視庁は、是安の次に出月の口封じに動くことになるだろう。ついに刑事にはなれなかった。しかし、自分に課した掟《おきて》は変えられそうにない。捕まるつもりはないが、残らず告白するつもりだ。

大罪を犯した者が大手を振って生きている。それが我慢ならずに警官となった。十朱も土岐も室岡も、そして阿内も罪深く、討たれることで裁かれた。次は出月の番だ。

警察と極道の両方を裏切る。茨《いばら》の道が待っているのは確実だ。

窓に目をやった。親兄弟たちの顔が映って見え、目頭がやけに熱くなった。

解説

北《きた》上《がみ》次《じ》郎《ろう》

最初にお断りしておくが、実は私、深町秋生《ふかまちあきお》のいい読者ではない。「いい読者」とは、その作家の著作の大半を読んでいて、大きな傾向としてはAというラインの作品を書く作家だが、Bラインの作品も書いていて、そちらの路線ではCという傑作があるとか、中には異色作のDからEに発展していくラインもあるが、その後このライン上の作品がないのは淋《さび》しいとか、細かな違いや変化をも熟知している読者のことである。残念ながら私はそういう読者ではない。

じゃあ、どうしてそういうやつがこの小説の解説を書くんだよ、と疑問を持つ方がいるかもしれないが、そういう人にはこう言っておきたい。おっしゃる通りだ、と。まあ、少しずつそのわけを書いていくので、しばしお待ちを。

まず、これから片づける。深町秋生のデビュー作『果てしなき渇き』の文庫解説だ。池上冬樹《いけがみふゆき》はその解説の冒頭で、深町秋生がデビュー前に加藤小判名義で、山形新聞が主催する短編小説コンクールに「見えない」という作品で応募してきた、という話を書いている。それを読んで池上は驚いたというのだ。なぜならその作品は「いじめをめぐる中学生同士の抗争を描いた作品」だが、ジェイムズ・エルロイの『ホワイト・ジャズ』の文体を真似ていたからだという。そのすぐあとに私が出てくる。

「有名な評論家でさえ、この文体はついていけない、読めないと公言したほどの問題作」

だったというのだが、ここに出てくる「評論家」とは私のことである。池上はこのあと、その『ホワイト・ジャズ』を褒めたのは自分とのちの馳星周《はせせいしゅう》だけだったと自慢している（と自分で書いている）が、ニュアンスの違いを正しておきたい。

この書き方だと、世間一般が『ホワイト・ジャズ』の文体に拒絶反応を示したのに（その代表例として某評論家の言葉を引用）、自分とのちの馳星周だけは認めた、というふうに受け取れる。おいおい、それはないだろ。

いや、池上と馳星周がいち早くエルロイを認めた、というのはかまわない。そんなことはどうでもいいことなので、いくらでも自慢していただきたい。私が言いたいのはそんなところに私を出さないでほしい、ということだ。というのは当時、『ホワイト・ジャズ』の文体に文句をつけた書評を読んだ記憶がないのだ。当時すでにエルロイはカルト作家であったので、文句をつけるのは、何というのか、ちょっと勇気がいる。私は『ホワイト・ジャズ』を10ページでやめた人間なのだが、それを書くときに、ためらった記憶がある。こんなことを書いてもいいのかなと。みんながそう思っているのなら、誰もが文句をつけていたのなら、そんなふうには思わないはずだから、それは間違いないと思う。

『ホワイト・ジャズ』を10ページでやめたというのは、私の読書の幅が狭いことの表れであり、けっして自慢できることではないが、あの文体は読めない、ということの上に私はいるのであり、それを明確にしたかったのだ。だからそれを逆に言われると、大変に困る。逆とは何か。くどいようだが繰り返す。池上の書き方だと、北上次郎は世間一般の受け取り方と同じだったということになるのだ。

『ホワイト・ジャズ』が傑作かどうかという話ではない。この作品をめぐる反応の話だ。私の褒める翻訳ミステリーが、週刊文春の傑作ミステリーベスト10や、このミスのベストにこの40年、ほとんど入らないという事実があるのに、お前は世間一般と同じだと言われるのは大変に困るという話である。世間と微妙にズレている、ということこそ、私の拠《よ》って立つ基盤なのである。それを認めず、逆のニュアンスで語られると反発したくなるという話だ。

　13年前に出た文庫の解説について、いまごろ何を言っているのかと思われる方もいるかもしれないが、以上のことは機会があればどこかに書くつもりであったけれど、とりたててイチャモンをつけたいということではなかった。その機会がきちゃった、というにすぎない。で、次は『果てしなき渇き』だ。この長編がエルロイの影響下にあることは否定できないが（しかし、『ホワイト・ジャズ』の極端な文体はここにない。池上の解説はこのあたりも曖昧《あいまい》だ。エルロイの影響下にはあっても『ホワイト・ジャズ』の極端な文体を抜け出たからこそ、「このミス」大賞を受賞したのではないか）、そもそも私はあの極端な文体だけでなく、その前からエルロイが好きではない。同じ影響下にあった馳星周のデビュー作『不夜城』の文庫解説で、こういう小説は好きではない、と書いたのもそのためだ。よく書くよなそんなこと。好きではないが、図抜けた才能は認めなければならない、というのが私の『不夜城』論であった。

それと同じことが『果てしなき渇き』にも言えるのである。つまり私は、こういう小説を好きではないのだ。エルロイが嫌いで、『不夜城』も好きではないやつが、『果てしなき渇き』を面白く読めるわけがない。ずいぶん昔、山形で初めて深町秋生に会ったとき、「君のデビュー作はよくわからなかったなあ」と言ったのは、あの作品は嫌いだと本人に直接は言いにくかったからだ。私だって結構気を使っているのである。

深町秋生作品との最初の出会いがそうであったので、その後の作品をフォローすることもなく、そういうやつがなぜ本書を手に取ったのか、いまでもわからない。『果てしなき渇き』から12年がたっていたが、これが実に面白かった。当時の新刊評の一部を引く。

> 凄まじい小説だ。帯に「先鋭化した暴力団に潜入した警官」とあるので、潜入ものであることは最初から明らかにされている。となると、その正体がいつ露見するのか、そういうサスペンスが中心になっていくのかと思うところだが、そんなことはどうでもよ

くなってくるほど、エグい場面が頻出する。なにしろ、潜入捜査官兼高昭吾が弟分を連れて沖縄へ飛び、ターゲットを惨殺するところから始まる小説なのである。さすがに兼高昭吾は一人になってから、激しく嘔吐するが、慣れというのは恐ろしく、そのうちに兼高昭吾は嘔吐もしなくなる。つまり、正体が露見するのかしないのか、ということは本書の場合、たいした問題ではない。もっと違うことが問題になるということだが、ネタばらしになるのでこれ以上の紹介は控えたい。

いや、ホントに驚く展開だ。兼高昭吾《かねたかしょうご》が潜入したからには、何のために潜入したのかという目的がなければならない。あるんですよ目的が。これが明らかになったときには呆然《ぼうぜん》。なんなのそれ！　しかも驚きはまだ続き、もっとぶっ飛ぶ展開が待っている。ちょっとやりすぎ、という感がなくもないが、私的にはエルロイの路線を進むよりは遥《はるか》に好ましい。そうなのである。深町秋生がエルロイの影響下でデビューしたことは事実でも、もうここまでくるとエルロイの影も匂いもない。深町秋生の小説になっているのだ。『果てしなき渇き』とその文庫解説について一度書いておきたかったという動機はあるにせよ、『ヘルドッグス　地獄の犬たち』しか読まずに本書の解説を書くのも何なので、深町秋生の過去の作品をこれを機会に三作読んだことも触れておく。

深町秋生の「いい読者」である知人に三作選んでもらったのである。それが、『アウトバーン』『探偵は女手ひとつ』『ドッグ・メーカー』だ。この中では、「シングルマザ

―探偵の事件日誌」と副題の付いた『探偵は女手ひとつ』が群を抜いている。いや、断然、私好みだ、ということだ。

　二〇一六年に光文社から刊行された連作集だが、深町秋生がこういう作品を書くとは思ってもいなかった。好みでいえば、この連作集が本書よりも好き。『ヘルドッグス　地獄の犬たち』の文庫解説だというのに、そんなことを書いてもいいのかね。ま、いいや。本書を読み終えたら、ぜひ『探偵は女手ひとつ』（光文社文庫）をお読みください。深町秋生の作家としての幅の広さと才能の奥行きがここにある。

　なんといっても逸平《いっぺい》のキャラがいい。喧嘩《けんか》三昧《ざんまい》の青春を送ってきたが、いまは自動車整備工場で働いている巨漢。調査に危険が伴うときにヒロインが用心棒を頼むのだが、高校時代は伝説の番長として名を轟《とどろ》かせた男で、危険であればあるほど燃えるというとんでもないやつだ。ただし、その逸平も勝てないのが妻の麗《うらら》。こちらは元ヤンで、高校時代から逸平とつるんで暴れまわっていたが、いまはカタギとなっているものの、逸平がパチンコで大負けして帰宅するとボコボコにしてしまう。事件そのものの構成もいいが、こういう個性的な脇役が物語をきりりと引き締めていることは強調しておく。全編を貫く山形弁も素敵だ。どうしてこれがシリーズにならないのか。いや、私が知らないだけでもうすでに書き始めているのかも。早く第2作が出てこい！　本書を読み終えたら、すぐにこの『探偵は女手ひとつ』をお読みになるようおすすめしておきたい。

本書は、二〇一七年九月に小社より刊行された単行本『地獄の犬たち』を加筆修正のうえ、改題して文庫化したものです。

本作はフィクションであり、実在の個人・団体とはいっさい関係ありません。

ヘルドッグス
地獄《じごく》の犬《いぬ》たち
深《ふか》町《まち》秋《あき》生《お》

令和2年 7月25日　初版発行
令和4年 8月10日　12版発行

発行者●堀内大示

発行●株式会社KADOKAWA
〒102-8177　東京都千代田区富士見2-13-3
電話　0570-002-301（ナビダイヤル）

角川文庫 22247

印刷所●株式会社暁印刷
製本所●本間製本株式会社

表紙画●和田三造

●お問い合わせ
https://www.kadokawa.co.jp/（「お問い合わせ」へお進みください）
※内容によっては、お答えできない場合があります。
※サポートは日本国内のみとさせていただきます。
※Japanese text only

ISBN 978-4-04-109410-5　C0193

◇◇◇

角川文庫発刊に際して

角川源義

第二次世界大戦の敗北は、軍事力の敗北であった以上に、私たちの若い文化力の敗退であった。私たちの文化が戦争に対して如何に無力であり、単なるあだ花に過ぎなかったかを、私たちは身を以て体験し痛感した。西洋近代文化の摂取にとって、明治以後八十年の歳月は決して短かすぎたとは言えない。にもかかわらず、近代文化の伝統を確立し、自由な批判と柔軟な良識に富む文化層として自らを形成することに私たちは失敗して来た。そしてこれは、各層への文化の普及滲透を任務とする出版人の責任でもあった。

一九四五年以来、私たちは再び振出しに戻り、第一歩から踏み出すことを余儀なくされた。これは大きな不幸ではあるが、反面、これまでの混沌・未熟・歪曲の中にあった我が国の文化に秩序と確たる基礎を齎らすためには絶好の機会でもある。角川書店は、このような祖国の文化的危機にあたり、微力をも顧みず再建の礎石たるべき抱負と決意とをもって出発したが、ここに創立以来の念願を果すべく角川文庫を発刊する。これまで刊行されたあらゆる全集叢書文庫類の長所と短所とを検討し、古今東西の不朽の典籍を、良心的編集のもとに、廉価に、そして書架にふさわしい美本として、多くのひとびとに提供しようとする。しかし私たちは徒らに百科全書的な知識のジレッタントを作ることを目的とせず、あくまで祖国の文化に秩序と再建への道を示し、この文庫を角川書店の栄ある事業として、今後永久に継続発展せしめ、学芸と教養との殿堂として大成せんことを期したい。多くの読書子の愛情ある忠言と支持とによって、この希望と抱負とを完遂せしめられんことを願う。

一九四九年五月三日